KB067175

# 유리심장

# 유리심장 2

초판 1쇄 찍은 날 | 2007년 08월 22일
개정판 2쇄 찍은 날 | 2021년 03월 04일
개정판 2쇄 펴낸 날 | 2021년 03월 08일

지은이 | 조례진
펴낸이 | 서경석

편 집 책 임 | 강다윤

펴 낸 곳 | 도서출판 청어람
등록번호 | 제387-1999-000006호
등록일자 | 1999. 5. 31
어람번호 | 제5-0475호

주소 | 경기도 부천시 부일로 483번길 40 서경B/D 3F
         (우) 14640
전화 | 032-656-4452  팩스 | 032-656-4453
http:// blog.naver.com/roramce
E—mail | roramce@naver.com

ⓒ 조례진, 2021

ISBN 979-11-04-91917-6    04810
ISBN 979-11-04-91916-9    (SET)

Chungeoram romance novel

유리심장

조례진 장편소설

VOL.2

도서출판 청어람

# 목차

※ 1) 2) 3) 은 각주, 1] 2] 3] 은 미주입니다.

## 20
### 너는 내 심장의 연인이었다

이런 바보가 또 있을까, 진환은 생각했다. 유식한 척은 있는 대로 다 해놓고, 가장 기본적이고 단순한 것을 모르고 있었던 이런 바보가 세상천지 또 어디에 있을까 싶었다. 아니면 남들보다 많은 것을 알고 있기 때문에 너무 이성적으로만 생각하려고 했었던 것일지도 몰랐다. 아니, 그랬다.

사랑은 머리로 하는 것이 아니다. 사랑은 가슴으로 하는 것이다.

심장은 사랑하는 상대를 향해 설레고, 가슴은 사랑하는 사람을 보며 벅차오른다. 사랑의 본질은 가슴. 가슴이 저 사람이라고 말한다면 저 사람이었다.

진환의 심장은 효인을 향해 뛰었다. 그녀가 웃으면 덩달아 웃고, 그녀가 슬프면 덩달아 슬퍼하고, 그녀가 아프면 심리적으로

나마 같이 병들었다. 그리고 항상 그녀의 존재를 인식하고 그로 인해 충만함을 얻었다. 이것을 사랑이라 부를 수 없다면, 대체 무엇을 사랑이라고 불러야 할지 진환은 알 수 없었다.

사랑과 우정의 차이도 이제 알 것 같았다. 그 해답은 여태 고민해 온 게 허무할 만큼 간단했다. 사랑이란 지금 느끼는 것만큼이나 격렬하게 효인에게 키스하고 싶어지고, 그녀를 이 품 안에 안고 싶어지는 마음이었다.

사실 사랑이 아닐 거라고 생각해 왔다. 효인을 향한 감정은 여태껏 느껴온 사랑과는 깊이부터 달랐기에. 어리석게도 과거에 해 보았던 사랑에 기준을 두고, 그 사랑들과는 뭔가 달랐기에 이건 사랑이 아닌 무엇이라고 여겼다. 단지 그 깊이와 농담이 다른 것과 비교할 수 없을 만큼 깊고 짙을 뿐이라는 것도 모르고.

이렇게나 바보일 수가 있을까.

"아니……. 이건 아니야."

효인은 마지막 이성을 끌어모아 저항했다.

"난, 난 이러려고 말을 꺼낸 게 아니었어. 그냥…… 친구로 돌아가자고……."

효인은 진환에게서 벗어나려 했다. 물론 진환은 그녀를 순순히 놓아주지 않았다.

"처음부터 친구가 아니었을지도 모르지."

두 사람이 함께할 수 있었던 이름마저 부정하는 말에 효인은 움찔 굳었다.

"다들 우리를 보고 친구로는 지나치다고 말했었지."

분명히 그랬다. 남자와 여자라는 특이사항에, 혈육보다 더 끔

찍하게 서로를 챙겼기 때문에, 전임의가 되어 다시 만났을 때도 늘 서로가 우선이었기 때문에, 모두가 그들에게 친구치고는 지나치다고 말했다. 하지만 효인과 진환은 이토록 소중한 친구라면 충분히 그럴 수 있지 않느냐고 반박해 왔다. 그러나 진환은 본질적인 차이를 깨닫고 나자, 너저분하게 흩어져 있던 퍼즐 조각들이 맞춰시듯 모든 걸 일 수 있었다.

"아마 내가 널 친구 이상으로 대해왔기 때문일 거야."

효인은 눈이 충격으로 흔들렸다.

"그럼……."

효인은 믿을 수가 없었다.

우리가 친구로 함께해 온 시간마저 부정하는 거니? 고작 사랑 때문에, 변해 버린 서로를 인식하고 한시적으로 느끼게 된 감정 때문에…… 난 무엇보다 소중하게 생각하는 그 추억을 지워 버리려는 거야? 그런 거니?

이루 말할 수 없는 실망감이 효인을 덮쳐 왔다.

"굳이 표현하자면……."

하지만 진환은 어느 때보다 단호했고, 흔들리지 않는 확신에 차 있었다.

"내 심장의 연인."

진환이 하리라고는 상상치도 못했던 말에 효인은 눈을 크게 떴다. 평소였다면 무슨 낯간지러운 소리냐고 웃어버렸어야 하는데, 심장에게 아무리 뛰지 말라고 외쳐 봐도 소용없었다. 말했던 대로 피부가 아프도록 진환의 존재감을 의식하고, 전신이 그를 느끼며 아우성쳤다.

"머리는 몰랐더라도, 가슴만은 저 여자를 사랑한다고 계속 이야기해 온……."

진환은 부드럽게 효인의 볼을 감싸왔다. 그의 손이 닿은 부분에서 참을 수 없는 소름이 일어났다.

"너는 내 심장의 연인이었어."

효인은 숨을 멈추었다.

친구인 그를 잃는 게 무섭다면 지금이라도 멈춰야 했다. 하지만 이 남자가 사랑스러워 미칠 것만 같았다.

지금만큼은, 아무것도 더 생각하고 싶지 않았다.

효인은 진환의 목을 끌어안았다. 그리고 그를 제외한 모든 걸 잊어버리고 입술을 맞부딪쳤다. 당연히 그는 거부하지 않았다. 오히려 효인을 아까보다 강하게 끌어안고 더 깊은 곳으로 이끌었다. 허리를 끌어안는 팔에도 힘이 들어갔다.

"깨달은 이상 난 멈추지 않을 거야. 그러니까 심효인, 도망갈 생각 하지 마."

진환은 아직도 헤매고 있는 효인을 눈치챈 듯 강경하게 경고했다. 하지만 효인은 끓어오르는 마음을 참을 수 없어 먼저 키스까지 했으면서도 혼란스럽게 중얼거렸다.

"모르겠어……. 난 정말 모르겠어……."

그렇게 말하면서도 효인은 자신의 옷을 벗기는 진환을 거들고 있었다. 아니, 오히려 나서서 진환의 와이셔츠를 허리춤에서 빼내고, 다급해진 마음을 통제할 수 없는지 그의 상의 안으로 손을 밀어 넣었다. 그리고 욕망과 긴장을 재료로 차돌처럼 단단해진 복부를 쓸어 올리며 다시 다가오는 입술을 스스럼없이 받아

들었다.

열린 입술 사이로 뭉클한 유동체가 밀려들어 오고, 진환이 보기보다 풍만한 가슴을 브래지어 채로 감쌌다. 얇은 천 너머로 그의 손이 오롯이 느껴졌다. 그에 효인의 전신이 전율했다.

효인의 드러난 다리를 바라보는 것만으로도 몸이 굳었던 게 언제인지, 진환은 치마 아래로 거리낌 없이 손을 집어넣어 스타킹 한쪽을 벗겨 내렸다. 하지만 한쪽을 벗기고 나자 진환은 그답지 않게 마음이 급해져 나머지 한쪽은 그대로 두고 일단 다시 손을 올렸다. 그리고 부들부들한 살결을 느끼며 아래서 위로 그녀의 가슴을 감싸 쥐었다. 게걸스러운 갈증을 조금이나마 진정시켜 보려는 듯.

손바닥 아래로 콩닥거리는 심장박동이 느껴졌다. 효인은 자잘한 파편이 되어 토해져 나오는 숨소리를 불규칙하게 흘렸다. 잠시 동안은 아무런 소리도 없었다. 서로의 숨이 허공에서 뒤얽히는 소리뿐이었다.

숨결이 느껴질 정도로 가까이 있던 진환이 다시 효인에게 키스했다. 큰 손이 뒤통수를 감싸고 입술이 맞닿자 열기로 달아오른 몸 때문에 그녀의 이마에는 벌써 송골송골 땀이 배어났다.

타액과 열기에 젖은 입술이 녹진녹진하게 변해 버려, 진환이 입술을 떼면 이대로 붙어가 버릴 것 같았다. 효인은 그 감각에 이끌려 진환의 볼을 감싸 쥐고 더 깊은 곳으로 오라는 양 끌어당겼다. 그러자 서로의 입술이 영역을 표시하듯 비벼지며 그녀의 입안은 그의 맛으로 엉망이 되어버렸다.

살짝 입술을 떼어낸 진환은 뜨겁게 상기된 숨결과 함께 속삭였다.

"널 안을 거야."

노골적인 욕망. 멈출 수 없는 감정. 그렇다면 얻을 수밖에.

하지만 경악과 비슷한 감정이 서린 효인의 눈은 안 된다고 말하고 있었다. 지금도 충분히 너무 많이 와버렸다고, 더 이상은 안 된다고, 이쯤에서 멈추어야 한다고. 하지만 효인은 그 거부를 말로 내뱉지 않았다. 정확히는, 할 수 없었다. 한껏 달아오른 몸은 이미 진환을 원하며 아프게 욱신거리고 있었다. 지금 원하는 것이라고는 오로지 그밖에 없었다.

머리와 가슴이 전혀 다른 말을 속삭였다. 그리고 애석하게도 지금 더 큰 힘을 발휘하는 쪽은 가슴이었다.

"넌 또 도망가려고 할 테니까, 도망가지 못하게 꽉 잡아야지."

한 번 깨닫자, 진환은 조금도 주저하지 않았다.

"비겁하다고 해도 상관없어."

진환의 손이 다시 움직이기 시작했다. 야트막한 가슴의 둔덕을 손등으로 가만히 쓸고, 선을 그리듯 좀 더 아래로 내려와 조개껍질처럼 야무지게 효인의 가슴을 감싸고 있는 브래지어의 후크를 풀었다.

눈물이 날 만큼 다정했던 아까와 달리 진환은 조금 세게 맨 젖가슴을 움켜쥐었다. 하지만 효인은 아프기는커녕 짜릿한 감각이 정수리를 관통하는 듯했다.

"널 가질 수 있다면 얼마든지 더 비겁해질 수도 있으니까."

그렇게 말하고, 진환은 곧 무슨 생각을 하는지 쓰게 웃었다.

"아니, 다 허울 좋은 말뿐이겠지. 그냥……."

효인의 몸이 천천히 넘어가고 등에 푹신한 침대가 와 닿았다. 그리고 소리 없이 다가온 진환의 입술이 가슴께에 뜨거운 숨을 끼얹었다.

"지금 당장 널 안고 싶어. 널 원해. 조금도 참을 수 없을 정도로."

효인은 거부하지 않았다. 한 번 입술을 달싹이긴 했지만, 이내 꾹 다물어 버렸다. 차마 스스로를 기만하는 말을 입 밖으로 낼 수 없다는 듯.

"진심으로 싫다면, 거부해."

그럴 수 있을 리가 없잖아. 내가 어떻게 널 거부하는 말을 할 수가 있겠니. 너도 그것을 알고 있으면서…… 할 수 없으리라는 걸 알고 있으면서…… 비겁해.

효인은 속에 맴도는 어떤 말도 하지 않고 대신 손으로 눈과 이마를 감쌌다. 그러자 매끈하게 드러난 가슴에 와 닿는 진환의 입술이 너무 확실하게 느껴졌다.

진환은 효인의 심장이 뛰고 있는 왼쪽 가슴에 살며시 키스했다. 마치 성스러운 의식을 거행하듯. 그뿐이었는데도 이미 욱신거리며 빳빳하게 솟아오른 가슴 끝에 소름이 돋았다. 그리고 곧 뜨거운 숨결이 닿고…… 뜨거워서 미칠 것 같은 입안에 머금어졌다.

"흐웃……."

그것만으로도 폭발하는 것 같은 야릇한 희열에 효인은 목을 젖히며 신음했다. 그리고 본능적으로 진환의 얼굴과 어깨를 끌어안았다. 그는 딱딱해진 유두를 핥아 올리고, 깊이 흡입하며 이 사이에서 잘근잘근 씹어댔다.

쾌감이 밀려왔다. 여성이 흥건히 젖어가는 것이 여실히 느껴지고, 저절로 벌어졌던 다리가 그를 사이에 두고 꽉 죄어졌다. 그리고 피부 위로 벌레가 기어가는 것처럼 간지러운 기분에 이상한 소리가 흘러나왔다.

효인은 소리를 참아보고자 목에 힘을 주었지만, 그의 손이 민감한 해면체를 꾹 꼬집자 쓸데없는 시도가 되어버렸다.

"아…… 하……."

미칠 것 같았다. 세상이 정신없이 빙글빙글 돌고, 울렁증이 생긴 것만 같아 자신이 침대에 등을 대고 누워 있는 것인지조차 헷갈렸다. 경악스러울 만큼 빠르게 느껴지는 쾌감에 효인은 자신의 몸이 마치 다른 생명체가 되어버린 것 같았다. 애초에 불감증이라거나 잘 느끼지 못하는 편이라거나 한 것은 아니었지만, 지금은 몸이 완전히 뇌의 통제에서 벗어나 제멋대로 날뛰고 있었다.

위화감도 전혀 없었다. 오히려 예전부터 이래왔던 사이인 것처럼 모든 행위가 당연하게 느껴졌다. 그래, 마치 떨어져 있던 두 조각의 퍼즐이 제자리를 찾은 것처럼 두 사람의 몸이 자연스럽게 맞물렸다.

"기분이…… 기분이 좋아서……."

효인은 솔직하게 이야기했다. 거리낄 것 없이, 숨길 것도 없이, 진환을 끌어안은 팔에 더욱 힘을 주며 자신이 느끼는 바를 털어놓았다.

진환은 마치 철근을 삼킨 것 같았다. 심장이 묵직하게 내려앉고, 아랫배와 하반신이 심하게 뻐근해졌다. 무엇보다 솔직히 흥금을 토로하는 효인의 모습이 가슴을 벅차오르게 했다.

진환이 잠시 양팔로 침대를 짚고 내려다보고만 있자, 효인은 헐떡이며 흐릿한 눈을 들었다. 그녀의 눈은 부옇게 서리가 낀 것처럼 몽롱한 기운에 잠겨 있었다.

"왜……?"

목소리도 칼칼하게 흐려져 있었다.

"그냥…… 좋아서."

진환은 가만히 효인의 볼을 쓸었다.

"이렇게 좋은데 왜 일찍 깨닫지 못했을까 조금 후회가 돼서."

그리고 진환은 고개를 내려 동그란 이마에, 귀엽게 찡그리는 눈꺼풀에, 살짝 주름이 가는 코허리에, 보송보송한 볼에 차례대로 흔적 없는 입술 자국을 찍었다. 그 동작이 왠지 치미는 감격을 참을 수 없는 듯해 효인은 눈에 눈물이 차올랐다.

진환이 와이셔츠를 거의 티셔츠처럼 벗어 내던지자, 그의 머리카락이 흐트러지고 불빛 아래 잘 발달된 남자의 상체가 모습을 드러냈다. 효인은 손을 들어 그의 가슴을 찬양하듯이 어루만졌다.

참을 수 없는 충동이었다. 멈출 수 없는 욕구였고, 억누를 수 없는 마음이었다.

부드러운 손길에 남자의 근육이 단단하게 굳었다. 그리고 뼈대가 희미하게 붉어져 있는 남자의 손이 여자의 손을 쥐었다.

진환이 다가오자, 서로 가슴이 맞닿았다. 효인은 그 느낌에 신음하며 고개를 모로 돌렸다. 그러자 길게 흐트러진 머리카락 속에서 하얗고 앙증맞은 귓불이 나타났다. 진환은 작은 진주 귀걸이가 달린 귓불을 깨물었다. 땀 때문인지 조금은 시큼한 냄새가 풍겨왔다. 하지만 그런 건 아무래도 좋았다. 그녀의 살 향기가 남성을 미친 듯이 달아오르게 했다.

딱딱한 금속제를 혀끝으로 굴리며 귓불을 핥자, 아래에 깔린 효인이 바르르 몸을 떨었다. 진환은 나머지 한쪽 스타킹마저 벗겨 내리고, 치마까지 훌훌 털어버렸다.

이제 효인의 몸에 남은 것은 느슨하게 걸쳐져 있는 브래지어와 자투리 천으로 만들었나 싶을 만큼 작은 팬티뿐이었다. 명주실처럼 가는 금목걸이와 진주 귀걸이도 남아 있긴 했지만 그것은 그녀를 더욱 에로틱하게 보이게 했을 뿐, 몸을 가려주는 데는 전혀 도움이 되지 않았다.

진환은 효인의 드러난 가슴을 조심히 손에 담았다. 대찬 것 같아도 은근히 겁이 많고, 뭇 남자 못지않게 대범한 것 같아도 은연중에 소심한 그녀가 놀라지 않게, 달아나지 않게. 아예 녹아버려 그 말고는 어떤 것도 떠올릴 수 없도록.

효인은 날숨을 들이쉬며 몸을 바르작거렸다. 확실히 만지지 않는 손길이 감질났다. 그에 효인은 진환의 얼굴을 양손으로 감싸 안았다. 그리고 숨이 멈추지 않을까 걱정될 만큼 불규칙한 목소리로 말했다.

"난…… 난 유리가 아니야……."

그러니까 그렇게 깨질까 봐 걱정하듯 다루지 않아도 괜찮아.

그 말을 들었는지, 아니면 그 역시 이제는 더 이상 참을 수 없어졌는지, 진환이 마지막 보루까지 벗겨 내렸다. 그리고 그의 바지까지 벗어 던지고, 굵직한 무언가가 단숨에 효인의 안에 들어

찼다.

"하, 아⋯⋯!"

효인은 흥건한 냇물을 첨벙거리며 밀고 들어온 물건을 반사적으로 꽉 옥죄었다. 그러자 귓가에 꽉 잠긴 신음이 들려왔다. 그것은 무척 고통스러운 것 같기도 했고, 기분 좋은 탄식인 것 같기도 했다.

"진환⋯⋯ 진환아⋯⋯."

효인은 진환을 불렀다. 지금 자신의 안에 들어와 있는 이가 누구인지 확실하게 알고 있는 듯, 다른 누구와 헷갈리는 것이 아니라는 사실을 증명하듯.

진환이 크게 한 번 숨을 몰아쉬며 살짝 허리를 일으켰다. 그러자 단단한 물건에 여린 내벽이 쓸리며 소름인지 쾌감인지 알 수 없는 감각이 수면을 내달리는 물뱀처럼 끼쳐 왔다.

"흐윽⋯⋯!"

효인은 여성에서부터 올라오는 전율을 참을 수가 없어 온 힘을 다해 진환의 등을 끌어안았다. 그러자 무두질해 놓은 가죽처럼 부드러운 피부에 감싸인 근육들이 세차게 움직였다. 하지만 효인은 그의 등을 끌어안은 팔에서 힘을 풀지 않았다.

무어라 말할 수 없는 미묘한 이물감이 있을 뿐, 단번에 밀고 들어온 물건이 아프진 않았다. 하지만 그가 들어온 것만으로도 느껴지는 질식할 듯한 쾌감에 필사적으로 붙들고 있을 만한 것이 필요했다.

효인은 흐린 시야로 진환을 보았다. 그도 조금 힘들어 보였다. 게다가 자신에게만 보여주는, 약간 난감한 듯한 표정을 짓고 있었다. 그 표정이 귀여워 효인은 그를 품고 있는 상황에서도 작게 웃었다. 그리고 휘몰아치는 쾌감에 백치가 되어버린 듯 진환 외에는 아무런 생각도 나지 않아 생각하는 대로 말이 불쑥 튀어나왔다.

"네 거…… 크고…… 단단해서, 깊이까지 들어와……."

이제 더 이상 커질 것도 없이 부풀어 오른 진환의 물건이 효인의 안에서 요동쳤다.

"하……."

효인은 단지 생각나는 대로 솔직히 이야기했을 뿐, 그 말이 머리가 아찔할 정도로 야하게 들린다는 것은 인식하지 못하고 있는 것 같았다.

진환은 허스키하게 변한 목소리를 신음처럼 토해냈다.

"미치겠다. 심효인, 정말……."

야한 말을 해도 귀엽고, 열기에 들떠서도 이렇게 귀여울 수가 있을까.

"뭐…… 아……."

진환은 뾰루퉁하게 튀어나온 효인의 입술에 키스했다. 그리고 그녀를 품 안에 가둔 채 움직이기 시작했다. 처음에는 서로 호흡을 맞추려는 것처럼 천천히, 점점 속도를 높여가 효인은 끓는 교성을 토해냈다.

"흐윽, 훗……."

효인은 약간 느슨하게 풀려 있던 팔로 다시 단단하게 진환의 등을 끌어안았다.

진환의 등 근육이 물결치고, 그들의 움직임을 따라 옅은 푸른

색의 시트도 물결쳤다. 그리고 얽혀든 그들을 중심으로 동심원 같은 파문을 퍼뜨렸다.

남자의 발에 밀린 시트가 엉망으로 주름지고, 뒤이어 늘씬하게 뻗은 여자의 다리가 은어처럼 푸른 시트 위를 헤엄쳤다. 그리고 바다 위로 날아오르는 날치처럼 올라가 힘차게 움직이고 있는 남자의 허리에 감겼다.

효인이 허리에 다리를 감으며 여성을 강하게 수축해 오자, 발작적으로 중심을 타격하는 극치감에 진환은 어금니를 악물어야 했다.

들큼한 땀 냄새와 바스락바스락 시트가 부서지는 소리, 여자의 가녀린 교성과 살끼리 차지게 부딪치는 소리, 그것들만이 방 안에 가득했다. 그리고 이내…… 폭발했다. 영육이 산산조각 나는 듯한 절정과 함께 세상이 폭발했다.

하아, 하아, 하아.

모든 것이 끝나고 뒤얽히는 두 사람의 거친 숨결만이 남았다. 그 가운데 효인은 바람의 향기를 맡았다. 밀폐된 공간에 바람이 불어올 곳이라곤 없는데, 진환의 체취 같은 바람의 향기가 났다.

그 향기가 좋아서…… 너무나도 좋아서…… 효인은 눈물이 났다. 아련한 물길이 일 듯 차오른 눈물이 눈앞에 프리즘을 일으키고, 그에 반사된 새하얀 조명 빛이 흐드러지게 부서져 내렸다. 그리고 화려한 눈꽃송이가 되어 눈앞에 알음알음 휘날렸다. 그것이 마치 여름날을 찬란하게 비추었던 햇빛 같았다. 진환과 함께했던 여름날을 비추었던…… 햇빛.

"아싸, 달려라! 달려! 이야, 장진환 장딴지 힘 좋은데!"

"시끄러워."

힘차게 자전거를 몰던 진환. 그 뒤에 타고서 깔깔거리며 웃던 자신. 그런 두 사람을 휙휙 스쳐 지나가던 여름 향과 시원한 바람.

"으악! 야! 너무 빨라!"

달리라는 말에 불쑥 심술기가 치민 듯 진환이 빠르게 자전거를 몰자, 효인은 속도에 덜컥 겁이 났다.

"달리라며?"

"이건 너무 빠르잖아! 떨어지겠어!"

효인은 동아줄 부여잡듯이 진환의 허리를 끌어안았다. 그러자 진환이 바로 효인에게 타박을 놓았다.

"너야말로 너무 세게 끌어안았어."

"먼저 속도부터 줄여! 그럼 힘 풀게!"

"네가 먼저 힘 풀어."

"지금 해보자는 거…… 악! 너무 빠르다니까!"

"이제 곧 내리막길인데."

이 속도로 내리막길에 갔다가는 정말 죽겠구나 싶어 효인은 얼른 팔에 힘을 풀었다. 하지만 아무리 가도 내리막길은커녕 야트막한 언덕길도 나오지 않았다.

"내리막길 안 나오는데?"

순진하게 묻자, 진환이 흘긋 뒤를 돌아보았다. 그러고는 잘생긴 입매를 늘어뜨리며 악동처럼 씩 웃었다.

"바보처럼 속기는."

"야! 이! 이런…… 이런……!"

버럭 치미는 역정에 뭔가 욕을 해주고 싶은데 선뜻 좋은 욕이 생각나지 않아 효인은 더듬거렸다. 그러자 진환은 어디 한번 해 보라는 것처럼 느긋하게 되물었다.

"이런 뭐?"

"이런 메이드 인 차이나 같은 자식!"

"풋!"

그날 아침에 아버지가 역시 중국 제품은 쓰질 못하겠다고 투덜 거린 게 생각나 왁 외치자, 진환은 발작적인 웃음을 토해냈다. 그런데 운전자가 잠시 한눈을 판 게 화근이었다.

"억! 너, 넘어진다!"

"헉!"

"악!"

쿠당탕탕!

순간 두 사람은 자전거와 함께 바닥 위로 나뒹굴었다. 그나마 다행히 속도가 많이 느려져 있긴 했지만 바닥 위로 넘어지면서 쓸렸는지 효인은 무릎이 홀라당 까져 버렸다.

"까, 까졌어. 아파아……. 장진환 이 바보! 너 진짜 메이드 인 차 이나지. 이 불량품 같은 놈! 엉엉…… 아프다고…….

눈물 바람을 하자, 진환은 거의 죽을죄를 진 것처럼 죄책감을 느끼는 표정을 지었다. 그리고 그답지 않게 당황하더니, 홀렁 교복 와이셔츠를 벗어 효인의 무릎에 흐르는 피를 닦아주었다.

아무리 안에 흰 티셔츠를 받쳐 입고 있었다지만, 눈부시도록 흰 와이셔츠에 대한 범죄에 가까운 행동이었다. 하지만 진환은 전혀 아까워하지 않았다. 비단 그가 부잣집 아들이라서가 아니라, 지금 이따위 게 문제냐는 듯한 태도였다.

"많이 아파?"

"아파. 아파 죽겠어."

사실 자신의 잘못도 없지는 않은데 걱정해 주는 진환이 좋아서 효인은 괜한 엄살까지 떨어댔다. 어쨌든 그러고 나서 절뚝거리며 일어서는데, 뭔가 이상해서 그를 보니 그는 팔꿈치부터 손목까지 거의 그로테스크할 만큼 쫙 까져 있었다.

"자, 장진환! 너!"

소름이 돋을 정도로 피가 철철 나는 상처에 기함했지만, 진환은 '아?' 하며 그제야 깨달았다는 듯 자신의 팔을 내려다보았다.

"너, 너! 나보다 많이 다쳤잖아! 이, 이거 병원 가야 하는 거 아냐?"

"됐어. 별로 안 아파."

"야! 이게 안 아픈 게 말이 돼!"

남자다운 터프함도 어느 정도여야지, 아파도 아프다고 말하지 않는 진환의 행동에 화가 나서 버럭 소리를 질렀다. 하지만 그는 어차피 버린 와이셔츠로 대충 자신의 상처를 닦아내며 씩 웃을 따름이었다.

"엄살은 심효인이 다 떨었으니까."

눈이 시리도록 부서지던 조명 빛이 서서히 잦아들었다.

효인은 진환의 등을 어루만지며 그의 어깨에 얼굴을 묻었다. 그도 효인의 머리를 다정하게 보듬어 안아주었다. 그러자 눈물이 사르라니 그의 어깨에 젖어들었다.

아파서 나는 눈물도 아니었고, 슬퍼서 나는 눈물도 아니었다. 하지만 기뻐서 나는 눈물도 아니었다. 왜 나는지 알 수 없는 눈물이었다.

진환을 품 안에 이렇게 꼭 끌어안고 있는데, 그가 물처럼 손가락 사이로 빠져나가는 듯한 느낌이 들었다. 정확히는 어떤 일이 있어도 변치 않을 든든한 거목처럼 존재해 주던 친구 장진환이.

그리고 친구 장진환이 빠져나간 자리에는 남자 장진환만이 남았다.

효인은 이것을 기뻐해야 할지 슬퍼해야 할지 알 수 없어 눈물이 났다. 가슴은 진환과 하나 된 것을 한없이 기뻐하고 있는데, 슬슬 알코올에서 깨어난 머리는 울고 있었다. 바보 같은 심효인. 그렇게 자책하며.

## 21
### 앙큼한 심 선생과 음흉한 장 선생


희미하게 잠에서 깨어났을 때, 효인은 낯선 향기를 맡았다. 하지만 서늘하게 풍겨오는 청량한 향기가 좋아서 잠시 눈을 뜨지 않고 그 향기를 음미했다. 매끄럽게 볼에 스치는 시트의 느낌도 좋았다. 곧 눈을 뜨자, 가장 먼저 푸르게 펼쳐진 시트와 이불이 보였다.

아침 햇살이 버티컬 사이사이로 스며들어 와 푸른 수면 같은 파란 시트 위에서 일렁거렸다. 그 아련한 움직임을 따라 멍하니 고개를 들자, 남자의 너른 등이 시야에 와 박혔다. 아직 깊은 잠에 들어 있는 듯 남자의 맨등은 움직임이 없었고, 오직 그의 허리를 넘어드는 빛줄기만이 피부를 잔잔하게 훑어 내렸다.

효인은 이불 아래 자신이 완전한 알몸이라는 것을 깨달았다. 그럼에도 효인은 무슨 생각을 하는지 시간이 멈춘 것처럼 한참 동안 진환의 등만을 바라보았다. 그리고 버티컬 사이로 햇빛들이 좀 더 강해졌을 때에야 몸을 일으켰다.

방 안을 둘러보자, 여전히 모델 하우스처럼 깔끔하고 모던한 집에 침대 주위로만 폭풍이 몰아쳐 있었다. 밤새 무슨 짓을 했는지 여실히 알 수 있을 만큼 시트가 꾸깃꾸깃했고, 옷가지들은 여기저기 너저분하게 흩어져 있었다. 침대 밑에 내려둔 핸드백은 언제 넘겨졌는지 물건들이 쏟아져 나와 있었다.

효인은 이불을 걷어내고 일어섰다. 그리고 침대가에 떨어져 있는 팬티부터 주워 입고, 브래지어도 챙겨 입었다. 앞으로 난 후크를 채우고 흐트러져 내리는 머리카락을 쓸어 넘기며 치마를 찾자, 벨트가 그대로 끼워져 있는 진환의 양복 바지 아래 깔린 치마가 보였다.

치마를 들기 위해 진환의 바지부터 드는데, 허리춤에 헐렁하게 끼워져 있는 벨트가 미끄러져 내려 바닥에 둔탁하게 부딪쳤다. 화들짝 놀란 효인은 괜한 짓이라는 걸 알면서도 이미 난 소리를 죽여보려는 듯 손으로 벨트를 꾹 눌렀다.

다행히 진환은 아직 깨어난 기색이 아니었다. 그저 시트 위에 평온하게 가라앉아 있었다.

효인은 옷을 입고 물건을 핸드백 안에 주워 담았다. 거기에는 간밤에 어떻게 벗겨낸 건지 올이 쭉 나간 스타킹도 포함되어 있었다. 하지만 스타킹의 다른 한쪽은 도무지 보이질 않았다. 그래서 잠시 주저하며 진환의 앞쪽으로 가볼까 싶었지만, 금세 포기해 버렸다. 진환은 잠귀가 밝았다.

효인은 목걸이나 귀걸이도 제대로 있는지 확인한 후에 몸을 돌렸다. 하지만 선뜻 걸음을 옮기지 못하고 잠시 서 있다가 소리 없는 한숨을 내쉬며 다시 뒤를 돌아보았다. 그리고 짝 잃은 원앙새 조각처럼 떨어져 있는 진환의 옷가지를 주워 침대가에 살며시 걸쳐 놓았다. 그런 후에 아직 조용히 잠들어 있는 그의 등을 훔쳐보았다.

핸드백을 쥔 손에 꾹 힘이 들어갔다. 하지만 효인은 더 이상 지체하지 않았다. 미련을 두지 않으려는 듯 뒤돌아보지 않고 집을 나섰다.

달칵, 삐이—

효인이 나가고 전자동 키가 작은 신호음을 내며 철커덕 잠기자, 진환은 슥 눈꺼풀을 밀어 올렸다. 그의 선명한 눈동자에 졸음기는 전혀 없었다.

진환은 한 자세를 오랫동안 유지하고 있느라 뻐근한 몸을 반대편으로 돌렸다. 그러자 그에게 휘감겨 오는 시트가 바스락 작은 소리를 퍼뜨렸다. 동시에 포근한 햇살 사이로 반짝거리는 미립자가 허공으로 퍼져 나갔다.

진환은 한 손으로 관자놀이를 괴고, 효인이 누웠다 간 온기가 아직 남아 있는 자리에 손을 대었다. 그리고 잠시 가만히 있는가 싶더니, 자신이 베고 잤던 베개 밑으로 손을 집어넣어 무언가를 꺼내 들었다.

햇빛을 아스라하게 통과시키며 얇게 빛나는 스타킹.

진환은 피식 웃었다.

"심데렐라의 유리 구두는 스타킹이로군."

12시를 알리는 종이 쳤을 때 유리 구두를 남겨놓고 홀연히 떠나간 신데렐라. 꿈의 끝을 알리는 아침이 밝았을 때 스타킹을 남겨놓고 가버린 신데렐라. 유리 구두에 비해 로맨틱하지는 않지만, 간밤의 증거가 되기에는 충분했다.

사실 이왕 하는 거 가장 확실하게 팬티로 할까 생각도 했지만, 팬티를 숨겨놓는 건 백보 양보해도 변태 같아 그만두었다. 게다가 팬티를 숨긴다면 치마를 입은 효인이 퍽이나 난감할 것 같았다. 그것도 그렇고, 효인이 치마 아래 아무것도 입지 않고 거리를 활보하는 일은 용납할 수가 없었다.

진환은 효인이 떠난 자리를 바라보았다. 그리고 그녀가 아직까지 그 자리에 있는 것처럼 중얼거렸다.

"도망가 봤자 소용없어, 심효인."


"으으으……"

윤정은 피로한 팔다리로 길게 기지개를 켜 올렸다. 그리고 뻐근한 팔을 내리며 차돌처럼 땅땅하게 뭉친 어깨를 주물렀다. 그래도 파도타기를 하고 있는 것처럼 울렁거리는 속은 도무지 나아지질 않았다.

"으, 속 쓰려……"

옆에서 유령처럼 비척비척 걷고 있는 혜경의 상태는 더욱 심각했다. 대체 어제 페어웰 회식에서 얼마나 퍼마신 건지 낯빛은 그야말로 해쓱했고, 볼은 피골이 상접한 것처럼 홀쭉해져서는 툭 치면 픽 하고 넘어갈 것 같았다.

"숙취가 그렇게 심해?"

윤정이 묻자, 혜경은 안심하라는 듯 희미하게 웃어 보였다. 하지만 당장 '욱!' 소리를 내며 화장실로 뛰어갈 듯한 얼굴을 보니 그다지 안심이 되지 않았다.

"방심했는데 다들 완전 술고래야. 얼마나 잘 마시던지…… 안 마실 수도 없고 죽겠더라니까. 너희 쪽은 어땠어?"

혜경은 해골이 와서 친구 하자고 할 것처럼 퀭한 눈빛으로 물었다. 윤정은 다시 생각해도 기가 질린다는 듯 어깨를 부르르 떨었다.

"오늘 멀쩡하게 출근한 내가 신기할 정도야."

"NS(신경외과)도 크게 다르지는 않았다고 하더라. 근데 이야기 들어보니까 의외로 CS는 점잖게 놀았나 봐. CS에 있었던 애들은 얼굴이 꽤 멀쩡하대?"

윤정은 어깨를 으쓱거렸다.

"CS는 과장님이 점잖잖아. 오죽하면 장 과장님 별명이 점잖은 철호 씨겠어."

평소라면 재미있다고 웃을 이야기에도 혜경은 얼굴색이 밝아지지 않았다.

"오늘부터 CS네…… 너랑 같은 과에 배정된 건 좋지만, 생각만 해도 암담해."

각자 가정의학과와 응급의학과에서의 수련을 끝낸 뒤, 두 인턴 동기가 배정받은 곳은 악명 높은 흉부외과였다. 혜경은 워낙 빡세 초죽음이 되어서 나온다는 흉부외과에 걸려서 얼굴색이 좋지 않았고, 윤정은 한 달 내내 효인의 아래 있어야 한다는 사실에 얼굴이 암담…… 하기보다 불퉁했다.

윤정의 얼굴에서 묻어나는 불만을 눈치챈 듯, 혜경이 슬그머니 물었다.

"너 아직 심 선생님이 좀 그래?"

윤정은 딱딱한 표정으로 대답하지 않았다. 하지만 혜경 앞에서 왠지 모를 억울함에 눈물까지 내보였던 거, 그다지 숨길 필요 없겠다고 생각했는지 순순히 말했다.

"그냥…… 어, 좀 그러네."

영 못마땅해하는 친구를 생각하면 편이 되어주어야 하겠지만, 혜경은 저도 모르게 중얼거렸다.

"난 전임의 선생님 중에 심 선생님이 가장 괜찮던데……."

화가 났을 때는 진환 못지않게 무섭다는 이야기를 익히 들었으나, 지금까지 봐온 바에 의하면 성격 소탈하겠다, 실수만 하지 않으면 과하게 엄하지도 않겠다, 가장 편하게 대할 수 있는 전임의인데 윤정은 아무래도 마음에 들지 않는 모양이었다. 하지만 혜경은 그 원인이 어디에 있는지 알고 있었으므로 더 이상 뭐라하지 않았다.

아아, 그놈의 남자가 뭐기에.

사실 진환이 잘생기고 능력 있는 엘리트라는 건 혜경도 인정했다. 하지만 혜경은 그 무서운 남자 어디가 좋다고 그러는지 이해할 수가 없었다.

물론 자신들은 이제야 막 사회에 발을 디딘 사회 초년생이니, 사회적으로도 경제적으로도 안정적인 남자를 보면 한순간 혹할 수 있다고는 생각했다. 하지만 단순한 동경이 아니라 현실적인 연애 감정이라면 서로 간의 '밸런스'라는 걸 생각하지 않을 수가 없는데, 윤정이나 자신 같은 인턴이 진환과 사귀는 그림은 잘 상상이 되지 않았다. 오히려 그들 말고…….

"어, 심 선생님이다."

효인이라면 모를까.

마침 맞은편에서 걸어오는 효인이 눈에 띄었다. 그런데 그녀도 회식의 후유증이 남아 있는 모양이었다. 늘 머리를 잘 말리고 오던 평소와 달리 방금 샤워를 끝낸 듯 촉촉한 머리카락이 짙어져 있었고, 화장도 하지 않은 것 같았다.

"안녕하세요."

오늘부터 직속 상사가 된 그녀를 향해 혜경은 씩씩하게 인사를 건넸다. 그러자 무표정하게 걸어오던 효인이 그들을 보았다. 그리고 웃었다. 그냥 웃은 게 아니라, 그야말로 아주 활짝 웃었다. 혜경과 윤정이 다 당혹스러워질 정도였다. 그녀에게 있어 둘은 그냥저냥 얼굴과 이름만 아는 인턴일 뿐인데 꼭 엄청나게 반가운 지인이라도 만난 것 같았다.

"안녕. 좋은 아침이네."

목소리까지 어찌나 나긋나긋한지, 윤정은 저도 모르게 뭘 잘못 삼킨 듯 찝찝한 표정을 짓고 말았고 혜경은 발그레하게 볼을 붉혔다.

"자, 오늘도 힘차게."

효인은 스스로에게 하는 건지 윤정과 혜경에게 하는 건지 알 수 없는 구호를 남기고 스쳐 지나갔다. 그러자 달콤한 잔향이 그들 주위에 아련한 자취를 남기고 이내 그녀의 뒤를 좇아갔다. 혜경은 멍하니 그녀의 뒷모습을 보며 중얼거렸다.

"오늘 심 선생님 왠지 예뻐 보이지 않니? 그리고 목소리가……

완전 섹시해. 피부도 매끈매끈하고."

혜경은 윤정의 표정이 확 일그러지는 것은 보이지 않는 것 같았다.

"뭐 좋은 일이라도 있으셨나?"

혜경이 중얼거리자, 윤정이 툭 내뱉듯 대답했다.

"내가 그걸 어떻게 알아."

그야말로 톡 쏘는 말투였다. 혜경은 그런 친구를 못 말리겠다는 눈으로 돌아보았다. 그에 윤정은 더욱 불쾌해졌다. 원래 언니 같은 눈으로 친구를 보는 건 자신의 일이었는데, 이제는 혜경이 철없는 동생 대하듯 자신을 보고 있기 때문이었다.

그건 어쨌거나 다시 갈 길을 가려고 하는데, 이번에는 모퉁이를 돌아오는 진환이 보였다. 효인을 발견했을 때는 그저 미간만 조용히 찌푸리고 말았던 윤정은 움찔 굳어버렸다.

"아, 안녕하세요."

혜경은 어려운 전임의를 대하는 긴장에, 윤정은 짝사랑하는 상대를 대하는 긴장에 목소리를 떨며 꾸벅 인사했다. 진환은 과도하게 굳어서 인사하는 두 인턴에게 흘긋 시선을 던졌다. 그리고 목 깊은 곳에서 우러나오는 것처럼 짙은 목소리를 남기고 지나쳐 갔다.

"좋은 아침."

진환이 가고 난 자리에는 남자 스킨 향이 남았다. 서늘하면서도 청량한, 남성적인 향기였다.

혜경은 아리송한 표정이 되어버렸다. 그래서 멀어지고 있는 진환의 뒷모습에서 시선을 떼지 않은 채 옆에 굳어 있는 윤정에게 물었다.

"오늘 뭔가 이상하지 않아?"

"뭐, 뭐가?"

윤정은 말까지 더듬었다.

"아니, 뭐라고 딱 꼬집어 이야기할 수는 없는데…… 뭔가 이상
하단 말이야?"

"이, 이상할 것도 많다."

문득 혜경은 짓궂은 표정으로 윤정을 바라보았다.

"너, 장 선생님이 그렇게 좋아?"

뭐라고 반박을 하기도 전에 윤정의 얼굴에 붉은 기가 확 올랐
다. 그러자 혜경은 건수를 잡았다고 생각한 듯 더욱 짓궂게 윤정
을 놀려댔다.

"너 완전 열일곱 살 소녀 같아. 첫사랑 하는 것도 아니고 뭐
야?"

"아, 몰라. 모른다고."

윤정은 반박 한마디 못 하고 안절부절못하며 후다닥 도망가
버리고 말았다. 혜경은 그런 친구가 귀여우면서도 그 뒷모습을
보며 난감하게 웃었다. 하지만 곧 진환이 사라진 쪽을 돌아보고,
조금 애석하다는 듯 중얼거렸다.

"뭐, 오늘따라 더 완벽해 보이긴 하시네. 장 선생님도 뭐 좋은
일 있으셨나?"

진환의 표정은 평소와 전혀 다르지 않았지만, 혜경도 여자라
그 감이란 게 보통이 아니었다.

따악. 두 사람은 그야말로 따악 마주쳤다. 오전 7시. 콘퍼런스실 앞에서.

"어, 장 선생."

콘퍼런스실로 들어가려고 했던 효인이 반대편에서 온 진환을 보고 먼저 말을 걸었다. 담담한 표정과 아무렇지 않은 어조에 진환의 눈썹이 슬며시 휘었다. 새벽 내내 침대에서 뒹군 터라 조금 피곤해 보이긴 했지만, 효인의 반응은 예상 밖이었다.

"좋은 아침."

효인은 씩 웃으며 인사하더니 콘퍼런스실 안으로 먼저 들어가 버렸다. 문가에 선 진환은 그녀의 뒷모습을 빤히 보았다.

'무슨 꿍꿍이속이지?'

바로 몇 시간 전까지만 해도 효인이 그의 침대에 알몸으로 있었던 건 분명 사실일진대, 그녀는 그런 일 따위 전혀 없었다는 양 평소와 똑같이 행동했다. 사실 슬그머니 그를 피하거나 눈을 마주치지 않으려고 할 줄 알았는데, 지금 효인은 누가 보면 아무 일 없었다고 믿을 만한 모습이었다.

하지만 다른 때와 다른 점도 없잖아 있었다. 다른 때는 콘퍼런스실 앞에서 진환과 마주치면 함께 이야기를 나누며 들어갈 텐데, 오늘은 그냥 먼저 들어가 버렸다. 다른 이들은 그냥 그렇구나 하고 말 테지만, 진환은 그 극명한 차이를 눈치챘다.

'모른 척하겠다는 건가?'

만약 그렇다면, 의외로 앙큼하지 않은가.

"뭐 하고 있어?"

뒤에서 철호의 목소리가 들려왔다. 그도 막 콘퍼런스실에 도착한 참인 것 같았다.

"아무것도 아닙니다."

대답하고 안으로 걸음을 옮기는데, 철호가 막 생각났다는 듯 진환을 잡았다.

"아, 장 선생. 회진 끝나고 잠시 나 좀 보지."

진환은 철호를 돌아보았다. 지극히 사무적인 어조로 말하긴 했지만, 그만 따로 부르는 걸 보아하니 과장으로서가 아니라 작은아버지로서의 사적인 일인 것 같았다. 그리고 요즘 철호가 사적으로 조카를 부를 만한 일은 예의 그 '결혼'에 대한 것밖에 없었다. 예전 같으면 또 어떻게 상대해 드려야 하나 싶어 달갑지 않았겠지만, 지금 진환은 한없이 느긋했다.

"예, 알겠습니다."

그렇게 서로 자리에 착석하자, 금세 하나둘 자리가 차고 오늘도 어김없이 콘퍼런스가 시작되었다. 그때 앞쪽 자리에 앉은 효인이 질끈 어금니를 물었지만, 아무도 발견하지는 못했다.


의뭉스럽게도, 효인은 간밤의 일을 모른 척하려는 것이 분명했다. 보아하니 술이 머리꼭지까지 올라 필름이 끊겼다는 둥 하는 말로 변명하려는 것 같았다. 하지만 진환은 그녀가 정말 아무것도 기억하지 못한다고는 추호도 믿지 않았다. 술기운 때문에 이성은 좀 흐려졌을지 모르겠지만, 흉금을 토로할 때 그녀의 눈은 또렷했고 그와 사랑을 나눌 때도 확고한 의사를 가지고 행동했다.

무엇보다 아침에 일어나 몰래 도망가 버렸다는 게 가장 확실한 증거였다. 만약 정말 필름이 끊겼다면 효인은 성격상 홀연히 가 버릴 게 아니라, 기함하며 진환을 깨웠을 터였다. 그리고 푼수데 기처럼 오만 호들갑을 다 떨며 설마 사고 친 거 아니냐고 닦달했을 것이다.

하지만 효인은 그렇게 하지 않았다. 그저 무슨 죄라도 지은 사람처럼 말없이 떠나갔다. 그의 집에 놀러 왔다가 덜렁 두고 간 물건만 해도 이미 한 짐인데 뭐 떨어뜨리고 가는 게 없나 재차 확인까지 한 후에 말이다.

그리고 새벽녘에 몰래 숨겨둔 스타킹 한쪽 외에도 증거는 또 있었다. 효인은 콘퍼런스가 끝나자마자 누가 잡기라도 할까 봐 허둥지둥 나가 버렸다. 물론 허둥지둥한다는 내색을 보이진 않았지만, 어찌나 빠르게 사라졌는지 그녀의 옆에 앉아 있던 상준이 '어? 언제 나가셨지?' 하고 놀랐을 정도였다.

회진 때도 마찬가지였다. 평소라면 여건이 허락되는 한 진환의 곁에 붙어 이것저것 속삭였을 텐데, 오늘은 멀찍이 떨어져서는 회진 내내 실수로라도 그의 곁에 다가오지 않았다.

제대로 각오한 모양이었다. 만약 어제 그런 일이 없었다면 진환조차 효인이 은근히 피한다는 걸 모를 정도로 은밀하게 행동하는 것을 보면.

역시 괴도 슈퍼우먼이 괜히 괴도 슈퍼우먼은 아닌가?

하지만 한 병원 안에서 일하는 이상, 언제까지나 진환을 피하는 일이 가능하지 않으리라는 건 효인도 알고 있을 터였다. 아니, 지금까지는 진환이 그냥 봐주고 있었다는 말이 맞았다. 궁지에 몰린 사냥감의 곤혹을 방관하는 사냥꾼처럼.

사실 조금 심술이 나기는 했다. 두려워하는 효인의 마음을 이해 못 하는 건 아니지만 자꾸 모른 척하려고 하니 괴롭히고 싶은 마음이 치밀어 올랐다. 하지만 진환은 길게 심술을 부리지 않았다. 효인이 이 상황을 인정하게 만드는 것이 그보다 더 중요하기 때문이었다. 그리고 기회는 예상보다 일찍 찾아왔다.

달칵.

"어, 아."

바로 수술이 있어서 탈의실에서 수술복으로 갈아입고 잠깐 전임의 사무실에 들렀을 때였다. 문을 열자마자 누군가의 인기척이 느껴지고, 당혹을 숨기지 못한 목소리가 들려왔다. 아니나 다를까, 효인이었다. 그녀는 오전에 진료가 있는 듯 의사 가운을 걸친 세미 정장 차림이었고, 막 사무실을 나서려던 참이었다.

"바로 수술 있나 봐?"

효인은 잠깐 당황하긴 했지만 곧 평소와 다름없이 물었다. 진환은 문을 완전히 닫고 사무실로 들어서며 무표정하게 그녀를 바라보았다.

두 사람밖에 없는 공간에 무거운 공기가 내려앉았다. 효인이 먼저 털털하게 웃으며 침묵을 깨뜨렸다.

"뭐야, 왜 대답이 없어?"

"뭐."

진환은 짧은 소리만을 흘리고 사물함 쪽으로 다가갔다. 그가 스쳐 지나가자, 효인은 질식할 듯이 숨을 멈추었다. 그리고 그가 지나가 등을 보이고 섰을 때에야 겨우 다시 숨을 내쉬었다.

효인은 나가려던 것도 잊고 흘긋 진환의 등을 훔쳐보았다. 그러자 순간 의사 가운에 가려져 보이지 않는 그의 맨등이 떠올랐다. 마치 지금 그를 벗겨놓은 것처럼 선명하게.

효인은 거세게 동작 없는 도리질을 쳤다.

'끝까지 모른 척해야 돼. 아무것도 기억나지 않는다고, 아침에 일어나 보니 알몸이라 놀라서 먼저 가버렸다고, 무슨 일 있었느냐고 되묻는 거야. 진환이도 성격상 제 입으로 우리 둘이 잤다고는 말하지 않겠지. 그럼 이대로 묻고 넘어가자.'

효인은 자못 쾌활하게 말했다.

"그럼 난 진료하러 간다."

"심효인."

가만히 이름을 부르는 목소리에 효인은 심장이 덜컥했다.

왜…… 왜 오늘따라 저 무심한 목소리가 당혹스러울 만큼 섹시하게 들리는 것인지…….

"응?"

그런 마음과 달리, 효인은 천진한 표정으로 그를 돌아보았다. 하지만 진환은 여전히 등을 돌린 채 사물함 쪽을 바라보고 있었다.

"아무것도 기억나지 않아?"

심장이 배까지 덜컥하고 내려앉았다. 하지만 효인은 여우주연상 후보의 뺨을 칠 만큼 발군의 연기력을 보이며 씩씩하게 대답했다.

"내가 어제 정말 많이 마시기는 했나 봐. 3차까지는 기억이 나는데, 4차부터 뭘 했는지 도통 기억이 안 나는 거지. 아침에 깨보니까 너희…… 집……."

효인은 말을 다 끝맺지 못하고 끝을 흐렸다. 동시에 저도 모르게 주춤 뒷걸음질 쳤다. 갑자기 몸을 돌린 진환이 다가오기 시작했기 때문이다. 좁은 사무실에서 두 사람의 거리는 단숨에 가까워졌다.

"뭐, 뭐야. 왜 다가와?"

"너는 왜 물러서?"

무서울 정도로 억양이 없는 목소리가 왠지 불길했다. 그럼에도 효인은 태연한 척 대답하려고 했다.

"나야 네 표정이 왠지 비장해 보여서……!"

끌어당겨졌다. 덥석 팔을 쥐어오는 손에 놀라기도 전에, 효인은 진환이 끌어당겨 빨려 들어가고 말았다. 그의 품속에, 그의 입속에.

효인이 놀라서 뻣뻣하게 굳은 사이에도 진환은 주저하지 않고 그녀의 입속으로 파고들었다.

새벽 내내 그토록 물고 빨았지만 그녀의 입술은 여전히 부드럽고 달콤했다. 그리고 뭘 마셨는지 상큼한 딸기 맛이 전해져 왔다. 어린아이 같은 맛이었지만, 성인 여성의 외형에 아직 소녀 같은 속내를 감추고 있는 효인에게 잘 어울렸다. 그 맛에 중독돼 버릴 것만 같았다.

하지만 진환의 겁 많은 연인은 쉽사리 이 상황을 인정하지 않으려고 했다. 갑작스러운 키스에 넋이 나가 있다가 그의 어깨를 밀어내며 물러서려고 했다. 그렇지만 놓아줄 진환이 아니었다. 오히려 물러서는 효인을 느긋하게 그러나 확실하게 뒤에 있는 벽으로 몰아붙였다.

거벽 같은 남자의 몸과 벽 사이에 끼인 여자가 벗어나려고 바르작거릴수록 여자의 입술을 빨아들이는 힘이 강해졌다. 언제 누가 들어올지 모르는 곳인데도 전혀 상관없다는 듯이.

효인은 밤새 남자의 입술과 손에 쓸려 가만히 둬도 쓰라린 유두가 뾰족하게 솟아오르고, 아랫배에 끈적이는 열기가 뭉쳐 들었다. 진환도 그녀가 반응하고 있다는 걸 알고 물러서지 않고 더 깊게 키스했다.

"그…… 잠……."

입술이 부딪치는 각도가 바뀔 때 효인은 말하려고 했지만 진환이 옷 위로 가슴을 움켜쥐자 말은 목구멍 속으로 빨려 들어가고 말았다. 효인은 더 이상 저항하지 않았다. 입술이 서로 거칠게 맞부딪쳤다. 어느새 다리 사이로 들어온 단단한 허벅지가 느껴졌다.

엄숙해야 할 사무실의 공기는 난데없는 열기로 달아오르고, 그들이 입고 있는 의사 가운이 묘하게 상황을 더 에로틱하게 만들었다.

진환이 옷에 감싸인 젖가슴을 훑자, 효인은 흠칫하며 돌아오지 않으려는 이성을 억지로 끌고 왔다. 그리고 온 힘을 다해 그의 어깨를 밀어냈다. 그러자 이번에는 순순히 입술이 떨어져 나갔다. 하지만 가슴 위에 올린 손과 허벅지에 사이에 있는 다리는 여전했다. 효인의 한쪽 팔목을 벽에 고정하고 있는 손도 그대로였다.

"너…… 너…… 뭐 하는 거야!"

성적인 흥분으로 얼굴이 벌겋게 달아오른 효인은 더듬거리며 할 말을 찾다가 버럭 언성을 높이고 말았다. 하지만 진환은 아주 당연한 일을 했다는 양 얼굴색 하나 변하지 않았다. 그리고 화가 날 만큼 평소 같은 어조로 느릿하게 말했다.

"기억이 나지 않는다고?"

그것은 말한다기보다 속삭이는 것에 가까웠다.

"그럼 기억나게 해줘야지."

진환은 효인의 예민한 귀 뒤쪽을 쓸었다. 그 거리낌 없는 손길에 효인의 솜털이 올올이 곤두섰다. 그러자 그가 귓불까지 은밀하게 만지작거리며 속삭였다.

언제나 단정하고 정갈한 진환답지 않은 목소리에, 손길에, 눈빛이었다.

"어젯밤에 네가 나에게 어떻게 안겼는지."

효인은 숨을 멈추었다.

"어떻게 신음했는지."

효인은 한참이고 반응이 없었다. 그저 크게 뜬 눈으로 진환을 쳐다보기만 했다. 진환도 새까맣게 짙어진 눈으로 효인을 주시했다. 이내 효인은 가슴을 격하게 들썩이기 시작했다.

"나, 난……."

어젯밤에도 진환은 이렇지 않았다. 능숙한 손길로 효인을 달뜨게 하고 깊이까지 파고들어 왔지만, 무서워하지 말라는 듯 다정하게 대해주었고 동작 하나, 눈빛 하나, 거칠어진 목소리마저도 부드러웠다. 하지만 지금의 그는 난폭했다. 비록 거친 말을 하거나 사납게 행동하지는 않았고, 아까도 그녀가 진심으로 거부했다면 강요하지 않았겠지만, 존재감 자체가 난폭했다. 그리고 잘

벼른 칼처럼 날카롭고 예리해서…… 효인의 가슴을 아프게 찔러 들어왔다.

친구 장진환은 단 한 번도 그런 적이 없었다. 다른 이들은 모두 그가 위압적이라고, 늘 장벽을 두르고 있는 것 같다고 했지만, 효인은 그의 말없는 무뚝뚝함마저 공기처럼 편안했다. 하지만 지금은 남들처럼 그가 무서웠다. 아니, 남자의 소유욕을 느낀 여자의 본능적인 위기감 때문인지, 남들은 그저 무섭다고 느끼고 말 뿐이겠지만 효인은 잡아먹힐 것만 같았다.

진환의 난폭한 존재감이 온몸을 짜릿하게 만드는 건 사실이었다. 하지만 그것은 친구 장진환이 더 이상 존재하지 않는다는 사실을 확실히 대변해 주는 일이기도 했다. 효인은 울고 싶어졌다.

"네가…… 무슨 소리를 하는지 모르겠어……."

효인은 저도 모르게 진환의 시선을 피할 뻔했지만, 시선을 피한다면 눈치가 야생동물 못지않은 그가 눈치챌 것 같아 가까스로 진환과 눈을 마주했다. 하지만 흑암처럼 까만 남자의 눈은 표면을 넘어 똑바로 그녀의 내부를 들여다보고 있었다. 그에게 반응하고, 그에게 몸을 떠는 속마음을.

이내 진환은 효인의 턱을 들어 올렸다. 마치 정말 제 여자를 다루는 것처럼 거리낌 없는 손길이었다.

효인의 눈이 흔들렸다.

'친구 장진환은 이런 식으로 날 만지지 않아. 이런 식으로…… 날 보지도 않고, 너무 다정해서 오히려 위기감이 느껴질 정도로 부드럽게 굴지 않아……. 진환이는, 이젠 처음부터 있었던 건지 없었던 건지 헷갈리는 내 친구는…… 이 남자가 아니야…….'

이미 알고 있었다. 이제 친구 장진환은 없다는 것을. 하지만 포기할 수가 없었다.

진환을 연인으로 인정한다고 해서 그가 아예 사라지진 않겠지만, 효인은 손안에 소중히 꼭 쥐고 있던 것을 놓치고 싶지 않았다. 이것을 원하지만 저것도 원했기에 한번 슬쩍 건드려 보고 물러서는 탐욕스러운 어린아이 같다고 해도 좋았다. 그는 죽을 때까지 변치 않을 친구라고 믿어왔는데 이제 와서 아니라니, 감당할 수가 없었다.

'진환이가…… 보고 싶어. 진환아……. 어디 간 거야. 넌 아직 미국에 있는 거지, 그렇지?'

효인은 마치 어린아이처럼 억지를 부렸다. 진환이 보고 싶어 미칠 것 같았다. 말없이 자신의 이야기를 들어주고, 때로 짓궂게 농담하는 그가. 서로 멀어질까 걱정할 필요 없고, 무엇을 함께해도 공기처럼 전혀 부담스럽지 않았던 친구가.

그때, 효인에게 있어 진환이되 진환이 아닌 남자가 말했다.

"모르는 게 아니라, 모르는 척하는 거겠지."

"대체…… 무슨 소리를 하는 거야……."

아, 목소리를 떨면 안 되는데…….

효인은 불가항력적으로 목소리가 떨려왔다. 이건 진환의 말대로 정말 모르는 게 아니라 모르는 척한다고 증명하는 거였다.

"그럼 네가 우리 집에 뭘 두고 갔는지도 모르겠군?"

진환은 그답지 않게 슬쩍 이죽거렸다. 효인은 발작적으로 대답했다.

"스타킹은! 그냥 자다가 갑갑해서 벗었……."

"나와 잔 건 기억 못 하면서, 자다가 스타킹을 벗은 건 기억해?"

효인은 입을 다물었다. 유도신문이랄 것도 없는 말이었는데, 당황한 탓에 저도 모르게 진환의 페이스에 말려 들어가 버렸다.

효인은 와락 이마를 감싸 쥐었다. 도저히 이 상황을 믿고 싶지 않다는 듯. 한참 그렇게 어지러운 듯 서 있더니, 이내 효인은 입술이 새하얗게 질리도록 질끈 깨물었다. 그리고 시비라도 걸 것처럼 진환을 보았다.

"그래, 불타는 사랑 좋지."

효인은 냉소적인 웃음을 토해냈다.

"하지만 불이 꺼지면? 그럼 우리는 뭐가 되는 거야? 친구? 애인? 아무것도 아니야. 죽도 밥도 안 된다고."

결국 인정해 버렸다. 끝까지 모른 척하려고 결심했는데, 진환은 기어코 효인이 그냥 도망가게 내버려 두지 않았다.

효인이 더 이상 도망가지 않고 이야기를 해 보려는 듯하자 진환은 일단 그녀를 놓아주었다.

"왜 끝나는 것부터 생각해?"

그건 언제나 낙천적이고 긍정적인 효인답지 않았다. 본디 효인의 성격대로라면 앞뒤 재지 않고 일단 원하는 것을 향해 돌진해야 맞았다. 그렇다고 계획도 없이 저돌적이라는 말은 아니었지만, 모든 걸 단순하게 이해하는 효인이 왜 자진해서 상황을 복잡하게 만들고 있는지 이해할 수 없었다.

진환의 질문 아래 숨어 있는 의문을 읽었는지, 효인은 거친 한숨을 토해냈다.

"언젠가는 끝날 테니까. 사랑이란 건 언젠가 끝나기 마련이니까."

진환이 무어라 말하려 하자, 효인은 손을 내밀어 그의 말을 막았다. 그리고 계속 말했다.

"사랑을 믿지 않는다는 게 아니야. 하지만 현실적으로 생각해봐. 사랑의 유효기간은 아무리 길어봤자 삼 년이야."

효인은 갑자기 입술을 꾹 다물더니, 떨리는 목소리를 흘렸다.

"내가…… 내가 시한부 인생을 선고받은 것처럼 그 삼 년이 언제 끝날까 불안해하며 너와 하루하루를 보내야겠어……? 꼭 그래야 속이 시원하겠어?"

진환의 눈빛이 흉포하게 빛났다.

"이해가 안 돼. 왜 너 스스로 시한을 정해놓고 불필요한 불안에 떠는지."

효인은 겨우 떨리는 눈빛을 다잡았다. 하지만 막을 새도 없이 차오르는 눈물은 숨길 수가 없었다.

"왜 몰라. 왜 몰라주는 거야. 그만큼 널 잃으면 살 수가 없다는 걸. 말했잖아. 너 없으면 대체 난 누구와 웃어야 해. 누구와 이야기하고…… 누굴 생각해야 해……."

물론 진환이 없어도 자신은 웃을 것이고, 누구에게든 이야기할 것이고, 뭐든 생각할 수 있을 것이다. 사람이란 망각하기 마련인 동물이니까. 하지만 드문드문 생각이 미칠 때면 이루 말할 수 없는 슬픔에 사로잡힐 것이고, 심장의 한쪽이 잘라내진 것 같은 공허함에 눈물부터 흐를 것이다. 그렇게 평생 허무한 가슴을 안고 살아야 한다면, 웃는다고 해서 그게 정말 웃는 걸까. 담담하게 살아간다고 해서 그게 정말 사는 걸까.

"제발, 난 널 잃고 싶지 않아."

바보 같은 심효인은 모르는 모양이었다. 그게 사랑한다는 말보다 얼마나 더 큰 고백인지, 얼마나 키스하고 싶어지게 하는지, 얼마나 사랑스러워 보이게 하는지…….

"우리…… 여기서 만족하자. 한 번쯤 잔 거, 술김에 실수한 거라고…… 열정에 못 이겨 실수한 거라고, 남자와 여자가 친하게 지내다 보면 어쩌다 실수할 수 있다고 넘어가는 거, 가능하잖아."

조금 횡설수설 흘러나오는 말에 진환은 묵묵히 되물었다.

"가능해?"

단 세 음절이었다. 그리고 밥 먹었냐고 묻는 듯 단조로운 물음이었다. 하지만 효인은 말문이 막혀 버리고 말았다. 그 청산유수 같은 언변이 다 어디로 도망가 버렸는지, 도무지 할 말이 떠오르지 않았다.

과연 가능할까? 진환과 계속 함께 지내면서 어젯밤을 떠올리지 않는 게? 그가 자신을 얼마나 다정하게 안아주었는지, 그가 준 쾌감이 어떤 것이었는지, 자신이 그를 받아들이며 어떻게 울었는지…… 완전히 잊어버리는 게 가능할까?

아마 떠오를 것이다. 그의 등을 볼 때마다. 그의 바람 같은 체취를 맡을 때마다. 그의 그윽한 목소리를 들을 때마다.

아마 또 한 번 갈망하게 될 것이다. 힘 있게 자신을 안아주던 든든한 팔을. 키스해 주던 입술을. 세상에서 가장 소중한 사람인 듯 품어주던 품을.

알고 있었다, 누구보다 잘. 하지만 효인은 여기서 무너질 수 없었다. 납득했다가 정말 만에 하나 진환을 잃어버리게 된다면, 시작하지 않느니만 못할 테니까. 멈출 수 없어도, 멈추어야만 했다.

"우리는…… 시작하지 말았어야 했어……."

술기운이었다지만 안일하게 본능 앞에 무릎 꿇어서는 안 되었던 건데. 시작조차 하지 말았어야 하는 건데.

효인은 우울하게 후회했다. 그러자 진환은 한숨을 내쉬고 효인을 한 품에 끌어안았다. 힘없이 딸려온 효인은 저항하지 않았다. 비록 어제처럼 나서서 팔을 둘러오거나 하지는 않았지만, 가만히 안겨 있었다.

"아니, 너무 늦게 시작했어."

진환은 품 안에 들어오는 몸을 느끼며 후회했다. 오히려 이렇게 멀리 돌아온 걸. 아니면 그들은 이미 하나가 되었을 것이다.

"하지만 늦었다고 생각하는 때가 가장 빠른 거라고들 하잖아."

진환은 효인의 볼을 감싸 쥐고 들어 올려 자신을 마주 보게 했다. 물기에 젖은 효인의 눈이 희미하게 떨리고 있었다.

"심효인, 넌 믿어야 해. 다시는 내가 널 혼자 내버려 두고 어디 가거나 하지 않을 거라고."

효인은 입술을 달싹였다. 하지만 아무리 기다려도 기다 아니다 확실한 대답을 들려주지 않았다. 진환은 더 이상은 마냥 기다려 주고 있을 시간이 없었다. 심리적인 시간도 그랬지만, 수술을 하러 가기 전에 철호에게도 들려야 하니 지금은 시간이 부족했다.

결국 진환은 다음을 기약하며 효인을 안은 팔에 힘을 풀었다. 그리고 효인을 남겨두고 사무실을 나서며 마지막으로 말했다.

"한 가지 말해두지만, 널 안은 건 절대 실수가 아니었어. 늦게야 깨달은 내 본심이었지."

오늘 처음 흉부외과 의국에 들어온 윤정은 대충 눈으로 의국을 익힌 뒤, 배정받은 일을 하기 위해 다급히 가는 중이었다. 그런데 저 멀찍이서 전임의 사무실의 문이 열리는 게 보였다. 그리고 익숙한 사람이 모습을 드러내었다. 진환이었다.

말을 걸 용기도 없으면서 더럭 드는 반가움에 저도 모르게 한 발을 내딛는데, 그가 먼저 어딘지 씁쓸한 표정으로 전임의 사무실을 돌아보았다. 윤정은 우뚝 멈춰 섰다.

왜인지…… 그답지 않게 조금 안달이 나는 듯한 표정이었다. 게다가 선뜻 떠나지 못하는 모습이, 언뜻 보면 꿀단지라도 숨겨놓고 나왔나 궁금할 정도였다. 달콤하고 맛난 꿀을 혼자 탐식하고 싶은데 미처 그럴 수 없는 듯한 표정. 하지만 이내 발걸음을 돌려 제 갈 길을 갔다.

좀 떨어진 곳에 멈춰 선 윤정은 빤히 전임의 사무실을 바라보았다. 마음 같아서는 안을 들여다보고 싶었지만, 함부로 들어갔다가 누구에게 들키면 경을 칠 일이었다. 그래서 못내 미련을 남겨놓고 지나쳐 가려는데, 사무실의 문이 열렸다.

나온 사람은 효인이었다. 무슨 일이 있었는지 그녀는 눈가가 촉촉해져 있었고, 분위기는 달착지근한 꿀이 배어날 것처럼 농밀했다. 옅은 한숨 바람까지 짓는 것이, 혜경의 말마따나 같은 여자인데도 묘하게 섹시해 보였다.

무엇보다 시선을 확 잡아채는 것은 부풀어 올라 있는 그녀의 입술이었다. 붉은 기까지 띠고 있는 게, 너무 과한 생각일지도 모르겠지만 아무리 봐도 진하게 키스하고 난 것 같은 입술이었다.

'설마……'

윤정은 병적으로 날뛰려는 상상력을 애써 다잡았다. 진환과 효인이 그저 오랜 친구라는 건 유명한 이야기였다. 만약 그렇지 않다면 서로 이 나이 먹을 때까지 결혼하지 않고 있을 리가 없었다.

그걸 알고 있음에도 효인을 미워하는 건, 단순한 친구라도 짝사랑하는 상대 곁에 XX의 성염색체를 가진 생물이 있다는 게 마음에 들지 않기 때문이었다. 게다가 가장 근본적으로는 미묘한 열등감 탓이 컸다. 윤정은 은연중에 인정하고 있었다. 자신은 전임의가 되어도 그녀처럼은 할 수 없으리라는 걸.

윤정은 효인이 환자에게 조금이라도 짜증 내는 모습을 본 적이 없었다. 오히려 그녀가 화를 내거나 짜증을 낸다고 하면 인턴과 레지던트를 향해서였다. 그것도 그들이 환자들에게 신경질을 부렸거나, 환자와 관련된 실수를 했을 때뿐이었다. 누군가가 효인에게 혼이 났다고 하면 다들 끌끌 혀를 내차며 '네가 잘못을 한 거겠지.'라고 할 정도였으니까.

그래서 이토록 화가 나고, 열등감을 지울 수가 없었다. 감정을 불필요하게 소모하고 있다 해도, 사람의 마음이란 언제나 제 뜻대로 되는 게 아니었다.

"음?"

작게 한숨을 내쉰 효인이 멀거니 서 있는 윤정을 발견했다. 그제야 윤정은 화들짝 놀라 얼른 효인에게 고개를 숙였다.

"그러니까, 문 선생?"

윤정은 슬그머니 고개를 들었다.

"예."

효인은 혜경과 달리 똑 부러지게 생긴 윤정을 바라보다가, 희미하게 웃었다.

"열심히 해."

누군가를 신경 써줄 만한 상황이 아니긴 했으나, 사생활은 사생활이고 일은 일이었다. 진환을 잃는다면 이 일까지 흔들려 버릴 것 같지만, 아직까진 손끝으로나마 아슬아슬하게 잡고 있으니 평정을 유지해야 했다.

효인은 몸을 돌리며 쓰게 자조했다.

'나도 내가 딱 부러지고 야무진 줄 알았는데, 잘난 척을 하고 있을 뿐이었어. 남자 때문에, 고작 남자 때문에 이렇게 흔들리다니.'

얼핏 자조가 떠오르다가도, 효인은 다시 울고 싶은 기분이 되어버렸다.

'하지만 진환이는 고작 남자가 아니잖아⋯⋯.'

술김이었다고 해도, 진환에게 키스하고 싶어진다는 말 따위 하지 말았어야 했다. 여자와 남자 사이에 튀는 화학적 작용은 시간이 지나면 알아서 사그라졌을 텐데, 고작 그 충동을 참지 못하고⋯⋯.

하지만 참을 수 있는 것이었다면 어떻게든 참았을 것이다. 참을 수 없었기 때문에, 말하고 말았다. 그럼에도 이성은 감정에 완강히 저항하고 있었다. 그에 효인은 더욱 혼란 속으로 침몰해 갔다.

"저, 선생님."

비참한 기분으로 막 걸음을 옮기려는데, 윤정이 문득 대단한 결심이라도 한 것처럼 말을 걸어왔다. 효인은 다소 피곤한 눈으로 그녀를 돌아보았다.

"그게……."

하지만 효인이 돌아보자 윤정은 용기를 잃은 듯 우물쭈물했다. 앞으로 그러쥔 손을 초조하게 만지작거리는 모습을 보아하니 묻기 어려운 질문을 하고 싶은 것 같았다.

"왜? 할 말 있어?"

"이런 질문…… 정말 실례가 된다는 건 알고 있지만……."

효인은 재촉하지 않고 기다려 주었다. 그러자 윤정은 지금이 아니면 기회가 없을 거라고 스스로를 다그쳐서 결국 물었다.

"혹시…… 장 선생님과 사귀시나요?"

어색한 침묵이 내려앉았다. 그리고 한동안 그 침묵은 흘러가지 않고 두 사람 사이에 멀거니 고여 있었다.

윤정은 혀를 깨물고 싶은 심정이었다. 아무리 자신이 효인을 미워하고 있어도, 조금은 은연중에 깔보고 있어도, 인턴이 전임의에게 할 수 있는 질문이 있고 할 수 없는 질문이 있는 법이었다. 이 질문에는 아무리 관대한 효인이라도 불쾌해할지도 몰랐다. 하지만 물어보지 않을 수가 없었다. 여자의 직감이 진환과 효

인, 두 사람 사이에 흐르는 기류가 심상치 않다고 시끄럽게 외쳐
대서, 진환의 눈빛이 너무 간절하고, 효인의 눈빛 역시 너무 애절
해서.

"그런 건 왜 묻는 거니?"

이내 흘러나오는 효인의 목소리가 한층 낮아져 있었다. 그다지
좋은 전조가 아닌 듯해, 윤정은 슬쩍 자신의 혀를 깨물었다.

그래, 그토록 대단한 친구 사이라는데 이런 질문에는 그녀
도 화가 나겠지 생각했다. 안 그래도 여자와 남자라는 특이사항
때문에 다른 사람에게서도 이런 질문을 수없이 들을 테니 말이
다.

"그건, 그게…… 죄송합니다. 실례되는 질문을 했습니다. 잊어
주세요."

윤정은 거의 90도로 허리를 숙이며 사과했다. 하지만 효인은
대답이 없었다. 어색하기 짝이 없는 침묵이 윤정이 숙이고 있는
허리를 짓눌러 왔다.

이내 효인은 윤정을 내버려 두고 발걸음을 돌리며 말했다.

"대답을 해주자면, 아니."

얼굴이 보이지 않는 효인의 뒷모습은 단호했다.

"사귀지 않아. 앞으로도 사귀지 않을 거고."

그리고 효인은 금세 모습을 감추었다. 하지만 윤정은 원하던
대답을 들었는데도 전혀 만족할 수가 없었다. 효인의 대답은 사
귀지 않는 상황에 대한 확신이라기보다, 사귀지 않을 거라는 결
심인 듯했기 때문이다. 뭔가 목에 턱 걸려 있는 것처럼 찝찝했
다.

'그래, 그럴 거야.'

효인은 어디로 가는지 목적마저 상실한 듯 하염없이 걸어가며 재차 다짐했다. 진환과 사귀지는 않을 거라고. 그렇게 시간이 지나다 보면 진환도 한순간의 충동이었다고 깨달을 것이다.

한동안은 좀 서먹서먹하겠지만, 두 사람의 이십 년은 그저 숫자에 불과한 허송세월이 아니었다. 게다가 같은 병원에서 일하는 이상 계속 얼굴을 마주 볼 테니, 금세 예전처럼 한두 마디 장난스럽게 나누게 될 테고, 그럼 잠시 티격태격했을 때 같은 어색함도 금방 사라질 터였다. 싸우고 난 뒤에는 늘 그래왔으니까.

"흐흐흑……."

그때, 흐느끼는 소리가 들려왔다. 복도의 의자에 앉은 여자가 친상이라도 당한 것처럼 얼굴을 감싸 쥐고 울고 있었다. 환자복을 입은 그녀 옆에는 일행으로 보이는 남자가 앉아 있었는데, 그는 여자의 어깨를 꽉 끌어안고 있었고, 그도 눈가에 물기가 가득했다.

별생각 없이 병원에 왔다가 안 좋은 소식이라도 들은 모양이었다. 효인은 저들 역시 얼마나 심란하겠는가 싶어 애잔한 눈으로 바라보았다. 게다가 옷차림이 다소 허름해 더욱 신경이 쓰였다.

"울지 마……. 됐어, 그만 울어."

남자는 그나마 자신을 유지하고 있는 듯, 물기가 잔뜩 배어나는 목소리로도 여자를 달래보려 애썼다. 하지만 그럴수록 여자가 흐느끼는 소리는 짙어질 뿐이었다.

그런데 가만히 보니, 남자의 얼굴이 꽤 앳되어 보였다. 옷차림이 저런 데다가 고생을 많이 한 듯 홀쭉한 볼 때문에 미처 몰랐는데, 많아봤자 스무 살 초반을 넘어 보이지 않았다. 아니, 긴 머리를 짧게 잘라놓고 보면 고등학생처럼 보일 것 같았다.

"흐흑, 허윽…… 흐윽, 흑……."

파고들 것처럼 손바닥에 얼굴을 묻고 있던 여자가 숨이 막히는 듯 고개를 들었다. 그런데 눈물에 흐려져 잔뜩 엉망이 된 그녀의 얼굴 역시 굉장히 어려 보였다. 하지만 우기를 만난 그녀의 눈은 도저히 스무 살 어린아이의 것이 아니었다. 그녀의 눈에서는 세월의 고통과 삶의 회환이 잔뜩 묻어났다. 마치 세상의 신물, 단물, 쓴물까지 다 맛본 중년 여인처럼.

"대체, 대체…… 대체 왜 우리한테 이런 일이 생기는 거야……. 우리가 뭘 잘못했는데. 주일기도도 열심히 했고, 새벽기도도 빼먹지 않았어. 그저 남들처럼 평범하게만 살 수 있게 해달라고 그렇게 빌었는데도……."

남자는 말없이 여자의 어깨를 도닥거렸다. 그도 섣불리 할 말을 찾을 수가 없는 듯. 그러자 여자는 다시 서럽게 흐느끼기 시작했다.

"어디서부터 뭐가 잘못된 거야……. 도대체 왜 여기까지 온 거지……."

효인은 강이 되어 흘러내릴 것처럼 서글픈 여자의 흐느낌을 뒤로하며 씁쓸하게 중얼거렸다.

"그러게요. 대체 왜 여기까지 왔을까요……."

신이 정말 존재한다면 대답을 내어주어도 좋으련만.

그렇게 기도했는데도 결국 어머니를 잃고 만 순간부터 더 이상 신을 믿지 않게 되었지만, 오늘도 여전히 묵묵부답인 신 때문인지 다른 무엇 때문인지, 멀어지는 효인의 걸음이 물 먹은 빨래처럼 축축 처졌다.

똑똑.
문을 가볍게 두드리자, 안에 있는 철호가 말했다.
"들어와라."
진환은 과장실의 문을 열고 들어가 작은아버지와 마주했다.
"부르셨습니까?"
"그래, 일단 앉아라."
"아닙니다. 곧 수술을 들어가 봐야 해서 시간이 별로 없네요. 하실 말씀이라도 있으십니까?"
철호가 책상 의자에서 일어서며 자리를 권했지만, 진환은 문을 닫고 들어왔을 뿐 가볍게 거절했다. 그러자 철호는 잠시 멈칫하더니, 이내 아무렇지 않게 혼자 소파에 앉았다.
"그럼 짧게 이야기하마."
"부탁드립니다."
짧게 이야기한다고 말은 했지만, 철호는 무엇을 재보고 있는지 잠시 말이 없었다. 그러다가 소파의 등받이에 등을 푹신하게 묻으며 겨우 입을 열었다.
"네 스케줄을 확인했는데, 진환이 너 내일이 오프 맞지?"
진환의 부모님이 외국을 전전하고 있는 지금 철호는 작은아버지라기보다 거의 아버지라고 해도 좋았다. 하지만 성인이 되기 전부터 떨어져 살았던 탓에 그다지 조카의 생활에 간섭하는 법이 없었는데, 대뜸 오프를 물으니 진환은 의아해졌다.

"네."

철호는 소파의 팔걸이를 가볍게 내려쳤다. 하지만 주목을 요하는 내려침이라기보다 '옳거니!'라고 말하는 듯한 동작이었다.

"그럼 내일 하루는 날 위해 좀 써라."

"내일…… 말입니까?"

진환은 뭔가 석연치 않아 일부러 느릿하게 대답했다. 그러자 철호는 무슨 꿍꿍이속인지 사람 좋은 웃음을 지었다.

"내일 성진 병원장을 만나기로 했는데 이 양반이 네 이야기를 들은 모양이더구나. 클리블랜드에서 조카가 돌아왔으면 빨리 소개시켜 줘야지 뭘 뜸 들이고 있냐고 어찌나 닦달을 하던지……. 그 양반이 다혈질이라 가끔 상대하기 벅찰 때가 있단 말이야. 아무튼 그렇게 됐으니 시간 좀 내거라."

성진 병원장이라면 철호의 대학 동창이라 진환도 대충 알고 있는 인물이었다. 그리고 두어 번 만나본 적도 있었다. 유학 가기 전에 우연히 한 번 보았고, 레지던트일 때 잠시 한국에 귀국했다가 또 한 번 만났는데, 분명 그때 그가 진환에게 끈질기게 했던 말이…….

진환은 낮게 '흐음' 하는 소리를 흘리고 슬쩍 철호를 바라보았다. 철호는 어딘지 조카의 눈치를 살피고 있는 기색이었다.

"예, 알겠습니다."

철호는 화색이 돌려는 표정을 겨우 억누르고 가만히 웃었다. 그 아닌 척하는 표정에 진환은 피식 웃을 뻔했다.

'속이는 것 같아 죄송하지만, 뭐…… 좋은 기회일 수도 있겠지.'

장장 무슨 장. 쟁반같이 둥근 장…… 이 아니라, 아닌 척 음흉한 장. 그 이름하야 장진환이라!

## 22
### 그곳도 내 마음도 Care Unit

추적추적 이슬비가 내리는 날이었다.

아침에 일어나 창문의 버티컬을 걷으니 세상이 온통 작은 물 알갱이의 향연에 잠겨 있었다. 햇빛을 흡수해 무지갯빛 프리즘으로 빛나는 풍경이 예쁘긴 했지만, 이런 날은 습기에 허리가 처지는 기분이라 효인은 비가 반갑지 않았다. 어렸을 때는 비가 오면 머리에 꽃 한 송이 꽂은 광년처럼 웃으며 뛰어다니느라 바빴는데, 아무래도 나이 탓인가 보다.

'역시 늙으면 죽어야 돼.'

효인은 기분도 썩 좋지 않은데 비까지 오니 일이고 뭐고 다 때려치우고 침대에만 누워 있고 싶어졌다. 하지만 다달이 월급 받고 사는 직장인의 비애는, 같은 직장인들만이 알 것이다.

그래도 선뜻 몸이 움직여지지 않아 효인은 괜히 발정 난 고양이처럼 시트에 온몸을 비비적거렸다. 그 모습이 흡사 사람 발에 짓밟힌 지렁이 같기도 했다.

팬티만 입고 있는 다리에 시트가 서늘한 물처럼 휘감겨 왔다. 그 순간 효인은 움찔, 동작을 멈추었다. 드러난 피부를 쓸어가는 시트의 느낌이 묘하게 무언가를 떠올리게 했다. 당혹스러울 정도로 선명하게 떠오르는 남자의 손길……

효인은 퉁겨 오르듯이 벌떡 상체를 일으켜 세웠다. 그리고 '끙' 하고 앓는 소리를 내었다.

여자가 남자를 알기 전에는 아무렇지 않게 독수공방을 하지만 남자를 아는 청상과부들은 밤마다 허벅지에 피가 맺힌다더니, 딱 그 짝이었다.

'환장할 환 자다, 진짜.'

장진환의 환 자는 사실 빛날 환 자가 아니라 환장할 환 자가 아닐까?

효인은 안 그래도 봉두난발이 된 머리카락을 정신없이 비비적거렸다. 그러더니 계속 이렇게 있으면 더 깊이 빠지겠다고 생각하고 벌떡 침대에서 일어섰다. 그리고 거의 광속으로 출근 준비를 하기 시작했다.

그렇게 약 45분이 지난 후, 효인은 샤워와 드라이에 화장까지 모두 끝내고 출근길에 올랐다. 하지만 목숨이 걸린 것처럼 드라이를 했음에도 불구하고 그녀의 머리카락은 습기에 힘없이 축 늘어졌다. 팍 삭은 파김치나 푹 절여놓은 오이소박이 같았다.

'비가 오니 너도 축축 처지는구나. 그래도…… 오늘은 진환이가 오프니까 힘 좀 내보자.'

진환이 없을 때에야 힘을 낼 수 있는 상황이라니, 효인은 정말 이런 기분이 싫었다.


"일팔. 그치지도 않고 오네."

효인은 빗줄기가 좀 더 거세진 밖을 바라보며 볼멘 듯이 중얼거렸다. 그러자 옆에 있던 상준이 갑자기 '풋' 하는 소리를 내었다. 효인은 그런 상준을 '이놈이 왜 이래?' 하는 눈으로 바라보았다.

"일팔이라니, 그거 혹시 욕이에요?"

"어, 뭐."

효인은 손에 들고 있는 커피 잔을 들어 보이며 무료하게 말했다. 그러자 그녀를 바라보는 상준의 시선이 대번에 의아해졌다.

"심 선생님, 어째 오늘 기운이 없어 보이시네요?"

아마존, 의외로 눈치가 기민했다. 하긴, 아마존 정글에서 살아남으려면 눈치부터 남달라야 했겠지.

효인은 별 영양가 없는 농담을 멍하니 생각하며 대답했다.

"비가 와서 그래."

그리고 효인은 확실히 나른하게 풀어진 눈으로 커피를 홀짝거렸다. 그런데 내색은 하지 않았지만, 오늘따라 이상하게 커피가 썼다. 뭔가 빠진 듯한 기분.

"에이, 장 선생님이 안 계셔서 그러시는 거면서."

"아마존, 커피 속에 수장시켜 버린다."

상준이 은근히 놀리자 효인은 진환의 포스를 빌려온 듯 전혀 변화 없는 무표정으로 서늘하게 말했다. 그러자 상준은 고개를 모로 꺾고 감히 '쳇' 하는 소리를 흘렸다.

"아마존이라고 부르지 마시라니까요."

"알았어, 그럼 까메오."

"선생님!"

"아마존도 싫다, 까메오도 싫다, 까탈스럽기는. 생리 중이야? 뭐, 알았어. 그럼 부시맨."

가무잡잡한 피부에 비쩍 곯은 몸을 가진 상준을 놀릴 만한 별명은 무궁무진했다. 하지만 평소라면 명랑하게 까르르 웃으며 즐겼을 만한 농담도 지금은 전혀 재미있지 않았다. 상준도 그것을 눈치챈 모양이었다.

"선생님 오늘 정말 기운 없어 보이시는 거 알아요?"

효인은 흘긋, 눈동자만 굴려 상준을 돌아보았다.

"그래 보여? 응, 나도 그래 보여."

상준은 정말 이상하다고 생각하며 고개를 갸웃거렸다. 농담이긴 했지만 아무래도 단순히 진환이 없어서 효인이 이런 상태인 건 아닌 것 같았다. 진환이 오프였던 때는 여러 번이었지만 한 번도 효인의 상태가 이렇게까지 심각한 적은 없었으니까. 지금은 툭 치면 픽 넘어지거나, 철썩 때리고 가면 뒤늦게야 '아' 하는 소리를 내며 코끼리급의 반응을 보여줄 것 같았다.

"무슨 일 있으시⋯⋯."

상준이 막 물으려는 찰나, 삐— 삐— 삐— 이제는 새삼스러울 것도 없는 호출 소리가 훼방을 놓았다. 효인은 허리춤에 차인 호출기를 확인해 보고, 상준은 나오다 만 말을 도로 삼키며 쩝 입맛을 다셨다.

"그럼 나 먼저 간다. 커피 잘 마셨어."

전임의 사무실이 머지않은 곳에 있는데 갑자기 의국에 난입해 상준에게 커피를 얻어 마신 효인은 느릿느릿 자리에서 일어섰다.

"별걸요."

효인은 그녀 주위에만 시간이 느리게 흐르는 것처럼 느릿느릿 의국을 나섰다. 상준은 난감하게 웃었다.

"거북이도 저거보단 빠르겠네."

효인은 가슴이 더부룩해졌다. 애당초 오늘 상태가 꼭 쉰 떡 같긴 했지만, 컨설트가 들어온 곳이 NICU[1]이기 때문이었다. ICU[2]나 NICU에서 컨설트가 들어오면 환자를 확인하기 전부터 마음이 불편했다. 케어 유닛이라는 이름대로 정말 언제 죽어도 이상하지 않은 중환자들을 마주해야 한다는 무거운 마음 탓이었다.

효인은 병원답지 않게 귀여운 캐릭터 스티커들이 올망졸망 붙어 있는 유리문을 울적하게 바라보았다. 하지만 하염없이 이러고 있을 수도 없는 노릇이라 애써 담담하게 걸음을 내디뎠다. 그러자 깜찍한 초록색 기형 공룡이 웃고 있는 자동문이 소리 없이 밀려나고, 병원 특유의 소독약 냄새가 더욱 진하게 풍겨왔다.

안으로 들어가자, 거기에는 이미 다른 임상과에서 컨설트를 받고 온 의사들이 있었다.

"이쪽은 흉부외과 전임의인 심효인 선생님이십니다."

---

1) Neonatal Intensive Care Unit, 신생아집중치료실
2) Intensive Care Unit, 중환자실

환자의 담당의인 교수가 보호자에게 효인을 소개시켜 주었다. 그에 막 보호자와 인사를 나누는데, 왠지 보호자의 얼굴이 낯익었다. 그래서 곰곰이 기억을 되짚어보려니, 그는 어제 복도에서 스쳐 지나갔던 남자였다. 세상이 끝난 것처럼 우는 여자를 달래 주고 있던 앳되어 보이는 남자.

그런데 그가 NICU에 보호자로 있다는 의미는…….

효인은 상황 파악을 끝내고 마음이 불편해졌다. 하지만 보호자의 앞이기에 늘 그래왔던 대로 빙그레 웃으며 애써 밝은 척했다.

"그럼 귀여운 꼬마 환자가 누군지 볼까요?"

환자는 큰 크기의 어항 같은 인큐베이터 안에서 당장에라도 끊어질 듯 가늘고 약한 숨을 새액새액 내쉬고 있었다. 아이는 정말 보고 있기 안쓰러울 정도로 작아서 저 몸 안에 자신과 같은 오장육부가 다 들어 있다는 게 믿기지 않을 정도였다. 그런데도 저 작은 몸에는 튜브와 선들이 마치 촉수처럼 줄줄이 이어져 있었다.

효인은 인큐베이터의 투명 벽에 살짝 손을 대었다. 그리고 작은 아이가 무서워하지 않도록, 그 연약하고 자그마한 심장이 놀라지 않도록 살며시 웃었다.

"안녕, 꼬마야."

다정한 인사를 알아들은 건지 못 알아들은 건지, 아이는 그저 묵묵부답이었다. 그저 자신의 손가락 한 마디쯤 될까 말까 한 손만을 꼼지락꼼지락 움직일 뿐이었다.

"TGA[3]야."

---

3) Complete Transposition of the Great Arteries, 대혈관 자리 바뀜증

교수가 말했다.

하지만 큰 수술이 필요한 TGA뿐만 아니라 아이는 미숙아들이 흔히 그렇듯이 VSD[4]와 유리질막증(신생아 호흡곤란 증후군), 물뇌증 등 여러 가지 합병증이 겹친 상태였다. 그래서 물뇌증을 치료하는 션트[5]를 시행할 신경외과의도 와 있는 것이었다. 하지만 그보다 더 큰 문제는 뇌성마비로 의심되는 증상들이었다. 아이는 살아 있다는 게 믿기지 않을 정도였다.

"아이 이름은 어떻게 되나요?"

효인이 묻자, 아이의 아버지인 우열은 고개를 내저었다.

"아직 짓지 않았습니다."

우열은 웃고 있었다. 교복을 입어도 전혀 위화감이 없을 것 같은 어린 얼굴을 흐리며 희미하게 웃었다.

이야기를 나누다가 알게 된 건데, 우열은 실제로도 어렸다. 스물한 살. 무슨 사정을 안고 있는지는 모르겠지만, 한 생명을 책임지기에는 너무도 어린 나이였다. 하지만 그는 남들이라면 대학의 새내기가 되어 미팅에도 나가고 심각한 고민이라고 해 봤자 성적밖에 없을 나이에 아버지가 되어 이런 슬픔을 떠안아야 했다.

"저, 아이의 어머니는……?"

효인은 그런 우열을 애잔한 눈으로 보다가, 함께 있어야 할 아이의 어머니가 보이지 않아 조심스럽게 물었다.

"아이를, 보고 싶지가 않다는군요……."

말은 애써 담담하게 하지만 그의 가슴은 이미 갈기갈기 찢어

---

4) Ventricular Septal Defect, 심실 중격 결손증
5) Shunt, 뇌실복강단락술

져 넝마가 된 것 같았다. 이렇게 겉으로 봐도 알 수 있을 만큼 뚝 뚝 피눈물을 흘리고 있었다.

의사들은 다 씁쓸한 표정을 짓고 있을 뿐, 한동안 말이 없었다. 아무리 수많은 환자를 보아왔다고 해도 그들이라고 담담할 수만은 없었다. 특히 삶 한번 제대로 누려보지 못한 어린 환자들이라면 그들 역시 안타까움을 감출 수가 없었다.

모두가 흉부외과 담당의 결론을 기다리고 있는 가운데, 효인은 최대한 담담하게 이야기했다.

"약물 치료가 끝나는 대로 수술을 해야 할 것 같습니다."

"예…… 알겠습니다……."

침통함이 섞인 우열의 한숨이 입 밖으로 흩어졌다.

대충 자리를 정리하고 나온 효인은 아직 추적추적 비가 내리는 바깥을 기운 없이 바라보았다. 봄이 온다는 소식을 가지고 찾아온 봄비에 가슴이 설레야 할 터인데, 봄의 문턱에 서서도 올해는 어째 울적하기만 했다.

한동안 굳은 듯이 서 있던 효인은 가슴께에 손바닥을 대었다. 왜인지, 꽉 차 있던 것이 빠져나간 것처럼 그 부분이 텅 비어 있었다.

건드리면 탁 터질 것처럼 작은 아이의 심장도 살아보겠다고 팔딱팔딱 열심히 뛰고 있는데, 자신의 심장은 뭐에 그리 지쳤는지 뛰는 소리가 잘 들리지 않았다. 그게 참 아슬아슬하게 느껴졌다. 마치 떨어뜨리면 파삭, 산산조각으로 부서질 유리심장이 되어버린 것처럼.

효인은 가운의 주머니에 손을 집어넣어 전원이 꺼진 핸드폰을 꺼내 들었다. 평소에는 그냥 사물함에 넣어두지만, 오늘은 어쩐지 손에서 뗄 수가 없었다. 전원을 꺼둔 이상 연락이 오지 않으리라는 걸 알면서도.

효인은 빗줄기가 방울방울 흘러내리는 창문에 우울한 시선을 던졌다.

'진환아, 나 없는 이 시간에 넌 뭘 하고 있어? 내가 예전에 그랬던 것처럼 드문드문 내 생각이 나? 난 그래. 근데, 나 어쩌면 좋니. 한 걸음을 내디딜 용기가 없어. 널 잃는다는 상상만 해도 유리 같은 심장이 깨질 것 같아서……. 한번 부서지면 너 없이는 절대 다시 붙이지 못할까 봐. 하지만 어쩔 수 없이 네가 보고 싶어져. 사실 지금은 네가 보이지 않아서 조금 안심이 되기도 하는데, 역시 네가 없으니 기운이 안 나네. 넌 지금 뭘 하고 있을까……?'

그 시각, 진환은 입안으로 쓴웃음을 삼켰다. 철호가 시간을 내라고 했을 때부터 예상했던 바이긴 했지만, 일이 너무 예상대로 흘러가니 뭐라고 할 말이 없었다. 헛웃음이 나올 것만 같았다.

"하하, 녀석. 아주 잘 컸어. 아니지, 이젠 장 선생이라고 불러야 하겠지? 이제 엄연히 전임의 선생이니까 말이야."

호탕한 목소리에 진환은 헛웃음을 감추고 정중하게 대답했다.

"부르시던 대로 부르셔도 괜찮습니다."

진환의 맞은편에 앉은 남자는 방이 울릴 정도로 호쾌하게 웃었다.

남자는 철호의 대학 동창이자 성진병원의 원장인 김기백이었다. 그에 대해서는 철호에게 들어온 바도 있지만, 예전에 짧게 봤을 때도 기백은 다혈질에, 음주가무를 즐기고, 의사답지 않게 여기저기 떠도는 것을 좋아하고, 좋게 말하면 호탕하고 나쁘게 말하면 성질이 급했다. 그리고 상당히 한량 기질이 있었다. 철호가 말하기로도 성공하지 않았으면 아예 실패했을 거라는 사람이라니 알 만했다.

기백은 철호보다는 진환의 아버지인 철우와 죽이 잘 맞을 것 같은 사람이었다. 사실 기백은 철우가 살림을 다 정리해서 외국으로 뜨기 전까지는 그와도 자주 술자리를 가졌고, 철우가 물러나 준 덕분에 성진 병원장 자리에 앉은 사람이기도 했다.

"철호 이 친구, 아주 몹쓸 사람이야."

정말 기쁜 것처럼 웃고 난 기백은 진환 옆에 앉아 있는 철호를 탓하듯 말했다.

"이 친구가 또 무슨 트집을 잡으려고 그러나."

점잖은 철호 씨답지 않은 말투였지만, 좋은 날 좋은 자리에서 오랜 동창을 마주한 철호는 제법 장난스러웠다. 그러자 기백은 끌끌 웃으며 말했다.

"이런 인재를 여태까지 외국에 나돌리고 있었으니 말일세. 공부가 끝나자마자 불러왔어야지, 뭐 한다고 이때까지 시간을 끌었어?"

말은 짓궂게 해도 결국 조카를 칭찬하는 말에 철호는 껄껄 웃었다. 역시 칭찬은 점잖은 철호 씨도 춤추게 하는 법이었다.

"하긴, 이제라도 돌아온 게 어딘가. 철호 자네 요즘 살맛나겠어. 이렇게 든든한 조카가 곁에 있으니 말이야."

"살맛만 나겠는가."

"이 친구 말하는 것 좀 보게. 이제 배가 살살 아파지려고 하네."

주거니 받거니, 두 남자는 자기들끼리 몇 마디씩 주고받았다. 그러다 철호가 기백 곁에 다소곳이 앉아 있는 여자를 다정하게 바라보았다.

"자네만은 못하지. 이렇게 착하고 예쁜 딸이 있으니 세상이 다 자네 것 같지 않아?"

"누가 들으면 자네는 딸 하나 없는 줄 알겠네."

진환은 피식 웃음이 나올 것 같았지만 그래도 명색이 어른들이 함께한 자리여서 가만히 있었다. 그러자 건너편에 앉아 있는, 두 어른을 웃는 눈으로 보던 여자의 시선이 그에게 수줍게 닿았다 갔다.

철호가 어제 말한 대로 그의 오랜 동창을 만나는 자리가 맞긴 맞았다. 하지만 요즘 몸이 단 철호의 기색을 보건대 분명 뭔가 꾸미는 것 같았다.

그 예상은 맞았다. 진환을 만나고 싶어 한다는 기백은 혹을 하나 달고 나왔다. 그의 둘째 딸이라던가. 그럴 거라 예상했으면서 모르는 척 이 자리에 나온 자신도 자신이지만, 너무 예측한 대로였다.

이건 명백히 맞선 자리였다. 기백이나 철호나 아직까지 그런 이야기는 전혀 언급하지 않았지만, 혼기가 꽉 찬 두 남녀를 끌고 나와 마주 보게 해둔 상황이니 확실하지 않을 수 없었다.

"내 딸들은 이미 시집갔으니 이제는 내 딸이라고 하기도 뭐하지."

철호에게는 딸이 둘 있는데, 진환의 사촌이 되는 그들은 이미 모두 결혼해서 가정을 꾸린 뒤였다.

"그래도 자네는 다들 처리해 버렸으니 걱정할 게 없잖아? 유진이 이 녀석은 아직도 세월아 네월아 혼자 지내고 있으니 내 입에 한숨이 마르겠어?"

화살이 자신에게 돌아오자 유진이란 이름을 가진 기백의 딸은 자못 샐쭉한 표정을 지었다.

"아버지는."

"그거야 나도 마찬가지라네."

철호는 한숨을 폭 내쉬었다.

"자식들은 다 보냈지만, 하나밖에 없는 조카라는 녀석이 이 나이 먹도록 세월아 네월아 하고 있으니 걱정은 끝이 없지. 날 믿고 진환이를 맡겨둔 형님 생각만 하면 참 미안해져."

진환은 그저 할 말이 없었다. 이렇게까지 자신을 생각해 주는 작은아버지에게 죄스러워서라기보다 철우가 아프리카로 떠나는 날 전화로 했던 말이 떠올라서였다.

"이 아버지는 아프리카로 간다만, 넌 언젠가 한국으로 돌아오겠지. 하지만 그때도 네 작은아버지에게 기댈 생각 따위 하지 말고 알아서 해라. 네 작은아버지가 널 일일이 돌봐줄 수 있을 정도로 한가한 사람이 아니기도 하지만, 그만하면 너도 애 아빠가될 만한 나이일 테니 알아서 잘할 거라 믿는다, 아들."

그렇게 신신당부했던 철우가 동생 철호에게 진환을 돌봐달라고 했을 린 없었다. 그래도 혈육 간의 정이 그렇게 무 자르듯 싹둑 자를 수 없어 철호가 진환을 그저 방관하고 있을 수 없다는건 알았다. 그리고 진환이 이 나이에도 결혼하지 않고 소꿉친구인 효인과만 지내니 철호의 눈에는 아직도 어린 조카로만 보이는것 같았다.

흔히 하는 우스갯소리로 첫사랑만 성공했어도 이미 초등학생을 자식으로 두었을 나이지만, 부모의 눈에 자식은 아무리 커도어린아이 같다고 하니 작은아버지에게 있어서도 크게 다르지 않은 모양이었다.

"음, 그건 그렇구만."

기백은 철호가 하는 말에 은근슬쩍 동의했다. 그리고 진환을바라보더니, 의뭉스럽게 물었다.

"그래, 이참에 네 말을 들어보는 것도 좋겠지. 이제 정말 가정을 가져야 하지 않겠느냐? 그래서 말인데."

"예, 말씀하십시오."

진환이 대답하자, 기백은 에두를 것 없이 말했다.

"될성부른 나무는 떡잎부터 알아본다고, 네가 어렸을 때부터참 마음에 들었다. 말수가 좀 부족한가 싶었지만 남자가 경박한것보다야 과묵한 편이 낫고, 나이도 어린 것이 꽤 진중해서 이놈이 크면 뭐가 되도 되겠구나 싶었지."

좋게 봐줘서 고맙다고 해야 할지, 사실 기백은 진환을 처음 본날에도 은근슬쩍 그런 말을 했다. 자신에게 딸이 셋 있는데, 다들 곱고 조신한 현모양처 타입이니 언젠가 자신의 사위로 오라고. 그때만 해도 조신한 현모양처가 좋은 아내의 조건이었을 때이니 말이다. 그리고 레지던트 때 다시 만났을 때도 마찬가지로 그런 말을 했다. 그러니 진환은 기백이 자신을 만나고 싶어 한다는 말을 들었을 때부터 이미 어렴히 이런 자리이겠거니 예상했다.

"그래서 오랫동안 마음속으로 점찍어두고 있었는데……. 딸한테 좋은 남자를 찾아주고 싶은 거야 세상 모든 아버지들이 다 같은 마음 아니겠어? 그런 의미에서 물으마."

기백이 성격대로 저돌적으로 밀고 들어오자, 철호는 소리 없이 굵은 침을 삼켰다. 아무리 이런 자리가 마음에 들지 않아도 조카의 성격상 자리를 박차고 나가진 않겠지만, 멋대로 선 자리를 주선했다고 쓴소리 들을까 내심 걱정하고 있기 때문이었다.

"너와 유진이가 결혼했으면 하는구나. 네 생각은 어떠냐?"

그러니까 결국 말하자면, 오늘 처음 만난 여자와 결혼하겠느냐는 질문이었다. 하지만 진환은 유진이라는 여자와 단 한 마디도 나눠보지 않았다. 처음 합석할 때 인사한 것을 빼고는.

단 한 시간이었다. 효인과 함께한 이십년과는 비교조차 할 수 없는 단 한 시간 동안만 그녀와 같은 자리에 앉아 있었다. 그리고 단 한 번이었다. 효인과 눈이 마주친 숫자와는 비교조차 할 수 없는 단 한 번만 그녀와 시선이 마주쳤다.

효인을 향해 뛰는 심장은 지금 가슴속에 있는 건지 없는 건지도 헷갈릴 만큼 전혀 움직이지 않았다. 그런데 대체 뭘 어떻게 비교하란 건지 알 수 없었다.

"내 질문이 좀 성급하게 느껴질 수 있다는 거, 안다. 그러니까 다시 묻자면, 결혼을 전제로 유진이와 사귀어보지 않겠느냐?"

진환이 아무 대답도 하지 않자, 기백은 자신이 섣불렀다 깨달은 듯 급히 수습에 나섰다.

"전……."

이내 진환이 무어라 대답하려는 순간, 단조로운 핸드폰 벨소리가 울리기 시작했다.

Rrrrr Rrrrr Rrrrr—

근원지가 어디인가 싶어 모두 쳐다보니, 철호가 그 주인공이었다. 철호는 결정적인 순간에 미안하다는 듯 어색하게 웃으며 양복 안주머니에서 핸드폰을 꺼내 들었다. 그리고 이런 자리라는 것도 잊고 반색하며 말했다.

"어, 효인이 아니냐."

진환의 시선은 너무도 낯익은 이름에 이끌려, 기백과 유진의 시선은 낯선 이름에 이끌려 철호에게 돌아갔다.


효인은 한동안 핸드폰만 만지작거리며 번뇌의 바다에 빠져 있었다. 그런 효인의 머릿속에서는 계속 2번을 누를까, 3번을 누를까 하는 고민이 둥둥 떠다니고 있었다.

문득 핸드폰 줄에 달린 작은 반지를 들어 올렸다. 싫다는 진환을 조르고 얼러서 겨우 나눠 가지게 된 우정 반지였다. 효인은 그것을 한참 바라보다가, 결국 3번을 꾹 눌렀다. 그러자 액정 위에 총천연색으로 빛나는 '아저씨'라는 단어와 함께 신호가 가기 시작했다.

1번은 아버지. 2번은 늘 푸른 나무. 3번은 아저씨.

그것은 아무리 여러 번 핸드폰을 바꿔도 항상 변하지 않는 단축키였다.

늘 푸른 나무처럼 항상 변치 않을 친구.

안재욱의 '친구' 노래에 나왔던 가사와 같은 의미에서 진환의 핸드폰 번호를 등록한 이름은 '늘 푸른 나무'였다. 그것을 알게 된 진환은 닭살이라고 난색을 표했지만, 효인은 그 이름이 좋았다. 늘 푸른 나무. 얼마나 푸르고 든든한 이름인가. 하지만 효인은 액정 위로 그 좋아하는 이름을 띄우지 못하고 대신 아저씨를 띄웠다. 그러자 잠시 신호가 가고, 전화를 받는 소리가 들려왔다.

"과장님."

[어, 효인이 아니냐.]

늘 얼굴을 보고 사는데도 철호의 목소리에서는 반가움이 묻어났다. 효인은 작게 웃었다. 그의 조카는 이토록 애를 먹이는데, 철호는 여전히 다정한 아저씨인 듯해 안심이 된 탓이었다. 마음이 심란한 김에 누구에게라도 전화하고 싶어 철호에게 한 것인데, 잘한 일인 것 같았다.

"바쁘세요?"

[음, 뭐, 아니다. 너야말로 바쁘지 않느냐?]

앞에 어물쩍 넘어가는 말이 좀 꺼림칙했지만 효인은 별달리 여기지 않았다. 그저 아마 누구와 함께 있어서 잠시 통화해도 되나 가늠해 본 것이라 생각했다.

"잠시 쉬고 있는 중이에요."

[그런데 무슨 일이라도 있어?]

"아뇨, 그냥…… 오늘 과장님을 못 뵀더니 그리움이 막 치밀어 올라서요. 아, 저 착하지 않아요? 애경 언니랑 자경이도 이렇지는 않을걸요?"

애경과 자경은 철호의 두 딸이었다. 그리고 효인과는 절친한 친구 사이였다. 요즘은 서로 애 키우랴 일하랴 바빠서 전화 통화도 못한 지 오래되었지만, 그들은 친구의 사촌이라기보다 그냥 친구였다.

'그러고 보니 진환이로 인해서 얻은 게 이렇게나 많구나.'

효인은 씁쓸하게 생각했다.

[하하, 녀석도 원…….]

"근데 혹시 다른 분과 함께 계세요? 나중에 다시 걸까요?"

[아, 다른 건 아니고.]

철호는 웃음기가 섞인 목소리로 대답했다.

[진환이 녀석 데리고 좋은 곳에 좀 나왔지.]

진환이란 이름에 반사적으로 심장이 철렁했다. 하지만 효인은 곧 거의 따로 행동하는 두 남자가 웬일로 함께 있나 싶어 의아해졌다.

"좋은 곳이요? 너무해요. 진환이만 데려가고."

어리광 부리듯 투덜거리자, 핸드폰 너머에서 철호가 나직하게 웃었다. 그리고 함께 있는 사람들에게 '잠시만 전화 좀 하고 오겠네.' 하고 양해를 구하더니 밖으로 나서는 소리가 들려왔다.

[음, 진환이 옆에서는 좀 하기 힘든 이야기라 밖으로 나왔다.]

효인은 궁금증에 고개를 갸웃거렸다. 그런데 왜 이렇게 감이 좋지 않은 걸까?

[사실 진환이 이 녀석을 처리해 버릴까 하고 말이다.]

"처리요? 드디어 징글맞은 장진환을 호적에서 파내 버리기로 결정하신 거예요? 탁월한 선택 하셨어요."

불안감의 사슬이 발목을 휘감아왔지만, 효인은 애써 밝은 목소리로 농담했다. 그러자 철호가 재미있다는 듯 웃더니 아무렇지도 않게 청천벽력 같은 말을 내뱉었다.

[몰래 선 자리에 끌고 나왔단다.]

쾅! 그야말로 머리를 한 대 맞은 것 같았다. 하지만 효인의 머리는 한 몇 년 동안 쓰지 않은 것처럼 삐걱삐걱 녹슨 소리만을 낼 뿐, 도통 제대로 돌아가질 않았다.

선? 그게 뭐더라?

효인은 멍하니 생각했다.

[음? 효인아? 전화가 끊어졌나?]

효인이 한동안 아무 말이 없자, 철호가 의아하게 중얼거렸다. 지금 효인은 핸드폰을 바로 귀에 대고 있으면서도 철호의 목소리가 아주 먼 곳에서 들려오는 것 같았다. 귓가가 윙— 하고 울려 왔다.

"아…… 저, 뭐라고 하셨어요? 잘못 들은 것 같아서요."

[아아, 그러니까 이 아저씨 대학 동창이 있는데 아마 효인이 너도 알 거다. 김기백이라고, 성진 병원장이야. 그 친구 둘째 딸과 자리를 좀 만들어줬지. 참 곱고 얌전한 아가씨더구나.]

오랫동안 효인과 진환이 순수한 친구라는 말에 세뇌당해 온 철호는 두 사람이 여전히 친구라고 철석같이 믿고 있는 것 같았다. 그렇지 않고서야 이렇듯 친구의 좋은 일을 축하해 주라는 것처럼 천진하게 말할 수 없었다.

"아, 그 선…… 이요?"

효인은 자신이 무슨 소리를 하는지도 모르고 더듬더듬 말했다.

[음? 그럼 무슨 선이라고 알아들은 게냐? 녀석, 이 아저씨보다 머리가 잘 안 도는 게야?]

철호는 효인이 혼란스러워하는 목소리에서도 크게 특이점을 발견하지 못했는지 껄껄 웃으며 농담을 던졌다. 효인은 외치고 싶었다.

아저씨, 전 지금 웃을 기분이 아니라고요!

"사, 사실 선은 좀 그렇지 않아요? 서로 조건을 보고 만나는 거니까 왠지 가식적인 느낌이……."

[뭐, 그럴 수도 있다마는 이건 결혼정보회사에서 만들어준 자리도 아니고, 이 아저씨와 아저씨 친구가 서로 좋은 일 해 보자고 힘을 합친 거니 조건을 본 건 아니지.]

"그래도 성진 병원장이라면…… 음, 그러니까 그게……."

자칫 오해할 수도 있겠다 싶어 효인은 힘겹게 단어를 골랐다.

[서로 조건 따지고 그런 자리는 절대 아니니 걱정 말거라.]

저렇게 단언하니 더는 할 말이 없었다. 결국 효인은 뭔가에 쫓기는 것처럼 다급해져 발작적으로 물었다.

"지, 진환이는 마음에 들어 해요?"

[아, 그 아가씨를 말이냐?]

선뜻 선 자리에 나간 진환에게는 물론이거니와, 상대 여자를 아가씨라고 다정하게 부르는 철호에게도 배신감이 들끓었다. 언제는 징그러울 정도로 무뚝뚝한 진환을 가리켜 저 녀석과 살 여자는 효인이 너처럼 활발했으면 좋겠다고 했으면서! 하지만 철호는 효인이 섭섭해하는 건 꿈에도 생각하지 못하고 흐뭇하게 대답했다.

[저 녀석 성격에 속은 걸 알면서도 가만히 있는 걸 보니 아무래도 마음에 든 것 같구나.]

콰과과과과광! 9.11에 WTC가 무너질 때 이런 소리가 났을까. 효인은 머리가 아찔해져 현기증까지 핑 돌았다. 어지럼증에 딱 쓰러질 것만 같았다.

"마음에…… 들어 한다고요?"

철호의 말은 어디까지나 추측이었지만, 효인은 철호가 진환의 대변인이라도 된 듯 확신조로 중얼거렸다.

"그거…… 다행이네요……."

띄엄띄엄 나오는 효인의 목소리는 한층 낮아져 있었다. 어떻게 들으면 음산하기까지 했다.

[녀석, 제 친구라고 끔찍하게 챙기기는.]

철호가 천연덕스럽게 하는 말에 효인은 저도 모르게 가슴께를 부여잡았다. C, CPR이 필요해. 핸드폰을 쥔 손에도 불끈 힘이 들어갔다.

'그게 아니에요! 세상 어느 천지에 같이 자는 친구가 있어요!'

그 순간, 효인은 손으로 왈칵 입을 막았다. 그리고 무심하게 지나가는 사람들을 불안하게 두리번거렸다. 차마 입 밖으로 낼수 없는 말이라 속으로만 외쳤는데도 누가 들었을까 싶어서.

[이참에 계속 진행해 봐야지. 아가씨가 참 참한 게 나도 마음

에 들…….]

"어, 과, 과장, 아, 안 들리, 들리……."

[응? 뭐라고?]

"나중, 전화, 어, 어."

효인은 눈부신 원맨쇼십을 발휘하여 전화에 문제가 있는 척 확 끊어버렸다. 그리고 핸드폰에 뭐가 묻은 양 탈탈 털어내더니 얼른 배터리를 분리해 주머니 속에 처박았다. 그냥 넣은 게 아니라, 말 그대로 주머니를 뚫어버리려는 듯이 처박았다. 그러고도 모자랐는지 어깨를 부르르 떨며 진저리 쳤다.

지나가던 사람들이 이상하게 바라보았지만, 효인은 제 생각에 빠져 신경 쓰지 않았다.

'커리어우먼이 각광받는 시대에 참한 게 다 무슨 소용? 얌전한 여자라면 장진환한테 질려서 나가떨어지고 말 텐데! 아니, 장진환 너도 너다. 터프하게 벽치기로 키스한 놈 대체 누구였어! 나랑 잔 건 실수가 아니었다며? 늦게야 깨달은 본심? 그런 놈이 선 자리에 나가서 상대 여자를 마음에 들어 해?'

세상의 오만 근심을 다 짊어진 것처럼 우울하던 모습이 언제냐는 듯, 효인은 본래 그녀로 돌아가 속으로 악다구니를 써댔다. '유리심장 좋아하시네! 난 강철심장 철혈 여인 심효인이다!' 라고 버럭 외칠 듯이.

'그래, 너도 쌍방울 차고 태어난 사내놈이라 이거지? 열 여자 마다하지 않는다는 거냐? 하! 참! 속았어, 심효인. 속았다고! 그런 놈의 감언이설에 넘어가 몸을 내준 거야! 이 맹꽁이! 친구고 뭐고 다 때려치워! 세상의 모든 남자가 그런다고 해도 장진환 너

만은 안 그럴 줄 알았는데!'

당장 고질라로 변해 불을 뿜어낼 듯했던 효인은 문득 와락 얼굴을 감싸 쥐었다. 그리고 고개를 젖히며 얼굴을 덮은 손 사이로 '끄응' 하는 신음 소리를 흘렸다.

지금까지 한 말들은 치미는 섭섭함을 통제할 수 없어 괜히 해 본 소리였다. 진환이 그럴 만한 남자가 아니라는 건 잘 알고 있었다. 지금은 친구와 연인의 경계선에 애매모호하게 서 있어서 그가 낯설어 보이기도 한다지만, 이십 년간 알아온 세월이 어디로 가버린 건 아니었다. 아마 그는 철호의 체면을 생각해 일단 아무 말 않고 있는 것이리라.

가끔 놀랄 만큼 냉정하고 특정 부분에서 소름 끼치도록 완벽주의자지만, 진환은 본질적으로 따뜻한 사람이었다. 겉으로 보이지 않을 뿐, 속정이 깊고 자신의 편리보다 타인을 먼저 생각했다. 말했다시피 그게 전혀 보이지 않아서 오해를 사기도 하지만, 그런 그이니 속아서 나간 선 자리라고 해도 매몰차게 돌아 나올 수 없었을 것이다. 특히 그를 몰래 끌고 나간 사람이 다른 이도 아닌 그의 작은아버지라면.

그렇다고 아예 섭섭하지 않은 건 아니었다. 이기적인 여심이란 게 그런 건지, 자신보다 철호를 먼저 생각한 행동이 못내 섭섭했다. 만약 자신을 먼저 생각했다면 다른 여자와의 선 자리 따위 거절하고 나왔어야 하는 게 아니냔 말이다!

하지만…….

"머리는 몰랐더라도, 가슴만은 저 여자를 사랑한다고 계속 이야기해 온……."

진환의 목소리가 귓가에서 울리는 것 같았다.

"너는 내 심장의 연인이었어."

몽롱한 술기운도 확 날려 버린 고백. 검푸른 빛 바다처럼 깊고, 청록빛 숲처럼 풍요롭고, 바람처럼 청량한 목소리. 부드럽게 고막을 넘어 들어와 유스타키오관을 통해 심장 깊숙이까지 내려앉는 듯했던.

효인은 쓰게 웃으며 손을 내렸다.

'그렇게 마음을 울렸던 네 고백이 절대 거짓말이었다고는 생각하지 않아…….'

그래서 이렇게 복잡한 것이었다.

"허, 참."

전화를 받으러 나갔던 철호는 고개를 갸웃거리며 다시 방 안으로 돌아왔다. 그러자 철호를 기다리는 동안 끊긴 대화를 계속하지 못하고 진환과 의료법에 대한 이야기만 대충 나누고 있던 기백이 옳다구나 싶어 물었다.

"효인이라니? 어디서 들어본 이름 같긴 한데……."

"아, 내가 데리고 있는 전임의라네."

기백은 의아해하는 얼굴이었다. 그도 그럴 것이, 전임의라면서 다정하게 이름을 부르는 데다가 둘의 대화를 잠깐 들어보아하니 꽤나 친근한 사이인 듯했기 때문이다.

기백이 무어라 다시 묻기 전에 철호가 말했다.

"진환이의 오래된 친구이기도 하지."

기백은 바로 '아!' 하는 표정이 되었다.

"십대 때부터 알고 지냈다는 그 친구 말이지? 그 친구 이야기라면 나도 여러 번 들어봤지. 초록은 동색이라고 역시 친구도 훌륭하구만."

같은 시각, 일방적으로 전화를 끊은 그 훌륭하다는 친구가 진저리를 치며 발악하고 있다는 걸 모르기에 할 수 있는 말이었다. 역시 그것을 모르는 철호는 제 딸의 칭찬을 들은 듯 뿌듯하게 웃었다.

"그 녀석도 참 야무지고 똑 부러지지. 환자들 사이에서 친절한 의사라고 얼마나 칭찬이 자자한지 모르네."

"호오, 그런가? 그 친구도 꼭 한번 보고 싶구만."

뿌듯하기로는 아닌 척하고 앉아 있는 진환 역시 마찬가지였다. 남도 아니고 제 여자 칭찬인데 어떤 남자가 흐뭇하지 않을까?

"자네 마음에 꼭 들 거야. 그러고 보니 기백이 자네와 성격이 좀 비슷한 것 같군."

아, 거기에는 동감할 수 없었다. 효인도 화통한 성격에 에두르기보다 직선적이고 말술인 데다가 터프하지만, 기백처럼 한량 기질이 있지는 않았다. 오히려 워커홀릭이라면 워커홀릭이지. 특히 남한테 공돈은 절대 받을 줄 모른다는 점이 더욱 그랬다. 아마 효인은 결혼을 한다고 해도 절대 우아한 사모님 노릇은 못 하고 살 터였다.

"하하, 그런가? 한 번도 보지 못했는데 어째 점점 더 그 친구가 마음에 드는군."

마음에 들어 하지 않으셔도 됩니다만.

아무리 나이가 있다고 해도 기백 역시 남자는 남자인지라, 진환은 속으로 서늘하게 읊조렸다. 이럴 때 보면 이 남자도 참 유치하다.

"그나저나 아까 하던 이야기가 끊겼지?"

철호도 돌아왔겠다, 기백은 전화가 오는 통에 끊겼던 이야기로 돌아갔다.

"그래, 어떠냐?"

진환은 아무런 감흥도 없는 시선으로, 여태 있는 듯 없는 듯 앉아 있던 유진을 바라보았다.

유진은 확실히 나쁘지 않은 편이었다. 내숭인지 본연의 모습인지는 모르겠지만 꽤나 차분해 보였고, 말을 아낀다는 점도 자신과 비슷했다. 외모도 저만하면 예쁘장한 편인 데다가, 앉은 자태가 상당히 단아했다.

하지만 결정적으로 그녀는 효인이 아니었다. 목젖이 보일 정도로 깔깔거리며 웃는 그녀가 아니었고, 별 쓸데없는 것에 목숨 거는 그녀가 아니었고, 코허리를 찡그리며 귀엽게 구는 그녀가 아니었고, 바라는 게 있을 때마다 콧소리를 섞어 애교스럽게 이름을 부르는 그녀가 아니었다. 심장이 1분에 몇 번 뛰는 줄 아냐고 물어본 그 순간부터 그의 삶이었고, 즐거움이었고, 웃음이었고, 햇빛이었던 그녀가 아니었다.

효인의 모습을 되짚어보고 있자니 이 순간, 진환은 그녀가 무척 보고 싶어졌다. 심장이 연인을 찾는지 그녀의 생각만 해도 존재를 알리며 뛰었다.

진환은 웃음이 나올 것만 같았다. 이런데도, 여태 친구라는 틀 안에 효인과 자신을 가두어두고 있었다니. 정말 헛똑똑이란 말은 이럴 때 쓰는 거였다.

"죄송합니다만, 좋아하는 여자가 있습니다."

여태 시간 차를 노렸던 것에 비해 진환은 조금도 주저하지 않고 말했다.

"뭐?"

시선들이 어지럽게 엇갈렸다. 기백은 해답을 바라듯 철호를 보았고, 유진은 놀란 듯 진환을 보았다가 기백을 보았고, 철호는 놀라 진환을 바라보았다. 물론 진환만은 굳건했다.

다 알면서도 선 자리에 나온 이유는 단지 효인 때문이었다. 단지 선 자리에 나갔다는 사실만이 필요했다. 그래서 나중에 은근슬쩍 효인의 귀에 들어가게 할 생각이었는데, 마침 효인이 철호에게 전화를 걸었다가 우연히 이 사실을 알게 되었다. 조금 오만한 생각이긴 하지만, 가끔 이럴 때면 진환은 정말 운명이 자신의 편이 아닌가 하는 생각이 들었다.

"너……."

철호는 황당하다는 목소리를 흘렸다.

진환이 미국에서 돌아온 지 이제 겨우 한 달이 좀 지났다. 게다가 그는 돌아오기 무섭게 철저히 의사로서만 살았다. 그건 병원에서 늘 보아왔으니 확신할 수 있었다. 연애는 마음만 먹으면 언제든지 할 수 있는 거라지만, 완벽하게 병원을 중심으로 돌아가는 진환의 생활 사이클에 연애가 끼어들 틈은 없어 보였다. 그런데 난데없이 좋아하는 여자가 있다니?

철호는 솔직히 실망스러웠다. 조카가 좀 목석같긴 해도 곤란한 상황을 모면하기 위해 거짓말을 할 남자는 아니라고 믿어왔다. 아무리 상황이 그래도 거짓말을 하기보다 정중한 진실을 보여줄 거라 믿었다. 하지만 지금 진환은 이 자리에서 벗어나기 위해 있지도 않은 여자를 만들어낸 것으로밖에 보이지 않았다.

누구보다 바르고 정직하게 컸다고 믿은 조카에 대한 배신감이 밀려왔다. 하지만 진환은 정중하되 틈을 주지 않는 완벽한 태도로 이어 말했다.

"작은아버지께도 일찍 말씀드리지 못해 죄송합니다. 소개시켜 드릴 만한 상황이 아니었거든요. 하지만 절대 이 상황을 벗어나기 위해 거짓말을 하는 건 아닙니다."

기백과 철호는 완전히 할 말을 잃어버린 표정이었다. 거기에 진환이 결정타를 날렸다.

"작은아버지께서 늘 말씀하셨던 대로 할 만한 거짓말이 있고, 해선 안 될 거짓말이 있으니까요."

확실히 그런 말을 한 적이 있긴 하지만, 지금 진환은 그 가르침을 따른다기보다 철호의 체면을 세워주려고 그렇게 말하는 것 같았다.

"그 여자 외에는 결혼 상대로 상상할 수가 없습니다."

진환이 이토록 길게 이야기하는 모습을 처음 본 기백은 잠시 멍해졌다. 하지만 곧 눈을 끔뻑거리며 정신을 차리는 듯하더니,

심각한 표정에서 만면에 화색이 가득한 표정이 되었다. 꼭 진환이 자기 딸과 결혼하겠다고 동의라도 한 것 같은 표정이었다.

"그 녀석 참…… 진국이다, 진국이야."

기백은 절레절레 고갯짓하며 중얼거렸다. 호탕하기로는 효인에 필적한다 할 만했다.

"만약 이 녀석이 철호 자네 아들이었으면 정말 배가 아플 뻔했네. 아니지, 철우 형님 아들이었지? 이거, 이거, 철우 형님은 대체 뭘 먹고 이런 아들을 낳았는지 혹시 아나? 그 방법 좀 알아오게. 지금이라도 힘 좀 써봐야 할 것 같으니. 주책이라고 해도 지금 주책없는 게 문제겠어?"

철호는 그저 허허롭게 웃을 따름이었다. 유진은 아쉽다는 표정이었다. 그래서 진환은 생각하길, 유진이 내내 가만히 있었던 건 그녀가 딱히 요즘 여자 같지 않게 수동적이기 때문이라기보다 정말 자신이 마음에 들었기 때문이었던 건 아닌가 싶었다.

"한마디 드리자면…… 남자는 여자 하기 나름이라는 소리도 있지 않습니까?"

기백과 철호에겐 누구를 뜻하는 건지 알 수 없는 말이었지만, 사실 효인을 뜻하는 말이었다. 진환을 남자로, 그리고 의사로 만들어 이 자리에 있게 한 여자는 다름 아닌 그녀였으니까. 이제야 깨달았지만, 거의 온달과 평강공주가 따로 없었다.

"하하하, 이 녀석 참! 정말 여자가 누구인지는 모르겠지만 그 집 부모, 사위 하난 잘 두겠어!"

기백의 웃음소리가 추적추적 내리는 보슬비를 뚫고 유쾌하게 퍼져 나갔다.

"장진환."

자리를 파하고 나온 철호는 제법 엄한 어조로 진환을 불렀다. 조카를 믿어야 하겠지만 아직은 긴가민가하니 진실을 파헤치겠다는 결연한 의지가 서려 있는 모습이었다.

"예."

진환은 담담하게 대답했다. 그러자 철호는 늙은 눈매에 주름을 잡으며 가자미눈을 떴다.

"이제라도 사실대로 말한다면 화내지 않으마. 정말 좋아하는 여자가 있는 거야?"

진환은 고개를 살짝 젖히며 피식 웃었다.

"절 그렇게 못 믿으십니까?"

그렇게까지 말하니 철호는 할 말이 없었다. 그저 그가 할 수 있는 일은 일찍 이야기해 주지 않은 데에 대한 섭섭함을 토로하는 것뿐이었다.

"네가 한국에 돌아온 지 겨우 한 달이다. 그새에 언제 연애까지 한 거야?"

"사랑에 시간은 중요하지 않죠."

"녀석! 여자한테는 관심도 없는 척하더니 사랑이라는 말이 아주 쉽게 나오는구나."

"저한테도 놀라운 변화입니다."

철호는 슬쩍 눈을 흘겼다.

"그래서, 상대 여자는 누구야?"

그제야 진환의 얼굴에 조금 곤란한 기색이 떠올랐다.

"그건 차차 이야기해 드리겠습니다."

"충분히 오래 기다렸다고 생각하진 않아?"

"소개시켜 드리기에는 아직 일이 좀 남아 있습니다."

소개시켜 줄 것도 없이 철호 역시 지겹도록 알고 있는 사람이지만, 친구로 소개시켜 주는 것과 제 여자로 소개시켜 주는 것은 어감부터 천양지차였다.

철호는 푹 한숨을 내쉬었다.

"그래, 네 녀석이 어린애도 아니고 그렇다면 그런 거겠지. 네가 틀린 일을 한 적은 없으니…… 믿으마."

조카를 향한 절대적인 신뢰에 진환은 작게 미소 지었다. 남자다운 얼굴에 어딘지 예쁘다고 해줘도 될 법한 미소가 떠오르자, 철호는 괜히 퉁퉁거렸다.

"효인이도 늘 하는 말이다만, 네 녀석은 남자답게 생겼는데도 웃을 때는 왜 그리 기생오라비 같은 게냐?"

짓궂게 웃을 때는 그 정도가 아닌데, 조카는 진심으로 살며시 웃으면 왠지 간지러워질 만큼 예뻐 보이는 얼굴이었다. 여성스럽게 예쁘다는 말은 아니었지만, 아무튼 정말 철우가 뭘 먹고 밤일(!)을 해서 태어났는지 묘했다.

"음, 글쎄요."

괜한 타박에 진환은 슬쩍 입가를 가렸다. 그러고 보니 효인이 언젠가 '웃지 마! 남자가 여자보다 예쁘게 웃는 모습 따위 보고 싶지 않아!'라고 절규했던 일이 떠올랐다.

"상대 여자가 누구인지는 아직 모르겠다만……."

철호는 무슨 말을 하려고 그러는지, 먼저 차로 가보려는 듯 몸을 돌리며 짓궂게 굴었다.

"만나는 날 네 화려한 전적에 대해 꼭 다 말해주마."

"예?"

이번은 진환도 의외였는지 살짝 눈을 크게 떴다.

"네 녀석이 유학 가기 전에 연상의 여자들을 여럿 만나고 다녔다지?"

진환의 얼굴이 당혹감에 물들었다. 비록 성격답게 '그걸 어떻게!'라는 등 말하며 페이스에 말려들진 않았지만, 표정이 이미 '그건 어떻게 알고 계십니까?'라고 묻고 있었다.

"네 부모님이 네가 잘 알아서 하겠지 하며 아무 말 하지 않아서 나도 그냥 지켜봤다만, 내가 모를 줄 알았어? 가만히만 앉아 있어도 다 들리더구나. 애경이와 자경이부터 네가 순진한 여자들 여럿 후리고 다닌다고 어찌나 시끄럽던지…….."

극성맞은 사촌들이 계모임에 나간 아줌마들처럼 뭐라고 떠들어댔을지 안 봐도 훤했다.

진환은 난처한 얼굴로 애매하게 웃었다.

"혹시 거기에 효인이도 섞여 있지 않았습니까?"

"왜 아니겠느냐. 그 녀석도 차마 네 부모님 붙들고 말하긴 뭐 했는지 나한테 와서 말하는데, 네가 여자 만나고 다니느라 저랑 안 놀아준다고 많이 징징거렸지."

진환은 다시 슬쩍 입가를 가렸다. 그건 전혀 모르는 이야기였는데, 아직도 효인에 대해서 모르는 게 남아 있었을 줄이야.

"하여간 소개시켜 주는 날 각오 단단히 하고 오거라. 효인이한 테도 합심하라고 할 테니까. 하지만 네 성격상 꼼수를 쓰지는 않겠지?"

철호는 단단히 못까지 박고 나서야 조금 후련해졌는지 앞서갔다. 뒤에 남은 진환은 여전히 입가를 가린 채 한숨과 함께 중얼거렸다.

"오래 알고 지내는 건 이게 안 좋군."

하지만 이제 와서 후회한들 어찌하랴. 그저 나 죽었소, 하는 수밖에.

## 23
### 나는 너를, 너는 나를 공기했다

뭐 마려운 강아지. 그것이 현재 효인의 상태를 딱 대변하는 말이었다.

효인은 퇴근하고 집에 온 후로 내내 핸드폰을 쳐다보고 있었다. 한동안은 포기하고 다른 일을 하다가도 금세 유심히 들여다보거나, 혹시 고장이 난 건 아닌가 싶어 통화 버튼을 눌렀다 끄기를 반복했다. 하지만 복잡다단한 여심을 아는지 모르는지 핸드폰은 무심하게도 절대 울리지 않았다.

효인은 으득 이를 갈았다.

'너 나 좋아한다며? 좋아하게 되었다며? 근데 왜 전화 안 해? 최소한 선 자리가 있었는데 거절하고 나왔다는 말 정도는 해줘야 할 거 아냐!'

온 힘을 다해 도망간 것은 자신이면서도 어찌 이리 왔다 갔다

할 수 있는지, 태풍 앞의 갈대도 이만큼 흔들거리지는 않겠다 싶을 정도였다. 하지만 효인은 진환이 거절하고 나왔을 거라고 철석같이 믿고 있었다. 그걸 보면 신뢰 하나만큼은 여전히 흔들리지 않는 듯했지만, 전화하지 않는 진환에 대해 분노하며 핸드폰을 붙잡고 갈팡질팡하기를 멈추지 못했다.

'내가 걸어봐? 하지만 걸어서 뭐라고 할 건데!'

선봤어? 어땠어? 그래서 그 여자랑 사귈 거야? 만약 진환이 그렇다고 대답하면 어쩌라는 건가!

그가 그럴 거라고 대답한들 친구로 남자고 강력히 주장한 자신은 뭐라고 할 수 있는 권리가 없었다.

결국 효인은 머리를 쥐어뜯다 말고 헉헉거리며 침대에 주저앉았다. 그리고 열이 올라 뜨끈뜨끈한 이마를 감쌌다.

"심효인, 대체 지금 뭐 하고 있는 거야……. 완전 바보 같아."

이대로라면 딱 돌아버릴 것 같았다. 옛날 만화에 자주 나왔던 대로 천사 심효인은 머리 한쪽에 둥둥 떠서 '효인아, 그러면 안 돼. 친구라면 축하해 줘야지.'라는 등 듣기만 해도 열 받는 말을 속삭이고 있었고, 악마 심효인은 다른 쪽에 둥둥 떠서 '축하는 무슨 축하! 남자가 뒷심이 있어야지 네가 거절한다고 홀랑 배를 바꿔 타? 아주 그냥 족쳐 버려!'라며 제법 마음이 동하는 말을 속삭이고 있었다.

효인은 상체를 뒤로 젖혀 그대로 침대 위에 풀썩 드러누웠다. 그리고 전혀 음률을 섞지 않고 국어책 읽듯이 심각하게 중얼거렸다.

"내 안에 내가 너무도 많아서……."

그거 혹시 노래 가사?

"대체 나더러 어쩌라고……."

정말 이럴 때는 해답지라도 있으면 소원이 없을 것 같았다. 그래서 효인은 수학이 좋았다. 문제가 아무리 어려워도 결국 정해진 답은 하나니까. 의학 같은 경우도 마찬가지였다. 아무리 판명하기 어려운 병이라도 결국은 어딘가에는 답이 있었다. 물론 의사들이 병을 모두 밝혀낸다는 말은 아니었지만, 어쨌든 왜 심장이 피를 흘리고 가슴에 물이 차 있는지 원인은 있으니까 말이다. 하지만 이런 경우에는 정말 답이 없었다, 답이.

그렇게 보면 인간이란 해답지가 없는 문제집 안에서 살고 있는 게 아닐까 싶었다. 비록 해답지는 없지만 제 나름대로의 정답을 적고 나면 뭔가 후련해지는 그런 문제집 안에.

"근데 그 나름대로의 정답이라는 걸 모르겠어."

효인은 새하얗게 빛나는 조명을 올려다보며 우울하게 중얼거렸다.

그때, 어디선가 핸드폰이 울리기 시작했다. 하지만 효인은 그토록 오매불망 기다리던 전화가 울리는데도 튕기듯 일어서지 않고 느리게 자리에서 몸을 일으켰다. 진환에게서 전화가 오면 안재욱의 '친구' 노래가 벨소리로 울리기 때문에 그의 전화가 아니라는 걸 알고 있는 탓이었다.

탁자 위에 놓아둔 핸드폰 액정을 보자, '아버지'라는 글자가 떠 있었다. 지금 전화를 받았다가는 그저 딸 걱정에 날 가는 줄 모르는 아버지에게마저 우울함을 내비칠 것 같았지만, 무시할 수도 없어서 효인은 전화를 받았다.

"아버지."

[어, 효인아. 집이냐?]

"예. 아까 퇴근했어요."

난 배우가 됐어야 했나 봐.

효인은 이상한 자화자찬을 하며 우울함이라고는 조금도 섞여 있지 않은 밝은 목소리를 내었다.

[그래? 참, 조만간 서울 한번 가려고 한다.]

"어, 정말요? 공방은 괜찮아요?"

아버지가 오신다는 거야 기쁘기 한량없으나, 효인은 그가 운영하는 공방이 걱정되어 물었다.

운재는 강원도에서 작은 도예 공방을 운영하고 있었다. 효인이 대학을 졸업하기 전까지는 근면한 샐러리맨이었지만, 그녀가 대학을 졸업하고 쥐꼬리만 한 인턴 월급이라도 받게 되자 지방으로 내려가 다른 일을 하겠다는 뜻을 밝혔다. 온건한 성품의 운재로서는 치열한 경쟁 사회를 견디기 힘들었던 모양이다.

이제라도 원하는 걸 하겠다는 아버지를 말릴 수 있을 리가 없었다. 효인은 선뜻 동의하며 그러시라 대답했고, 운재는 그쪽 병원으로 함께 가지 않겠느냐 물었지만 효인은 서울에 남겠다고 했다. 아버지와 함께할 수 없는 건 슬프지만 더 큰 곳에서 더 많은 사람을 치료하겠다고. 그러자 운재도 더는 고집하지 않았다.

[공방은 잠시 맡아줄 사람을 찾았다. 진환이가 돌아왔는데도 한 달째 강원도 두메산골에 매여 있으려니 내가 좀이 쑤셔 죽겠구나.]

운재가 있는 곳은 두메산골까지는 아니었지만 서울에 비해 비교적 한가한 지방이란 의미였다.

"아, 정말 과장님이나 아버지나 두 분 다 너무해요. 꼭 저 말고 진환이부터 챙기시더라."

효인은 장난스럽게 앙탈을 부려보았다. 철호와 운재가 진환부터 챙긴다고 진심으로 섭섭한 것은 아니었다. 오히려 기쁘고 흐뭇했다. 진환이 소중한 사람들에게 예쁨을 받는다는 것 자체가. 그건 일이 이렇게 된 지금도 여전했다.

[아니지, 우리 딸 보러 가는 겸해서 진환이도 만나러 가는 거지.]

급히 수습에 나서는 아버지의 말에 효인은 나직하게 웃었다. 그리고 효인과 운재는 병원 생활이나 최근에 있었던 일, 공방에 찾아온 손님들, 주변 인물들에 대한 소문 등등을 마치 친구처럼 즐겁게 나누었다. 그런데 얼마나 대화를 나누었을 때일까, 문득 운재가 물었다.

[그런데 효인이 너, 안 좋은 일이라도 있느냐?]

"예?"

효인은 눈을 동그랗게 떴다.

[아니, 어쩌…… 목소리가 좀 좋지 않은 것 같아서 말이다.]

"아, 뭐…… 그냥 좀 피곤한가 봐요."

아무리 오래 떨어져 살았다지만 역시 아버지는 아버지인 모양이었다. 스스로도 감탄스러울 만큼 태연한 목소리였는데 바로 이상 기운을 감지해 낸 걸 보면.

[그래……?]

운재는 그다지 납득하지 못하겠다는 듯 중얼거렸다. 그러자 잠시 침묵이 떨어져 내렸다. 효인은 한동안 손을 만지작거리며 고민하다가, 결국 이야기를 꺼내고 말았다.

"저, 아버지. 사실 일이 있긴 있었어요."

[역시 그렇지? 이젠 딸 목소리가 어떤지도 구별하지 못하는 건가 싶어서 걱정하던 참이었다.]

"하하, 뭐…… 그러니까 그게, 친구가 많이 혼란스러워하고 있다 보니까 저도 덩달아 심란하네요."

[친구가? 집에 우환이라도 있다더냐?]

남 일을 제 일처럼 생각하는 딸이었기에 운재는 별다른 의심 없이 믿어주었다.

'아버지, 거짓말해서 죄송해요.'

효인은 죄책감이 느껴졌지만, 아버지를 상대로 자꾸 진환이가 친구는 그만하자고 해서 힘들어요, 라고 할 수는 없었다.

"음, 그런 건 아니고요……."

효인은 자신의 이야기를 어떻게 적절히 각색해야 하는지 고민하다가, 조심조심 썰을 풀었다.

"제 친구한테도 저랑 진환이처럼 오래 알고 지내던 남자친구가 한 명 있는데……."

그냥 오래 알고 지내던 남자친구라고만 말하면 자신의 이야기인 걸 눈치챌까 봐 효인은 먼저 선수 쳤다. 일부러 자신과 진환을 예제로 들며 결백을 주장한 것이었다. 그리고 당연히 술김에 함께 잤다는 이야기는 쏙 빼고 대충 사건 경위를 들려주었다. 그러자 때로 응응, 맞장구까지 쳐 주며 한참 이야기를 듣고 난 운재가 단 한 마디로 상황을 정리했다.

[그러니까 네 친구가 쓸데없는 반항을 하고 있다는 말이로구나?]

"예에?"

생각지도 못한 말에 효인은 새된 목소리를 내고 말았다. 자리에서 벌떡 일어서기까지 했다.

"그러니까 그게…… 그러니까…… 무슨 말씀이세요? 쓸데없는 반항이라니? 저…… 아니, 제 친구는……."

[네 친구가 고민하는 걸 아예 이해 못 하는 건 아니지만, 사람이 그리 겁이 많아서야……. 쯔쯔. 내가 왈가왈부할 문제가 아니니 길게 말은 않겠다만, 효인이 네가 대신 그 친구에게 물어보려무나.]

"뭐라고……."

효인은 망연자실하게 물었다.

[그럼 그 남자친구가 다른 여자와 함께해도 상관없느냐고.]

다른 여자라니! 다른 여자라니!

생각만 해도 열이 확 끓어올랐다. 진환이 자신에게 해주었던 것처럼 다른 여자에게 키스하고, 달달한 말을 속삭이고, 함께한다는 상상만 해도 정신이 이상해질 것 같았다.

"상관없을 리 없……!"

효인은 저도 모르게 발작적으로 대답하다가 합 입을 다물었다. 하지만 운재는 이미 들었는지, 쯔쯔 혀를 내차며 말했다.

[그렇다면 답은 한 가지뿐이 아니냐? 쯔쯔, 그 친구 누구인지 참……. 그거 완전히 놀부 심보 같구나. 가지긴 싫지만 남 주기도 아깝다니.]

"가지기 싫은 게 아니라!"

그래, 가지기 싫을 리가 없었다. 오히려 바라 마지않았다. 너무도 바라 마지않기에, 그리고 이미 가지고 있기에 이토록 잃을까 봐 겁내는 것이 아니던가.

"단지, 단지…… 잃는 게 무서워서……."

늘 다정하던 아버지가 마치 자신을 힐책하는 것 같아 효인은 자꾸만 목소리가 기어들어 갔다.

[잃는 게 무섭다? 하지만 얻는 게 있으면 잃는 게 있는 법이고, 잃는 게 있으면 얻는 게 있는 법이란다.]

"하지만…… 지금 얻는다고 해도 나중에 잃게 되면, 대체 뭘 얻는 걸까요? 슬픔? 고통?"

핸드폰 건너편에서 운재는 잠시 말이 없었다. 그러다가 아주 조용한 목소리를 내었다.

[추억이겠지.]

효인은 턱 말문이 막혀왔다.

[그 사람을 사랑했다는 추억이 남겠지.]

그것은 아버지의 이야기였다. 비록 사랑하는 아내는 허망하게 잃고 말았지만, 그 사람과의 추억을 소중히 품고 살아가는 그의 이야기.

[말이다, 네 엄마가 먼저 가버렸을 때 나도 그런 생각을 했단다. 차라리 만나지 않았더라면, 시작조차 하지 않았더라면 끝이 이렇게 슬프지는 않았겠지 하는 생각. 하지만 다시 생각해 보니까 그렇더구나. 만약 네 엄마를 만나지 못했고 그래서 사랑하지 못했다면 더 슬펐을 거다. 물론 그랬다면 시작조차 하지 않은 일

을 어찌 알았겠냐만, 비록 네 엄마는 떠났어도 네 엄마를 사랑한 추억이 남아 있어서, 난 슬프지 않구나.]

"하지만…… 그런 건 싫어요. 추억만을 되짚으며 살아야 한다니……. 그런 건, 상상만 해도 울고 싶어져요."

어머니와의 추억을 소중히 품고 있는 아버지에게 할 만한 말이 아니라는 건 알고 있었다. 하지만 그런 아버지를 알고 있기에 효인은 더욱 추억만을 안고서 살고 싶지 않았다. 사랑하는 이를 잃는 슬픔이 어떤 것인지 알고 있기에, 종종 소중한 이가 사라진 후의 추억이 얼마나 덧없는 것인지 뼈저리게 느끼기에.

[하지만 그건 이 아버지의 이야기지.]

운재는 말했다. 효인이 한 말에 아무런 타격도 받지 않은 듯, 평온한 목소리였다.

[사람마다 각자 사정이 다른 거란다. 사랑하는 사람을 추억하며 사는 건 내 이야기지, 네 이야기는 아니잖아?]

효인은 잠시 운재가 무슨 말을 하는 건지 이해할 수 없었다. 그래서 의아한 표정만 짓고 있는데, 운재가 자못 장난스러운 목소리로 말했다.

[확신하는데, 진환이는 절대 널 떠나지 않을 거다.]

시간이 멈춘 것 같았다. 효인은 한참 후에야 굳혀놓은 것처럼 뻑뻑한 입술을 열었다.

"저기…… 요?"

마치 생판 모르는 사람을 부르는 듯한 말이었다. 그러자 운재가 껄껄 소리 높여 웃더니 못 참게 재미있다는 양 말했다.

[녀석, 친구 이야기라고 하면 내가 모를 줄 알았느냐? 모를 게

따로 있지. 특히 효인이 넌 거짓말이 서투르니까.]

확실히 효인은 거짓말을 하는 데 서툴렀다. 얼마 전 역사적인 날 밤에 술기운에 더불어 진환에게 본심을 털어놓고 말았을 때도 봤듯이.

[언젠가 이렇게 되지 않을까 했는데, 역시 떨어져 살았기 때문인지 예상보다는 좀 늦었구나.]

효인은 도저히 할 말을 찾을 수가 없어서 '어버버……' 백치 같은 소리만 흘려냈다.

[일단 병에 대한 가능성은 열외로 두자꾸나. 그건 지금 고민해 봤자 어쩔 수 없는 일이니. 거기에 대해서는 나보다 효인이 네가 더 잘 알고 있겠지? 그럼 남은 건 변심밖에 없다는 이야기인데, 글쎄다……. 널 버리고 다른 여자한테 가는 진환이의 모습은 그다지 상상이 가질 않는구나. 만약 그럴 거였다면 이미 떠나도 오래전에 떠나지 않았겠어?]

하, 할 말! 할 말이 필요해! 근데 없어! 어떡해!

[가만 보자, 너희 둘이 열두 살 때 처음 만났지? 그 후로 효인이 네가 얼마나 사고를 치고 진환이를 귀찮게 하고 화나게 했는지 잘 알고 있지? 이건 진환이가 비밀이라고, 듣고 잊어달라고 신신당부한 말인데 고자질을 하자면…… 녀석이 가끔은 정말정말 화가 나서 널 쥐어박고 싶어진다고 하더구나.]

"뭐, 뭐라고요? 그런 말을 했단 말이에요?"

효인은 일단 다른 건 제쳐 놓고 진환이 그런 말을 했다는 데 열이 올라 버럭 역정을 내었다.

"아니, 가끔 정말정말 얄미워서 얼굴을 확 긁어주고 싶었던 게 누군데!"

어린아이 같은 치기에 운재는 소리 높여 웃어버렸다.

[뭐, 가끔 그럴 정도로 네가 화나게 한다는 말이었겠지.]

"아버지 또 진환이 편드시는 거죠!"

[녀석, 또또. 나이가 몇인데 네 편이니 내 편이니 하는 거야? 어쨌든 그랬지만 진환이가 조금이라도 너한테서 멀어진 적이 있었어?]

효인은 땅이 꺼질 듯한 한숨을 내쉬었다. 그리고 다소 누그러진 어조로 대답했다.

"없죠……."

[그런 말이 있지? 남자는 제 여자가 생기면 어머니고 뭐고 없다고. 그러니 생각해 봐라. 친구한테 그 정도였는데 제 여자라면 어느 정도일지.]

효인은 데구루루 눈동자를 굴렸다.

친구로서의 진환은 더할 나위 없이 좋았다. 말했다시피 때로 안면을 확 긁어주고 싶을 만큼 얄밉기도 했지만, 자신을 챙겨주기로는 거의 보모급이었고 무슨 짓을 해도 결코 등 돌리는 법이 없었다. 일일이 나열하자면 끝이 없지만, 그가 남자친구로서 그만큼 해주었다 해도 그만한 남자친구가 또 없을 정도였다. 그런데 만약 정말 연인이 된다면? 그에게 사랑의 속삭임까지 들을 수 있다면? 그에게 사랑을 속삭일 수 있다면? 이 심장의 박동을 들려줄 수 있다면?

심장이 감정적인 환희로 짜르르 울려왔다.

'세상에.'라는 감탄사가 흘러나올 것만 같아, 효인은 손으로 입을 가렸다.

[너희는 처음 만났을 때부터 우정이 아니었을지도 모르겠구나.]

운재가 고요한 미소를 짓고 있을 듯한 목소리로 말했다.

[차이야 있겠지만 우정은 너희처럼 별나지 않거든. 하지만 사랑도 아니었겠지. 너무 어려서 몰랐는지, 아니면 감당할 수 없는 크기였는지, 지금까지 이 상태인 걸 보면. 하지만 때로 인간의 감정이란 단 한 단어로 정의할 수 없을 때가 많단다. 다 각자 사는 법이 다르고 생각하는 게 다른데 어떻게 모두의 우정을 우정이라고, 모두의 사랑을 사랑이라고만 정의하겠어. 그런 의미에서 우정도 아니었고 사랑도 아니었지만, 우정이기도 했고 사랑이기도 했던 너희의 감정은…… 이를테면, 공기가 아니었을까?]

"공기요……?"

효인은 멍하니 되물었다.

[그래, 없이는 살 수 없는 공기 말이다. 다른 걸 이르는 명사이긴 하지만, 특별한 이름이 없는 너희의 감정에 굳이 이름을 붙이자면 공기라고 할 수 있지 않을까 싶구나.]

'좋아해.'도 아니고 '사랑해.'도 아닌, '공기해.'라는 말은 어찌 들으면 어감상 참 우스웠다. 하지만…… 특별했다. 누구나 흔히 하는 말이 아닌, 둘만의 언어라고 할 수 있기에.

공기. 보이지 않아도 존재하는 것. 알 수 없어도 늘 곁에 있는 것. 굳이 알려고 하지 않아도 느낄 수 있는 것. 없이는…… 살 수 없는 것.

그렇다. 나는 너를 공기했다. 그리고 너 역시 나를 공기했다.

"아버지……."

효인은 울먹임이 섞인 목소리로 그녀의 현자를 불렀다.

[숨을 쉬려무나. 그리고 공기를 느껴. 그럼 해답을 알 수 있겠지. 이 지구가 있는 한, 공기는 어디로 가지 않는다고.]

꼭 스님의 선문답 같은 말이었지만, 효인은 웃었다. 가슴을 꽉 억누르고 있던 체증이 후련하게 내려간 사람인 양 활짝.

"그럼 심효인 출동하겠습니다."

[어……. 음, 그럼…… 나는 건투를 빈다고 이야기해야겠지?]

운재는 웃음기 섞인 목소리로 대답했다.


전화 한 통 하지 않고 막무가내로 진환의 집에 찾아온 효인은 잠시 숨을 골랐다. 그리고 안에 아무도 없는 것처럼 인기척 없는 현관문을 바라보았다.

집에 있을까? 없을까? 만약 없다면…….

'죽었어.'

효인은 현관문이 진환이라도 된다는 양 가자미눈으로 흘겨보았다. 저녁 9시가 넘어가는 시간인데 이때까지도 집에 돌아오지 않았다면 어디서 뭘 하고 있는지 분명하기 때문이었다. 집에 있다면 있는 거고, 집에 없다면…… 선 자리가 잘된 거겠지.

그런 생각 때문인지 선뜻 벨을 누르기가 무서웠다. 하지만 여기까지 온 거, 물러설 심효인이 아니었다. 효인은 결연하게 벨을 누르…… 려다가, 인터폰에 얼굴이 뜨는 건 좀 별로인 것 같아 문을 두드리는 것으로 대신했다.

탕탕탕.

성마르게 문을 두드리고 얼마나 지났을까. 나오는 인기척이 느껴지지 않자, 효인은 설마 집에 없는 건가 싶어 다시 문을 두드리려고 했다. 그런데 그 순간 전자동 키 돌아가는 소리가 들리더니 효인의 심장이 덜컥 내려앉는 소리와 함께 문이 열렸다.

"심효인?"

이 시간에 누가 문을 무례하게 두드리나 싶어 나와본 진환은 다소 놀란 눈치였다. 아무리 탁구공처럼 요리조리 튀는 효인이라지만 이 시간에 연락도 없이 대뜸 찾아올 줄은 몰랐기 때문이다.

효인은 눈을 치켜뜨며 진환의 얼굴을 보았다가, 시선으로 발끝까지 훑어 내렸다. 청바지에 흰 와이셔츠. 막 선 자리에서 돌아온 차림은 아닌데, 그렇다고 집에서 입는 차림 같지도 않았다.

"어디 다녀왔어?"

효인이 아무 일도 없었던 것처럼 담담하게 묻자 진환은 그녀가 무슨 꿍꿍이속인지 궁금해졌지만, 일단 대답했다.

"뭐."

더없이 모호하긴 했지만 일단 대답은 대답이었다.

"일단 들어와."

말하며 먼저 들어가자, 효인도 따라 들어왔다. 진환은 애써 태연한 척했지만 효인이 자신의 집에 있다는 사실 하나만으로도 긴장이 되는 것 같았다. 참 이상한 일이었다. 효인과 단둘이 한집에 있었던 적은 수도 없이 많은데, 새삼 긴장감에 등허리가 뻐근해지다니.

그건 효인도 마찬가지였다. 아무렇지 않은 척하긴 했지만 긴장감에 심장이 콩닥콩닥 뛰어 부정맥이라도 생길 것 같았다. 게다가 바로 보이는 침대에서 무슨 일이 있었는지 생각하면…….

'리, 리도카인(항부정맥제)이 필요해.'

실로 이상한 일이었다. 남들 다 하는 연애도 해 봤고, 결혼까지 생각한 남자도 있었지만 지금처럼 심장이 미친 듯이 방망이질 치지는 않았다. 남자친구가 은근한 눈길로 바라봐도 다 그런 거겠지 하며 심드렁하게 생각했는데, 지금은 심장이 무슨 갓 잡아 올린 생선처럼 팔딱팔딱 뛰어댔다. 이것이 바로 인식의 힘인가.

"집에서 입는 차림이 아니네."

효인은 선뜻 거실로 발을 들여놓지 못하고 현관에 그대로 서서 물었다.

"아아, 앞에 좀. 그런데 이 시간에는 무슨 일…….”

"묻자."

진환이 용건을 물으려고 하자, 효인은 말을 끊고 대뜸 말했다. 이 이상 뭉그적거리고 있다가는 용기가 바람 빠지는 풍선처럼 작아질 것 같았다.

"만약…… 만약 내가 끝까지 친구로 남자고 하면 넌 어떡할 거야?"

진환은 잠시 아무 말 없이 효인을 바라보았다. 그 소리 없이 강한 시선에 효인은 조심스럽게 침을 삼켰다. 목구멍을 타고 침 대신 긴장감이 꿀꺽 넘어갔다.

"글쎄."

역시 진환답지 않게 애매한 대답이었다.

"어물쩍 넘어가지 말고. 제대로 이야기해 보자고 온 거니까."

혼란스러워하며 더듬더듬 피해 다녔던 사람은 대체 누구였는지, 지금 효인은 어느 때보다 단호했다. 지금 효인은 장난스럽고 악동 같은 평소의 그녀가 아닌, 정확성과 확신을 요구하는 의사로서의 그녀 같았다. 집에서 급하게 나왔는지 간편한 치마에 티셔츠, 재킷을 대충 걸치고 머리를 한 가닥으로 묶고 있었지만 흰 가운을 입고 있을 때보다 위엄이 넘쳐 보였다. 하지만 손만큼은 긴장감을 감출 수 없는 듯 쥐었다 폈다를 반복하고 있었다.

"내 대답은 잘 알고 있잖아."

효인이 아직 친구를 고집하고 있다고 생각한 진환은 재고할 가치도 없다는 듯 냉담하게 잘랐다. 그러자 효인은 절망하듯이 고개를 숙였다. 진환은 그런 그녀를 보며 낮은 한숨을 내쉬었다.

"그래, 뭐. 네가 끝까지 친구로 남으려고 한다고 해서 크게 달라질 건 없어. 난 계속 네 곁에 있을 거고, 늘 그래왔던 대로 지내겠지."

효인은 주먹을 쥐었다. 진환의 말은 비록 친구도 연인도 아닌 어중간한 관계가 된다고 할지언정 그녀의 곁을 떠나진 않을 거라는 의미였다.

"하지만 그게 내겐 고문이라는 것만은 알아둬. 수시로 네게 키스하고 싶어질 거야. 널 안고 싶어질 거고, 때로는 참을 수 없을지도 모르지. 그게 내 대답이야."

이번에 효인은 입술을 꾸욱 깨물었다. 그리고 진환의 얼굴을 바라보지 않은 채 억울해하듯이 말했다.

"뭐야……. 그럼 강제로 뭘 하겠다는 말이야?"

직설적인 단어에 진환은 잠시 눈가가 움찔했지만, 다시 한 번 한숨을 내쉬며 복잡한 감정을 토해내었다.

"그런 말은 아니었지만…… 그렇게 들렸다면 그런 거겠지. 미안해."

대체 이 남자를 어쩌면 좋을까. 그저 꼬투리를 잡는 말이었을 뿐인데, 이렇게 져 주다니. 옛날부터 그러긴 했지만 정말 여자 버릇 한번 잘못 들인다.

효인은 대답하지 않고 휙 몸을 돌렸다. 그리고 진환이 잡을 새도 없이 집에서 뛰쳐나가 버렸다. 그러자 순식간에 혼자 남겨진 진환은 저도 모르게 내뻗었던 손으로 앞머리를 힘없이 쓸어 올렸다.

이제부터 길고 긴 기다림이 시작된 것 같았다. 언젠가는 얻을 수 있으리라 확신하지만, 아주 힘들고 고된 시간이 될 것 같았다. 효인이 유학 간 자신을 기다렸던 시간만큼. 하지만 진환은 기다릴 수밖에 없었다. 농담을 할 만한 기분이 아니긴 하지만, 기다리는 자에게 복이 오리니.

진환은 효인이 나간 현관문 쪽으로 걱정스러운 시선을 던졌다. 분명 차를 몰고 왔을 테지만 시간이 늦어서 어쩔 수 없이 걱정이 되었다.

따라 나가볼까. 그냥 데려다주기만 할 테니 경계하지 말라고 할까.

그런 고민을 하고 있는데, 갑자기 벨소리가 울렸다. 하지만 현관 벨이 아닌 핸드폰 벨소리였다. 이런 시간에 전화할 만한 곳이라면 병원일 테니까 진환은 핸드폰으로 다가갔다. 그런데 무슨 일인지, 액정에 뜬 이름은 병원이 아니라 효인이었다.

진환은 전화를 받았다.

"심……."

말하려는데, 핸드폰 너머에서 효인이 먼저 물었다.

[기억나?]

하지만 진환은 여전히 효인의 심중을 알 수가 없어 대답하지 않았다. 그러자 그녀도 딱히 대답을 바란 게 아니었는지 이어 말했다.

[우리가 처음 만났을 때 말이야. 솔직히 널 처음 봤을 때 그런 생각을 했어. 크면 여자깨나 울리겠구나. 근데 좀 차가워 보이네? 그래도 잘생기긴 잘생겼다. 처음엔 그게 다였어. 별로 말을 걸 생각은 없었는데, 훔쳐보려니까 호기심을 참을 수가 없는 거 있지. 네 목소리는 어떨까 싶어서.]

효인은 조용한 목소리로 말했다.

[그런데 어떻게 말을 걸어야 할지 모르겠더라. 한참 고민하는데, 네가 갑자기 날 쳐다보는 거 있지.]

아마 기억하기로는…… 옆얼굴에 도저히 무시할 수 없는 시선이 느껴져서 돌아보았던 것 같았다. 새침할 것 같다고 생각하긴 했지만, 그때 진환도 자신을 부담스러울 정도로 빤히 쳐다보고 있는 여자아이가 예쁘다고 생각했다.

[순간 너무 놀라서 나도 모르게 아무 질문이나 하고 말았지 뭐야. 너 심장이 1분에 몇 번 뛰는 줄 알아? 하고.]

그 질문에 바로 이상한 여자애라고 생각을 바꾸긴 했었지만.

[그런데 너 그때 그냥 얼굴을 돌려 버렸었지? 내가 그때부터 너한테 앙심을 품었어요. 이 자식, 감히 내 질문을 무시해? 하면서 오냐, 대답하게 만들어주지, 이상한 사명감에 불타올랐지.]

그 후로 병원에서 마주칠 때마다 시도 때도 없이 말을 걸어오는데, 사실 그 당시에는 얼마나 귀찮았는지 모른다.

[그러다 보니 어느새 친구가 되어 있더라. 사람 인연이라는 게 참 우습지?]

처음에는 귀찮았을 뿐인데 하는 짓을 가만히 보니 귀엽기도 하고, 재미있는 것 같기도 하고, 성격이 꽤 호탕해 보여 한두 마디씩 하다가 보니 어느새 두 사람은 친구가 되어 있었다. 그리고 운명이었는지—실은 둘 다 집이 병원 근처여서 그랬겠지만— 같은 중학교를 가게 되면서, 두 사람이 단짝이 되는 일은 신도 말릴 수 없었다.

[그것도 기억나? 음, 사실 이거는 좀 하기 부끄러운 이야기인데…… 내가 초경 했을 때 가장 먼저 찾은 사람이 너였잖아. 그게, 하필이면 수업을 듣다가 아래가 찝찝해서 화장실에 갔는데 피범벅인 거야. 난 내가 죽을병에 걸린 줄 알았어.]

확실히 그런 일도 있었다. 그 당시 성교육의 수준은 참으로 열악했기 때문에 생리 자체는 알아도 막상 닥치자 초경이 시작되었다는 생각은 하지 못했던 것 같았다.

[아무 생각도 안 나고 너만 떠오르더라. 그래서 너를 불러냈는데…… 나 그때 네가 당황한 모습 처음 본 거 알아?]

아무리 진환이라고 해도 그때는 어린 소년이었다. 그런데 수업 시간에 뜬금없이 불려 나가 그런 일에 맞닥뜨렸으니 얼마나 당혹스러웠겠는가. 다행히 의사 부모님의 성교육 덕분에 초경이라는 걸 깨닫고 양호 선생님에게 데려다주긴 했지만, 지금 다시 생각해 봐도 진땀 나는 순간이었다. 하지만 효인 역시 얼마나 부끄럽고 당황했겠는가 싶어 그 후로는 단 한 번도 그 일에 대해 언급한 적이 없었다. 효인도 제 나름대로 쑥스러웠는지 마찬가지였다. 그러니까 지금이 그때 이후 그 일을 처음 언급하는 순간이었다.

[그런데 그날 처음으로 네가 멋져 보이더라. 당황하긴 했어도 바로 차분하게 상황을 정리해 주는데…… 아, 의지가 되는구나 하고 생각했지.]

과거를 회상하는 것까지는 좋은데, 진환은 대체 효인이 무슨 생각으로 이러고 있는지 알 수 없었다.

그럼에도 물이 흐르는 듯, 바람이 부는 듯, 꽃이 피는 듯 조용한 효인의 목소리가 참 듣기 좋아 그저 듣기만 했다. 효인이 또 도망가 버리면 언제 다시 이런 순간이 올지 모르기에, 찰나일지 언정 이 순간을 음미하고 싶었다.

[그것도 기억난다. 네가 계단에서 떨어지는 날 받아주다가 팔에 금 간 일. 그때 처음 깁스를 해 봤다고 했지? 그리고…… 음, 그래, 내가 어설픈 솜씨로 야구한다고 설쳤다가 교장실 창문 깨고 도망갔는데, 네가 대신 가서 혼나고 반성문까지 써주고 왔잖아. 근데 교장 선생님 의외로 의뭉스럽더라. 나중에 지나가면서 너한테 맛있는 거 사주라고 하시는 거 있지? 내가 깬 거 다 알고 계셨던 거야. 그런데도 네가 그러니까 그냥 눈감아주셨던 거지.]

아아, 팔이 빠져라 반성문 쓰고 난 며칠 뒤에 갑자기 끌고 가서 아무것도 묻지 말고 그냥 먹으라며 분식을 사주었던 게 그런 이유였나.

[고등학교 때 너랑 다른 학교에 가게 돼서 얼마나 슬펐는지……. 꼭 엄마를 잃은 애 같은 느낌이었어. 인턴 때는 혼나고 울면서 전

화했는데 한 시간도 넘게 이야기 들어줬었지? 나중에 전화 끊고 나서야 거긴 새벽이란 생각이 들더라.]

거기까지 쉼 없이 말한 효인은 문득 킥 하고 웃었다.

[너랑 있었던 일을 하나하나 나열하자니 끝이 없네.]

진환은 전화를 끊지 않은 채 현관으로 다가가 문을 열려고 했다. 하지만 뭐가 걸려 있는지 한 번 덜컥할 뿐, 열리지 않았다.

[아, 야. 열지 마. 아직 내 말 안 끝났어.]

효인이 기대서 있는 모양이었다.

효인이 가지 않았다. 그 사실 자체가 중요했기에 진환은 그냥 손잡이만 잡고 있었다.

[너한테 오기 전에 아버지랑 통화를 했어.]

진환이 기다려 주려고 한다는 것을 알았는지, 효인은 다시 말하기 시작했다.

[아버지는 우리가 처음부터 우정은 아니었을 거라고 하시더라. 우정이라기엔 너무 별났다나? 하긴, 우리가 좀 그렇긴 했지? 하지만 사랑도 아니었을 거래.]

"그건……."

진환이 말을 하려고 했지만, 효인은 틈을 주지 않았다.

[우정도 아니었고 사랑도 아니었고…… 하지만 우정이기도 했고 사랑이기도 했고, 그러니까 아직은 특별한 이름이 없는 감정이었을 거래. 그래도 굳이 이름을 붙이자면, 공기라고. 남들이 다하는 말처럼 좋아해, 사랑해, 이런 말이 아닌…… 공기해. 좀 낯간지러운가? 하지만 아마 그랬나 봐. 넌 보이지 않아도 언제나 내 곁에 있었고, 난 굳이 널 알려고 하지 않아도 느낄 수 있었어.]

진환의 심장이 빠르게 뛰기 시작했다. 효인이 뒤에 할 말이 무엇인지 알고 있는 듯, 혹은 고대하던 순간이 왔음을 직감한 듯.

[그리고…… 없으면 살 수가 없어.]

문에 등을 기대고 있던 효인이 문에서 몇 걸음 떨어지는 인기척이 느껴졌다. 진환은 서서히 문고리를 아래로 내렸다.

[아버지가 결정적으로 물으셨어. 그럼 네가 다른 여자와 함께 해도 상관없냐고. 내 대답? 생각할 것도 없었어. 머리보다 가슴이 먼저 대답하더라. 그 대답은…….]

문틈 사이에서 효인의 육성과 핸드폰 너머로의 목소리가 이중으로 들려왔다.

[아니.]

"아니."

진환은 완전히 문을 열었다. 효인은 핸드폰을 귓가에 댄 채 몇 걸음 떨어져서 그를 마주 보고 있었다.

"쓸데없는 저항이었다는 거, 알고 있어."

효인은 천천히 핸드폰을 귀에서 내렸다. 하지만 핸드폰을 들고 있는 진환의 손은 여전히 움직이지 않았다. 정확히는 움직이지 못했다.

"정말 쓸데없는 저항이었어……. 처음 만난 순간부터 너한텐 나밖에 없었고, 나한테는 너밖에 없었으니까."

그 순간, 진환은 핸드폰을 뒤로 던져 버렸다. 그리고 아직 문밖에 서 있는 효인을 끌어당겨 자유로워진 두 손으로 그녀의 볼을 와락 감쌌다. 동시에 두 사람의 입술이 맞부딪쳤다.

타악, 타앙.

효인이 떨어뜨린 핸드폰이 바닥에 부딪치는 소리와 문이 닫히는 소리가 크게 울렸다. 하지만 두 사람은 신경 쓰지 않았다. 효인은 스스럼없이 진환의 목에 양팔을 감았고, 진환은 효인의 허리를 끌어안았다. 그리고 두 사람은 누가 먼저랄 것도 없이 서로의 입술을 탐했다.

격정이 몰아쳤다. 이성을 마비시키는 열기에 휩싸인 효인은 도망가려고 했던 게 언제였냐는 듯 나서서 그를 벽으로 밀고 더욱 목을 끌어안았다. 그러자 벽에 등을 기댄 진환이 효인의 허리를 들어 올리고 벌어진 그녀의 다리 사이로 허벅지를 밀어 넣었다. 뻣뻣한 청바지 너머로도 부드러운 살결이 여실히 느껴졌다.

참을 수가 없었다. 미칠 것 같았다. 순식간에 부풀어 오른 남성이 갑갑한 청바지 안에서 부르짖었다. 종이 한 장 파고들 틈이 없을 정도로 밀착해 있는 효인 역시 그것을 느낀 듯 진환의 뒷덜미를 나른하게 어루만졌다. 진환의 뒷덜미에서 척추를 타고 소름이 미끄러져 내려갔다. 여성을 갈구하며 남성이 요동쳤다.

진환이 허리의 맨살을 어루만지며 등허리를 타고 올라오자, 효인은 참을 수 없는 소름이 돋았다. 유두가 뾰족하게 솟아오르며 전율이 흐르고, 가슴이 부풀어 올랐다. 여성에도 짜릿한 감각이 흘렀다.

거의 흡착하듯이 달라붙은 두 사람은 더욱 깊이 파고들어 혀를 나누고, 입술의 각도를 바꾸며 끊임없이 키스했다. 어느 게 그녀의 입술이고 어느 게 그의 입술인지도 잘 구별되지 않았다. 두 사람은 거의 게걸스럽다는 말이 어울릴 정도로 서로를 탐식했다.

이내 아래로 내려간 진환의 손이 효인의 치마 속으로 들어와 허벅다리에서 허벅지 안쪽의 살결까지 매만졌다. 그리고 여전히 입술은 놓아주지 않은 채 양손으로 그녀의 허벅지 뒤쪽을 진득하게 쓸어 올리며 엉덩이까지 도달했다.

효인은 목을 젖히며 신음했다. 몽롱한 술기운에서가 아닌, 또렷한 맨정신으로 모든 걸 느끼고 있자니 정신이 이상해질 것만 같았다.

"자, 잠깐만."

효인은 녹아버린 듯한 입술을 겨우 떼어냈다. 하지만 그는 멈추지 않았다. 타액으로 축축해진 효인의 입술을 아프지 않게 깨물더니, 턱을 한 번 핥고, 영역 표시를 하려는 듯 목덜미에 입술을 비볐다. 그리고 무서울 만큼 허스키한 목소리로 그르렁거렸다.

"차라리 죽으라고 해."

순간 효인은 웃어버렸다. 거센 욕망에 사로잡힌 목소리가 낯설고 무서울 법도 한데, 항상 차분하고 서늘한 진환이 안달하는 모습이 못 참게 귀여워진 탓이었다.

"왜 웃어?"

진환은 자세를 바꾸어 효인을 벽에 기대게 하며 물었다. 그러자 효인은 웃으며 대답했다.

"음……. 아니, 그냥 네가 귀여워서?"

효인은 구석지에 몰린 작은 동물처럼 커다란 남자의 몸에 감싸여 있는데도 무서워하는 기색이 아니었다. 무서워하기를 바라는 건 아니지만, 이제부터 저를 안을 남자를 보고도 귀엽다고 말하는 그녀가 괘씸했다.

누가 심효인 아니랄까 봐 맹랑하긴.

그래서 진환은 말 대신 행동으로 그녀를 벌하듯 티셔츠와 브래지어 안으로 파고들어 맨 젖가슴을 바르쥐었다. 그러자 따스한 웃음기가 번져 있던 효인의 연갈색 눈이 암갈색으로 짙어졌다.

효인은 젖은 입술 사이로 점차 가쁜 숨을 쏟아냈다. 그리고 손길이 진해질수록 고개를 세우고 있을 수 없는지 진환의 어깨에 이마를 기대었다. 손은 동아줄을 부여잡듯 진환의 어깨와 팔뚝을 꽉 그러쥐고 있었다.

"그, 그렇게 만지지 마……."

효인은 진환의 어깨 위로 달뜬 숨결을 끼얹으며 할딱거렸다. 하지만 언제나 대쪽 같은 효인이 자신에게 매달려 떠는 모습을 보니, 진환은 그 역시 남자이긴 남자인지 어쩐지 좀 더 괴롭혀 주고 싶어졌다. 대차고 당찬 효인을 좋아하면서도 자신의 품 안에서 가녀리게 떠는 모습을 보고 싶다는, 남자의 이율배반적인 충동이었다.

진환은 효인의 귓불을 핥고 살짝 깨물며 짓궂게 물었다.

"그럼 어떻게 만질까?"

효인은 작게 진저리를 쳤다.

"조, 좀 더 확실하게……."

역시 심효인이었다. 떨면서도 할 말은 다 하는 거 보니.

진환은 효인의 하체를 끌어당겨 그의 뚜렷해진 하체에 밀착시킨 다음, 티셔츠와 브래지어를 한꺼번에 밀어 올리고 드러난 젖가슴을 바라보았다. 그야말로 한입 베어 물면 단물이 주르륵 흐르는 수밀도 같은 젖가슴이었다. 보는 것만으로도 말랑말랑하고 탄력적인 감촉이 느껴졌다.

진환이 노골적으로 바라보고 있자 효인은 얼굴에 붉은 기가 올랐다.

"뭐, 뭐야."

수줍음에 괜히 티셔츠를 끌어 내리려고 했지만, 진환이 가리지 말라는 듯 효인의 손을 치워냈다. 효인은 작은 반항마저 제지당하자 찌릿 눈을 흘겼다.

"너 눈빛이 완전 음흉해."

끈적끈적한 탐욕이 아닌 순수한 욕망을 품은 눈이었지만, 효인은 뭐라도 공격하고 싶었다.

진환은 피식 웃고 그녀의 가슴을 손등으로 부드럽게 쓸었다. 바싹 긴장하는 피부가 손등으로 느껴졌다.

"이럴 때 음흉하지 않으면 곤란하지."

"말이나 못하면 밉지나 않…… 흡……."

진환은 입으로 종알종알 떠드는 입을 막아버렸다.

"하, 하읍……."

효인은 신음을 내뱉는 건지 들이마시는 건지 알 수 없는 소리를 겹쳐진 입술 사이로 흘렸다. 그리고 무언가를 재촉하듯 진환의 입술을 뭉툭하게 잘근잘근 씹었다. 동시에 그녀의 손이 와이셔츠 안으로 파고들어 와 딴딴해진 근육을 제 것처럼 쓸었다.

손바닥 아래로 그의 근육은 효인이 쓸어갈 때마다 희미하게 요동치고, 그녀의 손길에 착하게 반응하듯 꿈틀거렸다.

이제 이게 내 거란 말이지.

효인은 억눌러 왔던 기쁨이 밀려왔다.

곧 진환의 손이 고지로 향해왔다. 긴장하지 말라는 듯 허벅지를 쓸어 올리며 끝까지 올라와 팬티 속으로 파고들었다. 까슬까슬한 음모를 스쳐 지나가는 그의 축축한 손이 느껴졌다. 그리고 그의 손가락이 부끄러울 정도로 흥건해진 여성을 찾아내어 잠시 가늠하듯 밀고 들어왔다. 효인은 터져 나올 것 같은 신음을 가까스로 붙잡았다. 그의 팔을 잡은 손에도 아플 만큼 힘이 들어갔다.

"진환, 진환아……."

진환은 효인을 바로 세워 그녀의 한 다리를 자신의 허리에 감게 하며 새까맣게 몰아치는 눈으로 나직하게 물었다.

"괜찮아?"

진환의 뜨거운 숨결이 효인의 피부를 훑어 내렸다. 효인은 그 짧은 물음이 여기서 널 가져도 되느냐고 묻는 거라고 깨달았다.

"괜찮아……. 빨리, 빨리 너를 느끼고 싶어. 며칠은 너무 길었어……."

효인은 적극적으로 동의했다. 침대가 바로 눈앞에 있는데도 거기까지 가는 시간을 견딜 수 없을 것 같았다.

"내가 할 말이야."

진환은 바로 갑갑한 청바지 안에서 자신을 해방시켰다. 그리고 효인의 안으로 단번에 밀고 들어갔다. 두 사람의 입에서 동시에 신음이 터져 나왔다. 그러면서도 효인은 그를 끌어안으며 더 깊은 곳으로 안내했고, 진환은 한 손으로는 효인의 허리를 안고 다른 손으로는 옆 벽을 짚었다.

수축과 이완 운동을 반복하는 여성이 남성을 꽉 감싸 안아왔다. 그 쾌감에 혈액이 부글부글 들끓어 올라 진환은 갈증까지 일었다.

두 사람이 터뜨린 가쁜 숨이 허공에서 한 덩이로 뒤얽혔다.

"빨리, 빨리…… 더……."

효인이 그렇게 말하지 않아도 진환은 더는 기다릴 수가 없었다. 효인의 무게를 거의 제 몸으로 지탱한 채 움직이기 시작했다. 아래서 위로 치고 올라가듯이. 그 움직임을 따라 효인의 몸도 하늘 위까지 치솟을 듯 솟구쳤다가, 주르륵 미끄러져 내리며 오르락내리락 상하 운동을 반복했다.

효인은 진환을 붙들고 있던 한 팔을 들어 뒷벽을 짚었다. 그가 치고 들어올 때마다 목 안쪽에서 들끓어 오르는 신음을 참을 수가 없었다. 가늘고 높은 교성이 발작적으로 터져 나갔다. 거의 자지러지는 듯한 신음이 부끄러워 입을 틀어막고 싶었지만, 진환은 그 교성이 귓가에서 울릴 때마다 더욱 탄력을 받는 것 같았다.

눈앞에 섬광이 스쳤다. 일렁일렁 굴곡지는 천장이 무너져 내리는 것 같았다. 어디가 천장이고 어디가 바닥인지 천지가 뒤집히는 것 같고, 쾌감과 희열, 환희와 포만으로만 이루어진 세계를 여행하고 있는 것 같았다.

어느 순간, 끝이 나지 않을 것처럼 내달리던 진환이 딱 멈추었다. 그리고 세상의 끝을 보는 것 같은 극치감과 함께 효인은 목을 젖히며 길게 교성을 내질렀다.

젖혀진 목줄기가 정신없이 들썩거렸다. 곧 볼을 가만히 감싸오는 큰 손이 느껴졌다. 천천히 뻐근한 고개를 내리자, 진환이 입술에 살짝 키스해 왔다. 그리고 정직하게 반응한 효인을 칭찬하듯 입술을 핥았다.

"내가…… 내가 전생에 덕을 많이 쌓긴 했나 봐."

효인은 아직 다 진정되지 않은 목소리로 숨 가쁘게 말했다.

"무슨 소리야?"

진환의 목소리 역시 사포로 문질러 둔 것처럼 거칠었다. 하지만 그의 손과 입술은 이제야 완전히 제 것이 된 효인에게서 떠날 줄을 몰랐다. 효인 역시 그의 목과 턱을 다정하게 어루만지며 웃었다. 정사의 여운에 녹아내린 미소가 농염했다.

"이렇게 실한 놈을 얻었으니까 말이야. 이런 물건은 드물지."

진환은 잠시 어이가 없었지만 곧 웃었다. 그리고 그녀의 위로 그림자를 드리우며 다시 고개를 내렸다.

"뒤늦게 가지러 온 주제에 말은 잘하지."

"그건……."

효인이 무어라 말하려고 했지만, 진환은 아까 통화 도중에 말이 잘린 데에 대해 복수라도 하듯 입으로 그녀의 말을 막았다. 그리고 연인에게 속삭였다.

"말은 나중에."

효인은 대답 대신 진환의 키스를 받아들였다.

그래, 말은 나중에 해도 상관없었다. 그와 함께할 시간은 앞으로도 많겠지만, 오늘 밤은 얼마 남지 않았으니까.

## 24
### 변한 것과 변하지 않은 것

태풍이 지나가고 난 자리에 남은 두 사람은 더없이 평온했다. 어느새 침대로 옮겨와 실오라기 하나 걸치지 않은 알몸으로 서로를 안고 있었다. 효인을 반쯤 제 몸 위에 올려놓은 진환은 계속 그녀의 등줄기를 쓰다듬었다.

여운을 음미하며 함께 누워 있으려니 오래전부터 이래왔던 사이처럼 느껴졌다. 다정하게 등을 쓸어내리는 손길도, 맨 피부를 맞대고 있는 느낌도, 몸을 폭 감싸는 품도, 애초에 한 몸이었던 것처럼 딱 맞아떨어지는 자세도, 모든 게 자연스러웠다. 비록 별다른 대화는 나누지 않았지만 함께 누워 있는 것만으로도 포만감이 들었다.

진환은 그의 가슴 위에 흐트러져 있는 효인의 긴 머리칼을 쓸어 넘겼다. 그러자 땀에 젖은 머리카락이 다른 쪽으로 넘어가고,

눈을 내리깔고 있는 그녀가 보였다.

둥그스름한 곡선을 그리는 어깨와 과일의 속살처럼 뽀얀 피부, 아직 열기가 다 가시지 않았는지 희미하게 홍조가 오른 복숭아빛 뺨, 깊어진 눈. 머리카락을 한쪽으로 넘기고 있는 효인은 마치 명화에나 나올 법했다…… 라고 이야기한다면, 너무 팔불출 같은 말일까?

"진환아."

효인이 갑자기 그를 불렀다.

"그래."

진환은 아주 다정하게 대답했다.

"장진환. 장진환 씨. 장 선생."

효인은 독백하듯 여러 가지 호칭으로 그를 불렀다. 그런데 그 목소리에 언뜻 음산함이 깔리기 시작하는 게, 진환은 의아해지는 동시에 불안해졌다.

"왜?"

순간 효인은 진환의 가슴에 대고 고양이처럼 손톱을 세웠다. 그러자 기분 탓이겠지만, 네일 폴리쉬 하나 바르지 않은 분홍빛 손톱이 스산하게 번득거리는 것 같았다.

효인은 다른 손으로 침대를 짚었다. 그리고 무게의 중심을 옮기며 진환의 위에서 언뜻 상체를 일으켰다. 그러자 그의 가슴에 눌려 있던 젖가슴이 통실하게 원래 모양을 찾는 동시에 상체가 남자의 시야에 오롯이 들어왔다. 가는 머리카락은 그녀의 어깨를 타고 내렸다.

의아해하는 진환에게 시선을 맞춘 효인은 빙그레 웃었다.

"대답은 신중히 하는 게 좋을 거야."

협박성이 다분한 말에 진환은 저도 모르게 긴장해 버렸다.

"선본 건 좋았어?"

선 자리에 군말 없이 나간 이유는 효인이 질투심을 표해주길 바라셔였지만, 이렇게 온화한 어조로 물으니 진환은 도리어 섬뜩해졌다. 조금이라도 말을 잘못하면 머리카락을 쥐어뜯을 태세라 절로 입이 무거워졌다.

"음."

"바른대로 이실직고하셔. 아님 할퀼 거니까."

그래서 이렇게 손톱을 세우고 있는 모양이었다. 손을 깨끗이 해야 하는 외과의 특성상 효인의 손톱 역시 다른 여자에 비해 짧고 별다른 걸 하지 않은 상태였지만, 진심으로 할퀸다면 꽤나 아플 것이다. 이제야 피부를 맞대고 다정한 시간을 보내고 있는데, 아픈 건 둘째 치고 별로 반갑지 않은 일이었다.

"사실대로 말하자면……."

진환은 운을 떼면서 손으로는 은근슬쩍 효인의 통통한 엉덩이와 젖가슴을 탐냈다. 하지만 아닌 척 음흉하게 다가오는 손길에 효인은 용서가 없었다. 대답부터 하라는 듯 진환의 팔뚝을 확 꼬집어 버렸다.

"아파."

꼬집힌 자리가 꽤나 따가워서 진환도 슬쩍 미간을 구겼다.

"아프라고 꼬집은 거야. 대답부터 하시지."

"음, 그러니까……."

대답부터 하려는 듯 다시 운은 뗐다만, 진환의 손은 여전히 스멀스멀 효인의 가슴께로 기어 올라왔다. 그러자 효인은 그쯤은 타협해 주려는지 입술을 한번 삐죽거릴 뿐, 재차 손길을 치워내진 않았다. 사실 피부 위를 덧그리듯 올라와 가슴을 폭 감싸는 손이 기분 좋은 탓이었다.

진환은 살짝 몸을 일으키더니 효인을 옆자리에 뉘었다. 그러자 그녀의 머리카락이 노을빛을 받아 갈빛으로 물든 강물처럼 베개 위로 펼쳐지고, 두 사람의 다리가 이불 속에서 얽혀들었다. 피부를 쓸어가는 피부의 느낌이 참 좋았다.

진환은 효인에게 팔베개를 해주고 허리를 살짝 끌어당기며 대답했다.

"네가 질투해 주길 원해서 나간 거였어. 그래서 거절하고 나왔……."

침대와 이불, 무엇보다 그의 품이 주는 포근함에 누그러졌던 효인의 눈에 순간 살기 어린 광채가 돌았다.

"지금 그 말은 선 자리인 걸 알면서도 나갔단 말이야?"

진환은 입술을 달싹였다가 다시 다물어 버리고 말았다. 제 무덤을 제가 신나게 파버린 셈이었다. 하지만 곧 이 사태를 어떻게든 타파해야겠다는 불굴의 의지로 입을 열었다.

"때로 사랑을 쟁취하기 위해선 이기적인 수단도 면죄부가 되는 법이잖아."

다소 당황한 마음과 다르게 여전히 차분한 말투가 마음에 들지 않는지, 찰싹! 여지없이 연인의 철퇴가 팔뚝에 불그스름한 손바닥 자국을 남겼다.

"아프다니까."

"아프라고 때린 거라니까. 하여간 정말 말이나 못하면 밉지나 않지."

효인이 앙칼지게 진환을 흘겨보았지만, 한 여자를 얻는 것만으로도 세상을 다 얻은 듯한 남자는 마냥 좋다는 얼굴이었다. 물론 성격대로 물에 불려놓은 떡처럼 헤벌쭉해지진 않았지만, 효인은 그의 얼굴에 미묘하게 화색이 돈다는 걸 눈치챘다.

한동안 자신이 속을 썩였는데도 그 점에 대해서는 언급하지 않는 남자를 계속 닦달하는 것도 좀 그래서, 결국 그녀는 빳빳이 굳혔던 몸에 힘을 풀었다. 그리고 이번만은 용서해 준다는 양 그의 허리에 팔을 감았다.

"내 죄도 있으니까 요번만 넘어가 준다. 넌 이제부터 다른 여자 손목만 잡아도 방에서 한 발도 못 나갈 줄 알아. 나 내 거엔 집착 강한 거 알지?"

내 거라는 말이 무한히 기쁘긴 했지만, 옛날에 엄한 남편이 방종한 아내에게 엄포를 놓는 것 같은 말에 진환은 난감한 표정을 지었다.

"환자라도 여자면 안 돼?"

"안 돼."

환자는 괜찮다고 할 줄 알았는데, 효인은 냉정하고 단호했다. 진환의 얼굴에 깃든 난감한 빛이 좀 더 짙어졌다.

"내가 의사라는 걸 잊지 않아줬으면 좋겠는데."

"그래도 안 돼."

어린아이 같은 억지였지만, 그럴 순 없다고 대답할 수도 없어서 진환은 곤란하군, 하고 심각하게 생각했다. 옛날처럼 명주실을 환자의 손목에 묶고 진찰해야 하는 걸까? 그러자 효인은 그냥 얄미운 그를 한번 놀려주고 싶었던 건지 곧 픽 웃었다.

"농담이고, 내가 말하는 여자는 그런 의미의 여자가 아닌 거 알잖아."

"그런 의미에서 손을 잡고 피부를 맞대는 여자는 너밖에 없어."

"진환아……."

무게감 있는 고백에 효인도 감격한 목소리를 흘리는…… 가 싶더니, 어딘가에 생각이 닿은 듯 진환을 빤히 바라보았다.

"너."

차분하게 운을 떼는 연인의 목소리에서 왠지 모를 불안감을 느낄 남자는 비단 진환만이 아니리라.

"그 여자들한테도 그렇게 말하고 다닌 거 아냐?"

"그 여자들?"

"네가 유학 가기 전에 만나고 다녔던 아줌마들."

무거운 침묵이 내려앉았다.

언젠가 그때 일에 대해 추궁당하지 않을까 걱정하긴 했지만, 입이 보살이라고……. 하지만 그들이 다 효인이 말하는 것처럼 '아줌마'는 아니었다.

유학 가기 전이라고 해 봤자 고등학생일 때니 특출하게 조숙했다 할 수 있겠지만, 그래도 다 풋풋한 대학생들이었건만 효인이 보기에는 아줌마 그 이상도 그 이하도 아니었던 모양이다. 게다가 친구를 뺏겼다는 기분 때문인지 효인은 일부러 말끝마다 그 여자들을 가리켜 아줌마, 아줌마, 아주 달고 다녔다.

그래서 한 번은 아줌마란 소리에 발끈한 한 여자가 '나 아줌마 아니거든?' 하고 반박했다가 효인과 대판 싸운 적이 있었다. 효인도 그때만큼은 치미는 성질을 감당할 수 없었던 것 같았다.

나중에야 상황을 알게 된 진환이 급히 왔을 때, 효인은 성난 소처럼 씩씩거리고 있었고 그 여자는 '뭐 저런 쌈닭 같은 애를 알고 지내는 거니?' 하고 거친 불만을 토로했다. 하지만 진환은 명색이 사귀고 있었던 여자의 편을 들어주지 않았다. 제대로 화가 난 듯 매몰차게 가려는 효인을 붙잡고, 그 자리에서 그 여자에게 이별을 고했다. 죄송합니다, 그만하죠, 라고.

솔직히 그 여자가 싫었던 건 아니었다. 괜히 만난 게 아니었던 만큼 그녀도 그녀 나름대로 좋은 점이 있었고, 그에게 꽤 정성스러웠다. 하지만 효인과 그 여자는 근본적인 차이점이 있었다. 효인은 모든 허물을 감싸주어야 하는 친구인 반면, 그 여자는 언제든 헤어질 수 있는 타인이었다. 효인이 먼저 잘못을 했든 하지 않았든, 진환에게 있어 그 여자보다 효인의 무게가 훨씬 무거웠을 뿐이었다.

진환이 자신의 편을 들어주자 효인은 바로 화가 가라앉은 듯했고, 화를 냈다는 것조차 잊고 샐샐 웃었다. 그 자신만만한 모습이 어찌 보면 얄미웠어야 할 텐데, 진환은 그때 처음으로 그런 효인이 귀엽다고 생각했다.

"음, 그건…… 말이야."

그랬지만, 이 상황에서는 어떻게 썰을 풀어야 할지 몰라 진환은 오랜만에 당혹감을 드러냈다. 하지만 효인은 갑자기 깔깔거리며 웃어젖혔다.

"됐네요, 이 아저씨야. 지금은 이렇게 날 안아주고 있으니까 괜찮아. 과거는 과거일 뿐이지. 현재를 즐기기로 했어."

길고 긴 고민에 종지부를 찍은 효인은 그렇게 말하며 귀엽게 안겨왔다. 진환은 효인의 머리를 토닥거리며 엄포 아닌 엄포를 놓았다.

"걱정 마. 절대 널 떠나지 않을 거니까. 물론 네가 떠나는 것도 용서하지 않을 거고."

효인은 킥 웃었다.

"응, 믿어. 다른 누구도 아닌 장진환의 말이니까."

두 사람은 계약서에 지장을 찍듯 서로를 꼭 끌어안았다. 그런데 얼마나 그렇게 포옹하고 있었을까. 진환은 점차 열기가 스멀스멀 몸 구석구석으로 퍼져 가는 게 느껴지는 동시에 맞닿아 있는 피부가 예민하게 인식되기 시작했다. 결국 그는 효인의 피부를 지분거리며 본격적으로 손을 움직여 갔다. 그러자 어느덧 그의 묵직한 무게를 내리받은 그녀가 눈을 동그랗게 떴다.

"또?"

진환은 효인의 입술을 작게 깨물고 코끝에 뽀뽀하며 속삭였다.

"한 번만 더."


폭풍 같은 애욕의 시간이 지나고 둘이 얽혀서 짧지만 달콤한 잠에 들어 있을 때, 문득 진환이 효인을 흔들어 깨웠다.

"심효인."

"으응?"

어제저녁 내내 격한 감정 소모와 새벽 내내 육체적 운동에 시달린 효인은 잠이 그득한 눈으로 비몽사몽간에 진환을 바라보았다. 진환은 그 얼굴마저 깨물어주고 싶을 만큼 귀여워 늦게까지 침대에서 함께 뒹굴고 싶었지만, 둘은 명색이 책임감이 있는 직장인이었다. 진환은 메마른 그녀의 입술에 살짝 키스만 해주고 일으켜 앉혔다.

"4시 반이야."

하지만 효인은 잠의 여운과 감질나게 와 닿았다간 부드러운 질감에 취해 4시 반이 무엇을 의미하는지 깨닫지 못하고 있었다.

"4시 반이면 아직 시간 있……."

효인은 머리를 긁으려고 올리던 손을 멈추었다. 순간 잠기운이 확 달아나면서 벌떡 일어났다.

"맞다! 집에 들렀다 출근해야…… 윽."

효인은 남성에 쓸려 부푼 여성과 격한 몸짓에 시달린 허리가 울려와 멈칫하고 말았다. 그리고 디스크에 걸린 칠십 먹은 노인처럼 '끙' 하는 소리와 함께 허리를 짚었다. 그러자 진환이 허리를 마사지하듯 손을 얹었다.

"괜찮아?"

진환이 미안해하며 말하자 효인은 괜히 툴툴거렸다.

"괜찮을 리가 없지. 내내 그렇게 시달렸는데."

진환은 멈칫했다. 효인이 몸을 풀기 위해 쭉 기지개를 켜 올리자, 얇은 티 위로 브래지어를 하지 않은 젖가슴의 윤곽이 도드라졌다. 출렁 흔들리는 탐스러운 모양 위에 빠끔히 도톰한 젖꼭지가 고개를 들었다. 내내 물고 핥고 빨고 했으니 이제는 좀 가라앉을 법도 한데, 이대로라면 책임감 있는 사회인의 본분마저 망각하고 다시 그녀에게 달려들 것만 같았다. 이래서 댐이 한 번 터지면 위험한 것이다. 멈추기가 힘드니까.

진환은 평소보다 더욱 무뚝뚝하게 바닥에 떨어진 치마를 효인에게 홱 던져 주었다.

"어서 일어나. 데려다줄 테니까."

진환이 홱 던진 치마를 머리로 받아낸 효인은 어리둥절해하며 치마를 끌어 내렸다. 먼저 저쪽으로 가버린 진환의 태도가 좀 이상하기 때문이었다. 아니, 이상하진 않았다. 오히려 너무 담담한 게 평소와 전혀 다름이 없었다. 만약 일어나자마자 받은 키스나 '괜찮아?'라고 걱정스럽게 물어주던 목소리가 없었다면 혹시 그와의 일은 꿈이 아니었을까 싶을 정도였다.

명색이 연인이 되고 처음으로 맞이하는 아침인데 너무 무덤덤한 거 아닌가 싶었다.

'쳇, 냉정하긴.'

곧 출근을 해야 한다고 해도 연인의 아침 정도는 즐길 수 있잖아? 뭐, 새벽 내내 반은 키스하고 반은 대화하며 누가 들으면 간지러워 미치겠다고 할 정도로 속닥거리긴 했지만, 아침이 되자마자 이러다니…… . 공과 사가 지나치게 구별되어 있는 거 아닌가 싶었다. 물론 공과 사를 구별하지 말란 말은 아니었다. 말하고자 하는 요지는, 연인이 되었는지 아닌지 헷갈릴 정도로 지나치게 그럴 필요는 없지 않느냔 말이었다. 아직 병원인 것도 아닌데.

"심효인, 또 꾸물거리지."

담담한 진환이 불만스러워 어물어물 행동하자, 바로 타박이 날아들었다.

"너 너무한 거 아냐?"

효인은 옷을 입고 머리는 대충 묶은 채 진환과 함께 밖으로 나서며 불만을 토로했다. 역시 섭섭함을 감추고 있는 건 성격에 맞지 않았다.

진환은 문이 완전히 닫혔는지 확인하고 '무슨 말?' 하는 눈으로 효인을 돌아보았다.

"아니, 보통 연인이 된 첫날은 듣기 좋은 말도 해주고 그러는 거 아냐?"

"듣기 좋은 말이란 게 뭔데?"

효인이 툴툴거리자 진환은 그녀 곁에 걸어가며 무심하게 반문했다. 그러자 효인은 순간 말문이 막혀왔다.

'그러게. 듣기 좋은 말이 뭐지?'

한 5초간 고민한 효인은 '아!' 하는 소리를 내었다.

"가장 보편적으로는, 아침에 일어나서 게슴츠레한 모습을 보고도 예쁘다고 말해준다든가?"

눈곱이 끼고 봉두난발을 한 채 실성한 여자처럼 게슴츠레하게 앉아 있는 모습을 보고서도 예쁘다고 말해준다면, 그거 꽤 사랑이 느껴지지 않나?

"뭘 해도 예쁜데 굳이 예쁘다는 말까지 해줄 필요가 있어?"

너무 당연하다는 듯이 지나간 말이었기에 효인은 한 번에 알아듣지 못하고 '응?' 하는 소리를 내었다. 그리고 진환을 돌아보았는데, 그는 여전히 '뭘 그렇게 봐?'라고 말할 듯한 표정이었다. 그제야 효인은 진환이 무슨 말을 했는지 깨닫고 얼빠진 표정을 지었다. 동시에 팔을 교차해 와락 자신의 양 팔뚝을 감쌌다.

"으와, 닭살. 막상 듣고 보니 감당하기가 힘들 정도네. 됐다, 살던 대로 살자."

그 말에 진환은 피식 웃고는 더 이상 말이 없었다. 효인도 별다른 말 없이 함께 주차장으로 걸어갔다. 그런데 걸어가면서 생각해 보니, 자신의 말이 이중적이었다는 걸 깨달았다. 은연중에 결국 이리될 거라 알고 있었으면서—그리고 이리되길 바랐으면서도— 쓸데없는 저항을 했던 이유가 무엇이었던가. 진환이 이십년간 함께해 왔던 '친구'가 아닌 오로지 '남자'로만 함께한다는 사실이 무서웠기 때문이었다. 그리고 그에게서 지독한 남성미를 느끼고 무서워하기도 했고.

하지만 진환은 여전했다. 연인으로 함께하게 된 남자이긴 하되, 친구였을 때처럼 타박하기도 했고 얄미울 만큼 무심하기도 했다.

만약 연인이 되었다고 예쁘다는 말만 입에 달고 살며 호들갑스러울 만큼 떠받들어 주었다면, 오히려 견딜 수 없었을 것이다. 그렇다고 다시 친구로 돌아가자고 말하진 않았겠지만, 드문드문 친구의 빈자리를 느끼고 공허함을 참을 수 없었으리라.

그랬던 주제에 진환이 너무 친구일 때와 똑같다고 섭섭해하다니, 우스운 이중 잣대였다.

진환은 여전히 진환이었다. 친구이면서 연인이고, 효인의 공기인 장진환.

"진환아."

효인은 그 사실 하나만으로도 솟구치는 감격을 참을 수 없어,

운전석 쪽으로 가려는 진환의 허리를 뒤에서 감싸 안았다. 우뚝, 그의 걸음이 멈추었다.

"왜?"

진환은 손으로 허리를 끌어안은 효인의 손을 살짝 덮었다. 효인은 늘 그녀의 기쁨과 슬픔과 행복과 함께했던 진환의 너른 등에 얼굴을 묻고 속삭였다.

"그냥, 너무 좋아서."

횅하게 뚫린 주차장이라 누가 볼 수도 있겠지만, 누군가 지나다니기에는 이른 시간이기도 했고 만일 본다고 해도 상관없었다.

"이렇게 좋은데 왜 괜히 며칠을 허비했을까 싶어서."

시간도 시간이지만, 선뜻 받아들였다면 사랑에 깔려 죽을 것처럼 행복하기만 했을 며칠을 우울하게 보낸 게 참 아까웠다.

"자꾸 그러면……."

뭔가 필사적으로 참고 있는 듯한 목소리와 함께 효인의 손을 덮은 진환의 손에도 힘이 들어갔다. 효인은 뭔가 싶어 '응?' 하고 슬쩍 고개를 들었다. 그러자 흘긋 고개만 돌려 그녀를 내려다보고 있는 진환이 경고조로 말했다.

"흥분할지도 모른다."

순간 효인은 '에비!'라고 말하듯 진환의 허리에서 손을 홱 빼냈다.

"아, 정말!"

진환은 짧게 '큭' 웃고는 운전석에 올라탔다. 그를 따라 자연스럽게 조수석에 올라탄 효인은 차에 올라타고야 생각났다는 듯 말했다.

"그런데 나 내 차 몰고 왔는데 네가 데려다주면 출근할 때……."

"데리러 갈게."

진환은 효인이 다 말하기도 전에 당연하다는 듯 대답했다. 아니, 당연하다기보다 꼭 그렇게 하고 싶어 하는 것 같은 말투였다. 효인은 킥 웃었다.

"그럼 모셔지는 공주님 기분 좀 내볼까."

"유한마담이 아니라?"

효인은 '어쭈?' 하는 표정을 지었다.

"그럼 넌 또 장 기사 해."

"심 마담을 모시는 장 기사인가."

효인은 곧 무슨 생각을 했는지 낄낄거리며 말했다.

"아니다. 심 마담을 모시는 장 기사가 아니라 심 마담의 침대를 데워주는 장 제비는 어때?"

또 아무렇지도 않게 성적인 뉘앙스를 풍기는 말에 진환은 얼핏 난감하다는 표정이 되었다. 이거 이래서야 정말 시도 때도 없이 심 마담의 테크닉에 무너지는 거 아닌지 모르겠다. 테크닉이라고 하기엔 좀 다르지만, 그에게는 효인이 그런 말을 한다는 것 자체가 위험했다.

그래도 그 후로 나눈 대화는 대체로 안전했다. 며칠간 대화 한 번 하지 않고 서먹서먹했다 보니 효인은 병원에서 있었던 일 하며, 어제 봤던 TV 프로그램이 어땠는지 등등 입이 간지러워서 어찌 참았나 싶을 정도로 줄줄이 끄집어냈다. 하지만 진환은 자신에게 뭐라도 말해주려고 하는 효인의 모습이 좋았고, 미묘한 차이지만 친구일 때보다 조금 더 애교 어린 목소리가 듣기 좋았다. 바로 구석진 곳으로 가서 그녀가 앉은 조수석을 뒤로 밀어뜨리고 싶을 만큼.

어느새 효인의 집 앞에 도착했다. 사실 거리가 그다지 멀지 않아서 고작해야 십오분 정도밖에 되지 않는 시간이었다.

"벌써 도착했네."

바로 한 시간 뒤면 다시 볼 테지만 차마 발길이 떨어지지 않는 미련에 효인은 느릿하게 안전벨트를 풀었다. 그런데 갑자기 진환도 안전벨트를 풀더니, 효인의 뒷목을 끌어당겨 입을 맞춰왔다. 물론 효인은 거절하지 않았다. 오히려 슬쩍 입술을 한번 훔치고 갈까 진지하게 고민하고 있었기에.

키스는 생각했던 것보다 진했다. 처음에는 허락을 구하듯 조심히 닿는가 싶더니, 입술이 완벽히 맞춰지기 무섭게 혀가 밀고 들어와 혀뿌리까지 진득하게 빨아올렸다. 그리고 질척한 마찰음과 함께 여러 번 타액이 뒤섞였다. 하지만 전혀 조급하지 않고 다정했다. 참을 수 없는 욕망이 묻어나면서도 게걸스럽게 먹어대지 않고 배려하듯 천천히 움직였다. 게다가 숨이 막히지 않도록 여러 번 각도를 바꿔주었기에 이런 키스라면 정말 삼십분이고 한 시간이고 얼마든지 할 수 있을 것 같았다.

가끔 다른 커플들이 세 시간 키스했어요, 라고 하면 '이런 바퀴벌레들! 더럽게 징글맞구나!' 하고 탄식했는데 지금은 그 기분을 충분히 이해할 수 있었다. 이렇게 기분이 황홀해지는 것을 어찌 세 시간쯤이야 하지 못하겠는가.

더 이상 시간이 허락하지 않을 때쯤에야 진환이 떨어져 나갔다. 그리고 그는 누구의 것인지 알 수 없는 타액으로 번들번들해진 효인의 입술을 엄지손가락으로 쓸었다. 순간 효인은 입술을 훑고 지나가는 손가락의 감촉에 취해 저도 모르게 혀를 내밀어 진환의 손가락을 핥았다.

고양이가 목을 축이듯 촉촉하고 말랑한 혀가 닿았다 가자, 진환은 그야말로 우뚝 굳었다. 그제야 효인은 자신이 무슨 짓을 했는지 깨닫고 어색하게 웃었다.

"어, 미안."

지금 이게 미안하다고 해서 될 상황이란 말인가. 진환의 것은 이미 슬슬 부풀어 오르기 시작했는데.

"하아, 너 정말……."

효인은 무슨 소리를 들을까 겁나 얼른 다른 말을 꺼냈다.

"근데 나 아직 양치 안 했는데…… 군내 날 텐데……."

"안 나. 괜찮아."

진환은 명백한 뜻이 담긴 손길로 효인의 입술과 볼을 쓰다듬었다.

오, 예. 손길과 눈길 한번 에로틱하시고.

조수석 문에 등을 기댄 효인은 왠지 '하, 하지 마세요.' 하고 달달 떨어줘야 할 것 같은 기분이 들었다. 순간 이런 상황에서도 장난기가 치밀어 올라 '이, 이러지 마세요.'라고 말해볼까 싶었지만, 이글이글 끓고 있는 진환의 눈을 보니 그랬다가는 정말 출근을 못 하게 될 것 같아 꿀꺽 말을 삼켰다.

둘이 함께 무단결근을 했을 경우 설마 하는 시선을 받으며 교수들에게 혼나는 건 그렇다손 치더라도, 안 그래도 인력이 부족한 흉부외과에서 의사 두 명이 동시에 증발하면 초비상사태가 될지도 몰랐다.

참을 인, 참을 인, 참을 인. 환자를 생각하자. 아, 그런데 그 참을 인은 여기에 쓰는 게 아니던가? 뭐, 어쩌면 어때.

효인이 복잡한 생각을 하고 있는 새에도 진환은 계속 그녀의 볼과 입술을 쓰다듬다가, 갑자기 그녀의 윗입술과 아랫입술을 한 꺼번에 쥐고 꾹 꼬집었다.

"움!"

찰진 입술이 꽉 눌려 불분명한 소리가 새어져 나왔다.

"어서 가서 준비나 하시지."

진환이 손을 떼자 효인은 화끈거리는 입술을 잡고 홱 눈을 흘 겼다. 아니, 본의 아니게 조금 흥분시켰기로서니 애인의 입술을 이렇게 뭉개 버려?

"아파!"

"아프라고 꼬집은 거야."

어떻게 이럴 수가 있냐고, 나 아프다고 삐약삐약거렸건만 진환 은 효인이 침대에서 했던 말을 그대로 되돌려 주며 짓궂게 웃을 따름이었다.

효인은 눈을 가늘게 떴다. 그리고 진환이 어서 안 가고 뭐 하 냐는 듯 돌아보려는 찰나, 와락 그의 목을 감싸 안고 다시 키스 했다. 진환은 갑자기 효인이 덤벼들자 놀란 눈치였지만 군말 없이 적극적인 그녀를 받아들였다. 하지만 목에 둘러진 효인의 손이 가슴을 타고 내려와 중심에 닿았을 때는, 화들짝 놀라 얼른 그녀 의 손을 잡으려고 했다. 효인은 '어허!'라고 말하듯 진환의 손을 쳐 내고 그가 볼을 쓰다듬었던 것만큼이나 에로틱하게 중심을 어루만졌다.

안 그래도 슬쩍 고개를 들던 중심이 무섭게 딱딱해지기 시작했다. 단지 옷감 너머로 살살 쓰다듬고 있을 뿐인데, 옷감을 뚫고 나올 것처럼 급격하게 팽창했다.

이 상태에서는 저항한다는 것조차 불가능했다. 그래서 꽉 짓눌린 신음만 흘리며 가만히 있으려니, 접시에 고이 올라가 그녀가 냠냠 쩝쩝 맛나게 탐식해 주길 기다리는 음식이 된 것 같았다.

세상에, 그런데도 이토록 쾌감이 들다니. 감질나는 쾌감에 이성의 끈이 뚝 하고 끊어질 것 같아, 진환은 그 누구도 흔들 수 없으리라 믿었던 이성 따위 잠시 밀어두고 손을 뻗으려 했다. 하지만 그 전에 효인이 먼저 휙 떨어져 나갔다. 그리고 그를 남겨둔 채 재빨리 조수석의 문을 열고 나가 버렸다.

"후후, 복수다! 조금 이따 보자고, 장 선생!"

호기 어리게 외치긴 했다만, 효인은 그 한마디를 남기고 문을 쾅 소리 나게 닫더니 그가 따라오기라도 할까 싶어 줄행랑을 쳐 버렸다. 순식간에 홀로 남겨진 진환은 어이가 없어도 이렇게 없을 수가 없었다.

진환은 참담한 눈으로 불룩해진 자신의 바지 앞섶을 내려다보았다. 복수라고? 이건 복수라고 하기엔 너무나 잔인한 행동이 아닌가. 하지만……

"그래도 귀여워 보이니 중증이군."

어쨌든 진환은 한참이나 명상을 한 후에야 차를 몰아 갈 수 있었다. 그런데 다시 집으로 돌아가면서 생각해 보니, 애초에 준비를 다 하고 효인의 집으로 함께 갔다가 그대로 출근을 했으면 나았을 거라는 데에 생각이 미쳤다. 하지만 효인을 데려다줘야 한다는 생각에 빠져 미처 그 생각은 못 했으니, 사랑에 빠져 바보가 되어버리기라도 한 모양이었다.

뭐, 사랑에 빠진 바보라는 어감이 나쁘지 않았다.

정말 중증이로다. 중증이야.

25
사랑이란 겨울도 녹이는 법

한 시간 사이에 털털한 동네 처녀에서 말끔한 커리어우먼으로 환골탈태한 효인은 주춤거리며 차로 다가왔다. 차 앞에 서 있는 진환은 그녀를 서리가 낀 시선으로 냉담하게 바라보았다. 그 시선에 효인은 아까의 일은 잊어달라는 듯 샐쭉 웃으며 아양을 부려댔다. 하지만 한 시간 사이에 삼삼한 동네 오빠에서 완벽한 남자가 된 진환에게는 씨도 먹히지 않는 것 같았다. 그는 그저 차에 타라는 듯 손짓할 따름이었다.

효인은 설마 화가 났나 싶어 찔끔했지만, 일단 순순히 차로 다가갔다. 그러자 그가 조수석의 문을 열어주었다. 그 배려에 효인은 눈을 동그랗게 뜨고 진환을 보았다. 그는 뭐 잘못된 게 있냐는 시선으로 응수했다.

효인이 놀란 이유는, 얼마 전까지만 해도 특별한 경우가 아니고야 진환이 차 문을 열어주는 일은 없었기 때문이다.

사실 효인도 제 문은 제가 여는 게 당연하다고 생각해 왔고, 그와는 뚜벅이일 때부터 알고 지냈기 때문에 새삼 친구 사이에 차 문을 열어주니 마니 하는 건 닭살 같았다. 하지만 효인은 곧 헤실헤실 웃으며 조수석에 올라탔다. 친구와 연인의 차이가 이런 부분에서 나타나는 건 왠지 좋았다.

"화났어?"

효인은 운전석에 올라탄 진환에게 슬쩍 물었다.

"어떨 것 같은데?"

아니라고 대답해 주길 바랐는데, 진환은 여전히 조금 차가운 시선으로 외려 반문했다.

"에이…… 화났구나? 야, 조금 만져 놨기로서니……."

효인은 말을 다 끝맺지 못하고 찔끔 입을 다물었다. 진환이 예의 그 시선으로 물끄러미 바라본 탓이었다.

곧 시선을 거두고 차를 출발시키긴 했지만, 진환은 들으라는 듯이 회의적으로 읊조렸다.

"조금이라……. 그래, 조금이지."

"화 풀어, 응?"

"화 안 났다."

효인은 고개를 빠끔히 내밀어 앞만 주시하고 있는 진환의 표정을 살펴보았다. 여전히 고드름이 맺힐 것처럼 냉랭하기 그지없었다.

"화난 것 같은데?"

"그렇게 보인다면 그런 거겠지."

당최 화가 났다는 건지 나지 않았다는 건지.

"어이, 장씨. 정말 화난 거야?"

효인은 노크하듯 진환의 어깨를 손끝으로 톡톡 두들기며 진지하게 물었다.

"글쎄."

운전 중에 앞만 보는 건 당연한 일인데도 효인은 진환이 돌아보지 않고 무뚝뚝하게 대답하자 설핏 표정이 굳었다. 그냥 장난이었는데⋯⋯. 아니, 뭐, 남자의 인체 구조와 시간상 좀 지나친 장난이긴 했지만 이렇게까지 정색할 줄은 몰랐다.

효인은 어떻게 화를 풀어줘야 하나 고민에 빠졌다. 그런데 고민을 하다 보니 뭔가 억울했다. 자신은 새벽 내내 그를 받아들여 주었는데, 그 때문에 집에 도착하자마자 잠이 미친 듯이 몰려와 씻다가도 병든 닭처럼 꾸벅꾸벅 졸았는데, 오늘 하루를 어떻게 보내야 할지 암담하기만 한데, 그는 고작 흥분 좀 시켜놨다고 이렇게 화를 내고 있다니. 진환에게는 고작이 아니었겠지만, 어차피 서로 피차일반이었다.

"야! 장진환, 이런 좀팽이 같으니. 지금 우리 둘 다 오십보백보 아니야?"

버럭 역정을 내자, 진환은 '누가 뭐래?' 하는 눈으로 효인을 돌아보았다. 하지만 운전 중이라 오래 바라보진 못하고 금방 시선을 돌렸다. 그러자 효인의 눈에 더욱 불티가 튀었다. 하지만 효인은 어디 한번 해보자는 듯 화를 내는 대신 입술을 한 댓 발 내밀고 퉁명스럽게 외쳤다.

"나, 참! 그래. 알았다, 알았어. 바라는 게 뭐야? 뭐든지 들어주면 될 거 아냐!"

억울하긴 했지만, 그래도 연인이 된 기념이라고 효인은 한 번쯤 져 주기로 했다. 사실 연인이 된 첫날부터 사소한 것으로 싸우고 싶지 않았고, 자신이 먼저 유치하게 복수 운운하며 진환을 곤란하게 만들었기 때문이다.

그런데 진환이 갑자기 피식 웃음을 토해냈다. 그가 뜻밖의 반응을 보이자 효인은 '어?' 하고 그를 보았다. 자신이 이렇게 말해도 됐다는 둥 귀엽지 않게 딱 자를 줄 알았는데, 진환은 조금도 화나지 않은 듯 웃었다.

"그렇게 찔려 할 거면서 건드리길 왜 건드려?"

"뭐……."

"그런데 뭐든지라?"

진환이 흥미롭다는 듯 중얼거리자, 효인은 흠칫했다.

"어떤 거라도 상관없다는 말이겠지?"

뭔가 스멀스멀 피어오르는 위기감에 효인은 의심스럽게 가자미 눈을 떴다.

"너, 처음부터 화 안 났던 거지."

"안 났다고 말했던 것 같은데."

"화난 척했잖아!"

"내가 언제?"

이런! 장진환의 속에도 능구렁이가 똬리를 틀고 있었을 줄이야!

그렇지만 효인은 질 수 없다는 듯 맞받아쳤다.

"보통은 말을 안 하고 무표정하게 있으면 화가 난 줄 안다고."

"새삼스럽군."

아, 하긴 진환이 말없이 무표정하게 있는 게 어디 드문 일이던가. 그로서는 그게 당연한 상태였다. 하지만 효인은 뭔가 속았다는 기분을 지울 수가 없었다.

"그래, 그렇다 치자. 그럼 바라는 게 뭔데?"

지금 이 분위기에서는 바라는 게 뭘지 능히 짐작되었지만, 효인은 확인해 보려고 물었다. 그러자 아니나 다를까, 진환은 미묘하게 웃었다.

"네가 더 잘 알고 있을걸."

효인은 허허롭게 웃었다.

"왠지 내가 내 무덤을 신나게 팠다는 기분을 지울 수가 없는데."

"아마도?"

짓궂음이 섞인 대답에 효인은 어이가 없어서 외려 웃어버렸다.

"너 정말!"

힐책하듯이 말은 해도 효인의 목소리에는 웃음기가 섞여 있었다. 속인 진환이 얄밉긴 하지만 덩달아 조금은 즐겁다는 듯.

"이걸로 피차일반이네."

진환도 뚜렷한 웃음기가 배어 있는 목소리로 말했다.

"웃기시네. 네가 좀 더 했어."

"네가 그만한 짓을 하긴 했지."

"근데 그러고 보니…… 어떻게 진정시켰어? 혹시 했어?"

"하긴 뭘 해?"

"왜~ 그거 있잖아~"

"심효인, 코에 힘 좀 풀지?"

병원으로 가는 내내 두 사람은 십대 때로 돌아간 듯이 티격태격했다.

"좋은 아침!"

등 뒤로 '촤잔!' 하고 후광이 비칠 것처럼 기운 넘치는 인사에 의국에서 제 할 일들을 하고 있던 남자들이 모두 우뚝 굳었다. 개중 침대를 미친 듯이 갈망하고 있는 레지던트 두엇은 퀭한 눈빛으로 효인을 바라보았고, 한 레지던트는 아귀처럼 입안에 밥을 꾸역꾸역 밀어 넣다가 그녀를 보았으며, 한 인턴은 싱크대에서 머리를 감다가 어리둥절하게 바라보았다.

너무나도 화사한 인사에 모두들 잠시 굳어 있자, 누군가 침대에서 신나게 퍼 자고 있는지 '커거거거거—' 곧 숨이 넘어갈 듯이 코를 고는 소리만이 울려 퍼졌다.

충동적으로 의국의 문을 벌컥 열고 인사했던 효인은 얼핏 미간을 찡그렸다.

"뭐야, 여긴? 알리바바와 40인 도적들의 소굴이야?"

현재 흉부외과 의국에는 여성 레지던트가 없으니 그건 그렇다 손 치더라도, 여자 인턴들마저 보이지 않았다. 아마 남자밖에 없는 의국이 불편해 탈의실 쪽에서 생활하는 것 같은데,[1] 사실 이 노숙자 숙소 같은 모습을 보면 그 어떤 여자라도 기피하고 싶을 듯했다. 아무래도 여성 직원들을 위한 공간을 마련해야겠다고 생각하고 있는데, 소화나 될까 싶을 정도로 급히 밥을 먹고 있던 상준이 밥을 꿀꺼덕 삼킨 후에 신기하다는 듯 말했다.

"어…… 심 선생님, 오늘은 어째 기운 백 배이신 것 같네요?"

"아, 뭐. 그렇지. 어쨌든 곧 콘퍼런스 시작하니까 다들 일어나라고! 오늘 하루도 힘차게!"

군대 구호를 외치듯 한마디를 외친 효인은 잡을 새도 없이 문을 닫고 나가 버렸다. 그러자 상준이 멍하니 중얼거렸다.

"심 선생님이 왜 의국에 오셨는지 아는 사람?"

대답하는 사람이 있을 리 만무했다.


"어, 치프!"

다른 이들보다 먼저 의국에서 나와 콘퍼런스실로 가고 있던 건하는 너무나도 반색하는 부름에 놀랐다. 그래서 고개를 돌려보니, 효인이 만면에 함박웃음을 주렁주렁 달고 다가오고 있었다. 효인이 반갑게 인사하는 게 특이한 일은 아니었지만, 오늘은 어째 그 강도가 무서울 정도로 강했다.

"심…… 선생님?"

건하가 얼떨떨한 목소리를 흘리자, 효인은 코허리를 찡그리며 웃었다.

"왜 그렇게 놀라?"

"아뇨, 그게……."

"뭐, 어쨌든 좋은 아침~"

평소보다 화사하고 평소보다 더 몰아치는 듯한 효인은 말을 끝낼 틈도 주지 않고 앞서가 버렸다. 그러자 뒤에 홀연히 남겨진 건하는 심히 의아한 눈이 되어버렸다.

어제까지만 해도 보는 사람마저 축축 처질 것처럼 젖은 빨래 같았던 사람은 대체 누구란 말인가?

그런 생각을 하며 이상해하고 있는데, 콘퍼런스실 앞에서 효인과 진환이 마주치는 모습이 보였다. 그리고 두 사람은 무언가 대화를 하기 시작했다. 요 며칠 왠지 둘의 사이가 좋지 않은 것 같았는데, 오늘 둘은 아무렇지도 않아 보였다.

더욱 의아한 것은 효인뿐만 아니라 진환도 굉장히 기분이 좋아 보인다는 점이었다. 오늘도 한결같이 무감동한 표정임은 다르지 않았으나, 묘하게 눈빛이 따스하게 일렁였다. 효인은 뒷모습을 보이고 있어서 잘 모르겠지만, 그녀도 별반 다르지 않은 상태라는 걸 건하는 눈치챌 수 있었다.

잠시 이야기를 나누던 두 사람은 이내 콘퍼런스실 안으로 함께 사라졌다. 순간 건하의 눈썹이 슬쩍 위로 솟구쳤다.

"설마?"

확실히 잡힐 듯 말 듯한 생각이 건하의 머릿속에서 맴돌았다. 하지만 건하는 곧 어깨를 으쓱거리고 콘퍼런스실로 향했다.

"내가 신경 쓸 일은 아니지."


……그랬는데, 건하를 더없이 신경 쓰이게 하는 사건이 일어났다. 그날 오전에 있는 수술에서였다. 거창하게 사건이라고 할 만한 건 아니었지만, 진환의 수술 스타일을 아는 사람이 본다면 어떤 의미에서 사건이라고 할 만했다.

"동작 그만."

진환이 환부에서 시선을 떼지 않고 말하자, 수술실이 얼어붙었다. 모두들 숨쉬기마저 멈추었다. 오로지 들리는 소리라고는 쉭쉭 인공심폐기가 돌아가는 소리뿐이었다.

오늘 환자는 대동판맥 협착증으로, 어느 때보다도 극도의 집중력이 요구되는 수술이었다. 진환이야 언제나 수술실에만 들어가면 치가 떨릴 만큼 까칠한 완벽주의로 팀을 공포에 떨게 했지만, 이런 수술일수록 더해서 모두 웬만하면 그가 집도하는 큰 수술은 피하고 싶어 할 정도였다.

때문에 오늘도 무사히 넘길 수 있을까 싶어 어떤 사람은 성호까지 긋고 들어왔다. 그런데 '동작 그만.' 사인이 떨어졌으니, 모두 자신이 뭘 잘못했을까 되짚어보느라 머리가 탄내를 풍길 정도로 맹렬하게 돌아갔다. 그의 '동작 그만' 사인은 오금이 저릴 만큼 싸늘한 불호령이 떨어질 전조인 탓이었다.

모든 사람이 진환이 쳐다보고 있는 곳을 돌아보았다. 그 끝에는 참관 중인 인턴들이 모여 서 있었는데, 그중 한 명이 수술대 끝을 짚고 있었다. 아주 살짝. 수술대 주위에 서 있다가 앞 사람에게 밀려 기우뚱하는 바람에 저도 모르게 수술대 끝을 짚은 모양이었다.

모두가 쳐다보자 인턴은 불에 덴 듯 수술대에서 손을 뗐다. 하지만 자신이 뭘 잘못했다고 깨달았기 때문이라기보다 갑자기 모두가 자신을 주목하자 놀라서 그런 것 같았다. 어쨌든 수술대는 이미 오염되고 난 후였다.

건하는 한숨을 내쉬며 진환을 돌아보았다.

"내보내겠습니다."

바닥에 떨어진 수술 기구를 주워서 올려놓는 등 꼭 이런 실수를 하는 인턴이 매년 하나는 있기 때문에 놀라울 것도 없었다.[21]

다른 수술실에서였다면 건하도 바로 혼내는 정도로 그쳤을 것이다. 하지만 하필 진환의 수술실에서라니, 운이 나빴다.

그렇다고 해도 수술대 끝에서 은밀하게 일어난 일인데, 진환은 눈이 옆에 달려 있기라도 한 건지 재주 좋게 눈치챈 것이다. 거의 초인적이라고 할 수 있었다.

달그랑, 진환이 도구를 내려놓자 금속성이 서늘하게 울려 퍼졌다.

"됐어. 대신 다시는 같은 실수 하지 않게 주의시켜."

건하는 놀라서 진환을 보았다.

나오지 않았다, 그의 18번. 차라리 욕을 퍼부어대는 게 낫겠다 싶을 정도로 얼음장 같은 공포의 퇴출 명령 말이다. 그것도 그는 늘 그냥 '나가.'라고 말하는 것도 아니고, 마치 인격 없는 물건을 내보라는 것처럼 '쓸어내.'라고 하는 편이었다.

"모두 다 다시 준비해."

하지만 오늘은 그게 끝이었다. 평소처럼 싸늘한 시선을 보내지도 않았고, 모두 같은 실수를 하지 말라며 실수한 인턴을 조리돌림 하지도 않았다. 그의 치 떨리는 완벽주의에는 이례적인 일이었다.

"그게…… 다입니까?"

너무 뜻밖이라, 진환의 수술을 가장 많이 보조해 온 건하는 저도 모르게 물었다.

"뭐가?"

하지만 진환은 별스러울 것 없다는 듯 반문했다. 그에 건하는 나오려던 말을 도로 삼켰다.

정말 거의 변화가 없어 보이긴 하지만, 분명히 진환은 평소보다 느슨해져 있었다. 물론 신속하고 정확하고, 빈틈 하나 없는 손놀림과 눈은 평소처럼 날카로웠다. 다만 그 잘 갈아둔 것 같은 성격이 좀 무뎌 보이는 것이…… 아무래도 어제오늘 급변한 효인과 관계가 있는 것 같았다.

대체 두 사람에게 무슨 일이 있었던 걸까?

그것은 바로 사랑이라오, 위 선생. 사랑의 계절이며, 계절의 여왕인 봄은 겨울 같은 남자도 녹이는 법이라네.


여기 또 한 명, 겨울 같은 남자도 녹여 버린 봄을 만끽하는 여인이 있었으니 성은 심이라, 이름은 효인. 대한대학부속병원 흉부외과 소속의 강철 여인 역시 포근한 봄기운에 녹아내려 있었다. 다만 겨울 같은 남자는 좀 느슨해 보이는 것에 비해 그녀는 거의 흐물흐물 젤리 같았다.

"심 선생님…… 요즘 행위예술 배우세요?"

오랜만에 효인과 점심을 같이 먹고 있는 지은은 이리 기우뚱, 저리 기우뚱, 액체로 분해되기 직전의 고체 같은 효인을 보며 의아하게 물었다. 그러자 눈이 반쯤 감겨 있던 효인은 그제야 자세를 바로잡았다.

아침에는 그저 온 세상이 핑크빛으로 찬란하게 빛나는 듯 기운이 넘쳤는데, 좀 지나니 어김없이 피로가 몰려오기 시작했다. 덕분에 지금은 침대가 그리워 미칠 지경이었다. 철도 씹어 먹을 수 있는 위장을 가졌던 나이에는 삼 일 밤낮을 새우고도 대충 견딜 수 있었지만, 이제는 영 제 몸이 제 몸 같지 않았다.

게다가 그냥 샌 것도 아니고 밤새 남자를 받아들이며 허리 운동을 과하게 했더니 허리가 거의 녹아내린 것만 같았다. 그래도 간밤을 떠올리면 괜스레 '푸흐흐' 음흉한 웃음이 새어 나왔다. 몸의 피로도 날아갈 것만 같은 기분이니 그 어찌 황홀하지 않으랴! 정말 이 좋은 것을 왜 일찍이 깨닫지 못했을까 통탄스러웠다.

"아니, 그냥 좀 피곤하네."

"근데 얼굴에는 꽃이 피셨네요?"

"그래?"

효인은 슬쩍 자신의 볼을 매만져 보았다. 기분 탓인지 정말 예전보다 좀 매끈매끈한 것도 같고?

지은은 밥을 오물거리며 효인을 지그시 바라보았다.

응급실 간호사라도 보통 때 지은은 그저 느긋한 성격이라 밥도 새 모이 쪼듯이 조금씩 먹는 탓에 아직도 식사 중이었지만, 효인은 이미 홀딱 닦아 먹은 후였다. 그래서 지은이 다 먹길 기다리고 있는 사이에, 불어오는 봄바람은 살랑살랑하고 몸은 노곤하니 슬쩍 졸아버린 거였다.

효인은 이미 다 먹고 옆으로 치워둔 배달도시락 껍데기를 바라보았다. 지은에겐 미안한 말이지만, 사실 진환과 함께 먹고 싶었는데 그는 아직 수술실에 있는 터라 먼저 먹을 수밖에 없었다. 제 남자가 밥도 못 먹고 수술실에 매여 있다고 생각하니 가슴이 짠한 게……. 대체 누가 그녀를 연인이 되기 싫다고 도망 다니던 심효인으로 봐줄까? 하지만 모 아니면 도, 놀 땐 확실히 놀고 일할 땐 확실히 일하는 성격이니, 한번 인정한 이상 이런 변화가 무리는 아니었다.

"심 선생님, 잤죠?"

허파에 바람 든 사람처럼 웃어대는 효인을 바라보던 지은은 직구를 날렸다. 꽃밭에서 뛰놀 듯한 성격을 보면 지은은 눈치가 바가지일 것 같지만, 의외로 꼬리 아홉 개를 숨기고 있는 눈치 99단의 소유자였다.

"응? 아니, 많이 못 자서 피곤한 거라니까."

하지만 새침한 외모에 비해 곰 같은 효인은 본의 아니게 직구를 어깨 너머로 휙 스쳐 보냈다. 덕분에 고속으로 던져진 직구는 그녀를 지나가 저 하늘 너머로 사라졌다.

"아뇨, 그게 아니라……."

효인은 이해하지 못한 눈으로 지은을 보았다. 지은의 표정은 엄숙하고 진지하고 비장하기 그지없었다.

"무슨 소……."

순간 효인은 훅 말을 삼켜 버렸다. 띠잉! 골이 울려왔다. 하늘 너머로 사라졌다고 생각한 직구가 알고 보니 변화구였던 것이다. 어느새 휙 방향을 틀고 날아와 뒤통수를 사정없이 후려쳤다.

효인이 동그랗게 뜬 눈으로 바라보자, 지은은 고개를 주억거렸다.

"역시 그랬군요."

"여, 역시 그렇다니?"

더듬더듬 묻자, 지은은 느물거리며 히죽 웃었다.

"다 이해해요."

이해하다 못해 팔까지 걷어붙이고 오지랖 넓은 아줌마처럼 참견하지 않았던가.

"무, 무슨 말인지 모르겠는데."

"에이, 뭐 그런 걸 숨기고 그러세요. 다 아는 사이에."

능글맞게 말한 지은은 갑자기 손을 내밀었다. 꼭 악수 한 번 하자는 듯한 폼이었다. 그런데 지은은 효인이 얼떨떨하게 그녀의 손을 맞잡기도 전에 또 한 번 강타를 날렸다.

"축하드려요, 드디어 장 선생님과 맺어지신 거."

여우에 홀린 듯 지은의 손을 잡으려던 효인은 흠칫 동작을 멈추었다.

"뭐?"

"에이, 숨기지 않으셔도 된다니까요. 전 두 분이 맺어지길 바라 마지않던 사람인걸요. 걱정 마세요. 소문 안 낼 테니까."

지은은 안심하라고 말하듯 효인의 손을 잡고 획획 흔들었다. 효인은 애매한 표정을 지었다.

"혹시 그렇게 티 나?"

"글쎄요, 아직 두 분이 함께 있는 모습을 못 봐서 모르겠지만 두 분을 계속 관찰하고 있는 사람이 아니라면 잘 모르지 않을까요? 두 분이 친한 건 별난 일도 아니니까요."

"음……."

효인은 좀 더 표정 관리에 힘써야겠다고 다짐하며 입가를 매만졌다. 하긴, 오늘 좀 심하게 풀어져 있긴 했다.

"에효, 심 선생님도 짝을 찾았는데 제 짚신 한 짝은 어디 있는지 모르겠네요."

지은은 괜스레 한탄하듯 중얼거렸다.

"음, 지은 씨는 연애를 한다면 뭘 하고 싶은데?"

떠보듯이 물은 찰나, 지은은 갑자기 진부한 표현이지만 실제로 별빛을 품은 것처럼 눈을 초롱초롱하게 빛냈다.

"놀이동산에 가고 싶어요!"

"풉!"

미안하지만 효인은 터져 나오는 웃음을 참지 못했다. 그러자 지은이 밉다는 듯 눈을 흘겼다.

"너무해요. 웃으시다니."

"아, 미안. 하지만 지은 씨, 아무리 외모가 어려 보인다고 해도 지은 씨 나이가 몇인지 잊고 있는 거 아냐?"

놀이동산을 싫어하진 않지만, 언제 가봤는지 실로 까마득했다. 그런데 만약 진환과 둘이서 놀이동산을 간다면……. 생각만 해도 무시무시한 장면이었다. 하긴, 진환은 가자고 한다면 따라와 주겠지만 아마 그 특유의 난감하게 웃는 표정을 숨기지 못할 터였다. 생각해 보니 꽤 괜찮을 것 같았다. 진환을 골려줄 수 있을 테니까.

하지만 효인은 서른넷이나 먹고 주책이다 싶어 생각을 접었다. 반면 지은은 수긍할 수 없는지 툴툴거리며 토로했다.

"쳇, 스물아홉은 놀이동산 좋아하면 안 된대요? 로망이잖아요. 남자친구와 둘이서 손 꼭 잡고 놀이동산 놀러 가서 아이스크림도 나눠 먹고, 남자친구가 사주는 풍선 들고 다니면서 기구 타고…… 밤에는 관람차 타면서 야경 구경하다가 로맨틱한 키스~"

지은의 혼은 이미 상상의 남자친구와 손을 잡고 놀이동산으로 날아가 버린 것 같았다.

"좋잖아요."

지은은 말하고 보니 부끄러워진 듯 조금 얼굴을 붉히며 시선을 내리깔았다. 그 순간 효인은 턱 가슴을 부여잡았다.

"지은 씨, 나 어떡해."

"예?"

"나 지금 막 지은 씨를 으스러져라 안아주고 싶어졌어. 내 안의 남성호르몬이 꿈틀거려. 왜 이렇게 귀여운 거야? 날 금단의 길로 빠뜨리려고 하는 거지?"

효인은 깔깔거리며 말했다. 지은은 순간 어이가 없어졌지만, 참 효인답다 싶어 덩달아 웃었다.

"됐습니다아. 장 선생님께서 들으실까 무섭네요."

"저 말입니까?"

지은이 말하기 무섭게 들려온 저음에 두 여자는 깜짝 놀랐다. 대체 언제 다가왔는지 진환이 뒤에 서 있었다.

"깜짝이야. 수술은 다 끝났어?"

효인은 '진환아!' 하고 부르며 달려들고 싶었지만, 명색이 보는 눈이 있고 신성한 직장이라 짐짓 태연하게 물었다.

"끝났으니 여기 있겠지."

진환 역시 평소와 전혀 다름없는 말투로 대답했다.

"그런데 내가 들을까 봐 무섭다니, 무슨 말이야?"

"아— 뭐, 아무것도 아닙니다아."

효인은 지은이 했던 말을 흉내 내듯 말끝을 늘리며 어물쩍거렸다. 그러자 진환은 그에 대해서는 그만두고 그보다 급한 용무가 있는지 다른 말을 꺼냈다.

"할 말이 있는데."

"아, 그래? 그럼 잠시만. 지은 씨한테 이 말만 하고."

진환은 그러라는 듯 먼저 몇 걸음 앞서갔다. 그러자 효인은 지은에게 은근슬쩍 속삭였다.

"지은 씨, 막 생각났는데."

"응? 뭐가요?"

"내가 굉장히 존경하는 분이 후대에 길이 남을 말씀을 하셨거든. 그 존경하는 분 가라사대."

그 존경하는 분이란, 지금보다 더 여성 의사가 살아남기 힘들었던 팍팍한 시대에 남편과 함께 한국 외과학의 권위자로 군림했던 진환의 어머니 연성이었다.

그러니까 언제였더라. 진환이 유학을 가기 전에 둘이 친모녀처럼 앉아 수다를 떨다가, 효인이 진환을 가리켜 '역시 잘생긴 남자는 얼굴값을 한다니까요.'라고 불만을 토로했을 때였다. 연성이 갑자기 남성 의사들을 제 수족처럼 부리는 권위자의 얼굴로 진지하게 운을 뗐다. 효인아, 내 말을 명심하렴.

"잘생긴 남자는 얼굴값을 하고 못생긴 남자는 꼴값을 떤대."

지은은 순간 '풋!' 하는 웃음소리를 내뱉었다.

"뭐예요!"

"즉, 남자는 다 똑같은 것들이니까 이왕이면 다홍치마라고 기왕 잡을 거면 잘생긴 남자를 잡으라는 말이야."

아마 예전에 지은이 잘생긴 남자는 얼굴값을 하고 돈이 많은 남자는 여자들이 가만두지 않으니, 자신의 이상형은 평범한 외모에 평범한 재력을 가진 남자라고 말했던 것에 대한 반박인 것 같았다.

"그럼 장 선생님도 그 '다 똑같은 것들'에 속하는 거예요?"

지은이 난감하게 웃으며 묻자, 효인은 히죽 웃었다.

"아니, 진환이만 빼고."

지은은 전신에 쫙 돋아 오르는 닭살을 참을 수 없어 외쳤다.

"대패는 주고 가셔야죠!"

효인은 살랑살랑 손을 흔들며 진환에게로 갔고, 그는 그녀에게 무슨 말이냐고 묻는 것 같았다. 하지만 효인은 아무것도 아니니까 신경 쓰지 말라고 말한 것 같았다. 지은은 그저 픽 웃어버리고 말았다.


"할 말이 뭐……."

진환이 사무실로 가서 말하자고 해서 사무실로 온 효인은 말을 다 끝맺지 못했다. 찰칵, 문이 잠기는 소리가 나더니 바로 휙 끌어당겨진 탓이었다. 그리고 그의 입술이 와 닿았다. 효인은 역시 거부하지 않았다. 달콤한 후식이 당기던 차였으니 이만한 게 또 없었다. 효인은 진환의 목을 끌어안으며 그에게 슬며시 몸을 기대었다. 그러자 키스가 좀 더 농밀해졌다.

잠시 여기가 사무실이라는 사실이 좀 신경 쓰이긴 했으나, 본디 연애의 불꽃에 활활 타오르고 있는 커플은 눈만 마주쳐도 참을 수 없는 법이었다. 괜히 신혼 커플이 식탁을 엎는 게 아니었다.

입술이 떨어지자, 효인은 서로의 숨결이 느껴지는 거리에서 킥킥 웃으며 속삭였다.

"할 말이 있다며?"

그러면서도 한 손으로는 진환의 뒷덜미를 어루만지고 있었고, 다른 손은 얇은 수술복에 감싸인 그의 가슴을 쓰다듬고 있었다. 한 팔로 효인의 허리를 안은 진환은 가슴을 쓸어가는 그녀의 손을 감싸며 역시 속삭였다.

"몸으로 하는 말도 할 말이지."

"못살아."

대체 누가 이 남자를 아까 그리 사무적으로 할 말이 있다고 말한 남자라고 믿어줄까? 그건 어쨌거나, 소곤대듯 속삭인 두 연인은 다시 한 번 입술을 겹쳤다. 살며시 서로의 치열을 쓸고, 혀를 가만가만 뒤얽고, 입술을 핥았다. 그리고 입술을 떼자, 효인은 진환의 입가를 매만지며 키득키득 웃었다.

"네 입술에 꼭 마약을 발라놓은 것 같아."

"그럼 의사법 위반으로 잡혀가지."

"입술은 남아나고?"

둘은 또 그렇게 속삭이며 서로의 입술을 놓아줄 줄 몰랐다. 누가 본다면 간지럼증이 돌아 살갗을 미친 듯이 긁을 만한 모습이었다. 하지만 정작 두 사람은 나른한 한낮의 키스 타임을 즐기며 둘만의 세상에 빠져 있었다.

"몸은 괜찮아?"

진환이 허리를 슬쩍 쓰다듬으며 묻자, 효인은 스타킹에 감싸인 허벅지를 그의 허벅다리에 문질렀다. 만약 두 사람의 하반신만 비추고 있는 카메라 앵글이 있다면 절로 침이 꿀떡 넘어갈 만큼 선정적인 기분에 휩싸일 것 같았다. 네 개의 다리는 그만큼 어느게 누구 것인지 알 수 없을 정도로 얽혀 있었다. 이십년간 친구였다지만 나이가 있어서인지 밀어를 나누는 시간이 에로틱하기 그지없었다.

"몸이 안 괜찮다면 뭐 해주려고?"

"음, 괜찮다고 대답해 주면 좋겠는데."

"왜?"

진환은 효인의 입술을 살짝 깨물며 대답했다.

"오늘도 집에 오라고 하려고."

효인은 못살겠다는 듯이 웃었다.

"집에 가면 또 할 거지?"

"안 돼?"

"아저씨, 난 일 안 해? 수술실에 서 있을 허리는 남겨줘야지."

사귀게 된 이후로—그래봤자 하루지만— 효인은 종종 진환에게 '아저씨'라는 호칭을 붙였다. 하지만 늙수그레한 중년 남자를 이르는 의미의 아저씨가 아니라, 마치 아내가 남편에게 장난스럽게 아저씨라고 부르는 듯한 느낌이었다. 그래서인지 무척 친근하게 들렸다. 그냥 다정하게 이름을 부르는 것도 좋았지만 살갑게 아저씨라고 부르는 것도 나쁘지 않았다.

"한 번만 할 테니까."

"어허, 공수표를 마구 남발해 대는군. 그 말을 믿을까 봐?"

"싫어?"

진환은 제법 진지하게 물었다. 그러자 효인은 눈초리를 녹이며 킥 웃음소리를 흘렸다.

"아니, 좋아."

이내 진환도 미소 지었고, 두 사람의 입술은 다시 한 번 하나가 되었다. 후식이라기엔 지나치게 길고 진했지만, 좋은 게 좋은 거였다.

철컥.

그때 잠긴 문고리가 헛도는 소리가 들려왔다.

"어? 뭐야?"

그리고 누군가 문밖에서 의아하게 중얼거리는 소리가 따라왔다.

문에 등을 기대고 키스 타임을 즐기고 있던 진환과 효인은 얼른 서로에게서 떨어졌다. 하지만 두 남녀가 문을 잠가놓고 밀폐된 공간에 함께 있었던 건 변명도 할 수 없는 상황이라 선뜻 문을 열 수가 없었다. 둘이 아무리 유명한 친구 사이라고 해도 의심받기 딱 좋은 상황이었다. 그래서 숨소리까지 멈추고 말없이 있자, 누가 나가면서 실수로 문을 잠갔다고 생각했는지 곧 인기척이 사라졌다.

그제야 효인은 슬며시 문을 열고 바깥에 아무도 없는지 확인했다. 그리고 아무도 없다는 걸 확인하자마자 입술에 손가락을 대었다 떼며 진환에게 키스를 날리고 먼저 나가 버렸다.

"그럼 저녁에 봐."

진환은 '큭' 하고 웃어버렸다. 정말 효인이 귀여워 미칠 것만 같았다. 저런 여자를 바로 곁에 두고 다른 곳을 헤매다 왔다니, 다시 생각해도 자신은 바보가 분명했다.


"거기도 제대로 문질러 봐. 으음…… 그래, 좋아."

대체 이게 뭔 소리? 이상한 상상들 마시라.

"삼돌이가 된 기분이군."

진환은 한숨을 쉬면서도 열심히 손을 놀렸다. 그러자 고개를 뒤로 한껏 젖힌 채 서비스를 받고 있는 효인이 킥 하고 웃었다.

뽀얀 김이 서린 거울과 습한 수증기, 새하얀 조명과 광택이 어린 욕조, 보글보글한 거품, 그리고 여자와 남자.

현재 진환은 욕실에서 효인의 머리를 감겨주고 있는 중이었다.

최근 진환과 효인의 연애 전선은 무척 순탄했다. 둘 다 바빠서 아직 바깥으로 데이트를 나가진 못했지만, 때로는 친구처럼 때로는 연인처럼 순풍에 돛단배처럼 연애의 망망대해를 순항하고 있었다.

거의 동거하다시피 하는 요즘, 퇴근 후에 둘만의 달콤한 시간을 보내고 있는 중이었다. 원래는 효인이 목욕하는 동안 진환은 판막 성형술에 관한 논문을 점검하고 있었는데 갑자기 '진환아! 진환아!' 하고 다급한 부름이 들리는 게 아닌가. 그래서 욕실 안을 들여다보니, 욕조에 앉아 있는 효인이 '머리 감겨줘~'라며 샐쭉 눈웃음을 지었다.

어찌 거절할 수 있을쏘냐. 바로 팔 걷고 들어가 샴푸부터 짰다. 그야말로 장삼돌과 심 마님이 아닌가.

"너 머리카락이 너무 길어."

진환은 좋으면서도 괜히 퉁명스럽게 타박을 놓았다. 그러자 효인이 '응?' 하고 눈을 좀 더 치켜뜨며 그를 보았다.

"아아, 좀 길긴 했지."

현재 효인의 머리카락은 가슴까지 내려오는 길이였는데, 특별히 기르려고 했다기보다 미용실에 갈 시간이 없어서 그내로 둔 거였다. 때문에 슬슬 자를 때가 되지 않았나 하고 있던 참이긴 했다.

"요번에는 그냥 한번 확 쳐 볼까?"

"아니."

"왜? 안 어울릴 것 같아?"

"글쎄."

두루뭉술한 대답에야 효인은 무언가를 눈치챈 듯 눈가를 살짝 찌푸렸다. 하지만 정색하는 찌푸림이 아니라 묘한 웃음이 섞인 찌푸림이었다.

"혹시 너도 남자들의 영원한 이상형인 긴 생머리를 좋아하는 거?"

처음 효인을 만났을 때 그녀의 머리카락은 어깨까지 오는 길이였다. 중학생 때는 교칙 때문에 귀밑 3cm를 유지해야 했지만, 고등학생 때는 두발 자유화가 시행된 학교에 다녔기에 지금처럼 머리를 길렀다.

그때 효인이 머리카락을 찰랑이며 지나가면 남학생들은 황홀한 눈빛으로 '꽃향기……'라는 등 중얼거리고는 했다. 무슨 향기가 난다고 그러나 싶어서 대뜸 얼굴을 들이밀고 맡아봐도 동네 마트에서 파는 샴푸 냄새밖에 안 나던데 말이다.—여담이지만 그때 효인은 갑자기 머리 냄새를 맡는 그를 보고 '정신 났어?'라며 변태 보듯 했다— 하지만 지금 와서 생각해 보면 친구들이 말한 꽃향기는 실제 머리에서 나는 향기라기보다 페로몬 향기인 것 같았다. 지금은 가끔 효인에게서 나는 향기가 참을 수 없이 좋아서 자기도 모르게 끌어안고는 하는 걸 보면.

"왜 머리를 자르면 안 되는지 논리정연하게 딱 세 가지 이유만 대봐. 얼토당토않게 백 가지나 대라고 하지는 않는다."

진환은 효인의 머리를 물로 헹궈주며 생각에 빠졌다. 세 가지 이유라?

"첫째."

"경청 중."

효인은 거품 밖으로 빠끔히 튀어나와 있는 발가락을 휘적휘적 흔들었다.

"너한테는 긴 머리가 가장 잘 어울리고."

"땡, 설득력 부족."

"둘째, 미용실 가는 시간에 데이트를 한 번 더 하는 게 낫고."

효인은 '으음' 하는 소리를 흘렸다.

"그건 설득력 60%."

"셋째."

"대망의 세 번째로군. 기대되는걸?"

머리카락을 다 헹구고 난 진환은 물기를 가볍게 짜고 나서 갑자기 효인의 입술에 키스했다. 밋밋한 물맛과 함께 달착지근한 감촉이 와 닿았다.

"널 안을 때 팔에 감기는 머리카락이 기분 좋아서."

효인은 덩달아 미소 지었다. 그리고 몸을 돌려 진환의 입술에 촉 하고 입 맞추었다. 그녀의 움직임을 따라 물이 차르륵 소리를 냈다.

"설득력 120%. 정답 처리해 주지."

효인은 욕조의 난간에 양팔을 포개고 그 위에 턱을 괸 채 웃었다. 진환은 그것만으로도 그를 달아오르게 하는 페로몬 덩어리에게 다시 키스했다.

내 달콤한 꿀단지. 입속에 넣으면 흔적도 없이 녹아내릴 것만 같은 달달한 설탕 덩어리. 그러한 것을 맛보듯 진환의 키스는 조심스러웠다.

"널 보면 하나 떠오르는 게 있는데."

키스를 끝낸 진환은 효인의 매끄러운 어깨를 매만지며 말했다.

"응? 뭐?"

효인은 뭐 좋은 말이 나올라나 싶어 눈을 반짝 빛냈다.

"하얀……."

"하얀?"

효인의 피부는 하얗다는 말이 가장 먼저 나올 정도로 흰 편이었다. 게다가 잡티 하나 없이 말갛기까지 해서, 굳이 미인을 붙여 효인을 표현하자면 피부 미인이라고 할 수 있었다.

진환은 효인의 어깨에서 등으로 종횡무진 손을 옮겨가며 나지막하게 속삭였다.

"탱탱볼."

"뭐?"

탱탱볼? 내려치면 통 하고 튀어 오르는 그 작은 공? 하얀 공도 아니고 심지어 하얀 떡도 아니고 하얀 탱탱볼?

"하얀 게 통통 튀는 걸 보면 꼭 하얀 탱탱볼 같거든."

"너! 욕하는 거지!"

효인은 눈을 흘기며 진환에게 홱 물을 뿌려 버렸다. 그러자 반사적으로 고개를 돌린 진환은 옆얼굴과 와이셔츠에 정통으로 물세례를 받고도 뭐가 그리 좋은지 큭큭 웃어댔다.

"어쭈? 웃어?"

그 웃는 꼴이 더 얄미웠던지 효인은 맛 좀 보라는 듯 재차 물을 뿌렸다. 그래서 진환은 한 손을 들어 물세례를 막았지만 역부족이었다. 덕분에 금세 머리카락과 와이셔츠가 젖어들었다.

문득 효인이 물 뿌리기를 멈추었다. 진환은 이제야 끝났나 싶어 젖은 머리카락을 쓸어 올렸다. 그런데 뭔가 이글거리는 시선이 피부로 느껴져서 시선을 돌리자, 효인이 열기에 감싸인 눈으로 그의 몸을 자못 탐욕스럽게 훑어보고 있었다. 그제야 진환은 물에 젖은 와이셔츠가 달라붙어 그의 가슴과 복부가 훤히 비치고 있다는 사실을 깨달았다.

"진환아."

효인은 오싹 소름이 돋을 만큼 나른하게 그의 이름을 불렀다.

"어차피 다 젖은 거 너도 벗지 그래?"

그것은 명백한 그녀로의 초대였다. 그 초대를 거절할 수 있을리 없었다. 물론 거절하고 싶지도 않았다.


"아, 아버지께 전화해야 하는데 깜빡했다."

뜨거운 시간을 보내고 욕실에서 나온 효인은 막 생각났다는 듯 말했다.

"아버님한테?"

진환은 수건으로 젖은 머리를 털고 있다가 그녀를 돌아보았다. 그녀는 생각난 김에 전화해 보려는 듯 핸드폰을 찾고 있었다.

"여기."

진환은 탁자에 놓인 그녀의 핸드폰을 발견하고 휙 던져 주었다. 그러자 효인은 핸드폰을 재주도 좋게 허공에서 낚아챘다. 물건을 별 무리 없이 허공에서 주고받는 것은 이미 친구일 적에 익힌 솜씨였다.

"아, 아버지. 밤늦게 전화해서 죄송해요."

다행히 운재는 아직 잠들지 않은 모양으로, 효인은 통화를 하며 침대에 걸터앉았다. 그리고 핸드폰을 턱과 어깨 사이에 끼고 통화하며 수건으로 머리카락을 말렸다. 그동안 진환은 수건을 어깨에 걸친 채 프린트 해둔 논문을 훑어보았다.

"아버지가 오시는 거 말인데요. 진환이랑 이야기해 봤거든요."

진환은 본능적으로 시선이 돌아갔다. 이제는 명색이 미래의 장인어른인 운재와 통화하는 와중에 자신의 이름이 나왔기 때문이다. 하지만 등을 돌려 앉은 효인은 눈치채지 못한 것 같았다.

"아버지가 오시려면 공방도 비워놔야 하고 차표 끊고 하는 게 번거로우실 테니까 그냥 저희가 가면 어떨까요?"

아아, 그 이야기였나.

진환은 어제 효인이 했던 이야기를 떠올렸다. 그 이야기인즉, 운재가 오랜만에 서울을 오려고 하는데 그럼 공방도 비워놔야 하고 요즘 찻길이 험해 걱정도 되니 자신들이 가는 게 어떠냐 하는 제안이었다. 그것은 서울 내에서는 딱히 여유롭게 데이트할 곳이 없으니 물 좋고 공기 좋은 곳에 일탈을 떠나보자는 이야기이기도 했다.

진환은 더 생각할 것도 없이 그 자리에서 동의했다. 오랜만에 운재를 보고 싶기도 했고, 솔직히 한적한 곳에서의 데이트에 구미가 당겼다.

"저희야, 뭐, 차도 있고, 오프는 옮기면 되니까요. 에이, 괜찮아요. 오프 옮기는 건 그다지 큰일도 아닌걸요. 그렇죠? 그럼 그렇게 해요."

통화 내용을 들어보니 운재도 그럼 그렇게 하자고 동의한 모양이었다.

그런데 진환은 연인의 아버지로 운재를 만난다고 생각하니 괜스레 긴장이 되었다. 효인의 말에 의하면 운재는 그녀도 모르던 마음을 더 먼저 알고 있었고, 이렇게 되길 바랐다고 했으니 큰 문제는 없겠지만, 미래의 장인을 대하는 긴장감은 좀 더 본질적인 문제였다. 그건 효인도 마찬가지일 테지만, 철우는 그렇다손 쳐도 연성은 효인이 아니면 차라리 혼자 늙어 죽으라고 강력 주장하던 차였으니 아마 쌍수 들고 환영할 터였다. 아마 덩실덩실 춤이라도 추지 않을까.

"그럼 날짜 정해지는 대로 다시 전화드릴게요."

효인은 전화를 끊었다. 그리고 진환이 앉아 있는 소파의 팔걸이에 걸터앉았다.

"빨리 오프가 됐으면 좋겠다."

"아버님 공방에는 처음 가보는군."

진환은 논문을 내려놓고 효인을 제 무릎 위에 끌어다 안았다. 효인은 그의 무릎 위에 앉아서 말했다.

"나도 바빠서 몇 번 못 가봤어. 근데 공기도 좋고, 사람들도 다 좋고, 무엇보다 난 흙냄새가 그렇게 좋더라. 뭔가 동심을 불러일으킨달까?"

"흙냄새만?"

효인은 풋 하고 웃어버렸다. 하여간 이 남자, 이미 알 거 다 아는 사이라고 생각했는데 알고 보니 은근히 독점욕이나 질투심 같은 게 강한 편이었다.

한번은 오랜만에 보게 된 드라마에 빠져 있는데 진환이 문득 '저 드라마가 더 좋아, 내가 더 좋아?'라고 물었다. 효인이 '장진환 완전 유치해!'라고 깔깔거리자 진달래꽃 지르밟듯이 누워 있는 배를 사뿐히 밟는 것이 아닌가. 삐쳤다고 말하듯 살짝 대었다 뗀 정도였지만 효인은 그새를 놓칠세라 발목을 잡아당겨 버렸다. 그러자 진환은 매몰차게 발을 빼고는 한창 드라마가 나오고 있는 TV의 전원을 꺼버렸다. 그뿐이랴. 당장 다가와 추리닝 바지부터 벗기는데, 효인은 '어어―' 하는 사이에 거실 바닥에서 그와 사랑을 나누고 말았다.

아래만 홀랑 까진 채 그를 받아들였던 일은 다시 생각해도 좀 부끄러웠다. 그래도 목이 칼칼해질 때까지 신음하며 느꼈다는 게 문제 아닌 문제랄까. 하여간 다들 이 맛에 연애를 하는 모양이다.

"물론 진환 씨 냄새가 제일 좋지이."

효인은 '나 예쁘지?'라고 말하는 양 애교를 섞어 말끝을 늘였다.

"냄새라…… 뭔가 어감이 별로야."

"하여간 까다로워!"

진환은 쿡쿡 웃었다.

"나도 네 냄새가 제일 좋다."

"그런데 요즘은 가끔씩 그런 생각이 들더라."

"무슨 생각?"

"우리가 정말 친구였나 하는 생각. 음, 그러니까 나쁜 의미가 아니고…… 꼭 처음 만났을 때부터 이런 사이였던 것 같아."

정말 그랬다. 친구로 남자고 도망 다녔던 때가 대체 언제였는지, 진환과의 스킨십은 당연하게 느껴졌다. 이십년이나 친구였던 기간이 아련하게 느껴질 만큼. 그래도 친구로서의 추억이 빛바래진 않았지만, 친구의 이름 위에 연인의 이름이 덧칠해지며 친구였던 시절이 조금 멀게 느껴지는 것은 사실이었다.

"그만큼 지금이 좋다는 의미겠지?"

효인은 진환의 목에 팔을 둘렀다. 그리고 입술에 가볍게 키스했다.

"친구였던 때도 좋았지만 말이야."

## 26
### D-Day 1

"이런 말, 해도 되나 모르겠지만……."

병원의 지하주차장에 막 차를 주차하자, 효인이 애석하다는 듯 운을 뗐다.

"요즘은 일이고 뭐고 다 내팽개치고 너랑 한 며칠간만 잠수 탔으면 좋겠다."

진환은 피식 웃었다. 그 역시 직장이 같아도 여타 연인들처럼 계속 함께 지낼 수 없는 상황이 불만족스럽긴 했지만, 효인이 솔직하게 그리 말하니 못 참게 귀여워진 탓이었다. 이러다간 정말 심효인의 귀여움에 깔려 죽을지도 모르겠다.

"내일 강원도에 가잖아."

안타까워하는 효인이 보기 좋아 괜스레 자신은 아무렇지 않은 척 말하자, 그녀의 볼이 대번에 통통 부어올랐다. 복어 같은 모습도 이리 귀여울 수가 있을까. 진환은 저도 모르게 그녀의 찰떡 같은 볼을 꾹 꼬집어 버렸다. 손끝에 몰랑 잡혀오는 감촉이 여간 탱탱한 게 아니었다.

"어딜 꼬집어."

무심한 진환이 얄미운지 효인은 자못 매섭게 그의 손을 쳐 냈다. 하지만 진환은 쌀쌀맞은 동작에도 찔끔해 물러나지 않고, 물러나기는커녕 부어 있는 그녀의 볼에 다시 슬금슬금 손을 댔다. 그러자 효인이 갑자기 왁 진환의 손가락을 깨물려는 시늉을 했다. 그는 물릴까 싶어 얼른 손을 뺐다. 외과의의 손을 깨물려고 하다니, 귀여운 얼굴에 혹해 다가갔는데 사실은 패악스러운 그램 린이었던 것이다.

"토라지긴."

"토라지긴 누가 토라져?"

흘겨보는 눈하며 뾰족뾰족 가시가 돋아 있는 말투까지 딱 토라 진 것 같은데 아닌 척하기는.

"모르긴 몰라도 지금 당장 널 납치해 사라지고 싶은 나보다 더 할까."

효인은 더 이상 화를 낼 수가 없어 피식 웃어버렸다. 아니, 그 란 남자가 여자보다 예쁘게 웃는다고 절규하게 만들었던 미소를 보여주며 그리 말하는데 어떤 여자가 더 화를 낼 수 있을까.

아, 꼿꼿하지 못한 여심이여. 부질없구나.

"진환아, 혹시 눈치 못 챘어?"

어느새 말랑말랑하게 녹아내린 여자는 살살 눈웃음까지 치며 연인의 팔에 팔짱을 꼈다. 만약 누군가 보았다면 대체 이 교태

만빵인 여인네는 누구인가 싶어 눈부터 비볐을 터였다.

"뭘?"

모르겠다는 듯 물으면서도 진환의 손은 이미 효인의 입가를 배회하고 있었다. 역시 만약 누군가 보았다면 대체 이 다정한 남정네는 누구인가 싶어 눈을 가늘게 떴을 터였다.

효인은 샐쭉 눈초리를 휘었다.

"나 아직 립스틱 안 발랐는데……."

뒷말은 더 들어 무엇 하랴, 이보다 더 반가운 환영 인사가 없는 것을. 진환은 지하주차장에 아무도 없다는 걸 확인하고 기꺼이 효인의 입술을 맛보았다. 조심스럽긴 했지만 새내기 커플의 애정 행각은 T.P.O가 따로 없었다.


"빨리! 아빠! 빨리! 나 지각하면 완전 죽음이야!"

윤정이 엉덩이까지 들썩거리며 재촉하자, 운전 중인 그녀의 아버지가 쯧쯧 혀를 내찼다.

"그러게 빨리 일어나지 그랬어."

윤정은 병원으로 오는 내내 전쟁이라도 난 것처럼 호들갑을 떨어댔다. 그도 그럴 것이, 피로에 절어 늦잠을 자고 말았으니.

지각의 문을 넘어가면 흰 가운을 입은 도깨비가 눈을 치켜뜨고 그녀를 아득아득 씹어 먹기 위해 기다리고 있으리라.

이제야 행차하시냐는 둥 왜 아주 더 푹 주무시고 오후에 오지 그랬냐는 둥 그딴 식으로 할 거면 당장 때려치우라는 둥, 지각한 후에 들을 소리를 상상만 해도 등골이 서늘했다. 그래도 옛날과 달리 요즘에는 레지던트들이 육체적인 폭력을 행사하는 일은 거의 없는 것 같았지만, 며칠 전에 레지던트가 한 동료 인턴에게 차라리 때리는 게 낫겠다 싶을 정도로 폭언을 퍼붓는 모습을 목격하고 간이 완전히 오그라들고 말았다.

대한대학병원 흉부외과는 최근 트렌드도 그렇고 점잖은 과장 덕분에 심각한 실수만 하지 않는다면 폭행과 폭언을 금지하는 분위기였다. 하지만 전통처럼 내려온 군기가 한순간에 사라질 리는 없었다. 그래서 윗사람들이 보지 않는 곳에서는 공공연히 폭언 정도는 가볍게(?) 오가고 있었다.

정말 흉부외과 따위 딱 질색이었다. 노력과 대가는 정확히 반비례하고, 생명이 위급한 환자들이 많은 만큼 뭐만 하면 의료 소송에, 조금만 실수해도 선배들은 거의 게거품을 무니, 윤정은 하루라도 빨리 흉부외과 수련을 끝내고 싶었다.

다만 흉부외과에서 견딜 수 있는 유일한 희망이라면 사모하는 임을 자주 볼 수 있다는 점이랄까?

얼마 전에는 진환의 수술에 들어가 그의 곁에 서서 메스도 잡아봤다. 그때 기분을 뭐라고 불러야 할까? 황홀감? 게다가 소독약 냄새와 비릿한 피 냄새가 가득한 수술실에서도 아스라한 그의 체취가 어찌나 향기롭던지, 심장마비라도 올 것만 같았다.

진환이 왜 그리 좋은지는 윤정도 잘 알 수 없었다. 하지만 처음에는 그저 단순한 호감이었던 감정이 시간이 지날수록 깊어지고, 가질 수 없다는 안타까움 때문인지 더더욱 애절해졌다.

문득, 지각할지도 모른다는 불안감 때문에 초조하기만 했던 윤정의 표정이 못마땅해졌다.

사모하는 임을 떠올릴 때면 왠지 꼭 한 여자가 함께 떠올랐기 때문이다.

마치 그와 태어날 때부터 한 짝이었던 것 같은 여자.

그래도 효인이 예전처럼 미운 것은 아니었다. 자신이 실제로 흉부외과 생활을 해 보니 여간 독하게 마음먹지 않고는 할 수 없는 일이라는 생각이 들기 때문이었다. 그리고 폭행과 폭언 이야기가 나왔으니 말인데, 철호가 어지간하면 자제하라고 하긴 해도 그는 의사 간의 군기가 가장 심한 시대를 살아나온 만큼 어쩌다 레지던트들이 좀 심하게 굴어도 크게 뭐라고 하진 않았다. 필요악 정도로 생각하는 것 같았다. 하지만 레지던트들이 유일하게 폭언을 참는 때는 바로 효인이 있을 때였다. 효인은 '화내라, 소리쳐라, 탓하고 울게 만들어라. 하지만 쌍욕과 인신공격은 하지 마라.'라는 주의를 철저하게 고수했다. 그래서 오죽하면 그걸 깨달은 인턴들이, 혼날 것 같으면 슬그머니 효인이 반경 안에 있는지 둘러보기도 했다.

즉, 윤정도 조금은 효인에 대한 존경심이 생긴 상태였다. 그리고 정말 자기들은 친구 사이라고 저렇게 호언장담을 하는데, 효인이 진환 곁에 있다는 것만으로 이렇게 미워할 필요가 없다 싶어졌다.

병원에서 이리저리 치이며 자신도 어느 정도 어른이 된 것 같았다.

"으윽! 더는 안 되겠다! 아빠, 나 여기 내려서 달려갈게!"

어쨌거나, 지금은 한가롭게 생각 따위를 할 때가 아니었다.

"어, 하지만……."

"괜찮아! 그럼 나중에 봐!"

윤정은 비호처럼 차에서 내려 달리기 시작했다. 다행히 차가 거의 병원의 지하주차장 쪽으로 진입하던 중이라 조금만 달리면 되었다. 그래서 윤정은 빙 둘러진 덤불을 훌쩍 뛰어넘어 지하주차장의 입구 안으로 달려 들어갔다.

정문 쪽으로 가자면 너무 거리가 멀었다. 지하주차장을 통해 가면 바로 엘리베이터에 닿을 수 있었다. 하지만 눈썹이 휘날리도록 뛰던 윤정은 입구에 닿기 전에 멈춰 서고 말았다. 운동화의 고무 밑창이 바닥에 마찰하며 '끼익!' 급정지 소리를 퍼뜨렸다.

윤정은 아무런 생각도 할 수가 없었다. 지금 자신이 뭘 보고 있는지도 알 수가 없었다. 어깨에서 가방 끈이 스르륵 흘러내리는 것도 깨닫지 못했다.

구석진 자리에 세워진 차 안에서 키스하고 있는 두 남녀.

장소가 장소인지라 오래하진 못하고 금세 떨어지긴 했지만, 두 사람은 낯익은 인물들이었다. 키스를 하고 난 여자는 핸드백에서 콤팩트와 립스틱을 꺼내 입술에 바르기 시작했고, 남자는 운전대 위에 양팔을 포갠 채 그녀를 바라보았다. 때문에 남자의 얼굴은 보이지 않았지만, 그가 무어라 한 듯 여자는 난색 어린 얼굴을 찡그리며 웃었다.

소리도, 색도 없는 무성 영화를 보고 있는 것만 같았다.

립스틱을 다 바른 여자는 무어라 말한 뒤, 개구진 표정으로 그의 입가에 가볍게 입 맞추었다. 남자는 립스틱이 묻는 것을 피하려는 듯 슬쩍 몸을 물렸지만, 결국 입가에 립스틱이 묻자 조금 인상을 썼다. 그러자 여자가 해맑게 웃으며 핸드백에서 휴지를 꺼내주었다.

그들은 덩달아 흐뭇해질 만큼 어울리는 연인이었다.

"사귀지 않아. 앞으로도 사귀지 않을 거고."

언젠가 효인이 단호하게 했던 말이 윤정의 머릿속을 스쳤다. 곧 윤정은 그들이 자신을 발견하기 전에 휙 몸을 돌려 안으로 뛰어 들어갔다.

"화장하는 모습을 보니 진짜 여자 같네."

키스가 끝나고 립스틱을 바르고 있던 효인은 진환이 뜬금없이 말하자 난색을 표했다.

"진짜 여자가 아니면 뭐라고 생각했는데?"

"그런 의미가 아니라, 뭐라고 해야 하나……."

효인은 진환이 하고 싶은 말이 무엇인지 알 것 같았다. 하지만 그녀는 짓궂게도 어서 대답해 보라는 양 눈빛으로 재촉했다.

"뭐, 그냥 그렇다는 소리야."

그럴 거면 말이나 꺼내지 말든지. 효인은 장난칠 준비를 하는 악동처럼 웃었다.

"그럼 진짜 여자의 키스 한 번 더 받으시지."

그리고 효인은 립스틱을 바른 입술로 진환의 입가에 쪽 도장을 찍었다. 그러자 진환은 반사적으로 몸을 물렸지만 결국 입가에 자국이 남았다는 걸 깨닫고 슬며시 인상을 썼다. 입가에 립스틱 자국이 찍힌 성인 남자의 모습이란 야릇해 보여야 할 터인데, 효인은 그 모습이 마냥 귀여워 웃어버렸다. 그리고 휴지를 꺼내주었다. 진환은 휴지로 입가를 닦으며 퉁명스럽게 말했다.

"병 주고 약 주는군."

"어라라, 그럼 내 키스가 병이라는 의미?"

"그런 말은 아니지만……."

"됐네요, 이 아저씨야!"

차에서 내린 두 사람은 지하주차장의 문을 통해 병원 안으로 들어갔다. 이제 헤어질 시간이 왔건만 둘은 서로의 손을 만지작거리며 선뜻 걸음을 옮기지 못했다. 효인은 한숨과 함께 말했다.

"헤어지기 싫다."

한시라도 헤어지고 싶지 않은 연인의 마음이 어디 둘만의 마음이겠느냐마는, 거의 이산가족 수준이었다.

"그래도 밤이면 볼 수 있으니까 이만해야겠지?"

효인의 말은 오늘 밤도 그의 집에 오겠다는 의미였다. 진환은 꾹 그녀의 손을 잡았다. 그리고 속으로 굳게 다짐했다. 요번에 강원도에 가서 운재에게 말하자고. 홀아버지의 몸으로 소중히 키워 온 딸을 더 소중히 아낄 테니 그에게 달라고.

효인과 사귄 지 얼마 되지 않았지만, 그의 아내가 될 여자는 그녀뿐이었다. 전에도, 후에도. 얼마나 긴 시간을 사귀었느냐는 중요하지 않았다. 굳이 시간이 중요하다고 한다면 그들에겐 이십년이라는 세월이 있었다. 육체적 교감은 없었던 세월이었지만 정신적인 교감으로는 오십년을 함께 산 부부도 부럽지 않은 시간이었다.

사귄 지 얼마 되지 않았다고 주저할 이유는 어디에도 없었다.

"하여간 늦바람이 더 무서운 법이라니까."

효인은 절레절레 고개를 내저으며 중얼거렸다. 그래도 별로 자제하고 싶은 마음이 들지 않으니 문제였다. 이러다간 병원의 온 사람들이 다 알게 될 거라는 걱정도 없잖아 있긴 했다. 하지만 그저 바라만 봐도 좋고 눈만 마주쳐도 후끈 달아오르고 헤어지기 싫어 몸이 배배 꼬일 정도이니 참을 수가 없었다.

효인은 쭉 기지개를 켰다.

"으우, 그래도 할 일은 제대로 해야겠지."

일부러 입 밖으로 소리까지 내어 결심하고, 진료실로 가기 위해 걸음을 돌렸다. 그런데 모퉁이를 돈 순간, 샘플링(채혈) 카트를 끌고 걸어오던 윤정과 딱 마주쳤다. 윤정은 뭐에 그리 놀랐는지 눈을 크게 떴다. 효인은 부딪칠 뻔했다는 것보다 오히려 그 표정에 더 놀랐다.

"문 선생, 너무 놀라는데? 무슨 일이라도 있어?"

윤정은 화급히 시선을 내리깔며 '아, 아뇨.'라며 어물거렸다. 효인은 이상하긴 했지만 별스럽게 여기지 않고 그녀를 스쳐 지나가려고 했다.

"심 선생님."

그런데 몇 걸음도 더 떼기 전이었다. 효인은 '응?' 하고 그녀를 돌아보았다. 윤정은 등을 보인 채 서 있었다. 그 순간, 효인은 '아차' 하는 생각이 들었다. 요즘 여러모로 정신이 없어서 깜빡하고 있었는데, 그녀는 분명히 진환에게 묘한 연심을 품고 있는 듯했던 인턴이었다. 바로 그 음료수 사건의 주인공.

윤정은 다가가지도 못해 그저 바라보기만 했던 남자를 자신이 홀랑 낚아채 버렸으니 잠시 안쓰럽긴 했시만, 미안하진 않았다. 이기적이라고 해도 미안할 이유가 없는 일이기 때문이었다. 윤정의 애인을 뺏은 것도 아닌데, 미안해한다는 건 자신을 사랑하는 진환에게 실례가 되는 일이었다. 이럴 때 보면 효인도 굉장히 칼같았다.

하지만 둘이 이렇게 된 걸 윤정이 알 리는 없으니 효인은 왜 불러놓고 말이 없는지 의아했다. 반면, 윤정의 속에서는 충동과 자제력이 첨예하게 대립하고 있었다. 결국 승리한 것은 충동이었다.

"심 선생님은……."

윤정은 카트 손잡이를 손등에 뼈가 돋아나도록 꽉 움켜쥐었다.

설사 효인이 자신을 때린다고 해도 이런 말을 할 군번이 아니긴 했지만, 참을 수가 없었다. 이걸로 효인에게 찍혀 병원 생활이 힘들어진다고 해도 이 말만은 해야 할 것 같았다.

"치사해요."

툭 내뱉듯 말한 윤정은 효인에게 꾸벅 인사하고 재빨리 사라져 버렸다. 뒤에 남겨진 효인은 그저 황당할 뿐이었다.

'내가 뭘?'


"남에게 치사하다는 이야기를 듣는 이유는 뭘까?"

환아의 상태를 보고 난 효인이 뜬금없이 묻자, 옆에 서 있던 이 간호사가 '네?' 하고 반문했다.

"왜 그러세요? 설마 그런 소리를 들으셨어요?"

"아니, 내 이야기는 아니고⋯⋯."

효인은 태블릿으로 카르테를 작성하며 의뭉스럽게 아닌 척했다.

"글쎄요, 잘은 모르겠지만 뭔가 마음에 들지 않는다는 표현이겠죠?"

효인은 '그래?' 하고 아무렇지 않은 척 계속 카르테를 작성했다.

'역시 내 뭔가가 마음에 안 든다는 말이었나? 그런데 생각해 보니 왜 인턴에게 그런 말을 들어야 하는지 좀 불쾌하네?'

엄연히 위계질서가 있고 저 혼자만 힘든 것도 아닌데 전임의에게 대놓고 치사하다는 말을 하다니, 아무리 효인이라도 괘씸한 것은 괘씸한 것이었다. 하지만 곧 생각을 고쳐먹었다.

'아니지, 문 선생도 얼마나 답답했으면 알 만큼 아는 사람이 그런 말을 했을까.'

병원의 상명하복 관계가 얼마나 엄격한지 잘 알고 있을 텐데 그런 말을 한 거 보면, 쓴소리 듣기를 각오할 만큼 답답했던 것이리라. 효인도 인턴 생활이 얼마나 화병에 걸릴 것 같은 일의 연속인지 잘 알고 있으니까.

'그래도 한마디 해두긴 해둬야겠지.'

효인은 머리를 긁적거렸다. 별로 내키진 않지만, 전임의란 적당히 엄해 보여야 하는 법이었다. 인턴에게 우습게 보이지 않을 정도의 권위는 필요했다.

효인은 투명한 인큐베이터의 벽을 손끝으로 톡톡 쳤다.

"미상아, 나중에 보자."

이 간호사가 물었다.

"미상이요? 이 환아는 아직 이름이 없는데요?"

"아, 대충 내가 붙여 부르는 거야. 이름 없는 아이라고 부를 순 없으니까."

이 간호사는 '아아' 하는 소리를 흘리더니 인큐베이터 안에서 발을 꼼지락거리고 있는 환아를 애잔하게 바라보았다. 그 아이는 올해로 고작 스물한 살이 된 어린 부부에게서 태어난 TGA 환아였다.

"이 아이, 살 수 있을까요?"

"살 수 있을 거야."

효인은 두 번 생각할 것도 없이 대답했다. 생존 가능성이 1%라도 있다면 의사는 살 수 있다고 확신해야 했다.

"그럼 가볼게."

"네."

효인은 NICU(신생아 중환자실)를 나왔다. 그런데 캐릭터 스티커가 붙여져 있는 유리문이 열린 순간, 효인은 뜻밖의 사람과 맞닥뜨렸다. 환아의 어머니였다. 한 번도 아이를 보러 오지 않았다는 그녀는 차마 안으로 들어오지 못하고 앞에서만 기웃거리고 있었다.

"안녕하세요."

효인이 말을 걸자, 이름이 선아라고 한 그녀는 화들짝 놀랐다.

"네?"

"흉부외과 전임의 심효인이라고 해요. 어머님의 아이를……"

그런데 효인이 말을 끝내기도 전이었다. 선아는 제법 야무진 태도로 그만하라는 듯 손을 내밀었다.

"무슨 말씀을 하실지 알아요. 하지만 보고 싶지 않아요."

그 태도가 어찌나 딱 부러지는지, 효인도 절로 말을 멈추고 말았다. 하지만 효인은 포기하지 않고 얼른 다른 곳으로 가보려 하는 선아를 붙잡았다.

"아이가 어머님을 보고 싶어 하…….'"

아직 동물보다 언어능력이 없는 아이가 엄마를 보고 싶다고 말한 적은 없지만, 그런 건 말이 없어도 충분히 알 수 있는 것이었다. 시도 때도 없이 울기를 멈추지 않는데, 그게 어찌 엄마를 보고 싶다는 외침으로 들리지 않을까.

아직 효인이 팔을 붙잡지도 않았건만, 선아는 귀찮은 거머리 떼어내듯 홱 손을 내저었다. 그리고 히스테릭하게 소리쳤다.

"보고 싶지 않다고 하잖아요! 짜증 나게 왜 이래요!"

모성마저 내던지려는 태도에 효인의 표정이 굳었다. 하지만 선아는 그만두지 않았다.

"그런 아이…… 제 아이가 아니에요."

선아는 야멸치게 몸을 돌리고 가버렸다. 효인은 갈 길 잃은 손을 거두어 자신의 머리를 긁적거렸다.

저게 어딜 봐서 스물한 살의 태도인가 싶었다.

자신은 스물한 살 때 어땠더라? 아, 예과 2년생이었다. 그때 자신은 밥만 먹을 수 있다면 세상을 다 얻은 듯이 행복했는데, 선아의 인생은 그리 단순할 수 없는 모양이었다.

효인은 쳇 볼멘소리를 흘렸다.

"오늘 완전히 동네북이로군. 그래. 쳐라, 쳐."

아침까지만 해도 세상이 다 제 것 같았는데, 인턴에게 치사하다는 소리를 듣지 않나, 환아의 보호자에게는 짜증 난다는 이야기를 듣고…….

차라리 동네북 심효인이라 불러다오.

하지만 어쨌든, 내일은 잠시나마 이 모든 상황을 잊을 수 있는 오프 날이었다.

'아자, 힘내자. 심효인!'

효인은 스스로를 독려하며 가던 길로 걸음을 옮겼다.

## 27

내가 너의 이름을 불러주었을 때, 너는 내게로 와서 꽃이 되었다
네가 내 이름을 불러주었을 때, 나는 네게로 가서 꽃이 되었다

"진환아, 저기야. 저기 굴뚝 솟아 있는 곳 보이지?"

효인은 봄 소풍이라도 나온 소녀처럼 신나서 차창 너머를 가리켰다. 운전대를 잡고 있는 진환은 그쪽을 바라보았다. 확실히 그녀가 가리키는 쪽에 붉게 녹슨 굴뚝이 앙증맞게 솟아올라 있었다.

현재, 진환과 효인은 강원도에 와 있었다. 그렇다. 바로 오늘이 그 고대하던 대망의 날, 운재를 만나는 날이었다. 당일치기를 할 수밖에 없는 일정이라 두 사람은 새벽부터 길을 나섰고, 효인이 싸온 샌드위치로 대충 요기를 하고 중간에 휴게소에 들러 우동을 사 먹는 것으로 끼니를 때웠다. 그리고 열심히 달려 강원도에 도착했다.

운재의 도예 공방이 있는 연곡으로 향하는 길목에 들어섰을

때 가장 먼저 눈부신 초록색이 눈 안으로 뛰어들었다. 서울의 도심에 살며 언제 봤나 싶을 정도로 푸르게 펼쳐진 논과 들, 따사로운 햇빛이 두 사람을 반겼다.

"조용한 곳인걸."

진환이 감상을 말하자, 효인은 바람결에 흩날리는 머리를 쓸어 넘기며 픽 웃었다.

"그것뿐이야?"

"그럼…… 평화롭다?"

"어우, 장 선생 어휘력 떨어지는 것 좀 봐."

"그럼 네가 말해보든지."

"흙냄새가 날 것 같다는 어때?"

"실격."

"웃기네! 너 괜히 억하심정으로 그러는 거지?"

또 친구처럼 아웅다웅하는 두 사람을 태운 차가 곧 하얀 건물 앞에 도착했다. 건물이라고는 하지만 공방은 거의 비닐하우스 같은 분위기였고, 정문은 안이 투명하게 비치는 유리문, 문 옆에 걸린 목판에는 '가온들찬빛'이라는 향토 내음이 물씬 나는 이름이 쓰여 있었다. 그리고 계단 옆에는 여러 가지 모양의 도자기들이 낮은 돌담처럼 옹기종기 쌓여 있었다.

"나 먼저 내린다!"

아버지를 만난다는 기쁨에 들떠 효인은 매몰차게도 먼저 홀랑 내려 버렸다. 진환은 정장을 입고 있는 것 같지 않게 뛰어가는 효인을 보고 피식 웃어버렸다. 그리고 주차를 하기 위해 옆쪽으로 가는데, 공방의 문을 열고 뛰어나온 젊은 남자가 함박웃음을 지으며 효인의 손을 덥석 잡는 모습이 보였다.

저건 누구지?

생각지도 못한 인물의 등장에 진환의 눈매가 꿈틀거렸다.


"누나!"

운재에게 딸 왔다고 외치기 위해 문으로 가는데, 문에 다다르기도 전에 한 젊은 남자가 날 듯이 달려 나왔다.

"엇! 태식이 아냐?"

낯익은 얼굴에 효인이 반갑게 웃으며 알은체하자, 태식은 반색하며 그녀의 손을 덥석 잡았다.

"아저씨한테 누나 온다는 소리 들었어요!"

태식은 효인의 손을 잡고 붕붕 흔들기까지 하며 온몸으로 반가움을 표현했다. 더없는 환영 인사에 효인은 화사하게 웃었다. 작년에 마지막으로 보았는데 여전히 해사한 효인의 웃음에 태식은 알게 모르게 볼을 붉게 물들였다.

"그런데 누나 한창 바쁠 때 아니에요? 웬일이에요?"

"왜? 내가 온 게 싫은 거야?"

효인은 짓궂게 웃으며 눈을 흘겼다. 그러자 태식은 과하게 놀라며 손을 내저었다.

"그럴 리가요! 저야…… 늘 누나가 언제나 오나 기다리고 있었는걸요……."

태식은 사랑 고백이라도 하듯 수줍게 눈을 내리깔며 웅얼거렸다. 그에 효인은 호탕하게 웃어젖혔다.

"장난 좀 친 것 가지고 정색하긴!"

그러면서 친한 남동생을 대하듯 어깨를 팡팡 치는데, 태식은 이성적인 기류가 전혀 없는 손길이 섭섭하면서도 마냥 좋아 헤실거렸다.

"하여간 태식이 너도 여전하구나."

태식은 몇 년 전에 운재의 공방에서 아르바이트를 하던 학생이었다. 나이는 올해 스물여덟로, 4년제 대학을 졸업하고 군대를 다녀온 뒤 직장이 잡히기 전까지 잠시 운재의 공방에서 일했다. 하지만 곧 시가지의 회사에 입사해 아르바이트를 그만두었는데, 영 적성에 맞지 않았는지 금세 그만두고 가업을 돕고 있었다. 가업이라고 해 봤자 농사일이지만, 태식의 집은 이래 봬도 이 근방에서 제일가는 땅 부자였다.

진환과는 살아온 인생도, 성격도, 외모도, 타입도 많이 다르지만, 태식 역시 진환처럼 부잣집 아들이었다. 게다가 땅 부자가 진짜 알부자라는 말도 있으니까.

지금 태식은 가업도 돕고, 틈틈이 운재의 도예 공방에서 아르바이트를 하고 있는 것 같았다. 좀 비약하자면, 그야말로 돈 많은 한량의 삶이었다. 치열하게 제 손으로 먹고살아야 하는 효인으로서는 가끔 그런 그가 부러워지기도 했다. 물론 의사 일이 좋아서 하고 있었지만, 자연과 어울려 유유자적하게 사는 삶이 부럽지 않을 수는 없었다.

"아버지는?"

웃으며 묻자, 태식도 방글 웃었다. 태식은 골격이 우직해 상당히 우람한 편이었는데 나이 차이 때문인지 효인은 그런 그가 마냥 귀엽기만 했다. 남동생이 있었다면 이런 느낌이었을지도 모른다.

"누나가 이제 오나 저제 오나 기다리고 계시죠. 들어가요. 그런데 정말 웬일이에요? 아니다, 참. 누구랑 함께 오신 것 같던데?"

태식은 반가움에 잠시 잊고 있었던 것을 떠올렸다. 분명히 효인은 차의 조수석에서 내렸고, 그녀가 내리고도 차가 움직였으니 운전한 사람이 따로 있다는 의미였다.

"아, 사실 말이야."

이번에는 효인이 수줍게 웃었다. 이곳에서의 진환은 동료 의사나 오래 알아온 친구가 아니라 오롯이 그녀의 연인인 탓이었다. 태식에게 늘 '대한민국에 노처녀가 나 하나더냐!'라고 열변을 토하다가 남자친구라고 말하려니 괜히 쑥스러웠다.

효인이 남동생 같은 태식에게 진환을 소개시켜 주기 위해 차 쪽을 바라보자, 마침 진환이 차에서 내렸다. 그리고 운재에게 주려고 바리바리 싸들고 온 선물들을 내리기 위해 트렁크로 다가가는 모습이 보였다. 효인은 어리둥절해하는 태식에게 잠시만 기다리라 말하고 그를 도와주기 위해 다가갔다.

"음료수는 내가 들게."

"누구야?"

진환은 대뜸 물었다.

"응? 아, 태식이? 공방의 아르바이트생."

효인이 대수롭지 않게 대답하자, 진환은 의아해하고 있는 태식을 흘긋 바라보았다.

"아르바이트생치고는 나이가 좀 있는 것 같은데."

"아아, 원랜 어렸을 때 잠깐 아르바이트했었는데 회사에 입사하면서 그만뒀다가 적성에 안 맞았는지 금방 회사를 그만두더라고. 그리고 나선 집안일 도우면서 가끔 공방에서 아르바이트하고 그리고 있어."

"집안일?"

진환은 효인에게 음료수 박스를 건네주며 지나가는 척 물었다.

"응, 태식이가 좀 수더분해 보여도 이 근방에서 제일가는 부잣집 아들내미거든. 아마 태식이랑 결혼하는 여자는 평생 호의호식하면서 살 수 있을걸."

한약 박스를 꺼내 든 진환은 탕 소리 나게 트렁크를 닫았다.

"평범한 월급쟁이라서 미안하군."

효인은 풋 하고 웃어버렸다. 하여간 장진환 씨, 또 아닌 척하는 질투심 발동이다.

"그래도 우리 진환 씨는 통장이 제법 두둑하지 않아? 난 백 억 재산보다 그 통장이 더 탐나는데?"

먹고 죽을 때까지 호의호식할 수 있는 재산보다 한 남자가 차곡차곡 쌓아온 재산이 더 탐난다는 여자. 즉, 작은 재산이라도 그의 것이 좋다는 의미였다. 그렇다는 여자가 어찌 사랑스러워 보이지 않을까. 뭐, 그의 재산도 작은 편은 아니었지만.

"옛날에는 전교의 몇 손가락 안에 드는 부잣집 아들이기도 했고~ 유명한 의사 부모님 덕분에 인맥 은행에 축적해 둔 게 많기도 하잖아?"

짓궂게 웃으며 한 뒷말에 예뻐해 주려다가 말았다.

"하여간 아저…… 아니, 아버님이랑 어머님도 대단하셔."

효인은 옛날에 부르던 대로 철우와 연성을 아저씨와 아주머니로 부르려다가 얼른 호칭을 고쳤다. 그 모습에 진환은 다시 예뻐해 주기로 마음먹었다.

엿가락인가. 엿장수 마음대로 늘였다 줄였다 하게.

"너한테 땡전 한 푼 안 물려주고 모두 사회에 환원해 버리셨으니까. 진환 씨 섭섭해서 어떡해?"

철우와 연성은 아프리카로 떠나기 전에 재산을 과감히 사회에 기부해 버렸다. 마지막 선물이다 하고 진환이 몇 년간 살 수 있는 생활비를 남겨주긴 했지만, 유산이라기에는 부족했다. 그러면서 한다는 말이, 먹여주고 재워주고 키워준 돈 갚으란 말은 안 하겠으니 유산 따위 바라지 말고 스스로 벌어먹고 살아라!

뭐, 훌륭한 교육자라면 교육자랄지……. 어쨌든 진환은 안 그래도 그럴 생각이었기 때문에 생활비도 필요 없다고 했지만, 연성은 그래도 마지막 선물은 받아두라 했다. 그에는 진환도 고개를 끄덕였다.

"섭섭한 건 너겠지?"

"어머, 눈치챘어?"

태식은 밉지 않게 티격태격하며 다가오는 진환과 효인을 멍하니 바라보았다. 누군가와 같이 왔다기에 당연히 여자인 줄 알았는데, 대뜸 남자가 나타나자 정신이 멍했다.

두 사람은 마치 시골집에 방문 온 신혼부부 같았다. 효인이 운재에게 뭘 사들고 오는 건 별난 일도 아니었지만, 남자와 정답게 물건을 나눠 들고 걸어오는 모습을 보니 딱 그랬다. 게다가 무엇보다 남자는…… 잘생겼다. 효인 쪽으로 고개를 돌리고 있어 언

뜻 보일 뿐이었지만 키도 훤칠했고 봄도 석당히 탄탄한 데다 조
각해 놓은 듯한 외모는 말할 것도 없었다.

진환과 효인이 농담을 주고받으며 다가가자, 태식이 데면데면
하게 말을 꺼냈다.

"저…… 누구……."

"아, 내가 말한 적 있지? 이 누나한테 오래된 친구가 있다고.
그 친구야."

친구라고 소개하는 말에 태식은 안심하고, 진환은 표정이 설
핏 굳으려는 찰나였다. 효인은 쑥스럽다는 듯 웃으며 덧붙였다.

"그리고 누나 애인."

"네?"

태식은 눈을 휘둥그레 뜨고 반문했다. 그러자 효인은 태식의
반응을 다른 식으로 해석했는지 밉지 않게 눈을 흘겼다.

"왜? 나한테 애인 생긴 게 그렇게 놀랄 일이야?"

태식은 얼떨떨하게 진환을 바라보았다. 미끈한 외모에 어우러
지는 흰 셔츠가 어찌나 깨끗한지 눈이 다 부셨다. 그리고 결코
녹록하지 않을 듯한 성격이 그의 과묵한 얼굴에서 모두 드러났
다.

"반갑습니다."

진환이 먼저 손을 내밀며 정중하게 인사를 건넸다. 태식은 얼
떨결에 진환이 내민 손을 잡고 악수했다.

"아, 권태식이라고 합니다."

"장진환입니다."

그는 목소리까지 '우와' 소리가 나올 정도였다. 만약 이런 상황

에서 만나지 않았다면 사교성이 좋은 태식은 당장 그에게 '형님이라고 부르겠습니다!'라고 했을지도 몰랐다.

무슨 선 자리도 아닌데 지나치게 깍듯이 인사하는 두 남자를 본 효인이 짓궂게 웃었다.

"두 사람 선봐? 하루 이틀 볼 사이도 아닌데 말 놓지?"

"아…… 그, 그러세요."

"그럼 그러지."

진환은 두 번 사양하지 않고 동의했다.

"아버지 기다리시겠다. 들어가자."

태식이 멍해 있는 사이 효인과 진환은 공방 안으로 들어가 버렸다. 그제야 태식은 퍼뜩 정신을 차리고 후다닥 둘을 따라 들어갔다. 도자기에 무늬를 새기고 있던 운재가 마침 도구를 내려놓고 벌떡 자리에서 일어서고 있었다.

"효인아!"

운재가 함박 웃으며 딸의 이름을 부르자, 그의 딸은 유명한 시에서처럼 그에게로 가서 꽃이 되듯 활짝 웃으며 나빌레라 안겨들었다.

"아버지!"

두 부녀는 이산가족 상봉하듯 서로를 부둥켜안았다. 아무리 오랜만에 만난다지만 참 유별난 상봉이었다. 하지만 어머니를 일찍이 여의고 아버지와만 살아왔으니 부녀간의 끈끈한 정이 이해되는 바였다.

"우리 딸, 얼굴이 활짝 폈구나."

운재는 흙과 불을 만지며 거친 작업을 하느라 투박해진 손으로 효인의 볼을 부드럽게 쓰다듬었다. 효인은 웃었다.

"아버지도 좋아 보이세요."

"우리 딸만 할까."

효인과 떨어지자, 이번에는 선물들을 탁자에 내려놓은 진환이 운재의 타깃이 되었다.

"진환이! 오랜만에 이 아저씨랑 포옹 한번 하자꾸나!"

"아니……."

그런다고 다 큰 남자가 장인이 될 사람에게 안겨드는 것도 좀 그래서 난감하게 웃는데, 성큼성큼 다가온 운재가 진환을 한 품에 끌어안았다. 효인과 키가 비슷한 운재는 진환을 한 품에 다 끌어안기엔 좀 버거워 보였지만, 개의치 않고 등을 팡팡 두드리기까지 했다. 그러자 진환의 얼굴에 조금 어색한 듯, 난감한 듯 그러나 싫지 않은 미소가 떠올랐다.

그에게 둘도 없이 소중한 여자를 낳아준 남자에게서는 고향의 정취가 담긴 흙 내음이 났다. 서울에서 태어난 진환에게는 조금 이국적인 향인 듯하면서도, 가슴이 훈훈해지는 향기였다.

효인은 다정한 두 남자를 보며 미소를 지었다.

"어렸을 때는 좀 마른 것 같더니 이젠 몸이 아주 튼실하구나."

진환을 품에서 놓아준 운재는 그의 딸을 지켜주고도 남을 것 같은 든든한 어깨를 두드렸다. 진환은 그저 빙그레 웃었다.

태식은 더 이상 다가오지 못하고 문 앞에 서서 거의 친부자 같은 두 사람을 바라보기만 했다. 효인에게 소꿉 남자(사람)친구가 있다는 말은 그녀에게도, 운재에게도 들었지만 그는 생각보다 심 부녀와 친해 보였다. 대체 이게 웬 마른하늘에 날벼락인가 싶을 정도로.

"그런데 뭘 이런 걸 다 사들고 왔어. 이런, 보약까지? 효인이가 해마다 챙겨주는 것도 다 먹기 힘든데."

운재는 두 사람이 싸들고 온 물건을 보고 쯧쯧 혀를 내찼다.

"저번에 챙겨 드린 지가 언젠데요. 아직까지 다 안 드신 건 아니죠?"

효인은 누가 어른이고 누가 아이인지 짐짓 엄하게 물었다. 그러자 운재는 껄껄 웃었다.

"우리 딸 무서워서라도 하루하루 잘 챙겨 먹었지."

"태식아, 아버지 말씀이 정말이야? 거짓말하면 안 된다."

효인은 유일한 증인인 태식에게 신문관 같은 눈빛을 보냈다.

"아, 어, 그럼요. 하루도 빼먹지 않고 드셨어요."

"봐라, 정말이지?"

운재는 농촌 생활을 하느라 가무잡잡해진 피부에 후덕한 인상이 그야말로 시골 아저씨였다. 하지만 곱게 진 주름에서는 세월의 연륜이 묻어 나오고, 말간 얼굴에는 지혜로운 선비처럼 이지적인 빛이 있었다.

효인의 예쁘장한 외모는 외탁이었다. 일찍 생을 마감한 그녀의 어머니는 잠깐이었지만 어렸을 때 아역 배우를 했을 정도로 미인이었고, 그래서 모두들 그녀를 일러 미인박명이라 했다. 철우와 연성도 신은 인간에게 두 가지를 주지 않는 법이라며 아쉬움을 숨기지 않았다.

"진환아, 공방 구경 좀 할래?"

효인이 거리낌 없이 진환의 팔을 잡으며 물었다.

"볼 것도 없이 소박한 곳이지만 한번 보려무나."

운재의 말대로 그의 공방 '가온들찬빛'은 아는 사람만 찾아올 수 있을 것처럼 소박했지만, 산 높은 곳에 있는 절처럼 마음을 평화롭게 만드는 무언가가 있었다. 목조로 꾸며진 인테리어에 향토적인 흙냄새, 그리고 조금 어두운 듯하면서도 아스라한 빛이 잦아드는 분위기가 고즈넉했다. 사방 곳곳에 놓인 선반에는 여러 가지 도자기가 장식되어 있었고, 벽에는 멋스러운 서예 글씨가 쓰인 액자, 창가에는 크기도, 모양도 천차만별인 화분들이 놓여 있었다.

"온 김에 우리도 하나 만들어갈까?"

"뭘 만들고 싶은데?"

"음~ 찻잔 같은 거?"

"오래 걸리지 않나?"

"아니, 찻잔은 별로 안 걸리지."

"그럼 만들어가면 좋겠네."

진환이 탁자 위에 놓여 있는 작은 도자기를 들고 구경하며 대답하자, 효인은 무슨 생각이 났는지 씨익 웃었다.

"역시 도자기 만들기 하면 그거 생각나지 않아?"

"뭐."

"그거 있잖아~ 사랑과 영혼."

아마 영화 '사랑과 영혼'에서 나온 불후의 명장면, 남자가 앞에 앉은 여자를 감싸 안고 은근히 에로틱하게 물레를 돌리던 장면을 말하는 모양이었다. 아니, 은근히 에로틱했던 게 아니라 대놓고 에로틱했다. 하지만 그냥 에로틱했다면 문제가 안 되는데 좀 낯간지러운 게…….

"싫다."

진환은 단박에 거절했다.

"내가 무슨 말을 했다고!"

"심효인이 무슨 생각을 하는지는 잘 알지. 해 보자고 하려는 거겠지."

꽤나 로망이었던지라 애인 생긴 김에 한번 해 볼까 싶었더니 하여간 도와주질 않는다. 무드 없는 남자 같으니라고.

"어우야, 좋잖아."

"안 좋아."

효인이 진환의 허리까지 끌어안고 졸라댔지만 그는 돌부처처럼 요지부동이었다.

이젠 정말 그냥 친구라기보다 연인 같은 둘을 바라보는 운재는 마냥 흐뭇했다. 둘이 이리되길 바랐다지만 그래도 친구로 지내온 기간이 워낙 길어서 당분간은 별 변화 없을 거라 생각했는데, 둘 다 변화에 잘 적응한 듯했기 때문이다. 하지만 슬금슬금 운재의 곁에 다가와 있던 태식은 숫제 멍했다.

저 애교 가득한 여자가 자신이 알던 누나가 맞나?

"아버지, 이건 박지기법 맞죠?"

'쳇' 소리 한 번으로 이내 조르기를 포기한 효인은 운재가 작업 중이던 도자기를 보고 물었다. 아직 스케치가 반이고 이미 새겨진 무늬가 반인 도자기에는 튼실한 잉어가 연꽃 속을 노닐고 있었다.

"그렇지. 잘 아는구나."

내가 너의 이름을 불러주었을 때, 너는 내게로 와서 꽃이 되었다
네가 내 이름을 불러주었을 때, 나는 네게로 가서 꽃이 되었다　　193

"서당 개 삼 년이면 풍월을 읊는다잖아요."

그때 태식이 끼어들 틈을 발견하고 세 사람을 감싸고 있는 듯했던 방어벽 속으로 얼른 몸을 들이밀었다.

"아, 그런데 누나."

"응?"

"요즘 저희 아버지께서 종종 숨이 차다고 하시는데 혹시 봐주실 수 있어요?"

"어? 권 아저씨가? 병력은 없으셨지?"

"네, 그런데 요즘따라 가슴 부근이 뻐근하다고도 말씀하시는 게…… 아무래도 걱정돼서요."

"그럼 날 기다릴 게 아니라 읍내의 병원에 모셔가 보지 그랬어?"

꼭 대한민국에 의사가 효인밖에 없는 듯한 행동에 그녀는 설핏 난색을 표했다. 진환은 그들의 대화를 듣지 않는 척하며 다른 도자기들을 둘러보고 있었다. 하지만 물론 귀는 그들의 대화를 향해 활짝 열려 있었다.

"저희 아버지가 영 독불장군이셔야 말이죠. 의사와 경찰은 못 믿는다가 입버릇이시잖아요. 그래도 누나라면 안심하시지 않을까 싶어서요."

확실히 이 근처의 대지주인 태식의 아버지는 고질적으로 고지식한 양반이라 아니라면 절대 아닌 성격이었다.

효인은 머리를 긁적거렸다.

"그럼 한번 모셔와 볼래? 누나는 오늘 저녁에 돌아가 봐야 해서 아무래도 시간이 좀……."

나이 든 분을 오라 가라 하는 게 좀 그렇긴 했지만, 운재만 보기도 아까운 시간이라 어쩔 수가 없었다.

"아, 오늘 가세요?"

태식은 섭섭하다는 표정을 지었다. 은근슬쩍 태식을 바라본 진환은 알게 모르게 불쾌해졌다. 아무리 봐도 저건 예쁜 옆집 누나를 사모하는 동네 꼬마의 표정이었다.

"응, 내일도 출근해야 하는 직장인의 애환이랄까. 태식이 넌 좋겠다. 하루하루 출근할 생각 안 해도 되니까."

"하하……."

평소라면 농담인 척 '나한테 시집오면 누나도 그렇게 살 수 있잖아요.'라고 말했겠지만, 지금은 뭔가 위험한 시선이 느껴져서 태식은 그저 어색하게 웃었다.

"어쨌든 꼭 모셔와. 가슴이 뻐근하시다면 일단 간과할 수 없는 거니까."

"예, 그럼 지금 다녀와도 될까요?"

"응, 그래."

태식은 문을 열고 나가며 슬쩍 세 사람을 돌아보았다. 조곤조곤 뭐라고 말하고 있는 효인과 당연한 듯 묵묵히 이야기를 듣는 그녀의 연인, 웃음을 잃지 않는 그녀의 아버지.

권태식 28세. 실연의 아픔을 배우다. 크흑.


운재와 효인, 진환은 공방의 한편에 마련된 테이블에 앉아 담소를 나누고 있었다. 전화 한 통으로도 충분히 할 수 있는 이야기들이었지만, 역시 얼굴을 마주하고 하는 대화에는 비할 수 없었다.

효인은 운재가 만든 찻잔으로 녹차를 마시고 비스킷을 집어 먹으며 물 만난 고기처럼 수다를 떨었다. 그런데 수다에 정신이 팔린 효인이 무의식중에 다시 비스킷에 손을 대려고 했을 때였다. 가만히 이야기를 듣고 있던 진환이 효인의 손을 잡았다. 효인은 '응?' 하고 그를 돌아보았다.

"곧 밥 먹을 건데 그만 먹어."

"얼마 먹지도 않았는데, 뭐."

"충분히 많이 먹었어."

"아버지, 얘가 이렇다니까요. 꼭 오빠 행세를 하려고 해요."

운재는 껄껄 웃었다.

"늘 그랬는데 뭘 새삼 그래."

"어라라, 아버지도 진환이 편? 그럼 저도 대세의 물결에 따라가야겠죠?"

효인은 무슨 장난을 치려고 그러는지 능글맞게 웃더니, 코맹맹이 소리를 내었다.

"진환 옵빠~"

사귀는 사이에 살갑게 오빠라고 부르는 것이라기보다 쌍팔년도 다방 아가씨가 껌을 짝짝 씹으며 '옵빠, 차 한 잔 더 시키지?' 할 것 같은 부름이었다. 순간 진환은 주춤 고개를 물리며 딱히 한마디로 정의할 수 없는 표정을 짓고 말았다.

"뭐야? 표정이 왜 그래?"

"아니…… 소름 돋았다."

정말이었다. 효인이 코에 힘을 콱 주고 '옵빠~'라고 부른 순간 팔에 소름이 돋아 올랐다. 그런데 구역질이 올라오는 소름이 아니라, 운재가 보고 있지 않았다면 확 덮쳐 버렸을 소름이었다는 게 문제였다. 하지만 효인은 진환이 말한 소름을 전자로 해석한 모양이었다.

"매를 버시는군?"

만담조 같은 두 사람의 대화에 운재에게서는 웃음이 떠날 줄을 몰랐다. 그렇게 서로 떨어져 있었던 동안의 공백을 채우며 시간이 얼마나 흘렀을까, 문득 운재가 말했다.

"슬슬 배고프지? 잘하는 백반집이 있는데 점심 먹으러 갈까?"

"그럴…… 아 참, 아직 권 아저씨가 안 오셨는데 비워놔도 괜찮을까요?"

"음, 그럼 좀 더 기다려 보자."

운재는 다시 자리에 앉았다. 그리고 잠시 대화하고 있는데, 입구에서 말소리가 들리더니 태식과 한 중년 남자가 들어왔다.

"아저씨."

효인이 먼저 자리에서 일어서며 알은체했다. 그러자 태식보다 작달막한 중년 남자가 녹색 모자를 벗으며 인사했다.

"어이구, 효인이 아니냐. 이게 얼마 만이야?"

이 근방에서 으뜸가는 땅 부자라곤 하지만 태식의 아버지 응섭 역시 전형적인 시골 아저씨였다. 옷도 추레하다면 추레하고 소탈하다면 소탈한 남방에 면바지였고, 선명한 녹색의 모자는 꼭 촌장님이 쓸 듯한 스타일이었다. 다만 운재와 달리 고집 있어 보이는 외모가 그의 독불장군 같은 성격을 증명하고 있었다.

"잘 지내셨죠?"

"그럼. 효인이, 아니, 우리 심 선생도 잘 지냈고? 그런데 이쪽은⋯⋯?"

응섭은 낯선 얼굴인 진환을 보고 의아해했다. 그러자 효인이 소개하기도 전에 운재가 진환의 등을 탁탁 두드리며 말했다.

"내 사위 될 사람일세."

"장진환이라고 합니다."

아직 결혼 이야기가 나오지도 않았건만 사위란 단어에 효인은 쑥스럽다는 웃음을 지었다.

"뭐라? 그럼 우리 태식이는 어쩌고?"

그런데 대뜸 응섭이 의아하다는 식으로 한 말에 태식이 펄쩍 뛰어올랐다.

"아, 아버지!"

"아니, 우리 태식이가 효인이랑 결혼할 거라고 얼마나 별렀는데."

'내 아를 낳아도!' 한마디면 게임 끝이었던 옛날 남자 응섭은 섬세한 청년의 마음을 헤아리지 못하고 태식이 말리는데도 기어코 폭로하고 말았다. 그러자 효인은 전혀 몰랐다는 듯 놀란 눈을 했다.

"어머, 태식이 너 그랬어?"

"아, 아니⋯⋯. 그거야 그냥 어렸을 때⋯⋯."

사실 지금이라도 '시집와 주세요!'라고 말하고 싶은 심정이었지만, 효인의 옆에 아무 표정이 없으나 어딘지 험악한 얼굴로 서 있는 남자 때문에 목소리가 땅굴을 파는 개미처럼 기어들어 갔다.

"이야, 나도 알고 보니 인기인이었네?"

무심한 여자는 목구멍에 불쾌함이 떡하니 걸려 있는 연인의 심정을 몰라주고 아주 신이 났다. 진환이 서늘한 시선으로 돌아봤지만 여전히 눈치채지 못하고 있었다. 조심하시오, 심 선생. 밤이 두려워질지도.

"어쨌든 그럼 볼까요?"

효인의 말에 응섭은 대충 옆에 있는 의자에 앉았다.

"의사들이 말이야, 영 믿을 수가 없는 게 아프다고 찾아가도 사람을 내려다보면서 건방지게 군단 말이야. 그런데 어떻게 신임이 가겠어."

요즘도 그런 의사가 있을까 싶었지만, 어쨌든 응섭 눈에는 모두 못마땅한 것 같았다. 효인은 빙긋이 웃었다.

"걱정 마세요. 이 사람이 잘 봐줄 거예요."

효인이 진환을 가리키며 한 말을 이해한 사람은 운재가 유일했다. 뜬금없는 말에 응섭과 태식은 어리둥절해하며 효인을 보았고, 진환도 '나?'라고 묻듯 그녀를 보았다.

"아니, 이 친구가 뭔데……."

"효인이랑 같은 병원의 의사야."

응섭이 얼떨떨하게 물으려 하자, 운재가 대답했다.

"아, 그래? 한데 난 효인이가 봐주는 편이……."

"자넨 참 걱정도 많아. 미국에 유학까지 다녀온 사람인데 무슨 걱정을 해? 클리블랜드라고 미국의 유명한 병원인데 자네 모르나? 우리 사위가 거기 있었네."

사위 사랑은 장모고 며느리 사랑은 장인이라지만, 사위 사랑에 어쩔 줄 모르는 운재는 자랑스럽게 말했다.

"저보다 실력이 좋으니 걱정하지 마세요. 이 사람한테 수술 받으려고 서울까지 올라오는 환자들도 얼마나 많은데요."

효인 역시 자랑하기에 합세했다. 그에 진환은 갈수록 난감해졌다. 하지만 자신을 주변 사람들에게 좋게 어필해 주려는 효인의 뜻을 알 것 같긴 했다.

웅섭과 태식은 동시에 진환을 돌아보았다. 확실히…… 훌륭해 보이긴 했다. 깔끔한 외모 때문만이 아니라, 뭔가 사람이 아주 정확할 것 같다고 해야 할까?

"어, 뭐, 그럼…… 부탁함세."

웅섭은 괜스레 흠흠거리며 진환 쪽으로 돌아앉았다. 진환에겐 선택권이 없었다.


"보면 은근히 계획적이더군."

뒤에서 도자기를 보고 있던 진환의 말에 효인은 '응?' 하고 고개를 돌렸다.

"뭐가 말이야?"

"너."

진환은 아이가 만든 것처럼 삐뚤빼뚤한 얼굴이 새겨져 있어 꼭 원주민의 토속 인형 같은 도자기에서 시선을 떼지 않고 대답했다.

"나? 나 뭐? 좀 알아듣게 이야기해 주시지?"

진환은 작은 도자기 인형을 다시 선반 위에 올려놓았다.

"아까 일부러 그런 거 아냐?"

"아, 권 아저씨 말이지? 뭐, 좋은 게 좋은 거라고 좋은 인상 주면 좋잖아."

지금 효인은 상의를 벗은 정장에 앞치마를 걸치고 팔까지 걷어붙인 채 물레 앞에 앉아 있었다.

응섭과 태식을 보낸 후에는 식당에서 셋이 함께 점심을 먹고 여기저기 돌아다니며 시간을 보냈는데, 저녁이 다 되어서 공방에 돌아오니 누군가 운재를 기다리고 있었다. 별 사람은 아니었고, 앞에 사는 남자인데 잠깐 일 좀 도와달라는 용건이었다. 그래서 운재는 두 사람에게 잠시만 공방에 있으라 하곤 출타했다. 그러자 효인은 시간이 남은 김에 정말 뭐라도 만들려고 하는지 상당히 익숙한 폼으로 준비물을 챙겨 물레 앞에 앉았다. 올 때마다 해 봐서 꽤 솜씨가 좋다나? 진환은 그런 그녀를 뒤에서 지켜보고 있었다.

"뭘 만들려고."

진환은, 물레 위에 척 반죽을 얹고 둘둘둘 돌리기 시작한 효인의 등을 보며 물었다.

"화분. 삭막한 진환 씨 집에 하나 놔두면 그나마 분위기가 살겠지? 기대하시라."

진환은 효인의 뒤로 다가가서 물레가 돌 때마다 모양이 잡혀가는 반죽을 지켜보았다. 기본적으로 손재주가 좋아서 그런지 뭉그러져 있던 반죽은 금세 도자기 모양으로 솟아올랐다. 쭉 지켜보던 진환은 셔츠를 걷어 올리고 의자를 끌어와 효인의 뒤에 앉았다. 효인은 그 인기척을 느끼고 돌아보았다. 진환은 무심하게 말했다.

"네가 원하는 거 해주려고."

"호오, 정말?"

진환이 말하는 게 무엇인지 알아들은 효인은 개구진 눈빛을 빛냈다. 그리고 해 보라는 듯 다시 고개를 돌렸다. 그러자 잿밥에 더 관심이 많은 진환은 머리카락 아래 드러난 목덜미에 키스하고 싶어졌지만, 그랬다간 또 엉큼하다느니 뭐라느니 하는 소리를 들을지도 몰랐다. 게다가 여기는 엄연히 장인의 작업실이니 자중하자 마음먹고 그녀의 뒷덜미에 입술을 묻는 대신 손을 뻗었다.

효인은 진환의 손을 잡아 빙글빙글 돌고 있는 반죽 위에 얹었다. 그러자 거의 틀이 잡혀가던 화분 모양이 금세 어그러졌지만 신경 쓰지 않았다.

"나 대사도 기억나. 몰리, 그러니까 데미 무어가 말하지. 먼저 손을 적시고……."

효인은 물이 담긴 대야에 손을 담갔다 빼와 진환의 손에 물을 묻혔다. 그리고 금세 질척한 반죽으로 엉망이 된 그의 손을 감쌌다.

"반죽이 손안에서 흐르듯이 미끄러지게 해요."

진환도 그 영화를 보긴 했지만 그다지 관심 있게 보지 않아서 어떤 장면이었는지 확실히 기억나지 않았다. 다만 하도 유명한 장면이다 보니 대충 이런 장면이었다는 것만 두루뭉술하게 떠올랐다. 그렇다 보니 전혀 로맨틱하지 않은 말이 튀어 나왔다.

"이 자세 은근히 불편한데."

효인은 픽 하고 웃었다.

"하여간 무드가 없어요. 아아, 나의 샘은 어디에."

자신의 남자를 놔두고 남의 남자인 샘을 찾는 말에 심통이 난 진환은 효인의 손을 와락 옭아매었다. 그리고 깍지를 끼고 손가락 사이의 틈새까지 나른하게 문지르자 효인은 어깨를 조금 떨었다. 그의 손가락이 물과 반죽으로 잘팍해진 손가락 사이사이를 물고기처럼 헤엄쳐 다니니 묘하게 야릇한 느낌이 들었다.

"어이, 이 음흉한 손길은 뭐야?"

"뭘."

효인은 이러다간 자신이 먼저 달려들 것 같아 불만스럽게 말했지만 진환은 무슨 일이라도 있냐는 투였다. 그러면서도 여전히 마사지하듯 손가락을 매만지거나 손바닥을 간질이거나 하며 멈추지 않았다. 그러자 효인은 가슴 끝의 몽우리가 봉긋하게 솟아오르는 게 느껴졌다.

'으읏, 나 지금 느끼고 있는 거?'

장난으로 시작했지만 하다 보니 진환도 뭔가 진심이 되어버린 듯 결국 효인의 뒷덜미에 입술을 묻고 말았다. 촉 와 닿는 감촉에 효인은 소름이 돋았다. 하지만 진환은 거기서 만족하지 않고 선을 그리듯 목을 타고 올라와 귓불을 살짝 깨물었다.

"자, 잠깐……."

효인이 피하려는 듯 고개를 옆으로 꺾었지만 오히려 그에게 자리를 내준 꼴이 되어버렸다. 그에 진환은 귓불을 씹고 혀로 턱선을 훑어 내렸다. 파운데이션을 바른 탓에 이상한 맛이 느껴졌지만 죽지만 않으면 괜찮았다.

이내 효인도 도망치길 그만두고 고개를 돌려 다가오는 진환의 입술을 맞이했다. 그리고 뻗고 있는 팔이 불편해 안쪽으로 조금 끌어당기자, 두 사람의 손은 허공에서 하나가 되었다.

살짝 벌어진 효인의 입술 틈새로 혀가 밀고 들어왔다. 동시에 앞니를 가만히 쓸고 지나가 입천장까지 훑었다. 그렇게 둘은 장소도 잊고 서로의 맛에 빠져들었다. 그래서 막 공방으로 돌아온 운재가 '효…….'라며 이름을 부르다 말고 멈춰 선 것도 모르고 있었다.

운재는 화등잔만 해진 눈으로 앞에 펼쳐지고 있는 생 라이브 키스신을 바라보았다. 왜 이리 조용한가 싶긴 했지만 별스럽게 여기지 않고 안쪽 작업실로 왔는데……. 다행히 효인의 뒷머리에 가려져 둘의 입술이 맞닿은 부분은 보이지 않았지만 두 사람은 누가 온 것도 모르고 서로에게 열중하고 있었다.

곧 운재는 걸음을 뒤로 물려 살금살금 다시 바깥으로 나갔다. 그리고 하늘을 올려다보고 '하아―' 한숨을 내쉬었다.

"오늘따라 당신이 그리워지는구려."

그리고 사실 조금 씁쓸하기도 했다. 언젠간 장성한 진환이 효인을 데려갈 거라 생각했고 그러길 바라왔지만, 고이 키워온 딸이 이제 자신의 딸이라기보다 한 남자의 여자라고 생각하니 어쩐지 가슴이 허했다. 아니, 시원섭섭하다고 해야 할까?

그래도 삼십여 년 동안 자신의 딸로 끼고 살았으니 이젠 다른 이의 꽃이 되도록 놓아주어야 할 때였다.


"아버지 오셨어요?"

잠시 밖에서 기다리다가 이제 끝났을까 싶어 슬쩍 들어가자, 다행히 두 사람은 떨어져 있었다. 진환은 이미 손을 씻은 후였고, 효인은 자리를 정리하고 있었다.

"음, 그래."

운재는 아무것도 보지 못한 척했다.

"그래, 두 사람은 언제 올라가 보려고?"

"한두 시간 후에는 출발해야 할 것 같아요."

효인이 대답했다.

"그럼 진환이는 잠시 나 좀 볼까? 오랜만에 술이나 한잔하자꾸나."

"하지만 운전을 해야 해서 술은……."

진환이 죄송하다는 듯 말하자, 효인이 괜찮다며 그의 팔을 툭툭 쳤다.

"마시고 와. 내가 운전하면 되잖아."

"그래도……."

"올 땐 네가 했으니 갈 땐 내가 하는 게 공평하지. 안 그래?"

효인이 그렇게까지 말하자 진환은 알았다는 듯 고개를 끄덕였다.

"그럼 전 계속 화분 만들고 있을게요."

운재는 아직 반죽이 올려져 있는 물레를 슬쩍 바라보았다.

"아까부터 만들더니 아직 못 만들었어?"

서로 지분거리다가 우그러뜨려 버렸습니다, 라고 말할 수는 없는 노릇이라 효인은 그저 머쓱하게 웃었다.

"망쳐 버려서요."

"그래? 뭐, 그럼 우리는 잠시 요 앞의 술집에 다녀오마."

운재는 누가 효인의 아버지 아니랄까 봐 제법 의뭉까지 떨고 나서 공방을 나섰다.

"다녀오세요."

진환은 자신이 돌아보자 입모양으로 '다녀와.'라고 말하는 효인을 잠시 본 후에 운재를 따라 나갔다. 효인과 함께 있을 때는 긴장감을 느낄 새도 없었지만 새삼 운재와만 마주한다고 생각하자 긴장감이 올라왔다.

어떻게 말해야 좋을까. 따님을 제게 주십시오? 이건 너무 새삼스럽고, 따님과 결혼하고 싶습니다? 아니, 그 따님이라는 호칭부터가 문제인 것 같았다. 그럼, 효인이와 결혼하고 싶습니다? 효인이를 아껴주겠습니다?

진환은 사뭇 번잡한 생각을 하며 운재를 따랐다.


"한 잔 받아라."

"감사합니다."

운재는 소주를 따더니 진환의 잔에 따라주었다. 기억하기로 운재는 술 냄새만 맡아도 취할 것 같은 외모인 반면 상당히 주량이 강한 편이었다. 아무래도 효인의 외모는 외탁이지만 체질은 친탁인 모양이었다.

"제가 한 잔 따르겠습니다."

이번에는 진환이 운재의 잔에 술을 따랐다. 딱 시골 호프집 같은 내부 분위기에 비해 세련된 재즈 음악이 흘러나왔고, 음악에 쪼르르 술이 흘러내리는 소리가 맞춰졌다.

"오늘 참 좋은 날이구나."

함께 한 잔 마신 다음 운재가 잔을 내려놓으며 말했다.

"그렇군요."

원래 성격 자체도 애늙은이 같았지만 어려서부터 워낙 주변에 어른들이 많았던지라 진환은 윗사람을 상대하는 일이 그다지 불편하지 않았다. 개중 가장 편한 어른이라면 단연 운재였지만, 지금은 왠지 한마디 한마디가 극히 조심스러웠다.

"드릴 말씀이……."

그래도 이왕 결심한 거 주저하지 않고 말을 꺼내려는데, 운재가 잠시 말을 막았다.

"음, 내가 먼저 말하마."

"예."

"너도 알고 있겠지만 효인이 엄마는 아들만 다섯 있는 집의 막내딸이었어. 크게 부자는 아니었지만 아들만 있는 집에 막내딸로 태어났으니 참 예쁨을 많이 받고 컸지. 게다가 효인이 엄마가 좀 예뻤어야 말이지."

거기까지 말한 운재는 자랑 같다 생각했는지 멋쩍게 웃었다. 진환에게 장모의 이야기라면 경국지색의 미녀였다고 칭송해도 전혀 자랑이 아닌데 말이다.

"그런데 어느 날 산 도적 같은 놈이 나타나 그 막내딸을 달라고 하니 처음에는 참 반대도 많았지. 효인이 엄마가 먼저 가고 나선 더했어. 딸이 남겨놓고 간 거라고는 딸과 꼭 닮은 손녀 하나뿐이니 양녀로 달라기에 싸우기도 참 많이 싸웠지."

그건 진환도 알고 있는 이야기였다. 효인의 어머니가 막 죽고 나자 운재의 집 앞은 거의 문전성시를 이루었다. 그전에는 명절에만 잠깐 보곤 했던 사람들이 줄줄이 나타나 효인의 양육권을 달라는데, 진환과 효인은 운재가 그렇게 화내는 모습을 전에도 후에도 본 적이 없었다.

그때 힘이 되어준 사람이 진환의 부모님 철우와 연성이었다. 담당 의사였어도 그들은 효인에 대한 법적 간섭이 허용되지 않았지만 그래도 두 사람은 운재가 양육권을 지킬 수 있도록 물심양면으로 도와주었고, 그 뒤에는 진환이 있었다.

진환은 효인이 어디론가 가버리길 원하지 않았다. 어머니가 없어서 아이의 성장에 문제가 있다면 자신의 집에라도 양녀로 오라고 하고 싶은 심정이었다. 물론 지금은 그때 그러지 않길 잘했다고 수없이 안도했지만.

"하지만 막상 효인이는 내가 키울 거라고 돌려보내고 나면 꼭 그런 생각이 들더구나. 내가 잘하고 있는 건가, 정말 나 혼자 효인이를 키울 수 있을까, 외가의 양녀가 되는 편이 효인이도 행복하지 않을까……. 그런데 한 날은 효인이가 나한테 뭐라고 했는지 아느냐?"

"뭐라고 했습니까?"

운재는 다시 한 번 소주를 들이켰다. 그리고 효인이 했던 말을 토씨 하나 틀리지 않고 기억하고 있는지 그대로 따라 말했다.

"나는 물건이 아니에요. 아직 어리지만, 내가 뭘 좋아하고 내가 뭘 하면 기뻐하는지 모르진 않아요. 난 아버지와 함께 사는 게 행복해요. 나, 여기 있고 싶어요. 아버지랑, 진환이랑 계속 함께 살고 싶어요."

운재는 쓰게 웃었다.

"참…… 그때 아버지가 부끄러움도 모르고 딸 앞에서 엉엉 울어버렸지. 누군가에게 필요가 된다는 건 그런 기분이더구나."

누군가에게 필요가 된다는 것. 그것은 존재 가치를 인정받는다는 것. 살아야 할 이유가 된다는 것.

"그런데 동시에 그런 기분도 들었어. 조금만 더 지나면 이 아이에겐 내가 필요하지 않겠구나 하는 기분. 효인이는 그때 벌써 어른이 되어 있었으니 말이다."

가만히 이야기를 듣던 진환은 말했다.

"전 그렇게 생각합니다. 아이란 크고 나면 부모님이 계시지 않아도 충분히 살 수 있겠지만, 그게 부모님이 없어도 된다는 말과 동의어는 아니라고."

운재는 일단 말문이 터지면 그렇게 청산유수일 수가 없는 진환을 보며 훈훈한 웃음을 지었다.

"하여간 잘 배운 녀석들한테는 당할 수가 없구나."

"효인이가 잘 배울 수 있었던 건 아버님 덕분입니다."

"하긴…… 그런가? 그럼 생색 좀 내볼까?"

진환은 희미하게 웃었다.

"얼마든지 내셔도 됩니다."

그런데 왜인지, 운재가 갑자기 빤히 진환의 얼굴을 뜯어보았다.

"왜 그러십니까?"

진환은 자신의 얼굴 어딘가가 이상했나 싶어 슬쩍 입가를 가리며 물었다.

"아니, 효인이한테 들었을 때는 그냥 그런가 싶었는데 오늘 이렇게 보니…… 정말 어째 네 웃는 얼굴이 너무 예쁘구나?"

누가 들었으면 벌써 거나하게 취한 줄 알겠다.

"남자다운 얼굴은 여전한데 왠지 묘하게 변한달까……."

진환은 작게 한숨을 내쉬었다.

"작은아버지께서도 늘 그런 말씀을 하시던데 전 잘……."

"하하. 녀석아, 칭찬이야. 하긴, 다 큰 남자에게 예쁘다는 말은 칭찬이 아닌가? 어쨌든 웃고 있으면 좀 다가가기 편해 보이니웃는 연습 좀 하지 그러냐?"

예뻐 보인다는 말을 듣기 싫어서라도 웃고 다니고 싶지 않았다. 말마따나 아무리 칭찬이랍시고 해도 남자에게 예뻐 보인다는 말은 그다지 유쾌하지 않았다. 하지만 진환은 대놓고 정색하지 않고 듣기 좋은 말로 대신했다.

"효인이한테만 예뻐 보이면 되는 거 아니겠습니까?"

운재는 순간 술을 뿜어낼 뻔했다. 오래 알아온 바로 진환이 결코 이런 말을 하는 법이 없었기에 놀란 탓이었다. 하지만 곧 비식비식 웃음이 새어져 나왔다. 자신의 딸이 참 능력 좋다 싶기도 하고, 사랑이 이런 뻣뻣한 녀석도 무릎 꿇렸다 생각하니 사랑예찬론자로서 뿌듯했다.

"사랑이란 게 참 대단하지?"

"예, 그렇더군요."

진환은 어느새 긴장감을 완전히 잊고 편안하게 대화했다. 그런데 거기에 운재가 강타를 날렸다.

"그래서, 효인이는 언제 데려가려고?"

순간 진환은 이완되어 있던 뒷덜미가 뻐근해져 왔다.

"그러니까…… 음, 제가 먼저 말씀드리려고 했는데 아버님께 선수를 빼앗겼군요."

드물게 장난기 어린 말에 운재는 소리 내어 웃었다.

"척하면 딱이지. 네 녀석 눈에 결혼하고 싶다는 말이 아예 박혀 있던걸. 하지만 효인이한테는 아직 말 안 했지?"

"예, 아직은. 곧 하려고 합니다."

"효인이한테 승낙받을 자신은 있는 거고?"

"만약 승낙을 안 한다면…… 납치하는 수밖에 없겠군요."

대화하는 사이에 이미 꽤 많은 양의 술을 마신 운재는 탁자까지 치며 웃어댔다.

"하하하, 내가 적극적으로 후원해 주마."

"천군만마를 얻은 기분입니다."

"그래, 그럼 한 잔 더 받아라!"

천군만마를 얻었다는 기분에서 왜 한 잔 더 받으라는 이야기로 넘어갔는지는 모르겠지만, 진환은 흔쾌하게 술잔을 들었다.


"대체 몇 병을 마신 거야?"

진환은 오랜만에 머리꼭지까지 취한 운재를 침대에 눕히고 몸을 들었다. 호프집에서부터 운재를 거의 이다시피 해서 왔더니 허리가 뻐근했다. 아무리 몸집이 작다지만 흙을 만지며 자연적으로 근육이 붙은 운재는 꽤 무거웠다.

"글쎄, 소주 세 병부터는 세기를 그만둔 것 같은데."

말투도 별 변화 없고 혀도 꼬이지 않는 거 보니 진환은 멀쩡해 보였지만, 효인은 그도 꽤 취해 있다는 걸 알 수 있었다. 운재와 함께 마셨는데도 밑 빠진 독 장진환이 취할 정도라면 거의 소주 다섯 병은 땄다는 의미였다. 고작 두어 시간밖에 지나지 않았는데? 두 남자 사이에 이루어진 모종의 거래(?)를 아는지 모르는지, 효인의 입에서 절로 '히엑' 하는 소리가 흘러나왔다.

"아주 궤짝으로 퍼마셨구만."

효인은 마시고 오랬다고 한도 없이 퍼마시고 온 진환에게 바가지 긁는 아내처럼 툴툴거렸다. 그리고 이미 침대에 누워 코까지 골며 자는 운재에게 다가가 어깨를 흔들었다.

"아버지! 저희 갈게요! 아침에 해장국 꼭 드세요! 전화할게요!"

술김에 듣지 못할까 싶어 버럭버럭 외치자, 운재가 '으응?' 하며 부스스 눈을 떴다. 그리고 어린아이처럼 헤죽 웃으며 말했다.

"사랑한다, 딸."

하지만 그 말을 마지막으로는 다시 드르렁 깊은 잠에 빠져 버렸다. 효인은 운재에게 이불을 덮어주며 피식 웃었다.

"저도 사랑해요."

그런 후 효인은 정말 취하긴 취했는지 잠시 휘청하는 진환에게 어깨를 빌려준 채 밖으로 나왔다. 그리고 보조키로 공방의 정문을 잠그고 진환을 조수석으로 안내하는데, 갑자기 목소리가 들려왔다.

"저기요!"

낯익은 목소리에 고개를 돌리자, 태식이 뭔가 비장한 공기를 휘감고 서 있었다.

"어? 태식이 너 아직 집에 안 갔어? 시간이 몇 신데⋯⋯."

효인이 말을 끝맺기도 전에 진환이 태식에게 물었다.

"할 말이라도?"

태식은 뭔가 아까보다 박력이 넘치는 진환의 분위기에―취해서 평소보다 절제력이 느슨해져 있어 그런 것이지만 태식은 몰랐다.― 잠시 움찔했지만, 결심을 굳혔다. 이대로 보내면 효인이 결혼할 때나 볼 수 있을 거라는 추측 때문이었다.

"사, 사실! 저 누나 정말 좋아했었어요!"

효인은 눈을 크게 떴다. 아까는 응섭이 그저 어린 시절의 동경에 과장을 보태 한 말이라고 치부했지만, 이렇게 보니 태식은 상당히 진지해 보였다. 밤인데도 티가 날 정도로 붉어진 얼굴하며 꾹 쥔 주먹을 보면 알 수 있었다.

"하, 하지만! 누나가 정말 행복해 보이니까…… 혀, 형이 잘해줄 사람으로 보이니까…… 누나의 행복을 빌어주려고요."

일생일대의 용기를 끌어 올려 고백하는 태식에겐 미안한 말이지만, 영화를 너무 많이 봤구나 싶었다.

곧 태식은 '형님! 식사는 하셨습니까!' 하고 외칠 듯한 자세로 허리를 꾸벅 접더니 순식간에 홱 다시 자세를 펴고 꼿꼿하게 외쳤다.

"누나를 잘 부탁드립니다!"

휘이이이이― 스산한 밤거리의 바람이 세 사람을 스쳐 지나갔다. 효인은 뭐라고 해야 할지 몰라 애매모호한 표정이었고, 진환은 취했음에도 여전히 도통 감정을 알 수가 없는 표정이었다.

"어…… 그러니까, 고맙……."

효인이 먼저 고마움을 표하려고 하자 진환이 대뜸 끼어들었다.

내가 너의 이름을 불러주었을 때, 너는 내게로 와서 꽃이 되었다
네가 내 이름을 불러주었을 때, 나는 네게로 가서 꽃이 되었다    213

"네가 말하지 않아도 잘해줄 거니까 걱정하지 마."

겉으로 보기에는 걱정하지 말라는 듯 다정한 말이었지만, 지금 진환이 하기로는 제 여자에게 신경 끄라는 으르렁거림이었다. 그런데 태식이 반응하기도 전에 갑자기 효인이 사나이 대 사나이의 분위기에 맞지 않게도 크게 웃어젖혔다.

"장진환 완전 취했어! 맛이 간 거야! 으하하하!"

확실히 저도 모르게 말을 내뱉고 보니 정말 취했구나 싶긴 했지만, 막상 효인이 감동은커녕 웃기부터 하자 골이 난 진환은 그녀의 머리를 홱 눌러 버렸다. 하지만 효인은 그의 손에 눌려 머리를 숙이고도 웃기를 멈추지 않았다.

"취했어, 취했어. 큭큭큭."

태식은 딱딱하게 굳어 있던 어깨를 풀며 덩달아 웃어버렸다. 효인은 정말 행복해 보였다.


진환의 오피스텔 지하주차장에 차를 주차한 효인은 시동을 끄고 옆자리를 돌아보았다. 진환은 조금 뒤로 젖힌 등받이에 푹 몸을 묻고 잠들어 있었다.

한동안은 깨어 있더니 잠시 대화가 끊긴 사이 몰려드는 잠을 감당할 수 없었는지, 어느새 보니 팔짱을 낀 채로 잠들어 있었다. 그래서 쥐 나겠다 싶어 팔을 풀어주자 설핏 잠에서 깬 듯 스르륵 효인의 손을 그러쥐어 오더니 금방 다시 잠들었다. 그 모습이 어찌나 귀엽던지, 하마터면 익히지도 않은 드리프트 기술로 갓길에 차 세우고 잠든 남자를 덮칠 뻔했다.

스르륵, 탁.

안전벨트를 푼 효인은 가만히 진환의 얼굴을 들여다보았다. 고르고 낮은 숨소리만이 들려왔다.

효인은 손가락으로 내리깔린 속눈썹에서 콧대로, 살짝 벌어져 있는 입술을 훑고 지나갔다. 하지만 진환은 정말 깊이 잠들었는지 손이 종횡무진 옮겨 다니는데도 깨어나는 기색이 없었다.

'진환아, 미안. 잠든 남자 한 번만 덮치자.'

효인은 끓어오르는 사랑스러움을 참을 수 없어 조심히 진환에게 키스했다. 그리고 깊은 산속 옹달샘에 세수하러 온 토끼가 목을 축이듯 말라 있는 입술의 틈새를 살짝 핥고 혀를 밀어 넣었다.

진환의 입안에서는 알싸한 술맛이 났다. 하지만 따뜻했고 완전히 이완되어 있어서 부드러웠다.

심효인 34세. 드디어 갈 때까지 가다. 잠든 남자를 보고 흥분해서 도둑 키스를 하고 말다니. 하지만 상대가 잠들어 있다는 상황에서 오는 은밀함 때문인지 어쩐지 짜릿하기도 했다.

더하면 진환이 깨어날 것 같았지만 도저히 혀를 뺄 수가 없었다. 그런데 그 순간, 가만히 잠들어 있던 혀가 그녀를 휘감아오는 동시에 옷 속으로 손이 파고들었다. 흠칫 놀란 효인이 반사적으로 고개를 떼려고 했지만, 손이 뒷머리를 꾹 눌러와 둘의 결합이 깊어졌다. 둘의 입맞춤은 순식간에 열기가 훅 피어오를 정도로 진득해졌다.

진환은 혀를 뒤섞으며 효인의 등을 훑어 내렸다. 그리고 허리를 안아 자신의 쪽으로 좀 더 끌어당겼다. 그녀는 그 손길에 이끌려 가운데 경계선을 넘어가 그의 무릎 위에 앉았다.

밀착한 둘은 서로의 몸을 더듬으며 키스에 심취했다. 진환의

내가 너의 이름을 불러주었을 때, 너는 내게로 와서 꽃이 되었다
네가 내 이름을 불러주었을 때, 나는 네게로 가서 꽃이 되었다

215

목을 끌어안은 효인은 상하로 움직이는 그의 목울대를 조심스럽게 어루만지고 가슴으로, 허리로 내려가 그의 셔츠 속에서 다시 위로 타고 올라왔다.

뜨겁고 촉촉한 입술들이 그제야 겨우 떨어졌다.

"취해서 자고 있던 거 아니었어?"

효인이 나직하게 웃는 소리가 울렸다. 진환은 그녀의 향긋한 체취와 보드라운 웃음을 들이마시며 입가심하듯 다시 살짝 입맞추었다.

"다 깼어."

"설마. 그만큼을 마시고도?"

"아니, 사실 아직 덜 깼어."

진환은 그 말을 증명이라도 하듯 효인의 아래쪽을 넘보았다. 하지만 그가 원한다면 언제라도 기꺼이 몸을 열어주었던 효인은 얼른 그의 진입을 막았다. 진환의 눈에 못마땅한 기색이 스몄다.

"미안하지만."

효인은 사과하듯 그의 볼에 입술 도장을 찍었다.

"나 아직 안 끝났어."

"뭘…… 아."

진환은 묻는 도중에야 깨달았다. 효인이 모든 여자들이 한 달에 한 번 겪는 마법에 걸려 있다는 것을. 그러니 이만 놓아주어야겠지만 치미는 아쉬움만은 어쩔 수 없어 진환은 괜스레 그녀의 살갗을 지분거렸다.

"미안."

효인은 속삭였다.

"아니, 그건 괜찮은데……."

당연한 생리현상이고 저번에 말한 대로 오늘만 날이 아니니 정말 괜찮았지만, 딱 한 가지가 괜찮지 않은 진환은 물끄러미 아래를 내려다보았다.

"그만 꼼지락거리지?"

꼼지락거리며 엉덩잇살로 진환의 중심부를 자극하고 있던 효인은 그의 한숨 어린 말에 씩 얼굴을 쪼갰다. 진환은 할 말을 잃어버렸다. 모르고 그러나 싶었더니 그녀는 의도적으로 그러고 있었던 것이다. 덕분에 진환의 중심은 순식간에 위풍당당하게 솟구쳐 오르고 말았다.

"흥분했구나?"

효인은 안 그래도 성난 남성이 더욱 요동칠 만큼 농염하게 속삭였다. 진환은 팔뚝에 소름이 돋았다. 오늘 밤은 해소할 길도 없는데 대체 이 잔인한 악동을 어쩌면 좋단 말인가. 이 나이에 변기통 붙들고 혼자 달랠 수도 없고.

"음, 내가…… 해줄까?"

팜므파탈처럼 행동한 것에 비해 효인은 조금 주저하며 물었다. 하지만 진환은 선뜻 이해하지 못했다.

"뭘……."

효인은 기껏 다잡은 마음이 흐려질 것 같아 말 대신 행동했다. 일단 그의 무릎에서 내려가 조수석 바닥에 무릎을 꿇고 앉았다. 그리고 뚜렷한 윤곽이 드러난 그의 앞섶을 보고 잠시 굵은 침을 삼킨 후, 버클을 잡았다. 그쯤 되니 진환도 눈치챈 듯 얼른 그녀의 손을 막았다.

"그런 것까지 할 필요는 없……."

하지만 진환이 말을 끝내기도 전에 효인이 탁 그의 손을 쳐 냈다.

"어허, 시끄럽다. 해준다는데 말이 많아. 아니지, 내 오늘은 널 덮치기로 마음먹었으니 잠자코 수청을 받아."

수청을 받으라는 건지 수청을 들라는 건지, 효인은 그가 막을 새도 없이 바지 버클을 풀어 내렸다. 그리고 빳빳해진 그를 해방시키고, 답삭. 그야말로 어린아이 사탕 물 듯이 답삭 물어왔다. 그래도 아픈 정도는 아니었지만 효인을 막으려고 하던 진환은 흠칫 굳어버렸다. 순간 문의 손잡이를 잡은 손에 엄청난 힘이 들어가고, 손등에 푸르스름한 핏줄이 불거져 올랐다.

"심효…… 웃……."

진환은 압축기로 내리누른 것처럼 꽉 억눌린 신음을 흘렸다. 그에 효인은 더없이 음란한 행동을 하고 있으면서도 속으로는 어린아이처럼 '오오오오' 하는 감탄성을 흘렸다. 쾌감을 참을 수 없는 듯한 그의 신음이 이채로웠던 탓이었다.

진환도 절정에 오를 때면 드문드문 신음 소리를 내긴 했지만, 늘 부끄러울 정도로 교성을 내지르는 자신에 비하자면 아무것도 아니었다. 그런데 자신으로 인해 그가 신음하고 있다고 생각하니 별다른 애무를 받고 있지 않는데도 전류처럼 짜르르한 감각이 등허리를 전율시켰다. 입놀림이 더 활발해졌다. 그럴수록 진환의 손에는 더욱 힘이 들어가고 죽을병에 걸린 것처럼 숨이 가빠졌다.

사실 인체에 대해 빠삭하게 알고 있을 사람이 어린아이 사탕 물듯이 민감한 해면체를 덥석 물질 않나, 애무를 하는 건지 더 감질나게 건드리는 건지 알 수 없는 테크닉이었지만, 단지 상대가 효인이라는 사실 하나만으로도 진환은 흥분의 열탕에서 헤어 나오질 못했다. 게다가 피부를 간질이는 머리카락 때문에 더 미칠 것 같았다. 정신이 급격히 혼미해지고, 으슬으슬 한기까지 들었다.

"그만⋯⋯."

허스키한 경고를 보냈지만, 효인은 경고를 알아들은 건지 알아듣지 못한 건지 멈추지 않았다. 도저히 더는 견딜 수가 없었다. 이건 인간의 자제력을 벗어난 일이었다. 순간 그는 효인의 뒷머리를 아프도록 꼭 쥐고 사정하고 말았다.

잠시 정적이 흘렀다. 그리고 진환이 거의 녹아내리는 것처럼 이완되려는 찰나, '꿀꺽' 하는 소리가 울려 퍼졌다. 다시 한 번 흠칫 놀라 아래를 내려다보자, 그제야 효인이 입을 떼고 고개를 들었다. 효인은 웃을 수도, 울 수도 없는 난감한 표정이었다. 그러더니 장난을 치다가 들킨 악동처럼 주눅 든 채 웅얼거렸다.

"나도 모르게 삼켜 버렸어."

진환은 도무지 할 말을 찾을 수가 없었다. 참지 못하고 입안에 사정하고 만 자신도 자신이지만, 그렇다고 그걸 삼켜 버리다니⋯⋯.

"그런데 솔직히⋯⋯ 음, 뭐랄까⋯⋯ 맛 되게 없다."

몸에 기운이 쭉 빠졌다. 꼭 실험을 끝낸 학생 같은 말이었다. 그래도 마냥 귀여우니 이건 정말 치료제가 없는 병이었다. 하긴, 별로 낫고 싶지도 않았다.

내가 너의 이름을 불러주었을 때, 너는 내게로 와서 꽃이 되었다
네가 내 이름을 불러주었을 때, 나는 네게로 가서 꽃이 되었다

진환은 대충 바지를 정리하고 효인을 안아 들었다. 다시 순순히 그의 무릎 위에 앉은 효인은 슬그머니 눈치를 살피며 물었다.

"싫었어……?"

"죽는 줄 알았다."

그제야 효인의 얼굴에 웃음기가 퍼졌다.

"어, 죽으면 곤란한데."

"그런데 무슨 바람이 불어서?"

묻자, 효인은 그의 목에 팔을 감으며 속삭였다.

"너한테 뭐라도 해주고 싶었거든. 사실 우리 장 선생이 나한테 얼마나 헌신적인지, 가끔 황송할 정도더라고. 게다가 어렸을 때 속 썩인 것도 있으니까…… 보답이랄까?"

그 역시 뭐라도 해주고 싶어서 최대한 자신이 해줄 수 있는 일을 하는 것뿐이었지만, 그 마음씀씀이가 참으로 어여뻤다. 하지만…….

"보답받다 죽겠군."

효인은 소리 높여 웃어버렸다. 진환이 말은 퉁명하게 한다지만 기뻐하는 감정이 오롯이 전해져 왔기 때문이다.

이내 마지막으로 키스를 하려는 듯 그가 다가왔다. 하지만 서로의 입술이 맞닿기 전에 갑자기 무슨 생각이 들었는지 3㎝ 정도 남은 거리에서 우뚝 멈추었다. 효인은 의아한 표정을 지었다.

"왜?"

"아니…… 뭐."

진환은 그답지 않게 어물쩍거리며 고개를 돌렸다. 그 순간, 효인의 머릿속에 섬광처럼 깨달음이 스쳤다.

"아하, 지금은 키스하기 싫으시다?"

"그런 건 아니고……."

주르륵, 등을 타고 식은땀이 흘러내렸다. 진환이 시선을 피하며 말을 끝맺지 못하자 효인은 짓궂은 장난기가 퐁퐁 샘솟았다.

"이리 와! 기필코 키스하고 말 테다!"

"윽! 그만!"

"그만 좋아하시네! 당장 얼굴 안 대? 어쭈? 피해? 피해봤자 내 손바닥 안이야!"

때아닌 몸싸움에 둘을 태운 차는 한동안 들썩거림을 멈추지 않았다.

결국 키스를 했는지 하지 않았는지는 두 사람만 아는 이야기였다. 다만 한참 뒤에야 차에서 내린 진환이 '비려…….'라고 투덜거렸다는 비하인드 스토리가 있었다. 효인은 그 옆에서 목이 아플 때까지 웃었고.

28

Bluish(푸른빛을 띤, 푸르스름한)

새 아침이 밝았습니다!

……라지만, 현재 오전 회진 중인 효인은 피곤했다. 당일치기로 강원도에 다녀와 새벽 늦게 잠든 탓이었다. 콘퍼런스 때도 하품하는 걸 교수들에게 들키지 않으려고 얼마나 허벅지를 꼬집었는지 모른다. 그런데 함께 강원도에 다녀온 진환은 전혀 피곤한 기색이 없었다. 아무리 자신이 운전하는 동안 좀 잤다지만 술김에 잠든 거라 피곤하긴 매한가지일 텐데. 그 모습을 보니 정말 남들이 말하는 대로 좀 기계 같기도 하고…….

효인은 또다시 비집고 나오려는 하품을 꾹 참으며 병실에서 나가는 의사 행렬에 섞여들었다.

그런데 우연히 보니, 윤정이 병실에서 나오다 말고 침대에 앉은 한 환자와 대화를 나누고 있었다. 이제 십대 후반쯤 되어 보이는 여자 환자였는데, 두 사람은 굉장히 살갑게 대화하고 있었다. 전임의에 비해 환자와 많이 접촉하는 인턴이다 보니 어느새 친해진 모양이었다.

슬기는 선천적인 심장기형인 단심실[6][3]을 가진 환자였다. 나이는 스물, 갓 대학에 입학했다. 선천적으로 심실을 하나밖에 가지고 태어나지 않았는데, 따라서 어려서부터 수없이 수술을 받아야 했다. 세 살 때 단심실을 교정하는 폰탄수술을 받았지만, 폰탄수술을 받은 단심실 환자들이 으레 그렇듯, 나이가 들자 합병증이 계속 생겨서 갓 대학에 들어간 게 무색하게도 병원을 오가며 살고 있었다. 대체로 폰탄수술 환자들이 이십대가 넘어가면서 합병증이 생긴다는 사실을 생각하면 슬기는 좀 빠르게 온 편이었다.[4]

심장기형을 가지고 태어나 신생아였을 때부터 지금까지 주기적으로 병원 생활을 했으나, 다행히 슬기는 성격이 밝았다. 그리고 병원 생활을 오래한 만큼 거의 병원의 터줏대감이나 다름없었다. 입원하면 의료진에게 익숙하게 인사를 건네고, 새로 온 인턴들에게는 오히려 병원 어디에 뭐가 있는지 자세히 알려줄 정도였다.

슬기는 효인이 이 병원에서 일하게 된 이래 꾸준히 얼굴을 봐온 환자 중 한 명이었다. 오죽하면 슬기는 이번에 병원에 왔을 때는 전임의가 된 효인을 보고 이렇게 말했다.

"오, 선생님, 많이 컸는데?"

---

6) 심장 심실이 하나밖에 없는 선천성 심장 이상

건방진 말투였지만 워낙 오래 알아온 아이라 불쾌하지 않았다. 오히려 효인은 대답했다.

"네 키보다 더 컸을까."

당연하지만 심실이 하나여서 운동능력이 절대적으로 부족한 슬기는 키도 작았고 나이에 비해 어린아이 같았다. 만약 아이와 친하지 못하면 절대 하지 못할 농담이었다.

하지만 슬기는 좋다고 방정맞게 웃었다. 워낙 성격이 좋은 아이라 윤정도 잘 지내기 어렵지 않았을 것이다. 지켜보기로 혜경이 환자와 잘 지내기로는 발군인데 비해—그녀가 새롭게 보일 정도로— 윤정은 환자와 관계를 쌓는 데 어려움을 겪고 있는 것 같았다. 하지만 슬기가 윤정에게도 좋은 영향이 될 것 같았다.

효인은 윤정과 슬기의 모습에 미소 짓고 병실을 나섰다.

하루간의 일탈을 끝내고 돌아온 일상은 평소와 별다를 바가 없었다. 여전히 병원은 전국 각지에서 몰려든 환자들로 인산인해를 이루었고, 병원의 전산 시스템은 미친 듯이 순환했으며, 진료실은 북적거리고, 수술실은 엄숙했다. 진환과도 지나가다가 우연히 마주친 게 아니면 자주 볼 수 없을 정도로 바쁜 가운데, 두 사람이 다시 만날 수 있었던 것은 전 국민적인 휴식 시간— 점심 때였다.

"사람이 밥을 먹지 않아도 됐다면 얼마나 사는 재미가 없었을까?"

사람들로 인해 혼잡한 직원 식당, 한 자리를 차지하고 앉은 효인은 황홀하게 중얼거렸다. 그런 그녀의 앞에는 딱 사원 식당의 밥이라 할 만큼 단순한 음식들이 놓여 있었지만, 오전 내내 공복에 시달린 배 속의 아귀는 그것만으로도 행복한 비명을 내질렀다.

"사는 재미가 먹는 거라니, 그러니 살이 찌지."

무덤덤한 타박에 효인은 입안에 밥을 떠 넣다 말고 '읍' 하는 소리를 흘렸다.

"뭐야, 너? 나 2㎏ 찐 거 어떻게 알았어?"

효인은 휘둥그레진 눈으로 맞은편에 앉은 진환을 바라보았다. 그는 잠깐 테이블에 가려진 효인의 뱃살을 보았다가 시선을 들었다.

"만져 보면 알지."

날씬한 편이었으나 효인도 남자보다 월등한 체지방을 가진 여자다 보니 어느 정도는 어쩔 수가 없었다. 하지만 동서고금을 막론하고 여자에겐 더없이 민감한 '살'이라는 문제를 배려도 없이 들이파는 진환이 그렇게 얄미울 수가 없었다. 효인은 진환을 흘겨보았다.

"너 어렸을 때부터 내 뱃살 가지고 뭐라고 하는데 말이야……. 그러다가 내 뱃살에 깔려 죽는 수가 있어."

귀여운 협박에 진환은 짧은 웃음을 토해냈다.

"게다가 이건 행복의 증거라고. 아니지, 뱃살이란 원래 온화한 인품의 덕이라는 거 몰라?"

"어련하시겠어."

"나중에 네 배가 내 배보다 두둑해졌을 때를 기약하자고. 예전 몫까지 해서 갚아주지."

"기대되는걸."

효인은 진환을 째려보고는 승질이 난다는 걸 온몸으로 표현하듯 입안에 밥을 퍽 떠 넣었다.

"흥, 두고 봐. 이것만 먹고 다이어트 해서 여자도 반하는 심효인이 되어주겠어."

"라이벌이 여자여선 곤란한데."

효인은 갑자기 조금 웃고는 짐짓 삐친 척했던 것도 잊고 말했다.

"그러고 보니 네가 미국에 있을 때 해줬던 이야기 기억난다. 그 친구 이름이 뭐였더라. 아, 빌이라는 친구였나? 캐나다인이라던. 그 친구 인턴 때 사귄 여자친구가 갑자기 다른 사람이 생겼다고 헤어지자고 그랬다며."

"아아, 그 이야기……."

"진짜 황당해. 알고 보니 그 다른 사람이 여자였다니."

빌의 여자친구는 바이섹슈얼이었던 것이다. 그러니까 빌은 여자에게 여자친구를 빼앗긴 셈이었다.

그때 충격이 잊히지 않는다고 참담함을 토로했던 빌에겐 미안하지만, 진환은 그 이야기를 들었을 당시의 황당함이 떠오르는지 짧게 웃었다. 효인도 웃었다. 그런데 그때 누군가 불쑥 둘만의 세계에 끼어들었다.

"두 사람, 뭐가 그렇게 재미있어?"

가정의학과의 홍정임 선생이었다.

"아, 홍 선생님."

점심을 받아온 정임은 말을 건 김에 점심을 함께 먹으려는지 효인의 옆에 앉았다. 커플을 방해하는 거라는 생각은 전혀 하지 못하는 것 같았다.

"장 선생이 웃다니 별일이네? 장 선생도 웃을 줄 아는구나~"

"아, 그게 말이죠."

효인은 정임에게도 아까 이야기를 해주었다. 그러자 정임은 깔깔거리며 즐거워했다.

"어머, 세상에. 역시 문화권이 다르니까 그런 일도 생기는구나. 나라도 남자친구가 남자와 정분났다는 걸 알면 진짜 충격이겠다."

"그러게요. 내가 남자에게 진 거야? 하는 자격지심도 들 테고."

"여자인 자신에게 회의감이 느껴지겠는걸."

"남자라고 뭐 다르겠어요."

효인은 정임과 즐겁게 대화하는 척하면서도 계속 진환의 눈치를 살폈고, 진환은 아무렇지 않은 척하면서도 은연중에 못마땅했다. 지금밖에 느긋하게 볼 수 없는 둘만의 시간을 방해받았기 때문이다. 역시 얼른 둘의 사이를 공론화해야 할 것 같았다.

결국 진환은 효인과 몇 마디 나누지 못하고 먼저 식사를 끝낸 후 자리에서 일어섰다. 그리고 인사하고 먼저 식당을 나서자, 정임이 효인에게 말했다.

"혹시 내가 방해한 건가?"

"예? 아뇨, 방해랄 것까지 뭐 있겠어요. 다 같이 먹으면 좋죠."

아줌마 눈치 99단에 들통날까 봐 아닌 척하는 이 슬픔이란. 크윽.

계속 효인은 정임과 계모임에 나온 것처럼 수다를 떨다가 흘긋, 진환이 나간 식당 문을 훔쳐보았다. 그리고 쩝 입맛을 다셨다.

'그러게 이젠 결혼 이야기를 꺼내도 좋잖아.'

아니, 뭐, 진취적인 신여성이 대세인 요즘 꼭 남자가 청혼해야 한다는 법은 없지만 은근히 여자의 로망이랄까? 청혼까진 몰라도 결혼하고 싶다는 말만은 진환이 먼저 해주길 바랐다. 결혼하고 싶다는 뜻만 내비쳐 주면 냉큼 청혼해서 데리고 살 텐데……. 진환은 아직 결혼보다 연애가 좋은 걸까, 효인은 생각했다.


점심시간이 끝나고 잠시 사무실에 들른 효인은 핸드폰을 켰다. 사내연애의 묘미는 스릴과 틈틈이 주고받는 연락인 법이라, 둘 역시 쉬는 시간마다 어린 커플들처럼 메시지를 주고받고 있었다.

핸드폰을 켜자 오늘도 어김없이 진환에게서 메시지가 와 있었다. 시간을 보니 식당에서 나가자마자 보낸 것 같은데, 웬일인지 평소처럼 사랑의 속삭임이 아니라 풍선에 바람 빠지듯 푸쉬식 가라앉게 만드는 내용이었다.

〈오늘은 따로 퇴근하자. 할 일이 있어서.〉

논문을 작성하듯 절대 이모티콘을 붙이지 않고 띄어쓰기에 마침표까지 꼭 넣는 메시지는 평소와 전혀 다를 바가 없었다. 하지만 뭔가 숨기려는 듯한 내용 때문인지 메시지가 더 딱딱하게 느껴졌다.

"뭐야?"

효인은 실망감이 역력한 목소리를 흘렸다. 그리고 어떡할까 잠시 고민하다가, 전화를 해 봤자 꺼놨을 것 같아 답문을 보냈다.

〈무슨 할 일?〉

메시지를 보내놓고 핸드폰을 끄려는데, 예상외로 답장이 바로 날아왔다. 아직 핸드폰을 꺼두지 않고 있었던 모양이다.

〈교수님이 부탁한 거.〉

효인은 입술을 삐쭉 내밀었다가 다시 답문을 보냈다.

〈혹시 나 남자한테 남자친구 빼앗기는 건 아니지?〉

〈헛소리한다.〉

우쒸, 고작 한다는 말이 이거냐?

〈이게 또 매를 버네.〉

〈나중에 보자. 수술 들어간다.〉

〈그래, 수술 잘해.〉

그래도 혹시 또 답문이 올라나 싶어 잠시 기다렸지만 돌아오는 메시지는 없었다. 효인은 그제야 핸드폰을 끄고 사무실을 나섰다. 그런데 걸어가면서 곰곰이 생각해 보니 뭔가 이상했다.

연애한다고 할 일이 줄어드는 것도 아니었으니만큼 여태 둘 다 논문이니, 학술대회니, 수술 준비니, 뭐니 똑같이 바빴다. 하지만 사귀게 된 이후 일부러 따로 퇴근한 적은 없었다. 오히려 둘 다 의사라는 이점을 살려 같은 공간에서 서로 자기 할 일을 하곤 했다. 그러면서 때로 서로에게 조언을 구하기도 하고. 그런데 갑자기 교수님이 부탁한 일이 있다고 혼자 내버려 달라? 뭔가 이상하지 않은가?

'혹시 뭔 일 꾸미고 있는 거 아냐?'

아닌 척 음흉한 장 선생이니 말이다.


퇴근 후, 아닌 척 음흉한 장 선생은 집에 돌아와 컴퓨터 앞에 앉아 있었다. 그의 얼굴은 참으로 진지하고 심각했다.

한동안 인터넷을 하던 진환은 굳은 뒷목을 주무르며 자리에서 일어섰다. 한 시간 정도 꼼짝도 않고 모니터를 바라보고 있었더니 손까지 저렸다. 그래서 잠시 휴식 시간을 가졌으나 대체 뭐 그리 중요한 일이 있는지 이내 다시 컴퓨터 앞에 앉았다. 그렇게 또 얼마나 지났는지, 진환은 모니터에 띄운 사이트를 보며 중얼거렸다.

"여기로 할까."

문득 시선이 잠잠한 전화기로 돌아갔다. 이내 얼굴에 언뜻 쓴 웃음이 떠올랐다.

단지 하루일 뿐인데도 효인이 그리웠다. 보고 싶고, 품에 안고 싶었다. 집에 와서 나머지 일을 하고 있을 때면 갑자기 효인이 뒤에서 끌어안아 오곤 했는데, 그 온기가 없으니 가슴 한구석이 공허했다. 그리고 집 안을 가득 채우는 호쾌한 웃음소리가 없어 뭔가 아주 중요한 것이 사라진 것 같았다.

어린아이처럼 깔깔거리며 웃는 효인. 코허리를 찡그리며 농담하는 효인. 하얀 탱탱볼처럼 통통 튀어와 사르르 안겨드는 효인. 새치름하게 눈을 흘기는 효인. 옆에서 책을 보고 있으면 놀아달라고 발바닥을 간질이며 장난치는 효인. TV를 보며 바닥에 비비적거리고 있는 모습이 꼭 고양이 같아 장난친답시고 우유 따른 접시를 앞에 놓아주었더니 할짝거리며 우유를 마시고는 '야옹' 소리까지 내던 효인. 환자의 죽음에 비통하게 눈물을 흘리는 효인. 의사 가운을 입어보고 싶다는 어린 환자의 말에 의사 가운을 둘러주고 자기가 더 좋아하는 효인. 노인 환자의 손을 보듬으며 친딸처럼 대화하는 효인.

효인의 다채로운 모습들이 파노라마처럼 스쳐 지나갔다. 하지만 연인의 모습을 떠올리면서도 진환의 얼굴에 새겨진 쓴웃음은 사라지지 않았다. 이유인즉.

"이러다 죽겠군."

그녀를 향한 그리움에 몸살을 앓을 지경이기 때문이었다. 이제 정말 이런 날은 족했다.


데구르르르르르. 우뚝. 데구르르르르르. 우뚝.

"욱, 토할 것 같아."

몸으로 바닥을 쓸고 닦듯 연방 이 방향에서 저 방향으로 구르고 있던 효인은 현기증을 느끼고 구르기를 멈추었다. 하도 김밥이처럼 굴러다녔더니 머리가 핑글 돌았다. 그래서 대자로 누워 멍하니 천장을 올려다보았다.

"나 왜 이렇게 심심하지?"

인턴 때부터 혼자 살아왔는데, 찾아보면 할 일이야 차고 넘치는데, 지금 효인은 심심해서 미칠 지경이었다. 틈틈이 보지 못해 안달이었던 TV를 틀어도 시큰둥하고, 책을 봐도 글자가 머릿속에서 현란하게 탭댄스를 출 뿐 전혀 이해되지 않고, 배도 별로 고프지 않았다.

효인은 진환이 고팠다. 지금 눈앞에 나타나면 홀딱 벗겨서 한 입에 홀랑 먹어치울 수도 있을 것 같았다. 아니, 이건 좀 아닌가?

진환이 없었을 땐 대체 어떻게 살아왔는지 기억도 나지 않았다. 물론 그는 열둘 이래 그녀 인생에서 없었던 적이 거의 없긴 하지만, 그가 없어도 딱히 생활에 차질이 있진 않았는데 지금은 차질이 생길 정도였다. 사실 이건 좀 무서웠다. 이제 정말 그가 없으면 살 수 없다는 의미니까.

철판 위의 호떡 뒤집듯 빙글 몸을 뒤집어 누운 효인은 손가락으로 바닥에 빙글빙글 원형을 그렸다.

"장진환 하나. 진환이 둘. 진환 씨 셋. 장 선생 넷. 장진환 다섯……."

한 열다섯까지 센 효인은 문득 숫자 세기도 그만두었다. 누가 보면 딱 실성한 여자인 줄 알겠다 싶어서였다.

"아— 장진환 보고 싶다."

여기도 그리움에 몸살을 앓는 여자가 하나.

하지만 두 사람의 그리움과는 별개로, 각박한 현실은 다음 날 점심시간이 될 때까지 그들에게 만남을 허용하지 않았다. 물론 콘퍼런스와 회진 때 얼굴을 보긴 했지만 하룻밤 사이에 한계치까지 포화되어 버린 그리움을 다 채우기론 턱없이 부족했다.

그 이후로는 둘 다 바로 수술에 들어가 버려 말 한마디 제대로 나눌 시간이 없었다. 그래서 점심시간이 되자마자 효인은 설렁설렁 돌아다니는 척하며 진환을 찾았지만, 그는 나타나지 않고 대신 지은이 알은체해 왔다. 그런데 잠시 인사를 나눈 후에 지은이 대뜸 물었다.

"심 선생님. 장 선생님과 결혼은 언제 하세요?"

"응? 아…… 뭐, 언젠가는."

"에에— 뭐예요, 그 미적지근한 대답은? 설마 두 분 요즘 잘 안 되시는 건 아니죠?"

걱정스러운 물음에 효인은 머리를 긁적였다.

"그런 건 아닌데."

"그럼요?"

"에이, 지은 씨는 뭐 그리 알고 싶은 게 많아."

효인은 진환이 아직 결혼하고 싶다는 뜻을 내비치지 않는다고 말할 수 없어 대충 에둘렀다.

"어머, 섭섭해라아."

"아니, 뭐……."

효인은 계속 뒷머리만 긁적댔다. 그래도 따지고 보면 지은은 두 사람이 이루어질 수 있게 노력해 준 공신이었다. 그러니 이런 말은 좀 섭섭했겠다 싶어 효인은 괜스레 미안했다.

"지은 씨 섭섭하게 하려고 했던 건 아니고……."

미안해 작게나마 사과하고자 운을 떼는데, 누군가가 복도의 한편에 서 있는 두 사람을 무심하게 스쳐 지나갔다. 하지만 몇 걸음 가다 보니 뭔가 의아해진 듯 우뚝 멈춰 섰다. 그러자 효인과 마주 보고 서 있는 지은은 '뭐지' 하는 시선을 던졌지만, 효인은 그 인기척을 눈치채지 못했는지 이어 말했다.

"그냥 말을 하다 보니……."

"심효인?"

낯익은 것도 같고 낯선 것도 같은 목소리에 효인은 의문을 담고 뒤를 돌아보았다. 그녀를 부른 남자는 제약회사에서 나온 영업맨처럼 양복을 반듯하게 갖춰 입고 있었고, 어떤 표정을 지어야 할지 알 수 없는 얼굴이었다. 미남보다 훈남 스타일이었는데, 나이대는 효인과 비슷하거나 미묘하게 좀 더 위쯤이었다.

왠지 익숙한 얼굴인데, 누구…… 더라? 기억의 바다를 헤집어 보며 잠시 고민에 빠진 효인은 어느 순간 번쩍 눈을 크게 떴다.

"규범 씨!"

효인이 자신을 기억해 낸 듯하자 규범은 피식 낮은 웃음을 흘렸다.

"여기 오면 혹시 마주치지 않을까 했는데…… 막상 만나니 뭐라고 해야 할지 모르겠네."

효인은 다소 당황한 듯 '아, 어…….' 하는 소리를 내더니 이내 본연의 성격대로 털털하게 웃었다.

"여긴 웬일이야?"

효인이 피하는 기색이 아니자 규범도 긴장을 좀 풀고 그나마 편안히 대답했다.

"교수님 좀 뵐 일이 있어서."

그라면 그런 이유로 이곳을 찾는 일이 전혀 이상하지 않았으므로 효인은 쉽게 납득했다.

"그렇구나……. 오랜만이네."

"음, 그러게."

머쓱한 듯, 어색한 듯, 데면데면한 분위기를 지켜보고 있는 지은은 눈동자를 굴렸다.

이건 설마…… 아니겠지?

하지만 이별 영화에서 흔히 볼 법한 이런 침묵 어린 분위기는 그다지 좋은 징조가 아닌 것 같았다.

두 사람은 잠시 침묵했다. 여자는 가보라고 말하지 못했고, 남자는 가보겠다고 말하지 못했다. 그저 서먹서먹하기 짝이 없는 분위기 속에서 입안으로만 말을 곱씹고 있는 듯하더니, 규범이 먼저 손목시계를 확인하고 나서 물었다.

"혹시 시간 괜찮으면 차 한잔할까?"

효인은 옆에 서 있는 지은을 쳐다보았다. 하지만 그 눈빛은 조언이 아닌 양해를 구하고 있었다. 이렇게 되었으니 먼저 가보라고. 지은은 규범이 들을까 싶어 효인의 귓가에 살며시 속삭였다.

"그다지 좋은 생각이 아니신 것 같은데요."

효인은 알게 모르게 쓴웃음을 지었다. 역시 지은은 눈치라고는 먹고 죽으려고 해도 없을 것처럼 천진난만한 얼굴을 하고는 눈치가 야생동물을 능가했다. 둘 사이에 흐르는 머쓱한 기류만 보고도 단번에 규범이 예의 그 '네 번째 남자친구'라는 걸 눈치챈 모양이었다. 하지만 서로 대판 싸우고 헤어진 것도 아니고 자연스럽게 그렇게 된 사람을 문전박대하듯이 내치고 싶진 않았다. 그래서 효인은 괜찮다는 듯 손을 한번 들어 보이고 규범에게 다가갔다.

"규범 씨야말로 시간 괜찮겠어?"

헤어진 지 꽤 긴 시간이 지났지만 효인은 사귀었을 때처럼 물었다. 그러자 효인이 제안을 거절하면 그때의 민망함은 어떡해야 하나 고민하고 있었던 규범은 긴장이 풀린 얼굴로 웃었다.

"괜찮아. 안 그래도 좀 일찍 도착해서 어떻게 시간 때워야 하나 고민하고 있었거든."

"음, 그럼 본관 1층에 카페가 있는데 거기로 가자."

"그래."

그렇게 오랜만에 재회한 옛 연인은 지은의 시야에서 사라져 갔다. 그러자 뒤에 남은 지은은 자신의 이야기인 양 초조함을 감추지 못하고 혼자서 호들갑을 떨어댔다.

"어떡해, 어떡해. 난 몰라."


복도로 나온 진환은 손목시계를 내려다보았다. 빨리 끝낸다고 하긴 했는데 매정한 분침은 벌써 점심시간의 끝을 알리고 있었다. 한 십오분가량 남아 있긴 했지만 점심을 먹기에는 턱없이 부족한 시간이었다. 그래서 진환은 두 번 고민할 것도 없이 남은 십오분 동안 효인의 얼굴이나 실컷 보자 싶어 그녀를 찾아 걸음을 옮기기 시작했다. 그러자 얼마 가지 않아 복도를 걸어가는 아담한 뒷모습이 보였다.

"윤 간호사님."

지은은 과하게 놀라 뒤를 돌아보았다. 그리고 다가오는 진환을 발견하고는 도망가고 싶다는 감정을 숨기지 않고 난감한 표정을 지어 보였다. 진환은 왜 지은이 그런 표정을 짓는지 궁금하긴 했지만 십오분, 아니, 이제는 십분밖에 남지 않은 시간을 허투루 소비하고 싶지 않았다. 그래서 지은에게 다가가 에두를 것 없이 물었다.

"혹시 심 선생 어디 있는지 압니까?"

지은은 그야말로 괴도 슈퍼우먼의 행방을 그나마 가장 잘 파악하고 있는 인물이었다. 그래서 물었는데, 지은은 무슨 이유에서인지 입술을 우물거리며 대답하길 주저했다.

"음, 그게 말이죠."

진환은 의아해졌다.

"알고 있다면 빨리 대답해 줬으면 좋겠는데요."

지은은 화장실에 앉아 있는 양 '끙' 하는 소리를 흘렸다. 그러더니 알 수 없는 한마디를 남겨놓곤 쌩하니 도망가 버렸다.

"전 아무것도 못 봤어요!"

진환은 날쌘 토끼처럼 후다닥 사라져 버리는 작달막한 뒷모습을 보고 의아한 얼굴을 할 따름이었다.


"어떻게 지내?"

환자와 의사, 보호자와 간호사, 한국인과 외국인에 이르기까지 수많은 사람들이 스쳐 지나가는 오픈 카페에 앉아, 규범이 먼저 물었다. 그러자 동그란 테이블의 맞은편에 앉은 효인은 희미하게 웃었다.

"뭐, 사는 거야 늘 그렇지. 수술하고, 진료하고, 월급 받고. 규범 씨는 월급 받는 재미가 없겠지만 말이야."

규범은 제 사업체를 개원한 치과의였으므로 하는 말이었다.

서먹하게 만나긴 했지만 여전히 유머러스한 모습에 규범은 편안한 미소를 지었다. 그러고 보니 학술대회에서 규범과 처음 만났을 때부터 남자가 뭐 저리 웃음이 헤프냐고 생각했다. 웃을 때마다 살며시 접혀지는 눈꼬리가 나쁘진 않았지만, 웃음에 인색한 '어떤 남자'에 기준을 두고 있다 보니 눈이 마주치는 족족 미소를 짓는 얼굴이 썩 마음에 들지 않았다.

그런데 왜 규범과 사귀게 됐었더라? 아아, 기억났다.

"하긴, 다달이 월급 받는 재미가 없긴 하지."

저 목소리 때문이었다. 규범이 외모는 진환에 비해 약해 보이지만 목소리만큼은 진환에 맞먹는 저음이었다. 그래서 '오, 괜찮네?'라고 생각했던 것 같다.

그러고 보면 규범에겐 정말 미안한 이야기지만, 진환과 닿을 수 없는 거리가 외로워 그에게서 진환을 찾았던 건지도 몰랐다. 그와 사귀게 되었을 때쯤이 딱 옥상에라도 올라가 외롭다고 소리치고 싶을 때였으니.

그런 계기로 사귀게 되었지만 서로 알아가다 보니 사람이 썩 괜찮고 이만하면 같은 의료계 종사자겠다, 도박이나 과도한 음주, 담배도 하지 않으니 결혼 상대로 괜찮겠다고 낙점했다. 뭔가 좀 심하게 현실과 타협하는 것 같은 기분이 없진 않았으나 다 그렇게 사는 거겠지 하며 애써 위로했다.

그런데 예전에 말했다시피 규범은 딱 한 가지, 가장 중요한 것을 이해해 주지 않았다. 지금이야 죽고 못 사는 사이지만 당시에는 죽을 때까지 친구로 함께할 거라고 믿었던 진환을. 외과의인 자신을 은연중에 못마땅해했던 것은 둘째 치고라도 말이다.

진환이 일 년 12개월 중 가장 매서운 1월 같다면 평소 규범은 봄기운이 따스한 5월 같은 남자였다. 하지만 그런 규범도 진환의 이야기만 나오면 상당히 히스테릭해졌고, 가끔씩 자기가 열심히 돈 벌 테니 의사를 그만두면 안 되느냐고 물어오곤 했다. 그래서 효인은 깨달았다. 아, 이 남자는 안 되겠구나, 하고. 친구든 연인이든 진환은 효인의 인생에서 잘라낼 수 없는 심장 같은 부위였고, 의사라는 직업은 단지 돈을 벌기 위해서만 영위하는 게 아니었다.

그렇지만 그녀도 규범에게 사과할 일이 없는 건 아니었다.

"나, 사실 규범 씨한테 사과할 게 있는데……."

효인은 자세를 고쳐 앉으며 운을 뗐다.

"언젠가는 사과해야 하지 않을까 싶었어. 그래도 헤어진 사람 마음 뒤숭숭하게 찾아가기까지 해야 할 일인가 싶었지만, 이렇게 마주친 걸 보면 누군가가 기회를 주는 건가 봐."

효인은 표정이 다소 비장하기까지 했다. 규범은 어색한 미소를 지었다.

"무슨 이야기를 하려고 그렇게 거창하게 운을 떼?"

그 말에야 효인은 무언으로 '역시 좀 그런가?'라고 묻듯 희미한 웃음을 지었다.

"음, 그게 말이야, 깨달았어. 인간에게 영원한 건 없다고. 영원한 사랑이 없다는 건 좀 슬프지만 인간부터 영원하지 않은데 어떻게 영원한 게 있겠어."

영원한 사랑은 없다. 그렇다면 진환과도 충분히 그럴 가능성이 있었다. 끝까지 친구라고 주장했지만 결국은 우정이 사랑으로 변했듯이, 지금은 사랑이라고 해도 언젠가 사랑이 아닌 다른 감정이 될지도 몰랐다. 하지만 거기까지 깊이 생각하지는 않기로 했다. 어떤 식으로 바뀌어가든 병이나 죽음이란 고약한 것이 두 사람을 갈라놓기 전까지는 결코 헤어지지 않고 서로에게 가장 소중한 사람으로 존재할 거라 믿으니까. 아니, 그럴 테니까. 물론 어느 한쪽이 먼저 눈을 감는다 해도 마찬가지일 것이다. 그 사람을 사랑했다는 추억을 가슴에 품고 다시 함께하게 될 날을 기다리며 살아가겠지.

"언젠가 규범 씨가 말했지. 자기가 이렇게 부탁해도 헤어질 수 없는 상대라면 그건 아직 깨닫지 못했을 뿐이지 이미 사랑이라고."

효인이 누구의 이야기를 하고 있는지 깨달은 듯, 규범의 표정이 설핏 굳었다. 하지만 효인은 이왕 이야기를 꺼낸 거 계속 말했다.

"글쎄, 그때부터 사랑이었던 건지는 아직도 모르겠어. 다만 규범 씨에게 잘못한 건 확실한 것 같아. 누군가를 바라보면서 전전긍긍해야 한다는 거, 참 못 해먹을 짓이더라. 그래서 미안해. 정말로."

씁쓸함이 묻어나는 어조에 규범은 가슴에 잔 찌꺼기처럼 남아 있는 앙금을 털어내듯 길게 한숨을 내쉬었다.

"결국 그렇게 된 거구나."

효인은 쓰게 미소 지었다.

"응. 뒤늦게야 깨닫고 보니 나한텐 그 사람밖에 없더라고."

"이것 참, 확인사살까지 하네."

효인의 얼굴에 짓궂은 빛이 떠올랐다.

"확인사살은 무슨. 규범 씨는 이미 나 따위 깨끗하게 잊고 결혼했으면서."

규범은 놀란 듯 '아?' 하고 효인을 바라보았다.

"어떻게 알았어?"

효인은 대답하는 대신 규범의 손을 가리켰다. 규범은 제 왼손에 반지가 자랑스럽게 끼워져 있다는 것을 깨닫고 머쓱한 웃음을 지었다.

"넌 아직?"

효인은 멋들어진 반지를 낀 규범에 비해 갑자기 제 손이 밋밋한 느낌이 들어 손가락을 움지럭거렸다.

"뭐, 곧."

"이름이…… 장진환이라고 했나?"

효인은 조금 놀랐다.

"어떻게 그 녀석, 아니, 그 사람 이름을 다 기억해?"

"어떻게는. 아마 네 이름보다 많이 들었던 이름일걸. 네가 얼마나 유별났으면 아직까지 기억하고 있겠어. 어느 학교를 졸업했고, 뭘 좋아하고, 뭘 싫어하고, 나만큼 얼굴 한번 못 본 남자의 프로필을 쭉 꿰고 있는 사람도 드물걸?"

효인은 데면데면하게 볼을 긁적거렸다.

"내가 못된 년이긴 했네. 남자친구에게 다른 남자 이야기를 그렇게 해댔으니 말이야."

"뭐, 그래도 조금은 부러웠어."

규범은 한숨을 내쉬듯이 말했다.

"누군가에게 그만큼 중요한 사람일 수 있다는 거. 그리고 아마 그때부터였던 것 같아. 나도 누군가에게 그런 사람이 되고 싶다고 생각한 게. 그러니까 우리는 어떻게 보면 동상이몽이었던 셈이겠지. 그 끝은 서로의 이몽을 찾아가는 거였고.”

효인이 먼저 이별을 고하긴 했지만, 진환이를 두고 선택하라는 남자는 내 쪽에서 사양이라며 헤어지자고 했을 때 규범은 의외로 담담하게 받아들였다. 그의 말마따나 이몽을 꾸고 있었기 때문일 것이다.

“그리고 이제 와서 하는 말이지만 널 감당하는 게 좀 힘들었어. 음, 이런 말, 너무 기분 나쁘게 듣진 말고…… 외모에 속은 게 없잖아 있긴 했지.”

효인은 피식 웃었다. 이미 짐작하던 사실이기 때문인지 그다지 기분은 나쁘지 않았다. 오히려 이런 자신을 있는 그대로 사랑해주는 진환이 새삼 고마웠다.

“뭐, 그래도 서로 이몽을 잘 찾아간 것 같으니 이거 나름대로 해피엔딩이지?”

“아마. 그나저나 그럼 넌 원거리 연애를 하고 있는 거지? 쉽지 않을 텐데 대단하네.”

규범과 헤어졌을 때는 진환이 아직 미국에 있을 때였으므로 그는 여전히 진환이 미국에 있다고 생각하는 모양이었다.

“아아, 그 사람 한국에 완전히 들어왔어. 지금 이 병원 어딘가에 있어.”

규범은 흥미롭다는 눈이 되었다.

“같은 병원에 근무하게 된 거야?”

“응, 같은 CS 닥터라는 말은 했었지?”

“듣긴 들었는데…… 갑자기 소문의 그 남자가 궁금해지는걸?”

효인은 못 말린다는 듯 난색 어린 웃음을 지었다.

"사진으로 본 적 있잖아?"

"사진으로 보는 거랑 직접 보는 건 다르지. 게다가 그건 어렸을 때 사진이었잖아?"

"그게……."

커피 잔을 내려놓으며 운을 떼던 효인은 우연히 카페의 입구 쪽을 보았다가 익숙한 사람을 발견하고 '어' 하는 외마디를 흘렸다. 진환이 어쩐지 미묘하게 찌푸린 낯을 하고 카페의 입구에 서 있었다.

"너 거기서 뭐 해?"

규범은 뒤를 돌아보았다. 그리고 이야기만 숱하게 들어왔던 그 소문의 '장진환'과 드디어 대면하게 되었다. 하지만 막상 진환과 만나게 된 규범은 그저 얼떨떨할 따름이었다. 흰 와이셔츠가 갑옷도 아닐진대 마치 무장 군인처럼 다가오는 그는 몹시도 위압적이었고, 얼굴에는 전혀 웃음기가 없었다. 효인이 가지고 있는 사진에서 웃는 얼굴만 보았다 보니 의외였다. 효인에게 사진만큼 순하게 웃는 성격이 아니라는 말은 들었지만, 눈빛이 거의 흉흉했다.

당혹스러워진 규범은 효인에게 의미 불명의 눈짓을 했고, 효인은 그 눈짓을 무어라 해석한 건지 자리에서 일어났다. 그리고 두 남자를 소개시켜 주었다.

"이쪽이 장진환. 알다시피 같은 병원 CS 닥터고, 나머지는 알지? 그리고 이쪽은 이규범. 목동에 개원한 치과의사고…… 에, 또, 뭐라고 해야 하지?"

딱히 숨길 의사는 없었지만 예의 그 네 번째 남자친구라고 하기도 뭐해서 잠시 단어를 고르고 있는데, 진환이 먼저 나섰다.

"반갑습니다."

진환은 아무렇지 않게 손을 내밀고 악수를 청했다. 규범은 효인과 무척 다른 친구구나 생각하며 그의 손을 맞잡았다.

"처음 뵙겠습니다. 말씀 많이 들었습니다."

하지만 두 남자가 대화를 나눌 수 있는 시간은 그것으로 끝이었다. 진환이 손목시계를 내려다보더니 말했다.

"이렇게 뵈었는데 죄송하지만 시간이 돼서 돌아가 봐야 할 것 같군요."

"아, 괜찮습니다. 안 그래도 본의 아니게 시간을 너무 많이 뺏은 건 아닌가 걱정하고 있었습니다."

확실히 자리로 돌아가 봐야 하는 시간이었으므로 효인은 규범에게 미안하다는 듯이 웃었다.

"오랜만에 만났는데 오래 대화하지 못해서 뭔가 아쉽네. 대신 계산은 내가 할게. 잘 살아, 규범 씨."

규범은 진환까지 대면하고 나자 이제 마음이 완전히 편안해진 듯 후련한 웃음을 지었다.

"그래, 너도."

그리고 효인과 진환은 찻값을 계산한 후에 먼저 자리를 떠났다. 그 전에 진환이 서늘한 시선으로 한 번 돌아봤지만, 규범은 별다른 뜻은 눈치채지 못하고 그냥 본능적인 미소로 대답했다.

진환은 효인이 규범을 소개하며 '목동에 개원한 치과의사'라는 대목을 꺼냈을 때부터 눈치채고 있었다. 그가 효인의 네 번째 남자친구였다는 것을.

'아무것도 못 봤다더니 이걸 본 거였군······.'

진환은 방금 전까지만 해도 알 수 없었던, 지은이 한 말의 의미를 깨달았다.

태식은 그냥 동네 꼬맹이 정도로 보아 넘길 수 있는 애교 수준이었고, 규범과도 끝난 지 호랑이 담배 피우던 시절만큼 오래된 게 확실했지만, 어쨌거나 마음에 들지 않았다. 무엇이? 라고 묻는다면 그냥 모든 게 다. 자신은 모르는 효인을 알고 있다는 사실 자체가.

## 29
### 연인이 된다는 것은

"그래서 딱 뒤를 돌아봤는데 무슨 우연인지 규범 씨가……."

자신의 결백을 주장하듯 규범과 만나게 된 과정을 설명하고 있던 효인은 문득 말을 멈추었다. 그리고 살짝 팔짱을 낀 채 한 손으로 입가를 짚고 진환의 표정을 훔쳐보았다.

"진환 씨, 너 화났니?"

자기 좋을 대로 호칭이 이 자식에서 너, 진환 씨, 장 선생까지 버라이어티하게 넘나드는 효인은 조심히 그의 눈치를 살피며 물었다.

"안 났는데."

효인의 이야기를 듣기만 하던 진환은 온도가 아예 느껴지지 않는 눈빛으로 대답했다. 그에 효인은 꿀꺽 굵은 침을 삼켰다.

'안 나기는 개코 나발이. 잔뜩 났구만.'

노기에 사로잡힌 남자 특유의 묵직한 페로몬이 마구 뿜어져 나오시는데, 피부가 쩌릿쩌릿 울려올 정도였다. 하지만 효인은 예전처럼 '에이~ 화났으면서~'라고 깐족거리며 화를 돋우는 대신 우회하는 방법을 택했다.

솔직히 입장을 바꿔놓고 봐도, 만약 진환이 옛 애인과 다정히 앉아 있는 모습을 본다면 속에서 천불이 끓을 것 같았다. 다만 그것을 알고 있음에도 엄연히 세상과 커뮤니케이션을 하며 살아가는 사회인인지라 차 한잔하자는 규범의 제안을 거절하기 곤란해서 응했을 뿐이었다. 정말 사과하고 싶기도 했고. 그러니 이 상황에서는 조금 저자세로 나가줄 의향이 있었다.

"너 오후 스케줄이 어떻게 돼?"

묻자, 진환은 데스마스크를 쓴 것처럼 무표정한 얼굴로 잠시 생각해 보더니 단 두 음절로 대답했다.

"진료."

'음, 하늘이 돕는군.'

효인은 생각했다. 최소한 진료라면 세월아 네월아 수술실에 잡혀 있을 가능성이 좀 줄어든다는 이야기렷다?

"난 수술이긴 한데 오래 걸리지 않을 테니까 우리 퇴근하는 길에 데이트할까?"

지금은 그 어떤 말을 해도 무반응일 듯했던 진환도 데이트라는 말에는 조금 움찔하는 기색이었다. 효인은 속으로 흐뭇한 미소를 지었다.

'자식, 귀엽기는. 넌 내 손바닥 안이야.'

남들은 쩔쩔매며 어려워하는 남자를 밀가루 반죽처럼 요리조리 주무를 준비가 된 효인은 웃으며 애교를 피웠다.

"할 거지?"

다른 남자와 앉아 있는 것만 봐도 맹렬한 질투심에 사로잡힐 만큼 사랑하는 연인이 저리 웃는데 그래도 목석인 채로 있으면 그는 남자가 아니었다. 진환은 다소 풀어진 얼굴로 대답했다.

"뭐, 그래."

효인은 엉덩이라도 토닥거려 주고 싶을 만큼, 아니, 당장 으슥한 곳으로 끌고 가 홀랑 먹어치워 버리고 싶을 만큼 귀여운 남자를 보고 히죽 징그럽게 웃었다. 반면, 음기 탱천한 여자의 음흉한 시선을 받고 있는 남자는 제 나름대로 화를 풀어주려고 노력하는 연인이 기특해 피식 웃음을 나올 것 같았다.

의기양양한 표정을 보아하니 자기를 잘 구슬렸다고 뿌듯해하는 것 같은데, 진환은 그 앙큼한 모습도 마냥 귀여워서 효인의 살갗을 잘근잘근 씹어주고 싶어졌다. 행복의 무게로 다소 포동포동해진 뱃살도. 그래서 속 좁은 모습은 이 정도로 하고 넘어가 주기로 했다.

이 또한 어떤 의미에서 동상이몽이었다. 뭐, 궁극적인 목표지는 같은 동상이몽이었지만.


하지만 퇴근 시간이 되었을 때, 효인의 머리 위로 벼락이 내리쳤다. 저 멀리에는 막 사무실로 가려 했던 것으로 보이는 진환이 서 있었다. 그리고 그 앞에는 문제의 인턴, 윤정이 있었다.

처음에는 그냥 대화하고 있으려니 했다. 그런데 둘의 대화가 끝났다 싶을 때쯤, 일이 일어났다. 인사를 하고 가보려는 듯했던 윤정이 난데없이 다리에 힘이 풀린 것처럼 휘청거렸다. 일부러 그런 것 같진 않았다. 그래도 윤정이 술수를 부리는 성격은 아니었으니까. 다만 수면부족이나 과로 때문에 좀 현기증이 난 것 같았다. 그러자 진환은 본능적으로 윤정이 넘어지지 않도록 잡아주었다.

콰르르릉.

효인의 머리 위로 천둥이 번쩍거렸다. 안 그래도 간단할 거라 예상하고 들어간 수술에서 과다출혈이 생겨 진을 쫙 빼고 왔는데, 저런 장면은 잘 깎아둔 연필심처럼 예리해진 신경과 심장에 좋지 않았다. 그래도 다행히 윤정이 불에 덴 듯이 놀라 몸을 일으켰다. 그러니 그쯤에서 끝났으면 좋았으련만. 진환은 새빨갛게 붉어진 윤정의 얼굴을 보더니 그런 그녀가 귀엽다는 듯 피식 웃었다. 그 미소에 윤정의 얼굴이 거의 숯불처럼 달아오른 건 말할 것도 없었다.

우르릉 쾅쾅! 효인의 머리 위로는 번개가 내리꽂혔다.

'장진환, 오늘 네가 날 왕년의 미친년 꽃다발로 돌아가게 하는구나. 네가 날 몰라? 이거 왜 이래, 나 연건동 미친년 꽃다발 심효인이야. 이 사이에 짓씹힌 면도날 맛을 보고 싶은 모양이야? 앙?'

효인은 모퉁이에 더없이 불량하게 서서는 읊조렸다. 하지만 곧 '후—' 기나긴 한숨을 내쉬었다. 진환은 그저 어수룩한 수련의가 귀여워서 웃은 것뿐일 터였다. 하여간 속으로 시나리오 한 편 거창하게 써내고 나서야 진정하는 이 버릇도 좋진 않았다.

"뭐 해?"

효인이 생각에 빠져 있는 사이 이쪽으로 다가온 진환이 그녀를 발견하고 물었다. 효인은 그를 돌아보고 의식적으로 빙그레 웃었다.

'릴렉스, 리일—렉스. 별것 아닌 거 가지고 화내거나 그러지 말자. 진환이는 심효인 네가 가장 잘 알고 있잖아. 아까처럼 여유를 보이자고.'

그렇게 결심하고 난 효인은 어느덧 정말 평화로워진 마음으로 진환의 손을 잡았다.

"아냐, 아무것도. 가자."


"너 진짜 싫어, 이 좀생원!"

세상이 마음먹은 대로 된다면 얼마나 좋을까. 지금 분기탱천한 효인은 아까의 그 여유가 다 어디로 갔는지 진정할 생각 따위 염소 똥만큼도 없었다.

"심효인."

뒤따라오는 진환이 한숨을 가득 담아 위협적인 어조로 이름을 불렀지만, 효인은 콧방귀를 뀔 뿐이었다.

"그렇게 부르면 누가 무서워할 줄 알고? 됐네요! 너 진짜 짜증나!"

이 예기치 못한 일의 발단은 바로 30분 전. 그 전까지만 해도 보는 사람이 간지러워질 만큼 달달한 두 사람이었지만, 지금은 보다시피 힘이 담긴 시선으로 서로를 노려보고 있었다. 이야기는 30분 전으로 되돌아간다.


"으후, 아직도 손에서 피 냄새가 나는 것 같아."

레스토랑의 야외 자리에 앉은 효인은 도토리를 까는 다람쥐처럼 손을 모으고 쿵쿵 냄새를 맡았다.

"과다출혈이 생겼었다고?"

맞은편 자리에 앉은 진환이 물었다.

"응, 수혈용 혈액 수없이 땄어. 피가 분수처럼 솟구치니까 인턴들은 완전히 얼어가지고 공포에 질려 있지, 바닥은 완전히 피바다가 되어서 미끄덩거리지, 다들 나만 바라보며 삐약삐약이지…….원군 없이 무장해제된 채 적진에 버려져 있는 기분이었어."

효인은 메뉴판을 뒤적거리며 다른 사람에게는 토로할 수 없었던 마음을 양껏 토해냈다.

"뭐, 그래도 살렸으니 다행이지."

무심한 말투였지만 저 나름대로 위로해 주려고 하는 말이라는 것을 알았다. 효인은 웃었다.

"그나저나 뭐 먹을래? 분위기도 좋은데 오랜만에 스테이크나 썰어볼까?"

진환은 피식 낮은 웃음을 토해냈다. 그러자 효인은 왜 웃느냐는 듯 보았다.

"아니, 방금 전에 그 피바다를 겪고도 용케 고기가 먹고 싶어진다 싶어서."

"수술이 끝날 때마다 고기를 못 먹는다면 아예 채식주의자로 살아야지. 하긴, 한 여덟 시간 동안 살과 피만 보고 난 후에는 꼭 인육을 먹는 것 같아서 영 찜찜하긴 하더라. 그래도……."

효인은 진환을 훑어보았다.

목조로 된 야외 발코니에는 나무 모양을 그대로 살린 테이블이 놓여 있었고, 진환이 앉은 자리 뒤로 야트막한 계단을 내려가면 대리석 분수에서 시원한 물줄기가 올라왔다. 그리고 머리 위에는 여러 갈래의 전깃줄에 모던한 전등들이 매달려 있었다.

은은한 주홍 불빛 아래 앉은 진환은 어떤 음식보다 군침이 돌게 했다.

누구 애인인지 참으로 섹시하기도 하시지.

"고기는 날로 먹어야 제맛이지."

음흉함이 마구 흘러내리는 한마디에 진환은 어이없다는 웃음을 토해냈다. 하지만 곧 기꺼이 은밀한 성적 긴장감을 즐기듯, 의사 가운을 입고 있을 때는 잘 보여주지 않는 얼굴을 했다.

"피가 뚝뚝 떨어지는 걸로?"

목소리도 섹시하기 그지없었다. 대사는 어쨌거나.

"너무 핏물이 떨어지는 건 비리고, 적당히 익힌 걸로. 레어 정도? 우리 진환 씨는 얼마나 익었을라나?"

탁자 아래서 딱딱하기도 하고 말랑하기도 한 무언가가 양복 바지 위로 그의 종아리를 훑었다. 옷감 너머로 느껴지는데도 순식간에 피부를 들끓게 하는 발칙한 감촉은 아담하게 튀어나온 복숭아뼈였다.

"글쎄, 확인해 보면 알겠지."

진환은 짐짓 태연한 척하며 탁자 위에 놓인 효인의 손에 자신의 손가락을 에로틱하게 얽었다. 그러자 순간 효인은 나의 죽음을 알리지 말라 했던 이순신 장군처럼 장렬하게 탁자 위로 엎어지며 웃음을 토해냈다. 종아리를 자극하던 복숭아뼈도 어느새 떠나 버린 후였다.

"으하하하! 못 참겠어! 간지러워!"

진환은 웃으며 효인의 손을 놓아주었다. 사실 반은 진심이었지만 둘 다 암묵적인 동의하에 장난을 친 거였으니 효인의 반응에 민망할 것도, 섭섭할 것도 없었다.

"으으~ 내 팔 좀 긁어봐. 아무래도 닭살 돋은 것 같아."

"뭐 먹을 건지나 골라."

말은 그렇게 하면서도 진환은 효인의 팔뚝을 긁어주고 있었다.

"누가 보면 진상 커플이라고 하겠다. 하여간 진환이 너도 스테이크?"

"그래."

스테이크도 여러 종류였기 때문에 그중 어느 걸로 할까 고민하고 있던 효인은 문득 무슨 생각이 났는지 미묘한 웃음을 지었다. 그러자 진환이 물었다.

"왜 그렇게 웃어?"

"아니, 생각해 보니까 우리야 수술 끝내고 나와서도 고기 먹는 게 익숙하다지만 남들이 보면 진짜 괴담 같다고 하지 않겠어?"

"수술대를 식탁 삼아 먹지 않으면 됐지."

"수술대를 식탁 삼아 메스를 나이프 삼아 핀셋을 젓가락 삼아? 그거 진짜 훌륭한 괴담인데? 뭐, 어쨌든 그렇긴 하지만 예전에는 그렇지도 않았어."

진환은 의아한 눈빛을 보냈다. 그렇긴 하지만 그렇지도 않았다니? 무슨 말인지 선뜻 이해가 되지 않았다.

"예전에?"

"응, 규범 씨는 어떻게 사람 살을 가르고 나와서 바로 고기를 먹을 수 있냐고 되게 뭐라고 했...... 아차차."

여태까지는 단 한 번도 옛 애인에 대한 이야기를 꺼낸 적 없던 두 사람이었지만, 오늘 규범을 만났더니 말실수를 하고 말았다. 그것도 규범 때문에 진환의 감정이 미묘하게 상해 있는 이때에.

효인은 살그머니 진환을 훔쳐보았다. 그는 아무렇지 않은 얼굴이었다. 한편으로는 평온해 보이기도 하고, 미지근한 것 같기도 했다. 화난 게 아닌가? 싶었다.

"그러니까 뭐…… 이제 그런 거 신경 쓰지 않아도 돼서 좋다고. 어쨌든 이제 진짜 시키자. 주문받는 사람 기다리겠다."

걱정과 달리 진환이 특별한 반응을 보이지 않자, 효인은 이쯤하고 넘어가 보려고 화제를 바꾸었다. 그러자 진환도 별말 없이 넘어가는 기색이었고, 다행히도 두 사람의 분위기는 규범의 이야기가 나오기 전으로 돌아갔다. 진환이 툭 내뱉듯 한마디를 하기 전까지는.

"아까 무슨 이야기했어?"

효인은 어리둥절한 표정을 지었다.

"아까?"

"둘이서."

치링, 하고 효인은 감이 왔다. 진환이 말하는 '둘'이 자신과 규범이라고, 그다지 좋지 않은 감이.

"아, 뭐, 별 이야기 안 했어. 우연히 만나서 그냥 어떻게 사느냐는 정도. 에이, 그 이야기는 그만두자. 어차피 옛날 이야기인걸. 게다가 네가 모르는 이야기도 아니고, 뭐."

왠지 위험 수위다 싶어진 효인은 두루뭉술하게 대답하고 말았다. 하지만 진환은 효인을 부담스러울 정도로 빤히 쳐다보았다.

규범이 이미 과거의 사람이라는 것 정도야 잘 알고 있었다. 옛날 남자를 만났다고 해서 효인이 새삼 흔들릴 여자도 아니고, 불안하지도 않았다. 다만, 싫은 감정은 어쩔 수가 없었다. 그건 언제나 논리적인 진환이라고 해도 예외가 아니었다. 특히 이론이나 이성이 통하지 않는 '사랑하는 여자'를 상대로는 더더욱.

규범이 자신이 모르는 효인을 알고 있다는 게 싫었다. 효인과 자신이 했던 것 같은 일을 했었으리란 게 싫었다. 친구일 때는 무심하게 넘겼지만 친구의 이름 위에 덧칠해진 연인의 이름이 유치한 질투심을 불러일으켰다. 게다가 효인의 성격상, 규범을 사랑할 때만은 온 진심을 다했을 것이다.

그때만큼은 두 번 다시 이런 사람이 없을 것처럼 사랑했을 거라고 생각하자, 눈앞에 있는 것에 열정을 다하는 효인의 성격이 지금만큼 원망스러웠던 적은 없었다. 진환은 졸렬하게 굴게 될 것만 같아 꾹 입을 다물었다.

진환이 무언가를 억누르는 듯 대답이 없자, 효인은 살금살금 그의 눈치를 살폈다. 그리고 분위기를 쇄신하기 위해 장난스러운 말을 꺼냈다.

"에헤이, 거, 쪼잔하게스리 옛 애인과 대화 좀 나눴다고 계속 까칠하게 굴 거야? 너 자꾸 그러면 나도 아까 일로 뭐라고 해 버린다?"

농담이었다. 윤정이 진환을 좋아하는 걸 아니까 사고였다고 해도 둘의 접촉이 은근히 거슬리기는 했지만, 그런 걸로 진환과 얼굴을 붉히고 싶은 생각은 없었다. 게다가 두 사람이 고의였던 것도 아니고.

"아까 일?"

진환은 정말 모르겠다는 듯 물었다. 효인은 장난스럽게 말했다.

"그래, 나 봐버렸다고. 네가 문 선생 잡아주는 거. 이걸로 비긴 거지?"

진환은 잠시 생각에 빠졌다. 그러고 보니 문 선생이 넘어지려고 하기에 잡아준 일이 있었다. 하지만 그게 어떻게 비슷한 일이 될 수 있단 말인가? 자신은 단지 넘어지려는 인턴을 잡아주었을 뿐이고, 효인은 보란 듯이 옛 남자와 앉아 함께했던 추억을 회상한 건데.

"그게 뭐."

진심으로 전혀 비슷한 일이 아니라고 생각한 진환은 퉁명스럽게 반문했다.

"뭐긴? 꼭 한마디 하게 하네. 잡아줬으면 됐지, 잘 웃는 편도 아닌 주제에 웃긴 왜 웃은 거야?"

어차피 반은 장난이었으므로 효인은 그다지 단어를 고르지 않고 타박을 놓았다. 그러자 진환은 한동안 효인을 빤히 쳐다보더니 그 역시 전혀 단어를 고르지 않고 툭 말했다.

"귀여워서."

막 웨이터를 부르려던 효인의 동작이 멈추었다. 그리고 효인은 진환을 보았다. 진환은 담담하게 그 시선을 받아들였다.

사실 진환이 '질투해?'라고 가볍게 물으면 효인은 '그래, 질투한다. 난 뭐 여자도 아닐까 봐?'라고 가볍게 대답할 테고, 그럼 한번 웃는 것으로 무난하게 넘어갈 수도 있는 일이었다. 그럼에도 괜스레 자극적인 말을 던지고 만 것은 치졸한 질투심 50%, 뒤틀린 마음 30%, 그리고 이 질투심이 자신만의 것이 아님을 확인하고 싶어 하는 마음 20%였다.

"장진환, 네가 가장 잘 알고 있겠지만 나 그렇게 속 넓은 성격 아냐."

효인은 평온한 얼굴에 비해 1도 정도 식은 목소리를 꺼냈다.

"괜찮은 척하기가 내 특기야. 사실 네가 웃는 거 봤을 때 열이 좀 올랐거든? 너한테 별 뜻이 없었다고 해도 여자의 마음이란 게 그래. 그런데 다른 여자를 대놓고 귀여워서, 라고 말하는 건 무슨 시추에이션? 나 좀 화나려고 한다?"

"그럼 내 기분이 어땠는지도 알겠군."

진환은 없던 성질도 날 만큼 차분하게 대답했다.

"너 정말 왜 이래? 내가 그 사람이랑 사귀었던 거 몰랐던 것도 아니잖아. 그 사람뿐이야? 첫 번째도, 두 번째도, 세 번째도 다 알고 있잖아."

네 번째에 정신이 팔려 앞의 남자들은 잊고 있었는데 그 말 때문에 모두 기억났다. 그들과 효인이 어떻게 사귀었는지, 어떤 대화를 나누었는지, 심지어 잠시 한국에 나왔을 때 소개받았던 세 번째 남자친구가 자신을 어떤 눈으로 쳐다봤었는지도. 그때 효인의 세 번째 남자친구가 자신에게 건넸던 눈빛은 일종의 승리자가 지을 만한 것이었다. 그때야 정말 친구였으니 아무렇지 않게 받아넘겼지만, 그는 원석의 가치를 알아보지 못하는 사람을 안쓰럽게 보는 듯한 눈빛을 던졌다.

새삼 그 기억이 떠오르자 진환은 저도 모르게 미간이 일그러졌다. 그사이에 효인이 말했다.

"다만 규범 씨와 잠깐 이야기를 나눴던 건 반가워서……."

"반가웠다?"

효인도 미간이 일그러졌다.

"너 나 안 믿니?"

"이건 믿음과 별개의 문제야."

"그래, 별개라 치자. 근데 그래서? 그럼 오랜만에 만나서 좋게 차 한잔하자는 사람한테 무안을 줬어야 했다는 거야?"

"적어도 날 생각했다면 좋게 거절할 수는 있었겠지."

효인은 미간을 좀 더 좁혔다. 진환의 말이 꼭 틀린 건 아니었다. 그 누구도 연인이 옛 사람과 함께 있는 걸 보고 싶지는 않을 테니까. 하지만 그게 꼭 분위기를 이렇게까지 험악하게 만들 일인가? 이해해 주고 넘어갈 수도 있는 일 아닌가?

"지금 나랑 싸우자는 거지?"

안 그래도 수술 때문에 지쳐 있는 상황이어서 결국 뾰족한 말이 튀어 나갔다. 그러자 진환은 더 하면 정말 싸우게 될 것 같아, 어려서부터 효인보다 어른스러웠던 성격대로 먼저 져 주었다.

"미안해."

게다가 효인과 싸워봤자 진환에게 득 될 것이 하나도 없었다. 하지만 효인은 테이블을 내려치더니 핸드백을 들고 일어섰다.

"늦었어."

그러더니 냉정하게 발코니에서 나가 버렸다. 가만히 두면 마냥 둥근 성격이지만, 역시 한번 화가 나면 칼도 저만한 칼이 없었다. 윤재에게 결혼 허락까지 받아놓은 시점에서 사귀게 된 이후론 처음으로 싸우게 되다니…….

진환은 한숨을 내쉬었다. 그리고 웨이터에게 다음에 다시 오겠다고 말한 뒤, 거리로 나가는 효인을 뒤따라갔다. 하지만 선뜻 이름을 부르지는 않았다. 이럴 때일수록 조금은 가만히 놔두는 게 좋다는 걸 잘 알고 있기 때문이었다. 그래서 말없이 그녀를 따라 걸었다. 그러자 어느 순간, 절대 뒤돌아보지 않을 것처럼 가던 효인이 날카롭게 고개를 돌렸다.

"너 진짜 싫어, 이 좀생원!"

다행히 규범에게 했던 것처럼 그만 만나자는 말은 아니었지만, 진환은 저도 모르게 힘 있는 목소리가 흘러나오고 말았다.

"심효인."

"그렇게 부르면 누가 무서워할 줄 알고? 됐네요! 너 진짜 짜증 나!"

"어렸을 때 했던 말을 아직도 그대로 답습하는군."

친구일 적 그들은 참 무던히도 싸웠다. 아무리 점잖은 진환이라고 해도 일단 성질이 있는 인간이었고—사실 표출하지 않을 뿐이지 감춰진 성질은 효인 못지않았다— 효인은 말할 것도 없는 다혈질이니, 한번 싸움이 나면 정말 살벌하게 싸워댔다.

'불판 가져와.'라는 말로 시작되어서 핑퐁 게임처럼 복수혈전을 주고받았던 싸움도 그 일환이었고, 한번은 오래된 부부처럼 TV 채널 때문에 싸운 적도 있었다. 그럴 때마다 효인은 '너 진짜 짜증 나!'라고 외쳤고, 진환은 싸늘한 눈빛으로 '마찬가지야.' 하고 쏘았다. 그때는 진환도 어렸으니까. 하지만 유학을 간 이후로는 싸울 시간조차 없었고, 지금은 생산성 없는 싸움에 시간을 소비

할 정도로 어리지 않았다.

이런 생각은 유치한 질투심을 내보이기 전에 했다면 좋았겠지만, 말했다시피 그도 인간이었다.

"그래서 뭐? 이젠 어린애가 아니니까 모든 걸 관대하게 이해해 줘야 한다는 거야, 뭐야?"

이미 뒤틀릴 대로 뒤틀린 효인은 전투적으로 되받아쳤다. 그리고 다시 걸어가기 시작했다.

진환은 한걸음에 거리를 좁히고 효인의 손목을 잡았다. 절대 놓지 않겠다는 듯 강하게. 효인은 신경질적으로 그의 손을 쳐 내려고 했다.

"그런 말이 아니라는 거 알잖아."

진환이 말했을 때에야 그를 뿌리치려고 했던 동작이 멈추었다. 그리고 효인은 거친 말투로 중얼거렸다.

"대체 왜 우리가 이런 것 때문에 싸워야 하는 거야?"

다시는 서로 보지 않을 것처럼 자리를 박차고 나간 효인이 그나마 진정하는 듯하자 진환의 명치에 안도감이 퍼졌다.

"예전에는 컵을 놓는 위치 때문에 싸우기도 했는데 새삼스럽게."

효인은 그를 노려보았다.

"그건 네가 꼴같잖게 결벽증 환자처럼 까다롭게 굴어서였잖아."

"그때 네가 새가슴도 울고 갈 소심한 녀석이라고 욕만 안 했으면 나도 그냥 넘어갔겠지."

"그건 욕도 아니었어. 아니, 그럼 진짜 욕을 들었으면 밥상이라도 엎었겠다, 너?"

"화난다고 밥상 엎었다가 혼난 건 너였던 걸로 아는데?"

또 핑퐁 게임처럼 끝나지 않자, 효인은 인상을 찌푸렸다. 그리고 잠시 진환이 붙잡고 있도록 두었던 손에 힘을 주었다. 물론 그는 놓아주지 않았지만.

"그만해, 그만하자고. 짜증 나. 그러니까 이 손 놔."

"놓아주면 아까처럼 그냥 가버리려고?"

"그럼 계속 여기 서서 쓸데없는 기력 소비나 할까? 넌 체력이 넘치니 괜찮을지 몰라도 난 지금 무지하게 피곤하거든? 죽을 기운도 없어."

내색은 안 했지만 효인은 정말 손가락 하나 꼼짝하고 싶지 않을 만큼 피곤했다. 다른 때였다면 진환에게 양해를 구하고 약속을 뒤로 미뤘을 것이다. 다만 그러지 않았던 건 그의 꺼림칙한 마음을 완전히 풀어주고 싶기 때문이었고, 진환과 함께 있는 시간 자체가 피로회복제이기 때문이기도 했다. 그런데 이렇게 사소한 일로 기대했던 시간을 방해받고, 기분 나쁜 입씨름만 계속하고 있으니 짜증 지수가 점점 높아져 갔다.

"미안해."

그때, 진환이 말했다.

"섣불리 말하는 게 아니었는데…… 유치한 질투심이었어."

예전에 진환은 거의 미안하다는 말을 하지 않았다. 알다시피 미안하다, 죄송하다, 이렇게 말해야 할 만한 상황을 애초에 만들지 않으려고 하는 편이었고, 효인과 싸웠을 때도 그다지 미안하다는 말을 입 밖으로 내지 않았다.

물론 효인이 먼저 사과했던 것도 아니었다. 둘은 대판 싸우고 나서도 어느 정도 지나면 싸웠다는 것조차 잊어버렸다. 그러니 서로 미안하다고 말할 틈조차 없었다는 말이 맞았다. 가장 크게 싸웠을 때도 효인이 볼멘 듯 '나쁜 놈.' 하고 중얼거리고 진환이 '음.' 하는 외마디를 내는 것으로 싸우기 전 상태로 되돌아갔다. 암묵적인 동의하에.

그들은 그렇게 굳이 미안하다는 말이 필요하지 않은 사이였다. 그런데 지금은 진환이 소리 내어 미안하다고 말하고 있었다.

"이럴 때면 가끔 후회가 돼, 유학을 갔던 게. 중간에 비어버린 너와의 시간이 아까워서."

진환은 예전보다 솔직하게 본심을 보여주고 있었다. 친구일 때는 가끔 저 속에 뭐가 있을지 답답할 정도로 불투명했는데. 가장 친한 친구라지만 진환은 지나치게 과묵한 성격이었고, 그가 감추고자 한다면 독심술을 쓰지 않는 이상 속마음을 알아내기란 불가능했다.

"그 시간을 다른 남자가 차지했었다고 생각하니…… 기분이 나빴어. 그래서 그냥 해 본 말이었어. 아니, 알고 싶었던 건지도 모르지. 나만 이런 게 아니라는 걸."

그들은 아직도 친구와 연인의 경계에 서 있었다. 하지만 예전처럼 그것이 두렵거나 걱정되거나 하지는 않았다. 예전에는 친구도 아니고 연인도 아닌 경계였다면, 지금은 친구이기도 하고 연인이기도 한 경계이기에. 그 차이는 아주 컸다.

"너 정말 얄미워."

효인은 전혀 화가 풀어지지 않은 것 같은 어조로 말했다.

"그렇게 사과해 버리면 더 화낼 수도 없잖아."

진환은 은은한 밤거리를 등지고 가만한 미소를 지었다. 알다시피, 진환이 이렇게 웃을 때면 드러나는 예쁜 미소에 효인은 남아 있던 화조차 깡그리 녹아내리고 말았다.

"나도 미안해. 네가 이해해 주지 않는다고 화낼 게 아니라 내가 좀 더 이해해 줬다면 됐을 텐데, 수술 때문에 너무 신경질적이 되어 있었나 봐."

효인은 한숨을 내쉬며 선선히 말했다. 부부 싸움은 칼로 물베기라더니, 부부 못지않은 심장 커플의 싸움도 그 끝은 남들이 보면 '작작 좀 하지.'라는 눈빛을 보내고도 남음직하게 허무했다.

"그리고, 음, 좀 섭섭했어. 귀엽다고 말한 거. 자격지심인가."

효인이 더 솔직히 말하자, 진환은 그녀의 손을 꾹 쥐었다.

"네가 자격지심 가질 필요는 없지. 문 선생이 귀엽긴 했지만 그런 의미는 아니었으니까."

그러고 보니 진환은 윤정이 자신을 짝사랑하고 있다는 걸 모르고 있었다. 말해줘야 하나 말아야 하나. 잠깐 고민하던 효인은 후자를 택했다. 윤정이 좋아하는 상대가 자신의 연인이라고 할지라도 그녀의 마음은 오롯이 그녀의 것이었다. 멋대로 남의 마음을 발설해서는 안 될 것 같았다. 그래서 효인은 살짝 느꼈던 충동을 마음속에 갈무리하고 다른 화제를 꺼냈다.

"근데 나 배고파. 아까 점심 먹곤 아무것도 못 먹었거든. 뱃가죽이 등에 들러붙었어. 소화기관까지 소화시켜 버린 것 같아."

진환은 피식 웃음을 흘렸다.

"이제 와서 그 레스토랑에 돌아가긴 좀 그런데."

효인이 성질대로 뛰쳐나가 버리고 말았으니 말이다. 그나마 다행이라면 주문하기 전이었다는 점이다.

"그러게 누가 뛰어나가게 하래. 어쨌든 지금은 음식 나오기까지 기다리기도 힘들어. 그냥 저기서 먹자."

효인이 가리킨 곳은 싼 티 나는 주홍색 비닐로 씌워진 포장마차였다. 하지만 그곳에서 퍼져 나오는 구수한 김은 텅 빈 위장을 들뜨게 했고, 불투명한 비닐에 언뜻 비치는 손님들의 그림자는 왠지 정겨워 보였다.

"그러자."

진환은 순순히 동의했고, 효인과 함께 그쪽으로 걸어갔다. 그러자 효인은 아직 양복을 갖춰 입고 있는 그를 음흉한 눈빛으로 훑어 내렸다. 하지만 그 눈빛은 성적인 음흉함이라기보다 장난스러운 음흉함을 담고 있었다.

"누가 말했나 몰라. 장 선생은 순대조차 먹어보지 않았을 것 같다고. 그런 얼토당토않는 착각을 하는 사람들한테 꼭 말해주고 싶다니까. 너 돼지 곱창 좋아한다고."

진환은 그저 웃을 뿐이었다. 기껏 좋아진 연인의 기분을 상하게 할지도 모르기 때문에 다음 말은 하지 않았다. 가끔은 좋아하다 못해 환장한 듯이 돼지 곱창을 구워 먹는 그녀를 보면 걸신 같다고.

뭐, 그래도 귀엽긴 하지만 말이다.

## 30
### 수술실에서 의사는 노아가 된다

'그건 그렇고, 역시 내가 먼저 이야기해야 하는 거구만.'

효인은 푹 한숨을 내쉬며 생각했다.

오늘도 하루 종일 일하느라 잠시 잊고 있긴 했는데, 혼자 복도를 걷고 있다 보니 어김없이 떠올랐다. 어제도 내내 기다려 보았지만 진환은 결국 결혼하자는 말을 하지 않았다. 진환이 결혼하자고 말하길 기다리다간 이대로 늙어 죽겠다. 역시 자신이 말하는 편이 빠를 것 같았다.

사실 화해하고 난 후에 은근슬쩍 '우리 결혼할까?'라고 말해볼까 싶었지만, 눈앞에 있는 우동 그릇 때문에 그날은 그냥 넘어갔다. 아니, 우동뿐이었다면 그냥 말했을지도 모르겠지만 시뻘건 골뱅이무침에 소주잔까지 있는데 결혼 운운하기는 좀…….

어쨌든 만약 진환이 싫다고 하면 확 감금해 놓고 혼인신고서에

도장 찍으라고 협박해 버려야지, 효인은 생각했다.

"그럼 언니 갈게."

꽤 위험한 생각을 하며 걸어가고 있는데, 마침 앞에 있는 병실에서 윤정이 나왔다. 그리고 안에 있는 누군가에게 인사하느라 효인을 발견하지 못한 채 다른 방향으로 걸어갔다.

효인은 병실로 다가가 빠끔히 고개를 내밀었다. 그러자 침대에 앉아 무언가를 보고 있던 슬기가 그녀를 발견하고 웃었다.

"선생님."

"몸은 좀 어때?"

효인은 병실로 들어가며 물었다.

"좋아요."

슬기는 몸에 산소 공급이 잘 되지 않아 청색증이 있는 푸르스름한 얼굴로 웃었다. 웃고는 있지만, 그냥 말을 하는데도 숨이 차 보였다.

"그런데 뭐 보고 있는 거야?"

효인은, 슬기가 역시 청색증 때문에 푸른 잉크를 만진 것처럼 끝이 파랗게 물들어 있는 손으로 쥐고 있는 종이를 눈짓했다. 기사 같았는데, 바로 익숙한 단어 두 개가 눈에 뛰어 들어왔다.

–메지온…… 유데나필…….

폰탄수술 환자 치료제인, 메지온 제약회사에서 개발 중인 유데나필에 관련된 기사였다.

슬기는 웃었다.

"윤정 언니가 알려줬어요. 미국 FDA(식품의약국)에서도 곧 인가를 받는대요."[5]

슬기는 윤정을 언니라고 부르고 있었다. 그러고 보니 윤정도 '언니 갈게.'라고 했었고.

'이런, 이거……'

효인은 곤란했다. 이런 케이스도 제법 흔했다. 환자들과 관계를 맺는 걸 어려워하던 인턴이 오히려 한 환자에게 너무 애착을 가지게 되는 경우. 이런 것도 일종의 피그말리온 신드롬이라고 해야 할지, 슬기는 성격이 좋아서 쉽게 잘 지낼 수 있었기 때문에 다른 환자와의 관계에서 어려움을 겪던 윤정이 그녀를 오히려 더 특별하게 여기게 된 것이리라. 그게 나쁘다는 건 아니었지만, 경험이 많지 않은 인턴으로서 밸런스를 잘 맞출 수 있을지 약간 걱정되었다.

하지만 효인은 그런 내색은 하지 않고 웃었다.

"정말 다행이지?"

"그러게요. 의학은 계속 발전하네요."

오늘 슬기는 어쩐지 차분해 보였다.

"저도 더 살 수 있을 것 같아요."

폰탄수술 환자들은 수술하고 시간이 지날수록 심실기능이 떨어지고 폐혈관 압박의 문제 때문에 20세가 넘어가면 사망률이 급격하게 치솟았다. 하지만 현재 메지온이 개발하는 유데나필이 수명을 십년 정도는 늘려줄 거라는 전망이 나오고 있었다.[6] 그런데 그런 희소식을 접한 슬기는 기뻐 보이지 않았다. 효인은 침대에 앉았다.

"기쁘지 않아 보이네."

슬기는 기운 없이 웃었다.

"선생님이나 윤정 언니는 다른 의사 선생님들처럼 제 기분 헤아린다고 에둘러서 이야기하지 않아서 좋아요."

슬기는 종이를 내려놓았다.

"그냥…… 왠지 지쳐요. 약이 나온다고 해도 지금처럼 아등바등 목숨을 연장하는 정도밖에 안 될 텐데, 의미가 있을까요? 숨이 차요. 항상 물속에 빠져 있는 것같이요. 그냥…… 다 멈추고 싶어요."

오랜 투병으로 심신이 지친 환자들이 흔하게 겪는 우울증 증상 같았다. 하지만 효인은 NP(정신건강의학과) 의사를 찾을 생각을 하는 대신 슬기의 손을 잡았다.

"CPR이라는 거 알아?"

"알죠. 심폐소생술이잖아요."

병원의 터줏대감이나 다름없는 슬기는 어지간한 의학 용어쯤은 알고 있었다.

"심장이 멈추면 의사들은 CPR을 하잖아. 하지만 몇 년 전만 해도 CPR마저 듣지 않으면 환자를 살릴 방법이 없었어. 그런데 요즘에는 에크모라는 기계가 생겨서, CPR을 해도 심장이 뛰지 않는 환자를 살릴 수 있게 됐어."

"하지만 살려두는 것뿐이잖아요. 의식도 없이, 억지로."

슬기는 에크모에 대해서도 어느 정도 알고 있는 것 같았다.

"죽는 건 끝이야. 아무런 기회도 없지. 하지만 에크모로라도 살아만 있다면, 우리는 환자를 살릴 기회를 얻을 수 있어. 선생님은 그렇게 생각해. 살아 있다는 건 기회가 있다는 거야."

슬기는 입을 다물었다. 한참 입을 다물고 있더니, 살짝 눈이

젖었다. 그리고 웃으며 말했다.

"고마워요. 정말 선생님들이 있어서 견딜 수 있는 것 같아요."

비록 병 때문이지만 나이에 비해 성숙한 아이는 효인이 한 말을 잘 이해한 것 같았다.

"세상에 불가능한 건 없어. 인턴이었던 선생님도 전임의가 됐잖아?"

효인이 짓궂게 웃으며 말하자, 슬기는 그제야 웃음을 터뜨렸다. 그리고 본래 그녀로 돌아와서, 두 사람은 거의 이십분가량 대화를 나누었다.

"그럼 선생님 가볼게."

"잘 가요, 선생님."

슬기는 숨을 몰아쉬면서도 웃으며 배웅했다. 그런데 아무래도 슬기의 청색증이 더 짙어 보이는 게 마음에 걸렸다. 대화하는 도중에 진찰도 겸해 봤지만 큰 이상은 발견되지 않았다. 하지만 의사로서의 감이라고 해야 할지……. 효인은 담당 간호사에게 잘 지켜보라고 오더를 내리고 퇴근해야겠다고 마음먹으며 걸음을 옮겼다.


핸드폰 벨소리가 단 한 번 울렸을 뿐이었다.

그런데도 잠들어 있던 효인은 프랑켄슈타인 박사의 괴물이 처음 생명을 받아 눈 뜨듯 번쩍 잠에서 깨어났다. 퇴근해서 잠들 때까지도 묘한 불안감을 떨치지 못했던 탓이었다. 사실 오늘 밤에 진환에게 결혼하자고 말할 생각이었지만 슬기가 신경 쓰여 다음 날로 미뤄두었을 정도였다.

그래서 잠들기 전에 진환에게 슬기가 신경 쓰인다고 말했지만, 그는 지금 걱정해 봤자 어쩔 수 없는 일이라고, 만약 정말 일이 생긴다면 연락이 올 테니 지금은 안심하라고 위로해 주었다. 효인은 그제야 긴장을 풀고 일단 잠자리에 들었다. 하지만 깊이 잠들 수가 없었다. 효인은 평소에도 신경 쓰이는 환자가 있다면 깊게 자지 못하는 편이었다.

핸드폰 액정을 확인하니 역시 병원이었다.

"여보세요?"

효인은 이미 침대에서 달려 내려와 옷을 찾아 입고 있었다. 아직 원룸 안은 짙은 어둠에 침식되어 있었지만, 어둠은 문제가 되지 않았다. 잠자는 와중에도 곤두서 있던 신경이 날이 서 평소보다 밤눈이 밝게 느껴졌다.

"상황은?"

효인이 소란스럽게 구는 소리에 진환도 잠에서 깨어났다.

"병원이야?"

버석한 얼굴을 쓸어내린 진환이 물었지만, 효인은 한가로이 대답하고 있을 시간이 없었다. 수화기 너머에서 간호사가 빠르게 상황을 설명하고 있는 중이기 때문이었다.

[갑자기 SPO2(산소포화도)가 떨어지고 폐에서 거품이 올라오고 있어요.][7]

발작을 시작한 환자는 아니나 다를까, 슬기였다.

"이십분 내로 갈게!"

효인은 핸드폰을 끊고 재킷 속에 구겨 넣었다. 그리고 대충 옷만 걸쳐 입고 현관에서 운동화를 구겨 신으며 소리쳤다.

"다녀올게!"

효인은 진환이 뭐라고 할 틈도 주지 않고 뛰어나갔다. 그리고 1층에 멈춰 있는 엘리베이터를 기다리지 않고 계단을 맹렬하게 달려 내려갔다.

탕탕탕탕.

급한 발소리가 텅 빈 계단에 이리저리 부딪치며 날카롭게 퍼져 나갔다.


의료진들의 발 빠른 대처로 다행히 슬기는 소생했다. 그리고 며칠간 예후를 지켜본 후 폰탄전환술을 실시하기로 결정했다. 슬기는 유데나필이 임상에 적용되기를 기다리고 있을 수가 없기 때문이었다. 일단 지금으로서는 지금 할 수 있는 일을 해야 했다.

효인은 소독비누로 스크러빙을 시작했다. 그러면서 수돗물이 콸콸콸 흘러내리는 장면을 빤히 바라보았다. 스산한 빛으로 번득거리는 수돗물이 딜레마처럼 빙글빙글 돌며 하수구 안으로 사라졌다.

새삼스럽지만 효인은 왜 병이란 것이 존재할까 생각해 보았다.

신이 오만방자한 피조물을 벌하기 위해 지상에 내린 형벌일까? 그렇다면 기독교의 관점으로 보았을 때, 원죄를 이고 태어나 살아가면서 알게 모르게 죄를 짓게 되는 어른들은 조금이라도 이해할 수 있었다. 하지만 아이들은 왜 병에 걸리는지 알 수 없었다. 슬기만 아니라, 미상이 같은 아이는 뭐 그리 큰 죄를 지어서?

하지만 알고 있었다. 이런 생각은 다 부질없다는 것을. 원인이 어떻든 병이란 창세기에 지상을 쓸어갔던 대홍수 같은 존재였고,

의학이란 인류의 유일한 희망이었던 방주 같은 존재였다.

수술실에서 의사는 노아가 된다. 거창하게 구세주라느니 인류의 희망이라느니 그런 건 아니었다. 다만, 인간으로 태어난 노아는 단 한 사람이라도 더 살리기 위해 어렵고 복잡한 방주를 만든다. 그것이 전부였다. 난해한 철학은 탈레스들에게 맡겨두고, 히포크라테스들은 메스를 들면 되는 것이다.

스크러빙이 거의 끝날 때쯤이었다. 수술실 바깥문이 열리더니 표정이 좋지 않은 윤정이 들어왔다. 그리고 윤정은 꾸벅 허리를 숙였다.

"슬기를 부탁드립니다."

쏴아아아아……. 물소리만이 공허하게 흘러내리는 가운데 효인은 윤정의 정수리를 바라보았다.

윤정이 자신을 싫어한다는 건 예전부터 알고 있었다. 치사하다는 말이 결정타이긴 했지만 그전부터 묘하게 고까운 시선으로 본다는 사실을 모를 리 없었다. 하지만 지금 윤정은 결코 패배를 인정하고 싶지 않은 상대에게 허리를 숙이고 있었다.

물소리가 끊겼다. 그때에야 효인은 말했다.

"너도 들어와."

효인의 목소리는 평온했다.

"아뇨……. 의사가 할 말이 아니라고는 알고 있지만…… 슬기의 수술만큼은…… 못 보겠어요. 죄송합니다."

"부탁하는 거 아니야. 명령하는 거지."

서늘한 목소리에 윤정은 어깨가 흠칫 굳었다. 곧 윤정은 삐걱거리는 고개를 들어 효인을 바라보았다.

"의사의 본분이 아니라느니, 그런 구태의연한 말이 아냐. 그냥 네가 의사가 아닌 친한 언니로 슬기를 나에게 부탁했다면, 끝까지 그렇게 슬기를 지켜봐 줘."

효인은 스크러빙을 끝낸 외과의 특유의 손 자세를 한 채 수술실로 들어가는 문 앞에 섰다. 그리고 수술 준비가 끝난 수술실 안 풍경을 바라보았다.

효인은 길게 숨을 내쉬고, 문을 몸으로 밀고 수술실로 들어갔다. 윤정은 유리창 너머로 계속 그녀의 움직임을 좇았다. 간호사들이 효인의 손에 묻은 물기를 닦고 조심히 일회용 위생복을 입혀주었다.

윤정은 입을 꾹 다물었다. 그리고 마스크를 꺼내 들었다.


새하얗게 부서지는 조명등 아래 누운 슬기는 마치 비썩 마른 냉동 생선 같았다. 슬기도 그런 자신의 모습을 인식하고 있는 듯 멍하니 조명등만을 올려다보고 있었다. 하지만 효인이 시야에 들어오자 미소 지었다.

"그리고 보니 선생님은 어렸을 때 꿈이 뭐였어요?"

이미 셀 수도 없이 많은 수술을 받았지만 수술이란 아무리 많이 해 봐도 적응되지 않았다. 슬기는 긴장한 티를 내지 않으려는 것처럼 물었다.

"어렸을 때부터 의사 선생님이 되고 싶었어요?"

효인은 두건과 마스크에 가려져 유일하게 드러나 있는 눈을 휘며 웃었다.

"아니. 선생님은 소머즈가 되고 싶었어."

"소머즈가 뭐예요?"

슬기는 어리둥절해했다.

"아, 슬기는 모르겠구나. 옛날에 유행했던 미국 드라마인데 거기 나오는 여자의 이름이 소머즈였어. 인조인간이라서 청력이 좋고, 달리기도 굉장히 빨랐거든. 그래서 선생님은 소머즈가 되고 싶었어요."

슬기는 웃었다.

"그런 거라면 나도 되고 싶어요."

"가능할 거야. 과학이 좀 더 발전하면."

그건 그때까지 살아 있으란 말이었고, 슬기는 이해한 것처럼 고개를 끄덕였다. 효인이 눈짓하자 마취의가 마취를 시작했다. 그러자 슬기는 윤정을 발견하고 방포 아래서 무거운 손을 내밀었다.

"언니, 나 손 좀 잡아줘."

윤정은 효인의 눈치를 살폈다. 멋대로 수술 환자에게 손을 댈 수 없기 때문이었다. 그러자 효인은 잡아주라는 듯 눈짓했고, 윤정은 라텍스 장갑을 끼고 작은 손을 감싸 쥐었다. 슬기는 장갑을 낄 수밖에 없는 사정은 이해하는 것 같았다.

"언니, 언젠가……."

슬기는 환하게 빛나는 수술대 조명을 올려다보았다. 시린 것처럼 떨리는 눈에 물기가 차올랐다.

"나…… 달리고 싶어."

슬기는 중얼거렸다.

"온 힘을 다해서."

그건 평생 온 힘을 다해서 뛰어본 적 없는 스물의 청춘이 간절하게 내뱉은 소망이었다. 무엇이 되고 싶다든가, 어딘가 가고 싶다든가, 그런 것도 아닌, 그저 심장을 가득 부풀리며 뛰어보는 것이 이 창백하게 푸른 청춘의 소망이었다.

단 한 번도 그런 것이 누군가의 꿈이 될 수 있을 거라고 생각해 보지 못했던, 꽤 부유한 집에 태어나 평생 전교 3등 뒤로 밀려나 본 적 없는 엘리트인 윤정은 울어버릴 것 같은 표정이었다. 효인은 윤정에게도 그런 순간이 왔다고 깨달았다. 자라면서 학습된 이성적인 측은지심이 아니라, 영혼으로부터 솟구쳐 오르는, 이 세상 모든 생명에 대한 측은지심을 느끼는 순간이.

말하자마자 슬기는 더 이상 깨어 있지 못하고 잠들었다. 윤정은 숨을 몰아쉬고 있다가 슬기가 잠들어 손에 힘이 풀리자 손을 놓았다. 그때에야 효인이 한 걸음, 수술대로 다가섰다.

"자, 기합 넣고 시작해 봅시다."

수술이 시작되었다.


"다들 수고했어."

안도의 한숨을 내쉬는 웅성임과 함께 수술이 끝났다. 슬기는 안정된 상태로 스트레쳐카에 태워져 PACU[7]로 옮겨졌고, 효인은 일회용 위생복과 라텍스 장갑을 벗어내고 수술실을 나섰다. 하지만 윤정은 수술실을 정리하기 시작한 간호사와 간호조무사들의 움직임을 보며 한동안 움직일 줄을 몰랐다.

"저…… 윤정아?"

---

7) Post Anesthesia Care Unit, 회복실

옆에 선 혜경이 조심스럽게 친구를 불렀다. 수술이 시작될 때까지만 해도 혜경은 세상모르고 의국에서 자고 있었지만, 비몽사몽간에 깨어났다가 소식을 듣고 수술실에 와 있었다.

혜경이 살금살금 수술실에 들어왔을 때 이미 수술은 정점에 올라 있었다. 수술팀의 이글거리는 눈빛과 열기로 가득한 수술실의 묵직한 공기는 소름이 돋을 지경이었다. 그것은 거의 웅장한 오케스트라나 다름없었다. 최대한 통제된 채 집도의의 명령에 따라 한 몸이 된 듯 움직이는데, 혜경은 그 모습을 보고 전율을 느낀다는 게 무슨 의미인지 알았다. 그리고 그 오케스트라의 중심에 선 효인이 마치 거인처럼 보였다. 보기에는 그저 한 명의 여자이건만 거인 같은 존재감이 자신들과 질적으로 다른 존재처럼 느껴졌다.

효인을 좋아하는 데다가 경쟁심이 희박한 혜경마저 일순 질투심에 사로잡힐 정도로 그녀는 수술실을 통제하는 구심점이었다. 저 자리에 오르기까지 그녀는 얼마나 숱한 눈물을 흘렸고, 얼마나 숱한 고통에 몸부림쳤으며, 얼마나 숱한 아픔을 견뎠을까 생각하지 않을 수 없었다.

혜경은 떠올리기만 해도 피곤해지는 생각을 하며 왠지 조용한 윤정을 돌아보았다. 그리고 깜짝 놀라고 말았다.

"너?"

윤정은 소리도 흐느낌도 없이 울고 있었다. 슬기의 수술이 무사히 끝났다는 데서 오는 안도감 때문인지, 효인에 대한 질투심 때문인지, 서럽게도 울었다. 흐느낌 없는 울음이 이렇게나 서러울 수 있다는 것이 신기했다.

"야아, 왜 울어."

간호사와 간호조무사들이 이상하게 쳐다보는데도 개의치 않고 윤정이 눈물을 흘리자, 혜경은 안절부절못하며 덩달아 울 것 같은 얼굴이 되었다.

"도저히 이길 수가 없다는 걸 알아서 눈물이 나……."

윤정은 손에 얼굴을 묻으며 잔뜩 울음기가 배인 목소리를 흘렸다.

"아까 심 선생님은……."

윤정은 효인을 더 이상 '저 여자'라고 부르지 않았다.

"꼭 신 같았어……."


전임의 사무실에 들어온 진환은 작은 한숨을 내쉬었다. 사무실 안쪽 작은 골방에 마련된 침대 위에 효인이 세상모르고 잠에 빠져 있었다. 이불을 꼭 끌어안고 비스듬하게 누워서 신나게 자고 있는 모습이 누가 업어 가도 모를 것 같았다.

수술이 끝난 후 곯아떨어져 있는 모습을 보니 괜히 안쓰러웠다.

진환은 효인이 누운 침대에 걸터앉아 그녀의 어깨를 어루만졌다. 그러자 효인은 의식이 없는 와중에도 익숙한 손길을 느낀 듯 입가에 배시시 미소를 걸었다. 진환은 그녀를 묘한 눈길로 내려다보다가, 장난 30% 진심 70%의 충동이 들끓어 손을 뻗었다. 그리고 얇은 수술복 안으로 파고들어 가슴을 살며시 감싸 쥐었다. 하지만 브래지어에 방해받아 뭔가 흡족하지 않았다. 그래서 브래지어 안으로 들어가 맨 젖가슴을 쥐었다. 그래도 효인은 작게 움지럭거릴 뿐, 깨어나지 않았다. 하지만 젖가슴을 가득 감싼 손이 만지작거리듯 움직이자 그제야 흠칫하고 깨어나 휙 몸을 돌렸다.

"누구……!"

병원이라는 인식은 있었기에 누가 감히 성희롱을 하나 싶어 놀랐는데, 시야에 진환이 들어왔다. 효인은 '난 또 누구라고.' 중얼거리며 벌떡 일어나려던 자세를 풀고 다시 침대에 누웠다.

"누가 성희롱하는 줄 알고 놀랐잖아."

효인은 잠기운이 묻어 있는 목소리로 웅얼거렸다. 하지만 아직 맨가슴에 닿아 있는 진환의 손은 전혀 신경 쓰지 않는 것 같았다.

"성희롱이라니, 너무하네."

그러면서도 진환은 효인이 정면으로 눕는 통에 조금 퍼져 내린 가슴을 모아 쥐고 지분거리고 있었다.

"넌 줄 몰랐다니까."

효인은 가슴을 만지작거리는 손길이 간지러운지 다시 몸을 돌려 누웠다. 하지만 진환의 손은 다른 쪽 가슴으로 옮겨가며 끈질기게 따라왔다.

"간지러워!"

타박하듯이 말은 한다만…… 어째서 다리는 진환의 허리를 휘감고 있는 걸까?

"수술은 어떻게 됐어?"

"응……. 무사 종료."

일 이야기를 하면서도 둘이 살짝 입술을 맞추자 갑자기 사무실이 연인의 밀회 장소로 바뀌어 버렸다.

"누가 오면 어쩌려고?"

"신문에 나는 거지."

"헤드라인은 사무실에서 얽혀 있던 의사 두 명? 병원의 풍기문란, 그 끝은 어디인가?"

"거창하군."

키득거리며 대화하던 효인은 문득 생각났다는 듯 '아' 하는 소리를 내었다. 그리고 상체를 일으켜 앉더니 옆에 앉은 진환의 목을 은근하게 감싸 안았다.

"진환아, 있잖아. 나⋯⋯."

생각난 김에 결혼하자는 이야기를 꺼내려는 찰나, 진환이 볼을 감싸고 다시 키스해 왔다. 하지만 여기가 사무실이라는 점은 잊지 않았는지 그리 진한 키스는 아니었다. 그런데 가벼운 키스를 꺼내고는 효인이 팔을 풀게 했다.

"가봐야 돼."

"응? 아, 이 이야기만⋯⋯."

"나중에."

자는 사람 건드려 깨워놓았으면서 진환은 뭐가 급하다고 효인의 볼에 살짝 입 맞추고는 먼저 사무실을 나가 버렸다. 마치 효인이 할 이야기를 눈치채고 막으려는 것처럼.

효인은 뭔가 알 것도 같고 모를 것도 같은 기분이었다.


깬 김에 사무실을 나선 효인은 복도를 걸어가며 고개를 갸우뚱거렸다. 요즘 어째 진환의 태도가 좀 찝찝한 게, 결코 변심 같은 건 아닌데 뭔가 감추고 있는 것 같았다. 말하기 전까지 모르는 척 해주려고 했지만 뭘 꾸미고 있는지 도통 알 수가 없었다. 그래서 팔짱을 낀 채 고심하며 걸어가고 있는데, 뒤에서 누군가 그녀를 불렀다.

"심 선생님."

낯익은 목소리에 고개를 돌려보자, 혜경이 쭈뼛거리며 다가왔다.

"왜?"

혜경은 잠시 주면을 둘러보더니 걱정스러운 얼굴로 운을 뗐다.

"잠시 드릴 말씀이 있는데…… 시간 괜찮으세요?"

팔짱을 낀 자세 그대로 고개만 돌렸던 효인은 '엉?' 하는 표정을 지었다.


윤정은 하늘을 올려다보고 있었다. 푸른 하늘을 보고 있으니 며칠 전 새벽의 그 난리부터 수술까지 까마득하게 느껴졌다.

새벽에 극심한 호흡곤란을 호소하는 슬기를 발견한 간호사의 콜을 받고 레지던트가 달려왔을 때, 그녀는 이미 심정지 상태였다. 잠결에 CPR 방송을 들은 윤정은 슬기의 병실이라는 걸 깨닫고 거의 침대에서 굴러 내려 뛰어나갔다.

병실에서는 의료진이 CPR을 실행하고 있었다. 윤정도 교대로 심장마사지를 했고, 슬기는 심장마사지 삼십분 만에 가까스로 소생했다. 효인은 슬기의 심장이 다시 뛰기 시작하고 얼마 지나지 않아 거의 들이닥치듯이 병원에 도착했다.

아침에 정신을 차린 슬기는 윤정을 끌어안고는 왈칵 울음을 터뜨렸다.

"정말 숨을 쉴 수가 없었어."

슬기는 평생 호흡곤란에 시달려 왔지만 그건 정말 산소에게 버림받은 것 같은 느낌이었다고, 너무 무서워 비명을 지르고 싶은데 비명조차 지를 수 없는 진공의 공포였다고 했다. 목이 졸린 듯이 우는 슬기를 안아주며, 윤정은 세상 모든 것이 멀어지는 경험을 했다. 이 젊은 생명의 고통 앞에 번잡한 세상사, 이를 테면 미움이나 분노, 질투, 심지어 짝사랑 같은 것들은 모두 사소하게 느껴질 뿐이었다.

안 그래도 수면 부족에 과로가 겹친 데다 눈물까지 흘리고 나니 윤정은 온몸이 비명을 지르는 것 같았다. 하지만 가슴에 꽉 억눌려 있던 무언가가 훨훨 날아가 버린 것처럼 후련했다.

그때였다.

"날씨 좋지?"

윤정은 피곤한 고개를 돌렸다. 그러자 벤치로 다가온 효인이 옆자리에 앉아서 불쑥 무언가를 내밀었다.

"마실래?"

캔 커피였다.

"커피 안 좋아해?"

"아뇨, 좋아해요. 잘 마시겠습니다."

기분이 좀 묘했다. 진환에게 주었던 음료수를 이런 식으로 효인에게서 돌려받게 되었으니 말이다.

효인은 커피를 홀짝이며 잠시 말이 없었다. 윤정은 무슨 바람이 불어 그녀가 말을 걸어왔는지 궁금했지만, 역시 아무런 말 없이 한동안 커피만 홀짝거렸다.

"친구만큼 좋은 것도 없는 것 같아."

커피를 반쯤 마셨을 때 효인이 말을 꺼냈다. 뜬금없는 말에 윤정은 더더욱 아리송해졌다.

"문 선생은 엄 선생이랑 친하지? 얼마나 알고 지냈어?"

"아……. 예과 1학년 때부터요."

"그럼 햇수로 칠 년인가? 꽤 오래됐네?"

"예, 좀."

어물쩍 대답하고 나자 다시 대화가 끊겼다. 윤정은 침묵이 어색해 덧붙였다.

"심 선생님과 장 선생님만큼은 아니지만요."

"그런데 난 가끔 장 선생이 여자였으면 좋았을 거라는 생각을 했어. 아무래도 이성이다 보니 말할 수 없는 게 있더라. 여자들만의 그런 거 있잖아? 생리나 속옷, 인형, 여자들끼리만 갈 만한 장소에 대한 이야기, 그런 거."

사실 오히려 그런 이야기는 진환과 친구일 때보다 연인이 되고 나서 더 자유롭게 하는 편이었다.

"저…… 그런데 왜 제게……?"

아무리 기다려도 말을 걸어온 이유에 대한 이야기는 없어 윤정은 결국 먼저 묻고 말았다. 그러자 효인은 다 마시고 난 캔 커피를 발로 꾹 밟더니 가보려는지 자리에서 일어섰다.

"사실 하고 싶은 이야기가 있어서인데……."

효인이 해를 등지고 있어 그녀를 올려다본 윤정은 눈이 부셨다.

"단도직입적으로 말하자면, 인간은 누구도 신이 될 수 없어."

윤정은 의아했다. 분명히 효인을 일러 마치 신 같다고 이야기한 건 그녀가 수술실에서 나가고 난 후였는데, 어떻게 알고 있는 걸까 싶어졌다.

효인은 조금 먼 곳을 바라보며 말했다.

"다만 우리는, 우리 의사들은 신에 가까워지려고 노력할 뿐이지. 나 역시 노력하고 있어. 그래도 죽을 때까지 가능하진 않겠지만. 그래도 그거, 나쁜 기분은 아니더라."

효인은 윤정을 돌아보고 희미하게 웃었다. 그런 효인에게서는 가을 강가에 고즈넉이 핀 갈대의 향기가 났다. 꼿꼿이 서 있으면서도 바람이 불어오면 유연하게 휠 줄 아는, 그런 갈대의 향기가.

"건방진 말일까? 하지만 누군가의 눈에 신으로 보일 수 있다는 거, 이제야 내가 정말 의사가 된 것 같은 기분이 들었어."

그리고 효인은 왔던 길로 걸어가기 시작했다. 그러다가 어느 지점에서 다시 윤정을 돌아보고, 호쾌하게 웃었다.

"좋은 친구를 뒀더라, 문 선생."

그럴 거라고 생각은 했지만, 역시 혜경이 효인에게 말을 전해 준 범인인 모양이었다.

"정말…… 치사해."

윤정은 서서히 사라져 가는 효인의 뒷모습을 보며 불만족스럽게 중얼거렸다.

"미워할 수도 없게 하다니……."

윤정은 다시 하늘로 시선을 던졌다. 미워할 수도 없게 만드는 효인이 미웠지만, 그녀의 미소가 한 줄기 시원한 바람이 되어 불어든 듯 먹먹한 가슴이 후련했다.

"이런 말, 불쾌하게 들리실 수도 있겠지만……."

혜경은 우물거렸다.

"윤정이가…… 아니, 문 선생이 오늘 수술이 끝나고 그런 말을 했어요. 아까 심 선생님께서는 마치 신 같았다고."

"뭐?"

"음, 사실 문 선생이 요즘 많이 고민했거든요. 사람을 살리는 일에 자부심을 느끼긴 하지만 정말 자신에게 맞는 길인지, 심 선생님께서 하시는 것만큼 잘할 수 있을지……. 그래 봬도 외골수라 대놓고 고민을 말하진 않았지만, 많이 생각하는 것 같았어요. 그런데 친하게 지내던 환자가 큰일을 겪고 나니 막연하게 무섭기도 하고, 자신감이 사라졌나 봐요. 저…… 괜찮으시다면, 문 선생에게 짧은 말이라도 해주실 수 있을까요?"

"내가?"

"부탁드립니다!"

마냥 소심한 줄로만 알았는데, 혜경은 그렇게 말하며 효인에게 꾸벅 허리를 숙였다. 효인은 친구를 위해 그런 부탁을 하는 혜경이 기특하기도 하고, 옛날의 진환과 자신이 떠올라 새삼 감회에 젖기도 했다.

그래도 윤정에게 해줄 수 있는 말은 그 정도였지만, 자신도 인턴 때 그런 고민을 했다. 정말 이 길이 나에게 맞는 걸까. 내가 잘할 수 있을까. 윤정도 자신이 걸어왔던 길을 거쳐 성장하고 있는 것이리라.

오늘도 진환의 집에 온 효인이 노트북을 무릎 위에 올려놓은 채 피식 웃자, 책상 앞에 앉은 진환이 고개를 돌렸다.

"뭐 재미있는 거라도 있어?"

"아니, 뭐…… 그냥 갑자기 옛날 일이 떠올라서."

진환은 '그래?' 하고 대답하더니 다시 하던 일에 집중하기 시작했다. 효인도 별다른 말 없이 모니터에 떠 있는 논문에 집중했다. 그런데 아까 오전에 하지 못했던 말이 떠올라 효인은 노트북을 내려놓고 침대에서 일어섰다. 그리고 진환의 뒤로 다가가 어깨를 폭 감싸 안았다.

"진환아."

"나중에 놀아줄게."

어허라? 이 무드 없는 남자 좀 보게?

"놀아달라는 게 아니라아~"

하지만 다정한 분위기를 지속시킬 필요가 있는 효인은 애교를 섞어서 말했다.

"우리 이제……."

"졸려?"

자자고 말하려는 줄 알았나 보다.

"아니, 그게 아니고."

"배고파? 저녁 방금 전에 먹었잖아."

이게 인내심을 시험하나?

"어이, 말을 끝까지 하게 좀 내버려 두지?"

결국 효인은 진환의 어깨를 짚고 불량하게 말했다.

"아, 잠시만."

진환은 갑자기 화장실로 들어가 버렸다. 그래서 볼일이 급했구나 하고 그가 나오길 기다렸지만, 잠시만이라고 말하고 화장실로 들어간 남자는 변기통에 빠져 죽었는지 함흥차사였다.

팔짱을 끼고 삐딱하게 선 효인은 손끝으로 팔을 톡톡톡 신경질적으로 두드리며 화장실 문을 응시했다. 그런데 대체 뭘 하자는 건지 곧 '쏴아아아—' 샤워기로 물을 트는 소리가 들리는 게 아닌가.

'뭐야? 지금 샤워하는 거야?'

황당하기 이를 데 없었다. 난데없이 샤워는 왜 해?

하지만 진환은 아무리 기다려도 나오지 않았고, 효인이 기다리다 지쳐 슬쩍 졸아버렸을 때에야 조용히 문을 열고 나왔다. 하지만 그는 샤워를 하지 않았는지 아까와 그다지 다르지 않은 모습이었다. 다만 시간을 때운다고 변기통의 뚜껑을 닫고 그 위에 앉아 화장실에 있던 책을 모두 독파하고 나온 참이었다.

진환은 침대 위에서 졸고 있는 효인을 내려다보고 나직한 한숨을 내쉬었다.

"하여간 성격 급하지. 며칠만 기다리면 될걸."

효인에게 선수를 빼앗길 수는 없었다.


요 며칠 내내 효인은 퉁퉁 부어 있었다. 자꾸만 찝찝하게 만드는 한 남자 때문이었다. 한 번 싸우고 난 이후로 그는 더욱 다정해졌고, 잠자리도 문제가 없었다. 하지만 단 하나, 진지한 이야기만 꺼내려고 하면—결혼 이야기가 아니더라도— 지레짐작하고 피하는 태도를 보인다는 점이 문제였다. 며칠 전에는 이야기하다 말고 난데없이 샤워하러 들어가질 않나…….

게다가 한날은 택배가 왔기에 뜯어봐도 되냐고 했더니 한사코 별거 아니라고 숨겨 버렸다. 아무리 사귀는 사이라고 해도 개인 프라이버시는 지켜줘야겠지만 요즘 안 그래도 찜찜한데 뭐라 이루 형용할 수 없는 기분이 들었다.

이쯤 되니 효인도 오기가 들기 시작했다. 오냐, 무슨 생각인지는 모르겠지만 네가 그런 식으로 군다면 나도 입 꼭 다물고 있어주마. 그런 마음에 효인은 어느 순간부터 결혼의 기역 자도 꺼내지 않았다. 그리고 진환과 아무렇지 않은 척 대화하는 와중에도 어떻게 자백시킬까 하는 생각만 하고 있었다.

'몸으로 살살 녹여놓은 다음 은근슬쩍 물어볼까?'

아니, 그런다고 해서 진환의 무거운 입이 열릴 것 같지는 않았다.

'애정이 사라졌냐고 눈물바람을 내보여?'

하지만 그건 좀…… 지리멸렬한 것 같고, 화를 내자니 저번처럼 그가 사과 한마디만 해도 강철 같은 마음이 사르르 녹아버리고, 애원을 해 볼까 싶어도 애원까지 할 일인가 싶고……. 영 마땅한 방법이 없었다.

그런 생각을 하며 병원 산책로에 서 있는데, 갑자기 가운 주머니에 넣어둔 핸드폰이 울리기 시작했다. 점심시간을 맞아 진환을 기다리고 있었던 효인은 어련히 그이겠거니 싶어 핸드폰을 꺼내

들었다. 그런데 예상외로 액정에 뜬 번호는 모르는 번호였다. 하지만 아예 낯선 번호인 것도 아니었다.

이 번호를 어디서 봤더라.

"여보세요?"

정체를 밝히길 바라며 말했건만 핸드폰 너머에서는 나직한 웃음소리밖에 들려오지 않았다. 그래서 미간을 찡그러뜨리려는 참이었다.

[아직 이 번호 그대로 쓰네?]

효인은 입안으로 '아, 이런.' 하는 말을 삼켰다.

"혹시 규범 씨야?"

[응. 밑져야 본전이다 싶어 예전 번호로 전화해 봤는데 받아서 좀 놀랐어.]

그다지 바꿀 이유도 없다 싶어서 규범과 사귀었을 때 썼던 번호를 그대로 쓰고 있었는데, 바꿀걸 하는 후회가 들었다. 그가 바퀴벌레만큼 싫다거나 다시 관계를 가지고 싶지 않다거나 하는 건 아니었지만, 아무래도 진환이 불쾌해하니 규범을 완전히 과거의 사람으로 묻어두고 싶기 때문이었다. 물론 결혼까지 한 규범이 흑심을 가지고 있는 건 아니겠지만…….

그때 규범이 효인의 난감한 침묵을 눈치챈 듯 말했다.

[걱정 마. 마지막으로 전화해 보는 거야. 저번에 인사도 제대로 못 했으니까. 그리고 마지막으로 인사를 해야, 정말 완전히 정리가 될 것 같아서. 물론 정리가 되지 않은 건 아니었어. 이래 봬도 나 우리 와이프 엄청 사랑하거든.]

규범은 자랑하듯 말했다.

[어쨌든 이미 예전에 나에겐 네가, 너에겐 내가 맞지 않는다고 깨달았지만…… 그래도 심효인, 나 너 많이 좋아했었다.]

효인은 고개를 살짝 내리깔며 피식 웃었다. 녹음을 스치고 불어온 상큼한 바람이 얼굴 위로 흘러내린 몇 가닥의 머리카락을 흩날렸다.

[솔직히 와이프 만나기 전에는 마음 한구석에 언제나 네가 있었어. 너, 참 밝은 사람이었으니까. 그래서 아주 조금은…… 헤어지고 나서도 네가 그 친구 말고 내게 돌아와 주지 않을까 기다렸던 것 같아.]

"음, 그렇게까지 말해주면 내가 너무 미안한데."

[왜? 헤어지고 나서 내 욕이라도 했어?]

"욕은 아니었는데…… 조금 섭섭한 소리를 했다고나 할까?"

효인이 장난스럽게 대답하자, 규범도 장난스럽게 대답했다.

[그럼 피차일반이네. 나도 실연당하고 나서는 좀 그랬으니까. 헤어진 사람들이란 다 그런 거 아니겠어?]

"서로 무슨 소리를 했는지는 묻어두기로 하자. 모르는 게 약일 것 같네?"

[동감이야.]

그 순간, 효인은 호흡으로 느껴지는 공기처럼 한 남자의 존재감을 느꼈다. 그래서 고개를 돌리자, 저편에 진환이 언제부터 그녀를 지켜보고 있었는지 팔짱을 끼고 서 있었다.

[우리는 이걸로 정말 완전히 끝이겠지. 하지만 네가 말했듯이, 잘 살아. 뭐, 그 친구 곁이라면 내가 굳이 말하지 않아도 잘 살겠지만.]

효인은 진환을 향해 살짝 미소 지었다.

"안녕, 규범 씨."

[안녕, 심효인.]

그것을 마지막으로 두 사람은 통화를 끊었다. 그리고 효인은 과거와 현재를 나누는 경계선을 넘어, 그녀의 연인에게 다가갔다.

31
붉고 푸른

"글쎄, 그냥 마지막 인사만 했을 뿐이라니까 그러네."

"……."

"삐쳤어? 장 선생 또 삐친 거야? 응? 응? 응?"

"……."

규범과는 정말 마지막 인사를 나누었을 뿐이라고 부단히 결백을 주장했지만 진환은 또 입에 꿀이라도 담고 있는 양 묵묵부답이었다. 규범과 마지막 인사를 나누고 후련하기도 하고 마음이 잔잔해지기도 했는데, 완전히 기분 잡쳐 버렸다.

"쳇, 나도 몰라! 장진환 이 오리 궁둥이 같으니."

효인은 어디서 튀어나온 건지 알 수 없는 말을 구시렁거리며 앞서가 버렸다. 그러자 진환은 보이지 않으리라는 걸 알면서도 슬쩍 자신의 뒤쪽을 돌아보았다. 정말 오리 궁둥이인 건 아니겠지하고. 어허, 완벽한 대칭을 자랑하는 탄탄한 엉덩이가 슬퍼할라.

진환은 효인을 따라 옥상으로 들어섰다. 옥상에는 훈풍이 감돌고 있었다. 예년보다 더위가 일찍 찾아왔는지 요즘 같은 날씨에는 가끔 의사 가운도 덥게 느껴지곤 했다. 이제 정말 봄인 것 같았다.

"마지막 인사만 했다니까 또 유치하게 굴지."

옥상 난간에 팔을 기댄 효인은 중얼거렸다. 그래도 저번의 싸움으로 인한 교훈 탓인지 귀엽게 칭얼거리는 정도였다. 그러자 진환은 그녀의 곁으로 다가가서 둥그스름한 정수리를 도닥거렸다.

"알았어. 그만하자."

"그만은 무슨 그만. 나 오늘 가시덤불이니까 잘 봐서 행동하는 게 좋을 거야."

효인은 자세를 풀지 않은 채 고갯짓으로만 머리 위에 있는 진환의 손을 쳐 내고 툴툴거렸다. 하지만 진환은 고슴도치 같은 그녀가 귀여워 다시 머리에 손을 대었다. 그러면 또 고개를 흔들면서 쳐 낼 거라 생각했는데, 웬일인지 효인은 더 이상 반응을 보이지 않았다. 그저 난간에 양팔을 포개고 지상을 내려다보기만 했다.

"왜 가시덤불인데?"

진환은 정수리에서 손을 내려 효인의 머리카락을 만지작거리며 물었다.

"어떤 남자가 미워서."

결혼하자는 이야기도 없고, 결혼하자고 말도 못 하게 하는 진환이 정말 미웠다. 그런 의미에서 오늘 밤에 하자고 슬금슬금 다가오면 확 깨물어 버릴 심산이었다.

아직 결혼하고 싶지 않다면 일단 말이나 들어보고 연애를 좀 더 하자고 하든지. 사람이 이리 미적지근해서야.

그럼에도 진환에게서 돌아오는 대답이 없자, 효인은 속에서 천불이 났다. 그런데 갑자기 진환이 뒤에서 움직이나 싶더니, 효인의 눈앞에 있는 허공으로 주먹을 뻗어왔다. 효인은 햇빛을 받아 까맣게만 보이는 그의 주먹을 심드렁하게 올려다보았다.

"뭐 하자는……."

말을 다 하기도 전이었다. 그가 주먹을 펴자, 무언가가 찰랑 쏟아져 내렸다. 역광 때문에 가장 먼저 보인 것은 반짝하고 퍼져 나가는 붉은빛이었다. 언뜻 푸른빛도 스쳐 지나갔다. 이내 거울에 반사된 빛처럼 이리저리 퍼지던 투명한 섬광이 잦아들자, 진환의 손에서 떨어져 내린 물건이 제대로 보였다.

효인의 눈이 커졌다. 그것은 목걸이였다. 그리고 붉은빛의 주인공은 가는 금줄 끝에 매달린 보석이었다. 햇빛을 투영시키며 빛나는 붉은 보석은 사금가루인 듯하고 진주가루인 듯도 한 반짝임을 품고 있었다.

보석은 그것만이 아니었다. 붉은 보석 위로 파란 사파이어가 가늘게 둘러져 있었다. 언뜻 보였던 푸른빛의 정체는 사파이어였던 것이다. 그리고 이채로운 모양을 지닌 보석은 손톱만 한 크기였다. 그런데 가만히 올려다보고 있으려니 어떤 모양과 비슷한 것 같은 게…….

효인은 그 정체를 찾기도 전에 가슴이 벅차올라 더 이상은 생각이란 걸 할 수가 없었다. 그럼에도 효인은 호들갑을 떨며 좋아하는 대신 아직 새침하게 삐친 척을 했다.

"이런 걸로 내 마음을 돌리려고 해도 소용없다네."

단순한 광물 하나에 녹아내리는 여자로는 보이고 싶지 않았다.

"그래? 그럼 결혼도 안 해줄 거야?"

"응, 그럴…… 뭐?"

밥 먹었냐고 묻듯 흘러나온 물음에 효인 역시 대수롭지 않게 대답하다가 홱 소리 나게 돌아보았다. 하지만 손을 거두어들인 진환은 뭐가 잘못됐냐는 듯 담담한 표정이었다.

"너 지금 뭐라고……."

"계속 생각을 해 봤는데."

진환은 질문에 대답하지 않고 다른 이야기를 꺼냈다.

"어떻게 청혼을 하면 좋을까."

청혼이라는 단어에 효인의 심장이 크게 뛰었다.

"하지만 상상력이 그다지 풍부하지 않아서인가, 좋은 방법이 떠오르질 않더라고. 그래서 고민한 끝에 이 정도지만……."

진환은 얼핏 난감하게 웃었다.

"결혼해 줬으면 좋겠다. 음…… 아니, 내 아내가 되어달라고 이야기해야겠지."

효인이 놀란 표정으로 바라보고만 있자, 진환은 쥐고 있던 손을 그녀 앞에서 펴 보였다. 그러자 마술처럼 그의 손바닥 위에서 목걸이가 모습을 드러냈다. 이미 그곳에 있다는 걸 알고 있긴 했지만, 적어도 효인에겐 마술과 같았다. 행복을 주는 마술.

"그리고 이건…… 너에게 주는 내 심장이라고 해야 할까."

효인은 그제야 깨달았다. 파란 사파이어가 가늘게 둘러진 붉은 보석이 무엇과 꼭 닮았는지. 바로 심장이었다. 보통 심장 하면 하트 모양을 떠올릴 테지만, 그의 손바닥 위에 올려진 보석은 의학 교과서에 나오는 심장 그림처럼 붉은 심장에 푸른 힘줄이 둘러진 모양이었다. 꽤 실제 같은 모습이었으나 그래도 최대한 간단히 표현해 상당히 앙증맞았다. 그 그림이 이렇게 표현될 수 있다는 게 신기했다.

"음, 진짜 심장을 꺼내줄 순 없으니까."

이렇게 어수룩한 청혼이 다 있을까. 그것도 병원의 옥상에서 아직 의사 가운을 입고 있는 채로.

인생에서 가장 특별한 순간을 화장도 거의 하지 않고 머리는 대충 동여맨 채로 맞이하게 하다니. 정말 이 남자처럼 무드 없는 남자가 또 있을까 싶었다. 하지만 이렇게나…… 그다우면서도 감미로운 청혼이 또 있을까.

진환의 손바닥 위에서 찬란한 빛을 발하고 있는 작은 보석은 단순한 광물이 아니었다. 한 여자만을 담고 있는 그의 심장이었다.

효인은 와락 입가를 감쌌다.

"세상에……. 지금 내 얼굴 빨개졌어?"

"확실히."

진환이 대답할 필요도 없이, 손바닥을 타고 열기가 고스란히 전해져 왔다. 아마 모르긴 몰라도 지금 자신의 얼굴은 잘 익은 고구마 같을 터였다.

효인은 양손으로 얼굴을 완전히 감쌌다. 그리고 잠시 설렘으로 날뛰는 얼굴이 진정되길 기다리는 듯하더니, 손바닥을 내려 눈만 빠끔히 내밀었다. 얼굴은 아직도 불그스름한 홍조를 띠고 있었다.

"하나만 묻자. 내가 요즘 계속 결혼하자 말하려고 했던 거 알고 있었지? 그런데 왜 살살 피해 다녔던 거야? 이럴 거였으면서."

"이럴 거였으니까."

"무슨 말이야?"

"너한테 선수를 빼앗겼다가는 체면이 안 서니까."

효인은 생각지 못했던 진환의 속내에 황당한 눈이 되었다. 하지만 곧 손을 내리고 거의 라마즈 호흡을 하듯 심호흡했다. 그리고 연분홍빛으로 상기된 얼굴로 눈이 부실 만큼 함박 웃었다.

"내 대답은 청혼하기 전부터 알고 있었잖아?"


새벽녘, 불현듯 잠에서 깨어난 효인은 자신의 목부터 짚었다. 딸랑이는 목걸이가 만져지자 아직 잠기운이 맴도는 효인의 입가에 미소가 번졌다.

진환이 말하길, 청혼하기 전에 얼마간의 말미를 두고 있었던 이유는 이 목걸이가 준비되지 않았기 때문이라고 했다. 운재와 술을 마시며 결혼 허락을 받기 전부터 어떻게 청혼해야 할까 생각했는데 도통 좋은 방법이 떠오르지 않아 고민하다가, 청혼의 기본은 꽃과 보석이라는 말을 들었단다. 어디서 들었냐고 했더니 검색창이란다. 그 말을 듣고 웃느라 숨넘어가는 줄 알았다.

더없이 진지한 얼굴로 검색해 봤을 진환을 상상해 보라. 게다가 새로운 수술 방법을 도입할 경우에도 기존의 논문부터 찾아보는 게 정석 아니냐며, 너무나 의학도 같은 말을 하는데 아드레날린 과다 분비로 축 사망하실 뻔했다.

아무튼 청혼에 대해 대충 가닥은 알게 되었지만 거기에 새로운 고민이 떠올랐으니, 어떤 보석을 해야 하느냐는 것이었다. 덕분에 진환은 또 이것저것 고민하다가 두 사람을 한데 묶고 있는 '심장'이란 단어에 착안해 주문제작을 하자고 결정했단다. 그러니까 즉, 며칠 전에 온 택배에는 이 목걸이가 들어 있었던 것이다. 그래서 한사코 보여주지 않으려고 용을 썼던 거였다.

혼자 고민하느라 애 좀 썼을 진환을 생각하니 효인은 그저 웃을 수밖에 없었다. 결혼하자는 말을 이리저리 피해 다녔던 진환에 대한 섭섭함 따위는 초저녁에 날아가 버렸다.

손끝으로 보석을 만지작거리던 효인은 나직한 한숨을 내쉬며 그녀를 안은 채 잠들어 있는 진환의 품에 깊이 파고들었다. 그러자 진환이 작게 '음…….' 하는 소리를 내고 본능적으로 그녀의 등줄기를 쓰다듬었다. 그리고 다시 스륵 잠들었다.

한동안 아늑한 품속에 안겨 있던 효인은 진환의 가슴께에 손을 짚어보았다. 규칙적인 박동이 느껴졌다. 그 박동이 너무 힘차서 효인은 울컥 눈물이 솟을 것만 같았다.

'진환아, 그거 알아? 내가 살면서 가장 잘했다고 생각하는 일이 뭔지. 그건 처음에 너한테 말을 걸었던 일이야. 만약 그때 내가 말을 걸지 않았고, 너도 나한테 말을 걸지 않아 친구가 되지 못했다면…… 생각만 해도 후회가 돼.'

효인은 입안으로 뜨거운 덩어리를 삼키며 소리 없는 고백을 계속했다.

'진환아, 태어나 줘서 고마워. 나를 만나줘서 고마워. 내 친구가 되어줘서 고마워. 나를…… 사랑해 줘서 고마워.'

효인은 진환의 심장에게 속삭이듯 한동안 손바닥을 대고 있다가, 조심히 그의 품속에서 빠져나왔다. 그리고 희미한 여명 빛을 받은 그의 잠든 얼굴을 응시했다. 진환은 여전히 조용한 숨소리를 내며 자고 있었다. 효인은 조심스럽게 그의 머리카락을 쓸어 올리고 콧대를 훑어 내리고 따뜻한 볼을 쓸었다.

가슴 깊이 그를 사랑하는 감정이 차올랐다.

이내 효인은 살며시 침대에서 내려와 책상 앞에 앉았다. 그리고 잠깐 뒤척이는 진환을 본 후에, 종이와 펜을 꺼내 들었다. 그러고 잠시 무슨 이야기를 쓸까 고민했다. 이 벅찬 마음을 조금이라도 표현하고 싶은데, 너무 벅차기 때문인지 마땅한 문구가 떠오르지 않았다. 그래서 효인은 한참 동안 고민하다가 또박또박한 글자를 써 내려가기 시작했다.

사각사각. 펄프지에 마찰하는 잉크 소리가 고요하게 울렸다.

효인은 신을 믿지 않았다. 때론 신이 어딘가에 있지 않을까 어리석은 믿음을 가지기도 했지만, 열다섯 살 이후로는 신을 찾는 것조차 그만두었다. 피를 토할 것처럼 외쳐도 신은 결코 대답해 주지 않았기 때문이다. 그런 신은 너무나 가변적이었고 불확실했으며 어디서도 존재감을 느낄 수 없었다. 하지만 효인은 이제야 인정하게 되었다.

신은 존재했다. 바람이 쓸어가는 나무에, 소녀의 말간 웃음에, 어린아이의 향긋한 우유 내음에, 신부의 하얀 면사포에, 서로 맞잡은 손에, 세상을 새하얗게 물들이는 눈꽃송이에, 부드러운 빗물에…… 지독한 죽음의 냄새가 만연했던 그들의 열다섯 살 해에도, 그들이 함께 걸었던 길에도, 서로의 이름을 부르는 목소리에도, 흐르는 감정의 물결에도…….

신이 대답해 주지 않는 것은 당연했다. 신은 존재함을 대답해 주는 존재가 아니라, 존재함을 느끼게 해주는 존재이기 때문에.

쪽지를 다 쓰고 난 효인은 단 두 줄의 간결한 문장을 내려다보며 가만히 눈을 내리감았다. 신이 그녀의 숨결에 깃들었다 간 것이 느껴졌다.


잠에서 깨어난 진환은 가장 먼저 효인이 품 안에 없다는 사실을 인지했다. 하지만 별달리 걱정하진 않았다. 효인이 먼저 일어나 출근 준비를 하고 있는 경우가 종종 있기 때문이었다. 증거로 멀리 샤워실에서 물소리가 들려왔다.

진환은 침대에서 일어나 부엌으로 갔다. 책상 위에 보라는 듯이 반듯하게 놓여 있는 쪽지도 보지 않고.

물을 마시고 홈 바에 물통을 돌려 넣는데 마침 효인이 샤워실에서 나왔다. 그런데 무슨 일인지, 왠지 주춤거리며 그의 눈치를 살피는 기색이었다. 게다가 조금 수줍어하는 것 같은 얼굴이었다.

진환은 의아해졌지만 기분 탓이라 여기고 효인과 가벼운 인사를 나눈 후에 샤워실로 들어갔다. 그러자 이번에는 효인이 의아해졌다. 쪽지를 봤으면 무슨 반응을 보이든 보일 거라 생각했는데, 진환은 그야말로 무반응이었다.

"뭐야? 이런 거엔 감동받지도 않는다는 말이야?"

효인은 뿌루퉁하게 중얼거리고 책상으로 다가가 보았다. 쪽지는 건드렸던 흔적 없이 고이 놓여 있었다.

"읽지 않은 거야?"

하여간 정말 감동 한번 주려고 해도 도와주질 않았다.

새벽녘의 그 잔잔함은 어디로 가버렸는지, 왈칵 성질이 치민 효인은 낚아채듯 쪽지를 들고 샤워실의 문을 벌컥 열어젖혔다. 갑자기 문이 열리자 마침 웃통을 벗어내고 있던 진환은 깜짝 놀랐다. 사납게 문을 열고 들어온 효인의 표정이 왠지 화난 것처럼 보여서 더.

"왜 그……."

진환이 다 묻기도 전에 효인은 바닥을 내리찍듯이 걸어와 그의 맨가슴에 쪽지를 붙였다. 하지만 물기 없는 맨가슴에 종이가 접착되지 않고 팔랑팔랑 떨어져 내려 진환은 손을 들어 종이를 잡았다.

"하여간 부끄럽게 만드는 데 뭐 있다니까!"

효인은 부끄러움에 괜히 언성을 높이며 다시 샤워실을 나가 버렸다. 진환은 효인이 대체 왜 갑자기 화를 내는지 알 수 없어 점점 미궁으로 빠져 갔다. 어제 청혼도 했겠다, 밤에 알콩달콩한 시간도 보냈겠다, 포식한 고양이처럼 포만감에 가득해 잠들더니 아침에 일어나자마자 왜 이 난리인지.

진환은 대체 이 쪽지가 뭐기에 그러는가 싶어 쪽지를 정면으로 돌렸다. 그리고 평소와 별다를 바 없는 눈으로 간결한 문장을 한 번에 읽어 내렸다.

그 순간, 시간이 멈추었다. 그는 조각이 되어버린 듯 아무런 움직임이 없었다. 그저 쪽지를 든 자세 그대로 단 두 줄의 문장만을 읽고 또 읽었다. 이내 그는 공기를 흡입하듯 큰 숨을 들이쉬었다. 그리고 바로 그 다음 순간, 이미 거칠게 샤워실의 문을 열고 밖으로 성큼성큼 나가고 있었다.

효인은 거실의 한중간에 서서 팔짱을 끼고 서 있었다. 드라마나 영화에서처럼 알아서 쪽지를 보고 반응해 주지 않는 진환이 밉기도 하고, 어떤 반응을 보일지 궁금하기도 하고, 성격에 맞지 않는 짓을 했더니 부끄럽기도 하고, 굉장히 복잡한 상태였다. 그때, 뒤에서 빠르게 다가오는 소리가 들려 효인은 아니꼽다는 눈으로 고개를 돌렸다. 그런데!

"뭐…… 읍!"

무섭게 다가오는 진환의 모습에 놀라 주춤한 사이, 효인은 거의 빨려 들어가듯 당겨지는 동시에 입술이 먹혀 버렸다. 진환은 그녀의 양 얼굴을 아프도록 꽉 쥐고 격렬한 키스를 퍼부었다.

감동받아 눈물을 글썽거릴 거라고는 생각지 않았지만 이런 반응을 보일 줄도 몰랐다. 이건 꼭 화가 난 듯한 반응이었다.

"우읍…… 잠…….'

효인은 순식간에 목 끝까지 숨이 차올라 헐떡거렸지만, 진환은 아예 자제력의 끈을 놓아버렸는지 더 깊이 파고들 뿐 멈추지 않았다. 입술이 정신없이 비벼지고 혀가 엉망으로 뒤얽혔다. 그뿐만이 아니었다. 출근을 해야 하는데 살점을 쪽쪽 발라먹는 듯한 키스로도 성에 차지 않는지 효인을 침대에 쓰러뜨려 버렸다. 창졸간에 잔뜩 흥분한 맹수의 먹이가 되게 생긴 효인은 그의 묵직한 무게에 눌린 채 아등바등 허무한 반항의 몸짓을 보였다.

"자, 잠깐! 출근, 출근해야지! 그리고 나 이미 샤워했어!"

"안 돼."

진환은 이미 허스키해진 음성으로 으르렁거렸다.

"이미 흥분했어."

사실이었다. 진환의 중심은 이미 딱딱해져 여린 허벅지 살을
찔러댔다.

"야! 그거 보고 흥분할 게 뭐 있다고! 너 변태…… 헉! 그, 그
만하라니까!"

"절대 못 멈춰."

"아, 안…… 하윽…….."

둘이 엎치락뒤치락하는 통에 침대에 아슬아슬하게 걸쳐져 있
던 쪽지가 팔랑— 떨어져 내려 바닥에 사뿐히 착지했다. 들썩거
리는 침대 아래 놓인 쪽지에는 가히 달필이라 할 만한 글씨가 쓰
여 있었다.


—앞으로도 내 늘 푸른 나무이며 친구인 동시에 연인이고, 평생을 함
께할 남편이 될 당신. 당신이 존재함을 진심으로 감사드립니다.


장 선생…… 진짜 변태인가?


"흑흑……."

효인은 어설프게 눈물 찍어내는 시늉을 했다. 그리고 진환에
게 덮침을 당하느라 화장도 제대로 하지 못하고 허겁지겁 뛰어나

온 얼굴을 손으로 덮고 훌쩍거렸다. 아니, 훌쩍거리는 척했다.

"겁탈당했어."

진환이 할 수 있는 일은 그저 먼 곳을 쳐다보는 것뿐이었다. 흥분을 참지 못하고 출근해야 할 시간에 달려든 남자가 무슨 말을 할 수 있을쏘냐. 게다가 아침에 사랑을 나누는 통에 두 사람은 정말 아슬아슬하게 병원에 도착할 수 있었다. 콘퍼런스 시작 딱 1분 전이었으니 더 말해 무엇 할까.

"결혼할 남자가 있다고 말했는데도 막무가내였어."

효인은 아예 연기에 심취해 버렸는지 진환에게 '찔리지? 찔리지?'라고 묻듯 계속 말했다.

"이제 그이를 어떻게 봐!"

진환은 작게 한숨을 내쉬었다.

"미안하다니까."

"전혀 안 미안해 보이거든?"

효인은 얼굴을 가리고 있던 손을 내리고 찌릿 눈을 흘겼다. 결국 끝까지 거부하지 못하고 받아들이며 흐느낀 자신도 자신이긴 하지만.

"참, 그거 말인데."

진환은 이제 그만 그 주제에 대해 끝내려는 듯 다른 이야기를 꺼냈다.

"언제 이야기할 거야?"

"아, 결혼 이야기?"

다행히 효인도 이 정도 하고 넘어가 주려는 듯 순순히 대답했다.

"글쎄……. 아버님과 어머님께 먼저 말씀드려야겠지? 아니, 과장님께 먼저 말씀드려야 하나?"

진환은 잠시 자신의 턱을 매만졌다. 철호야 전혀 반대할 사람이 아니긴 하지만 많이 놀랄 것 같긴 했다. 게다가 서로 잘되고 있다면 잘되고 있다고 말을 할 것이지, 왜 의뭉스럽게 숨겼느냐고 잔소리깨나 퍼부을 것 같았다. 뭐, 그 정도야 감내해야겠지만.

"그럼 오늘 말하는 편이 좋겠어."

"그럴까? 하긴, 슬슬 상견례도 해야 하고, 혼수 준비에 식장도 봐야 하니까."

구체적인 이야기가 나오자 효인은 이제 정말 결혼하는구나 하는 기분이 들었다.

"왠지 신기하네. 결혼이란 별나라 이야기인 줄 알았는데 내가 그 결혼이라는 걸 한다니. 그것도 장 선생이랑 말이야."

"그래서 싫어?"

"어허, 이 사람이. 싫을 리가 있나."

진환과 효인은 동시에 작게 웃었다. 그때 그들의 옆을 지나가던 상준이 덩달아 웃으며 말을 걸었다.

"결혼이라니 무슨 말씀이세요?"

다른 말은 못 듣고 '결혼'이라는 단어만 들은 모양이었다.

"심 선생님, 이제 결혼하시게요?"

"아, 그게 말이야……."

어차피 병원 직원들에게도 알릴 생각이긴 했지만 막상 말하려니 효인은 왠지 수줍어졌다. 그래서 어물쩍 운을 떼는데, 상준은

설마 진환과 효인이 결혼할 사이라고는 추호도 생각지 못하는 듯
퍽이나 천진한 표정이었다.

"나랑……."

이내 효인은 결심하고 말하려고 했다. 그런데 그때 상준의 뒤
로 낯익은 사람이 고개를 푹 수그리고 걸어가는 모습이 보였다.

효인이 말을 하다 말고 누군가를 빤히 바라보자 진환과 상준
의 시선이 동시에 그쪽으로 돌아갔다. 효인의 시선을 잡아챈 사
람은 어깨에 절망을 주렁주렁 매달고 있는 듯한 어떤 젊은 여자
였다.

"나 잠깐만."

효인은 자연스럽게 진환의 팔을 잡았다 놓고 여자를 뒤따라갔
다. 진환은 효인이 뭘 하려는 건가 싶어 그녀의 뒷모습을 좇았다.
그런데 빤한 시선이 느껴져 고개를 돌리자, 상준이 그의 팔 부근
을 심각하게 바라보고 있었다. 그곳은 효인이 잠시 잡았다가 놓
은 부분이었다.

"왜?"

진환이 불쑥 묻자 상준은 흠칫 시선을 들었다.

"아, 아뇨. 그게……."

"하고 싶은 말이 있으면 해."

진환이 허락해 주었지만 상준은 자신이 너무 비약하는 게 아
닌가 싶어 잠시 입안으로 말을 곱씹었다. 하지만 예전부터 미묘
하다 느껴왔던 부분이라 고양이도 죽인다는 호기심을 참지 못하
고 주저주저 말을 꺼냈다.

"혹시…… 정말 혹시라고 생각은 합니다만, 혹시이…… 심 선

생님과 결혼하시는 분이…… 아니, 결혼하신다면 말이지만…….”

진환은 특유의 무감동한 눈으로 쭈뼛거리는 상준을 보더니, 과감히 핵폭탄을 투하했다.

“나 맞다만.”

순간 상준의 동공이 최대치로 팽창했다. 얼굴에는 경악이 빠르게 퍼져 나갔다. 동시에 상준은 절대 안정해야 할 환자들이 많은 병원이라는 것도 잊고 소스라치게 놀란 소리를 내지르고 말았다.

“예에에에엑?”

여자를 쫓아가던 효인은 갑자기 들려온 경악 어린 외침에 뒤를 돌아보았다. 아직 진환의 앞에 서 있는 상준이 거의 숨이 멎을 것처럼 놀란 얼굴을 하고 있었다. 효인은 ‘뭐야?’ 싶어졌지만 지금은 그보다 중요한 일이 있으니 다시 돌아보았다. 마침 여자도 상준의 성량에 놀란 듯 걸음을 멈추고 뒤를 돌아보고 있었다. 효인은 얼른 그녀에게 다가갔다.

“안녕하세요.”

그녀는 흠칫 놀라 효인을 보더니 누군지 기억난 듯 어깨에 들어간 힘을 풀었다.

“예, 안녕하세요.”

미상이의 어린 엄마인 선아는 NICU 앞이 아니라 그런지 순순히 인사를 받아주었다. 그래도 효인은 선아가 언제 돌변해 히스테릭해질지 몰라 단도직입적으로 본론을 꺼냈다.

“아이의 수술 일정이 잡혔어요.”

무언가 말하고 싶은 듯 선아는 입술을 달싹였다. 하지만 선아는 결국 소리 내어 말하지 않고 고통을 짓씹듯 입술을 꾹 다물었다.

"예……. 들었어요."

"저, 이런 말은 그다지 유쾌하지 않으시다는 거 알고 있어요. 하지만…… 정말 아이를 한 번도 보지 않을 생각이신가요?"

효인은 최대한 힐책조로 들리지 않도록 조심하며 물었다.

NICU 간호사의 말에 의하면, 선아는 미상이가 약물 치료를 하는 동안 단 한 번도 보러 오지 않았다고 한다. 하지만 있기는 늘 미상이 곁에 있었다. 항상 NICU의 입구에서 배회할 뿐, 결코 안으로 들어오진 않았다. 일하느라 하루 종일 바쁜 미상의 아버지 우열은 밤에라도 잠깐 들러 꼭 만나고 가는데, 선아는 지독하게 아이를 거부했다. 하지만 효인은 NICU 앞을 떠나지 않는다는 선아에게서 버리려야 버릴 수 없는 모정을 보았다.

기형으로 태어난 아이에 대한 반발심과 애틋한 모정. 선아의 안에서는 그 두 가지가 첨예하게 대립하고 있는 것이리라.

"남편과 저는 말이죠……."

선아는 입술이 새하얗게 질릴 때까지 꾹 다물고 있다가 뜬금없는 말을 했다.

"고아였어요. 우리에겐 서로밖에 없었죠. 그러다가 이제야 겨우 셋이 되는 거였어요. 여태 해온 고생을 이제야 보상받는구나 생각했어요. 그런데 아니었어요. 더 큰 불행의 시작일 뿐이었어요."

선아가 짓씹듯이 하는 말을 효인은 그저 듣고 있을 수밖에 없었다.

"저는 그 아이를 감당할 만한 힘이 없어요. 그리고 아이도 커 갈수록 자신을 왜 이런 몸으로 낳았냐고 원망하겠죠. 차라리…… 그 전에 떠나게 해주는 게 최선의 일일 거예요."

"그건 아이를 위한 일인가요, 아니면 어머님을 위한 일인가요?"

여전히 부드러운 어투지만 직설적인 말에 선아는 찡그린 눈으로 효인을 보았다. 효인은 무표정한 것 같기도 하고 희미하게 웃는 것 같기도 한, 뭐라 설명할 수 없는 표정으로 선아를 바라보고 있었다.

"아무것도 해보지 않고 포기하는 것은 최선의 선택이 아니라 현실과의 타협이 아닐까요?"

"그렇죠……. 타협이겠죠……."

선아는 여태 보여주었던 신경질적인 모습이 믿기지 않을 정도로 선선히 수긍했다.

"하지만 어차피 되지 않을 일을 해보겠다고 아등바등하다가 기력을 다 소진하고 절망하게 되었을 때 포기하는 것보다는 나아요. 그런 거, 정말 지쳤거든요."

가만히 말을 듣고 있던 효인은 갑자기 살짝 묵례했다.

"뭐라고 더 드릴 말씀이 없습니다."

사실 선아가 친한 동생이기만 했어도 붙잡고 구구절절이 이야기했겠지만—아니, 뺨이라도 때렸겠지만— 그러기엔 관계가 알맞지 않았다.

"다만…… 한 가지만 알아주세요. 아이는 살려고 노력하고 있어요. 그 작은 아이가 온 힘을 다해서요."

선아는 아무런 말이 없었다. 그저 입술을 깨물고 있을 따름이었다.

## 32
우리는 시나브로······.

"진환아, 나 뭐 하나만 물어봐도 돼?"

효인은 진환의 무릎을 베고 누워 TV를 보고 있다가 말했다. TV에서는 효인이 좋아하는 드라마가 방영되고 있는 중이었지만 말하는 폼을 보아하니 전혀 집중하지 못하고 있었던 모양이다. 진환은 효인의 머리를 쓰다듬으며 대답했다.

"두 개 물어봐도 돼."

"열 개는 안 될까?"

진지하게 꺼낸 이야기였지만 진환이 장난스럽게 대답하자 효인도 장난기가 발동해 버렸다.

"열 개든 백 개든."

"오야. 장 선생은 너무 관대하셔. 아니, 이게 아니지."

효인은 곧 정신을 차리고 본론으로 돌아갔다.

사실 오늘 철호에게 결혼에 대해 이야기하자고 합의를 본 상태였지만, 가는 날이 장날이라고 오늘은 철호가 시간이 나지 않는다고 했다. 점잖은 철호 씨는 과장인 동시에 대한대학의 주임교수여서 어떻게 시간을 뺄 수가 없는 것 같았다. 그렇다고 과장실에 덜렁 찾아가 폭로(?)할 수도 없는 노릇이라 진환과 효인은 결혼 이야기를 내일로 미뤘다. 그래서 밤늦게 퇴근한 둘은 이미 결혼한 부부처럼 자기 전에 잠깐이나마 같이 시간을 보내는 중이었다. 아무튼 그건 그렇다손 치고.

　"만약 우리 아이가 장애아로 태어나면 넌 어떨 것 같아?"

　부드러운 머리카락을 마음껏 음미하고 있던 진환은 손을 멈추었다. 하지만 효인은 TV를 보고 있을 뿐이었다. TV에서는 마침 여주인공이 추적추적 비 오는 바깥을 우울하게 바라보고 있었다.

　"잠깐 임신한 줄 알았다."

　어라? 그런 식으로도 해석되는 거였나? 놀란 효인은 얼른 진환을 올려다보았다.

　"아니, 그런 건 아니고 그냥……."

　"알아. 그 환아 때문이지?"

　효인은 몸을 돌려 누웠다. 그러자 손을 멈추고 있던 진환도 다시 효인의 머리를 쓰다듬기 시작했다. 그 손길이 어찌나 부드러운지, 가르랑거리는 소리라도 내줘야 할 것 같았다.

　"넌 항상 그래. 어떤 일에 꽂히면 그 일밖에 생각 못 하지."

　"뭐, 꼭 그런 건 아닌데…… 만약 내 아이가 장애아로 태어나면 나도 선아 씨처럼 아이를 거부하고 싶어질까?"

"글쎄……. 아직 일어나지 않은 일이라 모르겠지만 네 성격상 그럴 것 같지는 않은데."

효인은 누운 채로 어깨를 으쓱거렸다.

"사람 일은 모르는 법이지. 하지만 그건 선아 씨도 마찬가지겠지. 그러고 싶지 않지만 그럴 수밖에 없는 거."

진환은 잠시 말없이 효인의 머리를 도닥거리기만 했다.

"너무 깊이 생각하지 마. 병 된다."

효인은 휴우, 작게 한숨을 흘렸다. 그래, 확실히 너무 깊게 생각하고 있는 것 같았다. 아직 일어나지 않은 일에 대해 고민해 봤자 쓸모없는 감정 소모일 뿐이었다. 둘의 아이가 장애아로 태어나면 어떨까 하는 고민은 묻어두고, 미상이를 위해 해줄 수 있는 최선의 일이 무엇일까? 수술? 물론 수술일 것이다.

TV를 보고 있어도 내용은 전혀 머릿속에 들어오지 않는 효인은 미간을 슬쩍 찌푸렸다. 수술은 해야 하지만, 성공률이 너무 낮았다. 어떡하면 조금이라도 치사율을 낮출 수 있을까?

효인은 TV를 보는 둥 마는 둥 하다가 문득 진환 쪽으로 돌아 눕고 말했다.

"진환아, 우리 결혼 이야기 하는 거 며칠만 미뤄두면 안 될까?"

"어째서?"

"그냥…… 좀, 음, 나 혼자만 이렇게 행복해도 되나 싶어서."

진환은 잠시 뭔가 생각하는 눈치였다.

"최 선생은 이미 알게 됐는데."

"아, 아까 비명 지른 게 그것 때문이었어? 어쩐지 빈정 상하네. 우리 둘이 결혼하는 게 뭐 그리 놀랄 일이라고."

비명을 내지르며 놀랄 일까지는 아니더라도 충분히 의외인 일이긴 할 것 같은데.

진환은 소리 내어 말하진 않았지만 그렇게 생각했다. 그도 그럴 것이, 오랜 친구라고 편하게 지내던 두 남녀가 연애하는 기미도 보이지 않다가 대뜸 결혼할 거라고 하니까 말이다. 물론 상준의 반응이 좀 유별나긴 했지만.

"어쨌든 딱 며칠만 미루자."

"뭐, 그래."

당장에라도 효인의 호적을 파다가 제집에 묻고 싶긴 했지만 진환은 그녀의 뜻이 그러하다니 선선히 동의했다. 그녀의 마음을 이해할 수 있기 때문이었다. 그런데 문득 드는 생각이 있었다.

"최 선생이 말하면?"

"그러고 보니 그러네. 그럼 최 선생한테 전화해서 며칠만 비밀로 해달라고⋯⋯."

그때였다. 진환의 핸드폰 벨소리가 울리기 시작했다. 그에 두 사람의 시선이 동시에 책상 쪽으로 돌아갔다. 곧 효인이 전화받으라는 듯 그의 무릎에서 얼굴을 떼자 진환은 몸을 일으켰다. 그리고 책상으로 다가가 핸드폰을 들었는데, 발신자를 확인한 그의 표정이 어째 묘했다.

"누군데 그래?"

"아니, 이미 늦은 것 같아서."

진환은 짧게 대답하더니 전화를 받았다.

"예, 접니다."

[너!]

효인에게 들릴 정도로 우렁차게 터져 나오는 고함에 진환은 순간적으로 핸드폰을 귀에서 살짝 뗐다.

"무슨 일이시⋯⋯."

[무슨 일이냐는 질문이 나와! 지금 내가 유 교수에게 무슨 말을 들었는지 알아?]

단전에서부터 폭발하는 일갈에 고막이 쩌렁쩌렁 울려왔다.

"대충 알 것 같습니다."

[너⋯⋯ 너⋯⋯! 어이구! 뒷목이야!]

잔병치레 하나 없이 건강한 철호는 고혈압이 없으니 그만큼 열이 오른다는 무언의 항변이었다. 아무래도 상준에게서 바로 유교수에게 이야기가 전해졌을 리는 없겠고, 발 없는 말이 천 리 간다더니 상준에게서 흘러나온 말이 여기저기 돌고 돌아 유 교수에게 들어갔다가 철호에게까지 전해진 모양이었다. 정말 말이란 게 어찌나 빨리 도는지, 어차피 말할 생각이긴 했지만 그 속도가 놀라울 지경이었다.

"안 그래도 곧 말씀드리려고 했습니다."

[그럼 헛소문이 아니라 진짜인 거냐? 효인이랑 너랑 결혼할 거라는 말이 진짜냐 말이야!]

이러다간 없던 고혈압도 생기겠다.

효인은 얼떨떨하게 진환이 통화하는 모습을 보고 있다가 얼른 자리에서 일어나 그에게서 핸드폰을 받아 들었다.

"과장, 아니, 아저씨, 일단 진정하세요. 그러니까 저희가⋯⋯."

[효인이냐? 너희 둘이 지금 같이 있는 거야?]

아차차. 이 시간에 집에 함께 있는 상황은 변명도 불가능하지. 딱히 변명할 생각도 없긴 하지만.

"어, 그게, 그러니까, 그렇게…… 됐네요."

[너도 진환이를 닮아가는 거야? 진환이 말 없는 건 그렇다 치자. 그럼 너라도 말을 했어야지!]

"에, 또, 확실해지면 말씀을 드리려고……."

[확실해도 너무 확실해졌을 때가 아니냐! 허! 참! 내가 유 교수한테 축하한다는 말 듣고 어찌나 어이가 없었는지……. 모르고 있다고 할 수도 없고, 상대가 효인이 너라고 들었을 때는 뒤로 넘어가는 줄 알았어! 이 녀석아!]

효인은 곤란하게 웃으며 진환을 바라보았다. 아무래도 철호는 효인과 진환이 결혼한다는 것보다 그 사실을 제삼자에게서 들었다는 사실에 단단히 화가 난 것 같았다.

[그래, 대체 언제야? 언제부터인 거야?]

그제야 철호는 그나마 누그러진 어조로 물었다.

"아…… 진환이랑 사귄 거요?"

[사귀…… 허, 참. 그래, 사귀게 된 게 언제부터야.]

서로 친구라고 호언장담하던 두 사람의 변화에 철호는 기가 차다는 탄식을 아끼지 않았다.

"한 한 달 반 좀 넘었나……."

[그럼 선볼 때 말했던 사랑한다던 여자도 효인이 너냐?]

그 사실을 전혀 모르고 있던 효인은 '예?' 하고 반문하며 진환을 돌아보았다. 진환은 분명 철호의 말을 들었을 텐데도 시치미를 떼고 있었다. 효인은 어색한 표정을 지었다.

"예, 아마…… 절걸요."

[나 원……. 세상 오래 살고 볼 일이라더니 너희 둘이…… 나 참.]

철호는 황당함을 감출 수 없는지 계속해서 '나 원' 혹은 '나 참' 또는 '원 나 참' 하는 소리를 반복했다.

"혹시…… 저희 둘이 결혼하는 게 싫으세요?"

효인은 추호도 반대하리라 생각지 않았던 철호가 분노를 삭이지 않자 걱정스럽게 물었다.

[그런 말이 아니라! 아니, 전화로 하기에는 한계가 있는 이야기 같구나. 심효인! 장진환! 너희 둘! 내일 아침에 내 사무실로 와라!]

그리고 철호는 전화를 뚝 끊어버렸다. 효인은 핸드폰 화면을 황망한 눈으로 바라보았다.

"어이……. 어째 일이 예상했던 대로 돌아가지 않는 것 같지 않아?"


……해서, 다음 날 과장실을 찾은 두 사람은 현재 눈을 치켜뜬 철호의 앞에 수줍게 앉아 있었다. 아니, 정확히 수줍게 앉아 있는 이는 효인이었고, 진환은 특유의 감정을 읽을 수 없는 표정일 따름이었다.

철호는 나란히 앉은 둘을 한동안 응시하더니 엄하게 입을 열었다.

"그래서, 나한테 말하려던 차에 누군가에게 들통이 났고 이야기가 돌고 돌았다?"

효인은 철호의 눈치를 살피며 고개를 끄덕끄덕 상하로 흔들었다. 방금 전에 일이 이렇게 된 경위를 설명한 차였고, 최소한의 프라이버시 보호를 위해 이야기를 퍼뜨린 상준의 이름은 익명 처리해 주었다. 불똥이 괜히 거기로 튈까 봐서였다. 물론 하루도 못 참고 나불나불 퍼뜨리고 다닌 상준은 나중에 철저하게 응징할 생각이었다.

"나 참……. 그래, 일단 그에 대해서는 넘어가자."

철호는 나직한 한숨과 함께 다음 문제로 넘어갔다.

"서로 죽어도 친구라고 할 때는 언제고 대뜸 결혼이라니 무슨 생각인 거냐?"

효인은 데면데면하게 머리를 긁적거렸다.

"대뜸은 아니고……. 에이, 아저씨도 아시잖아요. 사람 일이 어디 다 마음먹은 대로만 되던가요. 저도 이럴 생각은 아니었지만 흐르고 흐르다 보니…… 랄까?"

그 말에는 철호보다 진환이 먼저 반응했다. 진환은 효인을 돌아보더니 물었다.

"이럴 생각은 아니었다고?"

효인은 '엥?' 하는 표정이 되었다.

"왜 너까지 보태? 말이 그렇다는 거지. 아니, 솔직히 이럴 생각이 아니었던 건 맞지. 너도 알잖아? 이럴 생각은 아니었지만 이렇게 사……."

저도 모르게 말하던 효인은 철호 앞이라는 사실을 깨닫고 이렇게 사랑하게 되었다는 말을 꿀꺽 삼켰다. 아무리 거리낄 게 없는 사이라고 해도 이런 상황에서는 닭살 커플 짓을 좀 자제해야 할 성싶었다.

철호는 그런 둘을 빤히 바라보았다. 솔직히 둘은 진환이 한국에 돌아와 처음 과장실에 왔을 때와 비교해 그다지 달라 보이지 않았다. 여전히 친구처럼 토닥거렸고, 서로 대하는 말투도 크게 변하지 않았다.

다만 보이지 않는 아주 미묘한 차이라고 해야 할까. 서로를 바라보는 눈빛이 예전보다 애틋했고, 무엇보다 앉은 거리가 예전과 달랐다. 친구일 적에는 엉덩이가 닿는 대로 대충 앉았는데, 지금은 겨우 손 하나가 사이에 비집고 들어갈 공간만 남겨두었다. 그리고 철호는 삭막한 시멘트 벽 같은 조카가 물렁한 스펀지 벽이 되어버렸다는 사실을 알아챘다.

뭐, 왜 더 일찍 눈치채지 못했나 싶을 만큼 눈빛이 아주 달달해, 보고만 있어도 설탕 덩어리를 씹는 듯한 기분이 들었다. 아무래도 진환과 효인보다 둘이 평생 친구라는 선입견에 사로잡혀 있었던 사람은 자신인 것 같았다. 하여간 이럴 거면 일찍 이야기를 하든지, 그것도 모르고 자신은 선 자리까지 주선했으니…….

"어쨌든 이렇게 된 거예요. 일찍 말씀드리지 않아서 죄송해요, 아저씨."

철호는 팔걸이에 팔을 걸친 채 잠시 효인을 지켜보다가, 말했다.

"이젠 숙부님이라고 불러야지."

효인은 눈을 살짝 크게 떴다.

"어…… 그럼 허락하시는 거죠?"

"뭐, 너희 둘이 좋다는데 내가 허락하고 말고 할 게 어디 있겠어. 단지 난⋯⋯."

"알아요. 말씀드리지 않아서 섭섭하셨던 거죠? 에이, 아저⋯⋯
아니, 숙부님도 참⋯⋯."

효인은 처음 부르는 호칭이 생소해서 그런지 입에 잘 붙지 않
았다. 그러자 다행히 철호가 그런 효인을 눈치채고 배려해 주었
다.

"아직 좀 어색하다면 당장은 부르던 대로 부르고 천천히 입에
익혀."

"그럼 그럴게요."

"그런데 말이다."

일이 일단락되는가 싶던 차에 철호가 운을 뗐다.

"둘이서 모종의 합의라든지 그런 걸 한 건 아니겠지?"

"모종의 합의요?"

"무슨 말씀이십니까?"

진환과 효인은 동시에 반문했다.

"노파심에 하는 말이지만, 둘 다 결혼 적령기를 넘겼는데 마땅
한 상대는 없고, 서로 오래 알고 지냈으니 대충 그렇게 살면 되겠
다 싶어 결혼하자고 합의 본 건⋯⋯."

진환은 단번에 미간을 찡그렸다. 철호의 앞에서 불쾌함을 내
색하는 일은 거의 없지만 지금 말은 좀 도가 지나쳤다 싶었다. 자
신과 효인이 어딜 봐서 그런 식으로 현실과 타협할 사람으로 보
인단 말인가?

"아저씨, 그런 말씀은⋯⋯."

효인이 무어라 하려고 하자, 진환이 살짝 손을 들어 그녀의 말

을 막았다.

"작은아버지께서 보시기엔 너무 갑작스럽게 진행된 일이라 걱정스러우실 수도 있다는 거, 압니다. 하지만 저희는 전혀 갑작스럽게 진행된 일이 아니라고 생각합니다. 저희 둘은 언제나 함께 있었고, 서로 언젠가 이렇게 될 거라고 알고 있었던 것 같습니다. 다만 깨닫는 게 느렸던 것뿐이죠. 그러니까 오히려 늦게 진행된 일이 아닐까 싶습니다."

진환은 어느 때보다 단호했다. 목표 없이 무료했던 삶에 확실한 목표를 찾았을 때보다, 심지어 장진환으로서의 자신을 확신할 때보다.

"저희는 그런 거 같아요. 시나브로. 모르는 사이에 조금씩 조금씩. 시나브로 서로에게 젖어들었나 봐요."

그렇게 말한 효인은 따뜻한 색이 번져 나올 듯한 미소를 지었다.

"전 진심으로 행복해요, 아저씨를 숙부님이라고 부를 수 있게 돼서."

효인의 주변에는 반짝반짝 빛이 나는 것처럼 다채로운 공기가 감돌고 있었다. 그것은 진정 사랑을 알게 된 여자의 아우라 같은 것이었다. 철호는 정말 쓸데없는 말을 했구나 하고 깨달았다.

"녀석들……. 듣는 내가 다 부끄러울 지경이구나."

그럼에도 괜히 타박을 놓았지만 효인은 그저 미소를 지을 따름이었다.

"작은아버지가 걱정하시는 일 같은 건 절대 없습니다."

진환이 마지막으로 한 번 더 쐐기를 박자, 철호는 고개를 끄덕였다.

"그래, 그렇다면 나야 더할 나위 없이 좋지. 어디 효인이만 한 조카며느릿감이 있겠어?"

이제야 일이 모두 일단락되고 훈훈한 웃음이 오갈 때쯤이었다. 삐— 삐— 삐— 역시 긴 대화를 나누기로는 장소가 좋지 않았는지, 진환의 호출기가 이제 나 좀 봐달라며 빽빽 울어댔다.

"그럼 먼저 가보겠습니다."

"그래, 자세한 이야기는 나중에 하자꾸나."

진환은 자리에서 일어서며 효인에게 눈으로 '넌?' 하고 물었다.

"아, 난 아저씨랑 좀 더 이야기하고 갈게. 부탁드릴 게 있거든."

부탁이란 단어에 두 남자는 동시에 궁금증에 사로잡혔다. 하지만 진환은 나중에 물어보기로 하고 일단 과장실을 나섰다. 둘만 남게 되자 철호는 말해보란 얼굴로 효인을 보았다.

"부탁이라니? 결혼에 대해서 말이냐?"

"아뇨, 결혼에 대해서는 아니고요……."

철호 외엔 듣는 사람도 없건만 효인은 은근히 목소리를 낮추고 그 '부탁'이란 것에 대해 말했다. 조카며느리가 아닌 의사로서. 그러자 철호는 눈을 치켜떴다.

"어째서?"

효인은 고개를 살짝 옆으로 젖혔다. 그러자 한 가닥으로 묶은 머리카락이 그녀의 어깨 위에서 물결쳤다.

"계속 생각해 봤어요. 최선의 방법이란 것에 대해서요. 최선의 방법이 있다면, 이것저것 따져 보기 전에 그 최선의 방법을 선택

해야 하는 거라고 생각해요. 아무래도 이 일의 적임자는 제가 아닌 것 같아요."

그런 효인의 연갈색 눈동자는 마치 의지로 단단하게 응축된 결정체인 것 같았다.


그로부터 몇 시간 뒤, 진환과 효인은 또 냉기에 휩싸여 있었다. 싸우고 화해한 지 며칠이나 지났다고! 게다가 결혼 약속까지 한 마당에!

두 사람에게 결혼을 축하해 주기 위해 다가오려던 사람들도 심상치 않은 분위기에 슬금슬금 피해갈 정도였다. 이러다간 결혼 소식이 알려진 당일에 불화설이 퍼지겠다 싶어 두 사람은 복도에서 옥상으로 자리를 옮겨왔다.

"심효인."

진환은 옥상에 들어서자마자 심상치 않은 목소리를 냈다.

"쓴소리 한마디만 하자."

"아니, 하지 마. 뭐 이렇게 군말이 많아? 그냥 하라면 좀 해주면 안 돼? 너 비싼 몸인 건 알았지만 비싸도 너무 비싸!"

칭찬인지 욕인지……

'후—' 한숨을 흘린 진환은 의사 가운을 젖히고 그 아래로 양 허리를 짚었다.

"수술을 하는 게 문제 되진 않아."

"그럼 뭐가 문젠데!"

"네가 무서워하고 있는 것 같아서 말이다."

효인의 눈가가 움찔 튀어 올랐다.

"무서워하다니?"

"너, 그 환아를 수술하기 무서운 거지?"

거의 확신에 가까운 물음에 효인은 황당하다는 얼굴로 '하!' 하는 소리를 내뱉었다.

"이봐요, 장 선생. 이런 걸로 자랑하고 싶은 생각은 없지만 나 사람 가슴 한두 번 갈라본 거 아니거든? 이제 와서 가슴 가르는 일이 무섭다면 의사 면허 반납해야지!"

"그렇다면 왜 네가 돌봐온 환아의 수술을 나한테 하라는 거야? 심효인 성격에 그럴 리가 없을 텐데."

서로 간의 '질투'가 요점이었던 얼마 전과 달리, 오늘 냉전의 요점은 그것이었다. 미상이의 수술.

효인은 그녀가 담당해 온 미상이의 수술을 철호를 통해 진환에게 넘겼고, 진환은 그 이유를 납득하지 못하고 있었다. 요즘 효인이 그 환아에 대해 많이 고민하는 사실은 알았으나 어제 이야기를 꺼냈을 때까지만 해도 이런 식으로 나올 줄은 꿈에도 몰랐다. 아니, 아침에 과장실에서 철호에게 부탁할 게 있다고 했을 때도 상상조차 하지 못했다.

"넌 어린 환자에게는 유독 약해. 제대로 살아보지도 못한 아이가 수술을 받다가 죽을까 봐 무서운 거 아냐?"

효인을 몰아세울 생각은 없었다. 하지만 수술이 실패할지도 모른다는 두려움 앞에 주춤하는 효인을 보고 싶지도 않았다. 지은이 말했던 것처럼 진환에게 있어서도 효인은 영웅이었다. 영웅처럼 숭배하고 외경하고 그런 것은 아니었다. 연인으로 숭배하고 외경할지는 몰라도.

다만 자신이 꿈 없이 무료한 나날을 보낼 때도 두 주먹 불끈 쥐고 '의사가 될 거야!'라고 자신하던 효인이 참 커 보였더란다. 그런데 지금 효인은 무슨 생각을 하고 있는지 한 발 물러서려고 했다. 그것이 마음에 들지 않았다.

"그런 거 아냐!"

"아니라면 설명을 해 봐."

효인은 거칠게 앞머리를 헝클어뜨렸다. 그리고 입술을 잘근잘근 씹었다. 진환은 입술을 깨물지 못하게 하기 위해 절로 손이 올라갈 뻔했다. 하지만 지금만큼은 꾹 참았다.

효인은 맹목적인 보호를 바라지 않았다. 같은 방향을 바라보고 선 동등한 배우자로서의 신뢰와 믿음을 바랐다. 진환도 마찬가지였다. 그녀를 맹목적으로 감싸고 보호하기만 할 생각은 없었다.

진환이 사랑하는 여자는 그럴 정도로 약하지 않았다. 그러니 지금은 마음이 이끄는 대로 효인을 감싸 안고 다정한 목소리를 낼 때가 아니라, 동료로서 엄한 목소리를 낼 때였다.

"사적인 관계를 떠나서, 나도 이런 부탁 하는 거 자존심 상해."

효인은 손을 내리고 부릅뜬 눈으로 말했다.

"나라고 마냥 좋아서 이러는 거 아냐. 그런데 왜 이런 부탁을 하느냐고? 그거야 당연하잖아. 가능성이 더 높으니까!"

이번에는 진환의 눈가가 미미하게 움직였다.

"내가 수술하는 것보다 네가 수술하는 게 살아날 가능성이 더 높으니까."

효인은 거기서 멈추지 않고 계속 말했다.

"나 역시 의사야. 이렇게 인정해야 한다는 거, 자존심 상해. 하지만 너도 잘 알잖아. 의사에겐 자존심보다 환자의 생명이 우선시되어야 한다는 거. 아니…… 그래, 네 말이 맞을지도 몰라. 난 그 아이가 죽는다는 게 무서워. 인술을 펼치지 못해서? 좋은 의사가 되지 못해서? 그렇게 거창한 거 아냐. 단지 난…… 그 아이가 죽는 걸 보고 싶지 않아."

진환은 자세를 풀었다. 하여간 효인은 은근히 외골수였다. 그럼 그렇다고 말을 하면 됐을 텐데, 효인은 결단코 왜 수술을 넘기려는지 말하려고 하지 않았다. 다만 재차 그냥 네가 하라고 할 뿐이었다. 그래서 일이 이렇게 된 것이었다. 아무리 상대가 연인이라고 하더라도…… 아니, 상대가 연인이기 때문에 더욱 자존심이 상한다는 걸 알리기 싫었던 걸까?

"진환아, 넌 훌륭해."

효인은 많이 누그러진 어조로 말했다.

"의사가 된다고 했을 때 왜 말리지 않았을까 후회가 될 정도로. 뭐, 환자들 입장에선 한 명이라도 더 훌륭한 의사가 나와야 좋겠지만, 시샘하는 동료 의사의 눈으로 보기엔 그러네."

이 병원에 온 이후 진환은 여태까지 단 한 명의 환자만 살리지 못했다. 83세의 노인성심장병 환자였다. 그만큼 수술대 앞에 서고도 그런 성적이라니, 믿기지 않을 정도였다. 잠깐 다른 이야기지만, 진환에게 상대적으로 진료 스케줄보다 수술 스케줄이 많은 이유가 그 때문이었다. 그가 연차에 비해 거의 교수들이나 할 법한 수술을 맡는 이유도.

"그러니까 난 너한테 부탁하는 거야."

진환은 잠시 바닥을 내려다보았다. 숙고하듯 진지하게 깊어진 그의 눈은 의사의 눈이었다. 이내 진환은 고개를 들고 말했다.

"살리지 못할지도 몰라."

효인은 아까의 복수를 하듯 짓궂게 웃었다.

"뭐야? 무서워하는 건 너 아냐?"

"어느 때보다 가능성이 희박하니까."

효인이 신경 쓰고 있었기 때문인지, 진환 역시 신경 쓰였기 때문인지, 그는 본인 나름대로 미상이의 상태를 파악하고 있었다.

효인의 눈이 애잔하게 가라앉았다.

"알아. 하지만 최선의 방법이란 게 있다면, 내가 생각한 최선의 방법은 내 자존심, 내 커리어 지킨다고 수술을 고집하는 것보다 아이를 살릴 가능성이 더 높은 의사에게 양보하는 일이었어."

진환은 나직하게 한숨을 내쉬더니, 저벅저벅 효인에게 다가와 그녀를 감싸 안았다. 효인은 전혀 저항하지 않고 그의 품속으로 녹아들었다. 그러자 바람이 불어와 두 사람의 등을 떠밀었다. 효인은 자연스럽게 진환의 허리에 팔을 감았다.

"가끔은 서로에게 말 못 할 일도 있겠지."

정수리에 부드러운 입술의 감촉이 와 닿았다.

"가끔은 기분이 상할 때도 있을 거고, 섭섭하기도 하겠지. 며칠 전에 그랬던 것처럼."

커다란 손이 양 볼을 감싸 쥐고 들어 올려 자신을 보게 했다.

"그래도 난 네가 뭐든지 말해줬으면 좋겠다."

바람이 그의 콧대를 훑고, 턱을 훑고, 옷깃을 훑고, 그의 가만한 저음에 녹아들었다.

"내 심장은 작아서 한 여자밖에 들어올 수 없지만, 그 여자에게만은 아주 넓거든."

효인이 천천히 입가에 미소를 그리자, 그녀의 목에 걸린 그의 작은 심장이 반짝거렸다.

오늘의 날씨는 맑음 뒤 폭설, 폭설 뒤 맑음. 그렇다면 내일의 날씨는? 부디 내일도, 모레도, 그다음 날도 맑기를.

## 33
### 우리는 가슴에 유리심장을 품고 살아간다


'안 맑아······.'

효인은 창문 너머를 바라보며 '끙' 하는 소리를 내었다. 실제 날씨가 맑지 않았다. 잿빛 하늘이 꾸물꾸물하니 우중충한 것이, 당장에라도 굵직한 빗방울을 토해낼 것만 같았다. 안 그래도 오늘 미상이의 수술이 있는 날이라 심란한데 날씨가 이러니 좋은 기분이 들려야 들 수가 없었다.

효인은 창문 너머에서 시선을 돌려 인큐베이터를 바라보았다. 미상이는 아직도 커다란 어항 같은 인큐베이터 안에서 색색 숨을 몰아쉬고 있었다.

'미상아, 어쩌니? 아직도 엄마가 널 보러 안 오셨네. 네 엄마 참 안됐다. 네가 이렇게 귀엽고 잘생겼다는 걸 모르니 말이야.'

인큐베이터 안으로 손을 뻗어 아이의 손을 살살 간질이며 중얼거리고 있는데, 입구 쪽에서 소란스러운 소리가 들려왔다. 누군가가 싸우고 있는 것 같았다. 효인은 무슨 소란인가 확인하기 위해 인큐베이터에서 손을 빼고 나가보았다.

"이제 그만해. 그만하면 충분히 했잖아."

미상이의 어린 부모인 우열과 선아가 입구 앞에서 싸우고 있었다. 우열은 완전히 지친 목소리로 성을 냈다.

"오늘 수술 들어가. 수술 전엔 한 번 볼 수도 있잖아."

하지만 선아는 고개를 푹 수그리고 있을 뿐 벙어리라도 된 것처럼 말이 없었다.

"만약 수술받다가 죽으면! 들을 수도 없고, 볼 수도 없는 시체가 되어서 나오면 어떡할래! 그때 드는 후회는 어떡할 거야!"

선아는 파르르 떨리는 입술을 깨물며 손으로 이마를 짚었다. 이내 그녀에게서 잔뜩 잠긴 목소리가 흘러나왔다.

"제발…… 나 힘들어. 다그치지 좀 마."

"그래서 다그치지 않았잖아. 네가 정리할 수 있을 때까지 기다렸잖아. 그런데 수술 날도 그러면 어쩌자는 거야! 네가 낳았어. 그리고 내가 낳았어. 두 팔, 두 다리, 뭐가 없이 나왔어도 우리 애야! 제발 그만 좀 해. 너만 힘든 거야? 어? 난 안 힘들 것 같아?"

차곡차곡 쌓아오던 통한과 긴장이 수술 날 폭발해 버린 모양이었다. 우열은 NICU 앞이라는 것도 잊고 언성을 높였다. 여태 무슨 설명을 하고, 무슨 이야기를 해도 씁쓸하게 웃을 뿐이었던 사람이 맞는지 헷갈릴 정도였다. 그 역시 꾸역꾸역 참고 있던 것뿐이었다. 자신만이라도 의연해지려고, 그나마 중심을 잡고 있으려고.

"조용히 해주세요."

소란을 듣고 나온 NICU 간호사가 엄하게 말했다. 우열은 씩씩 달아오른 숨을 가라앉히고 죄송하다고 사과했다. 그리고 선아에게서 매몰차게 등을 돌렸다.

"네 마음대로 해. 하지만 애 죽고 난 뒤에 후회하진 마."

한 시간 뒤, 미상이는 수술에 들어갈 준비를 하기 시작했다. 긴 사투가 될 터였다.

수술에 참관하기로 한 효인은 탈의실에서 수술복으로 갈아입고 목에서 목걸이를 풀어냈다. 그리고 사물함 문 안쪽 걸이에 조심히 걸었다. 반짝거리는 금줄을 타고 흘러내린 윤기가 보석에 도달해 짧은 빛의 반사와 함께 사라졌다. 그러자 심장을 닮은 붉은 보석이 박동 치듯 작게 찰랑거렸다.

효인은 잠시 성물 앞에 기도하듯 눈을 감고 있다가, 사물함 문을 닫았다. 사물함 문 안쪽의 거울에 결의에 찬 그녀의 얼굴이 스치고 이내 타악, 닫혔다.

탈의실을 나선 효인은 미상이의 수술이 있을 3번 수술실로 향했다. 수술실 앞 의자에 우열이 홀로 앉아 있었다. 그는 기도를 하고 있는지 눈을 꼭 감고 양손을 깍지 낀 채 입안으로 어떠한 말을 곱씹고 있었다. 선아는 정말 끝까지 미상이를 보지 않을 모양이었다.

우열은 누군가 다가오는 소리에 눈을 뜨더니, 효인을 발견하고 얼른 자리에서 일어섰다. 효인은 침통하기 이를 데 없는 표정을 한 우열에게 말했다.

"최선을 다할 거예요."

이런 사무적인 말이 아니라 잘될 거라고, 살 거라고 말할 수 있다면 좋았겠지만, 의사는 보호자에게 경솔한 희망을 줄 수 없었다. 생존 가능성이라는, 숫자로 이루어진 사실로 이야기할 수 있을 뿐이었다. 만약 의사가 확신했다가 일이 잘못되면 보호자가 '들은 말과는 다르다.'며 항의할 수도 있기 때문이지만, 그보다 마음을 배신당한 보호자들이 받을 상처가 크기 때문이기도 했다.

"예……. 부탁드립니다."

우열은 효인에게 부탁함으로써 진환에게 부탁했고, 신에게, 세상에게, 아이에게 부탁했다. 제발 살려달라고, 제발 살아달라고.

효인은 천천히 눈을 감았다 뜨고 수술실 문에 손을 댔다. 그때였다.

"저……."

문득 들려온 목소리에 효인은 고개를 돌렸다.


수술 준비는 끝났다. 집도의인 진환도 도착해 있으니 이제 그가 시작 사인만 보내면 긴 사투의 시작이었다. 하지만 진환은 아직 한 걸음 물러서 있을 뿐, 시작 사인을 보내지 않았다. 다른 이들도 한 걸음 물러서서 애잔한 풍경을 바라보고만 있었다.

수술대 앞에는 일회용 수술복을 입은 선아가 서 있었다. 수술대에 누운 아이를 바라보는 선아의 눈에는 벌써부터 눈물이 그렁그렁했다. 선아는 아이가 이미 수술실에 들어갔을 때에야 결심을 했고, 수술 전에 마지막으로 아이를 한 번만 보게 해달라고 부탁했다. 이미 수술 준비가 다 끝나 있을 때엔 이례적인 경우였지만, 진환은 잠깐이라면 괜찮다고 허락했다.

선아는 엄마의 슬픔을 아는지 모르는지 천진한 눈망울로 올려다보는 아이를 하염없이 바라보았다.

"환희야……."

선아는 이름이 없었던 아이의 이름을 부르고 있었다.

"엄마가 한 번도 네 이름을 불러주지 않았지?"

선아는 눈물을 흘리지 않으려 애쓰며 힘겹게 말했다.

"네 이름이 환희야……. 빛날 환, 기쁠 희. 아빠랑 엄마가 어렸을 때부터 아이를 낳으면 붙여주자고…… 남자아이든 여자아이든 환희라고 부르자고 정해뒀던 이름이야. 어떤 아이든 우리에겐 환희를 주는 존재일 테니까."

자신의 이름을 알아들었는지 환희는 방긋 웃었다. 입가에 희미하게 걸리는 미소였지만 웃고 있다는 걸 알 수 있었다. 그리고 환희는 라텍스 장갑을 낀 엄마의 손가락을 곤지라운 손으로 쥐었다 놓았다. 선아의 눈빛이 희미하게 떨렸다.

"그런데 말이야……. 무서워서 부를 수가 없었어."

이름이란 참 묘한 것이어서, 부를 때마다 가슴속에 무언가가 쌓여간다. 정확히 무엇인지는 알 수 없지만, 우리는 이름을 앎으로써 상대를 알게 되고, 이름을 부름으로써 상대에 대한 마음을 키워간다. 선아도 그것을 알고 있었으리라. 그렇기에 이름을 부르기가 무서웠을 터였다. 곧 떠날지도 모르는 아이인데, 이름을 부름으로 해서 애정을 주게 될까 봐. 그 이름을 받은 아이가 원

없이 훨훨 떠나갈까 봐.

"아무것도……."

선아는 목이 메여 말을 한 번 삼켰다.

"아무것도 해주지 못했고…… 아무것도 해줄 수 없는 엄마지만…… 만약에 네가 살기만 한다면, 이번에야말로 제대로 이름을 불러줄게. 언제까지나 불러줄게. 그러니까 제발…… 살아줘, 환희야. 엄마가…… 미안해. 못난 엄마라 미안해. 널 보려고 하지 않아서 미안해."

아이는 그저 희미하게 웃을 뿐이었다. 아직 말도 모르면서 엄마를 이해한다는 양. 엄마의 모든 허물을 포용하는 어린 성자처럼 웃었다.

"그러니까 이렇게 가지 마. 알겠지? 제발…… 꼭 살아."

짧지만 기나긴 침묵이 흘렀다. 그것을 끝으로 선아는 더 이상 수술을 지체해선 안 되겠다고 생각했는지 수술대 앞에서 천천히 물러났다. 한 인턴이 자진해서 그녀를 밖으로 안내했다. 선아는 수술실을 나서기 전에 눈물에 얼룩진 얼굴로 진환을 돌아보았다.

"신이 제 기도를 들어주실까요?"

선아는 환희를 수술하는 진환에게서 조금의 희망이라도 얻고 싶은 것 같았다. 진환은 차분한 눈으로 선아를 돌아보았다.

"최선을 다하겠습니다."

진환도 섣불리 확신을 줄 수 없어 그런 말밖에 하지 못했지만, 그 나름대로의 진심을 보여주었다. 그것을 이해했는지 선아는 눈물을 뚝뚝 떨어뜨리며 고개를 끄덕였다. 그리고 안내해 주는 인턴과 함께 밖으로 나섰다. 그러자 잠시 멈춰 있던 수술실이 조용히 그러나 맹렬히 재가동하기 시작했다.

한순간 효인과 진환의 시선이 마주쳤다. 효인은 짙어진 암갈색 눈으로 고요한 신뢰를 보냈고, 진환 역시 시선으로 그에 답했다. 그리고 그는 그녀의 연인인 장진환이 아니라, 수술실의 노아이자 의사인 장진환이 되었다.

사투가 시작되었다.


"심 선생님!"

복도를 걸어가던 효인은 '응?' 하고 고개를 돌렸다. 그러자 어딘지 짓궂게 웃고 있는 흉부외과 병동의 간호사가 보였다.

"결혼식 날짜 잡혔다면서요?"

효인은 웃었다.

"어, 가을 신부가 되기로 했다네."

"청첩장은 언제 돌리실 거예요?"

"아, 곧 돌려야지. 안 간호사도 한 장?"

"물론이죠! 그날 데이[8]에 걸리면 도망쳐서라도 갈 거예요."

효인은 풋 하고 웃었다.

"이런, 그러다 혼나도 책임은 안 질 거야."

"책임지시란 말은 안 할 테니 걱정 마세요. 그나저나 처음 결혼 소식 들었을 때 얼마나 놀랐는지 몰라요. 친구라고 호언장담하시더니……. 심 선생님, 지금 범죄를 저지르고 계신 거라고요."

"엉? 범죄? 무슨 소리야?"

---

8) 오전 6시부터 오후 3~4시까지의 간호사 근무시간

결혼이 왜 범죄로 이어지는지 당최 알 수가 없었다.

"모든 인류의 재산인 미남을 한 여자의 것으로 만드시잖아요."

그 말인가 싶어 효인은 웃어버렸다.

"안 간호사 은근히 웃기다니까."

"칭찬으로 들을게요. 그럼 청첩장 나오면 꼭 한 장 주세요!"

효인은 원래 가던 길을 따라 바깥으로 나갔다. 바깥에는 화사한 햇볕이 내리쬐고 있었다. 푸르게 우거진 녹음과 화려하게 만발한 형형색색의 꽃들, 소녀 심효인과 소년 장진환으로서 함께했던 때와 같은 여름이 어느새 성큼 다가와 있었다.

눈 안으로 뛰어드는 햇빛에 효인은 잠깐 눈살을 찌푸렸다. 그리고 눈이 서서히 밝기에 적응되자 이마 위로 들었던 손을 내리고 산책로를 따라 걸었다. 그러자 효인을 아는 환자들이 산책을 하다가 하나둘 반갑게 알은체해 왔다. 효인은 그 인사들을 정성스럽게 하나하나 받아주고 초록 그림자가 드리워진 산책로를 걸어갔다.

두 달 전, 미상이…… 아니, 환희가 받은 수술은 성공적이었다. 하지만 환희는 그로부터 딱 한 달 반을 더 살았다. 그리고 우열과 선아가 지켜보는 가운데 깊고 고요한 잠에 들었다. 그때는 우열도 참지 못하고 서러운 오열을 토해냈다. 물론 선아도 탈진할 때까지 울었다. 하지만 그녀는 의외로 의연했다.


"우리 환희, 좋은 곳으로 갔을 거예요. 그렇게 믿어요. 그래도 물론 슬프고…… 힘들지만, 조금은 후련하네요. 환희와 함께 짊어졌어야 할 고통에서 해방돼서 후련하다는 말은 아니에요. 한 달 반 동안, 우리는 행복했거든요. 전 시간만 나면 환희의 이름을 불렀어요. 그리고 환희는 웃어주었죠. 참…… 행복했어요. 그래서 조금은 후련해요."

우열과 선아는 그 한 달 반을 자신들에게 주어 감사하다고, 이마가 땅에 닿을 정도로 인사했다.

"우리가 겪은 행복, 그건…… 기적이었어요."

환희가 떠나고 진환은 가끔씩 생각에 잠겼다. 뭘 어떻게 했어야 아이가 살 수 있었을지 복기해 보는 것 같았다. 그래서 효인이 위로하기 위해 '수술은 성공했었어.'라고 하자, 진환은 씁쓸하게 웃으며 '그거야 의사들이 하는 말이지.'라고 일축했다.

그것으로 두 사람은 우열과 선아, 그리고 부모의 사랑 속에 잠든 환희에 대해서는 묻어두기로 했다. 그들을 기다리는 환자는 아직도 많고 많기에.

둘의 결혼 준비는 착실하게 진행되고 있었다. 처음 전화로 철우와 연성에게 결혼 이야기를 했을 때, 철우는 예상했던 대로 '뭐어?' 하고 놀랐다. 하지만 연성은 전혀 놀라지 않고 '난 결국 이렇게 될 줄 알았지!'라며 웃었다. 그리고 그들은 결혼식 준비를 위해 곧 아프리카에서 귀국하기로 했다. 오늘이 그날이었다.

철호의 딸이자 진환의 사촌이고 효인의 친구이기도 한 애경과 자경은 두 사람의 결혼 소식을 듣고 거의 뒤로 넘어갔다. '혹시?' 해오긴 했지만 그들도 일이 이렇게 되리라고는 짐작조차 못 했던 것 같았다. 하지만 곧 효인에게 전화해 장진환 같은 목석을 데리고 살려면 고생 좀 하겠다고 웃어졌혔다. 하여간 여편네들 극성맞다.

병원이 발칵 뒤집힌 건 말할 것도 없었다. 효인이 결혼한다는 것만 해도 놀랄 일인데—아니, 그게 그렇게 놀랄 일인가?— 상대가 진환이라고 하니, 간호사들은 사실 예전부터 사귀어오던 사이 아니냐며 취조를 하기까지 했다. 그리고 악동 같은 몇몇은 진환만 지나가면 '결혼하지 마세요!'라고 애걸복걸을 해서, 효인이 '에잇! 뭣들 하는 거야! 이제 이건 내 거야!' 하며 쫓아내기도 했다. 그러면 간호사들은 '어머! 어머! 내 거래!' 짓궂게 속닥거리며 효인과 진환을 곤란하게 만들었다.

아무튼 두 사람의 결혼 소식은 한동안 병원의 핫이슈였다. 나중엔 환자들까지 알고 한마디씩 하는데, 진환과 효인은 우리 둘이 결혼하는 게 이렇게까지 의외인 일인가 심각하게 고민했을 정도였다.

상준은 입을 가볍게 놀린 대가로 효인에게 그 이름도 극악하고 무서운 '간지럼 형'을 당했다. 외국에 있는 다른 레지던트들에게 누르라고 하고 눈물을 쏙 뺄 때까지 간질여 주었다. 건하는 결혼 소식을 듣고 '아니, 뭐…… 이렇게 되지 않을까 했었습니다만, 그래도 좀…… 무섭군요.'라고 어물거려 효인에게 꼬집히고 말았다. '무섭긴 뭐가 무섭단 말이냐!'라는 외침과 함께.

효인은 웅장하게 솟아올라 있는 하얀 건물을 올려다보았다. 하얀 건물 끝에 걸린 눈부신 햇빛의 파편이 눈 안으로 찌르듯이 파고들었다. 효인의 목에 걸린 작은 심장 모양의 보석이 붉고 푸른빛을 반사하며 가볍게 흔들렸다.


"진환아, 우리의 심장은 뭐로 만들어졌을까?"

언젠가, 어린 효인이 진환에게 물었다.


"또 심장 타령?"

"심장이란 참 불가사의한 생명체니까. 혼자 살 수 있을 것 같으면서도 혼자 살 수 없고, 강한 것 같으면서도 약하고……. 가끔은 그런 생각을 해. 우리의 심장은 유리로 만들어지지 않았을까 하는 생각."

"심장이 유리로? 말도 안 되는 소리 한다."

"상징적인 의미로 말이야."

"상징적인 의미?"

"유리는 보고 있으면 예쁘잖아. 반짝반짝 빛나는 게. 하지만 유리는 너무 약해. 금방 깨져 버리지. 그런데 역설적으로 유리는 금방 깨질 것 같아서 더 예뻐 보이는 게 아닐까? 금방 꺼져 버리는 불꽃이 더 아름답고 안타까운 것처럼 말이야."

진환은 잠시 생각하더니, 진지한 얼굴로 대답했다.


"그거 괜찮을지도."

"응? 뭐가?"

"만약 심장이 유리로 만들어졌다면…… 유리가 깨지지 않도록 조심해야 할 테니까. 삶을 담고, 행복을 담고, 눈물을 담고, 때로 슬픔도 담는 유리심장이 깨지지 않게 아주 소중히 다뤄야 하겠지."

"우와! 너 방금 전에 시인 같았어! 장진환이 웬일이야?"

"나 참……."


유리는 아름답다. 하지만 유리는 너무도 약하다.

우리는 각자의 심장에 삶을 담고, 행복을 담고, 눈물을 담고, 때로 슬픔을 담았다. 그리고 소중한 감정과 추억들을 담은 심장을 보듬으며 살아갔다. 그것은 결코 깨어지지 않는 강철이 아니라, 때로 너무나 깨지기 쉬운 유리이기 때문이었다. 그렇기에 더 소중히 보듬어야 할.

유리는 약하다. 하지만 유리는…… 너무도 아름답다.

우리는 그런 유리심장을 가슴에 품고 살아간다.

"뭐 해?"

그때 찬란하게 부서지는 햇빛의 장막을 헤치고 진환이 나타났다. 효인은 고개를 내리고 시린 눈으로 진환을 바라보았다. 따사로운 햇빛의 도편이 그의 머리카락에, 그의 옷깃에, 그의 손끝에 걸려 있었다.

"아무것도 아니야. 참, 아버님이랑 어머님 이제쯤 비행기에 타셨겠지?"

"아마."

진환은 자연스럽게 효인의 옆에 섰다. 그리고 잠시 두 사람은 철우와 연성이 날아오고 있을 하늘을 물끄러미 올려다보았다.

"갑자기 이런 생각이 들었어."

효인은 갑자기 말했다.

"무슨 생각?"

"아마 기적은 존재할 거야. 우리가 만난 것부터 기적이었으니까."

일어나기 힘든 기적만이 아니라, 가슴이 벅차서 더 뭐라 말할 수 없는 그런 기적 말이다.

진환의 눈에 따스한 색의 물감이 번지는 듯 웃음기가 퍼졌다.

"키스하고 싶다."

그건 효인도 동감이라 희미하게 웃는데, 갑자기 불쑥 훼방이 날아들었다.

"앗, 두 분! 여기서 불타오르시는 건 아니죠?"

상준이었다. 요즘 두 사람을 놀리는 재미가 쏠쏠한 상준은 오늘도 지나가다가 우연히 둘을 발견한 모양이었다. 효인은 불량한 표정을 지으며 조금 멀찍이 서 있는 상준을 가리켰다.

"최 선생, 오늘도 간지럼 형이야!"

효인은 허언이 아니라는 듯 당장 상준 쪽으로 달려갔다. 그러자 움찔한 상준은 주춤주춤 걸음을 물리더니 잽싸게 도망치기 시작했다.

"그, 그건 좀!"

"어딜 도망가!"

"심 선생님께서 쫓아오시니 도망가죠!"

"오냐! 지구 끝까지 도망가 봐라! 내 손아귀에서 벗어날 성싶으냐!"

"헉!"

두 사람이 순식간에 산책로 깊은 곳으로 사라져 버리자, 진환은 큰 웃음을 참지 못했다.

에필로그

    수술실은 언제나처럼 엄숙하고 진지했다. 조용히 흐르는 클래식 음악과 때때로 흡입기가 액체를 흡입하는 소리, 간간이 들려오는 집도의의 오더 외에는 숨소리밖에 들리지 않는 그곳에서는 오늘도 한 생명을 살리기 위한 사투가 이뤄지고 있었다. 하지만 다른 수술에 비해 특이한 풍경이 하나 있다면, 집도의의 배가 남다르다는 점이었다.

    작년에 한 남자의 아내가 된 집도의는 현재 첫째 아이를 임신 중이었다. 그럼에도 그녀는 인력이 극도로 부족한 흉부외과 특성상 만삭 때까지 출산 휴가를 내지 못하고 수술실에 붙들려 있었다. 위쪽에서 특별한 부탁이 있기도 했고, 그녀부터 할 수 있을 때까지 일하길 바랐기 때문이었다. 추천할 만한 일은 아니었지만 어쨌든 출산 예정일까지 2주일밖에 남지 않아 오늘이 그녀의 마지막 수술이었다. 오늘 수술을 끝으로 그녀는 잠시 메스를 놓고 아이에게 전념할 생각이라고 했다.

그런데 수술이 무사히 다 끝났을 때쯤, 사건이 일어났다.

"봉합은 윤 선생이 하고……."

사건 발생 2분 전, 효인이 고개를 들고 말했다. 그때 이미 그녀의 눈이 희미하게 떨리고 이마에 진땀이 맺히는 등 이상 징후를 보였지만, 윤 선생은 수술의 열기 때문이라 생각하고 별달리 여기지 않았다. 수술을 집도하는 그녀의 손은 조금도 떨림이 없던 탓이었다.

사건 발생 1분 전, 효인은 갑자기 라텍스 장갑을 거칠게 벗더니 소리쳤다.

"베드 끌고 와!"

모두의 눈이 의아해졌다. 환자가 나가려면 아직 좀 남았는데 갑자기 이동식 침대는 왜 찾는 걸까?

"서, 선생님! 설마!"

사건 발생 10초 전, 누군가가 가장 먼저 상황을 간파하고 소리쳤다.

"움직여! 베드 가져와! 움직이라고!"

사건발생. 각자의 머릿속에서 적색경보가 시끄럽게 울리기 시작했다.

"제, 젠장."

부풀어 오른 배를 필사적으로 감싼 효인은 마스크를 쓴 채로 거칠게 중얼거렸다. 아직 출산 예정일까지는 2주일이나 남았건만 진통이 시작되었다. 처음에는 그냥 아이가 발로 차나 싶었을 뿐이었지만, 수술의 막바지쯤부터 서서히 시작된 진통은 아무리 봐도 이제 세상 밖으로 나가고 싶다는 아이의 외침이었다.

"서, 성질 급하긴……."

효인은 곧 죽을 것 같은 신음을 몰아쉬면서도 제법 여유로운 소리를 흘렸다. 하지만 그 말도 거의 잇새로 짓씹는 것 같았다.

곧 효인은 레지던트의 부축을 받아, 들어온 스트레쳐카에 눕다가 갑작스러운 사태에 우왕좌왕하는 사람들에게 엄포를 놓았다.

"정신 차려! 아직 환자가 수술대 위에 있잖아!"

그야말로 도깨비 같은 꾸짖음에 모두 크게 움찔했다. 하지만 곧 효인의 말에 따라 정신을 차리고 아직 수술대 위에 있는 환자에게 집중했다. 그러자 수술실을 빠져나간 스트레쳐카는 효인을 태우고 산부인과를 향해 맹렬하게 질주하기 시작했다.

효인은 마스크를 거칠게 벗어내더니 그녀를 따라온 한 레지던트에게 헉헉거리며 말했다.

"실수…… 실수 안 했다고 생각하지만 혹시…… 허억, 혹시 모르니까 집중적으로 지켜보고…… 환자 PACU(회복실)에 들어가자마자…… 흐윽……."

마지막뿐이었다고 해도 진통을 느끼는 몸으로 수술했다는 사실이 신경 쓰이는지 재차 말했다.

"기록 가지고…… 와."

"예! 걱정 마세요! 꼭 그럴 테니까 걱정 마시고 부디 지금은 아이에게 집중하세요!"

효인보다 더 안달 난 레지던트의 외침이 그들이 달리는 길을 따라 퍼져 나갔다.


어제부터 산부인과에 배속된 인턴, 준태의 복잡다단한 생각을 단 두 마디로 요약하자면 이러했다.

죽겠다. 오늘 무슨 날인가?

바로 어제부터 산부인과 수련을 시작해서 아직 다 적응하지도 못했는데, 안 그래도 국내에서 가장 치열한 산부인과 중 하나라는 대한대학부속병원의 산부인과가 오늘따라 유독 붐볐다.

허겁지겁 쌓인 일을 처리하고 나면 어디선가 레지던트가 홀연히 나타나 이미 짐을 가득 들고 있는 그를 보고 '음, 더 들 수 있겠네?'라고 말하며 맨 위에 짐을 올리듯 일을 주고 가고, 헐레벌떡 일을 처리하고 나면 이번에는 간호사가 그를 찾았다. 그래서 준태는 이제 어디서 자신을 부르기만 해도 도망가고 싶을 지경이었다. 외과가 힘들다는 소리는 익히 들었지만 정말 이렇게 일이 괴물의 형상을 하고 쫓아오는 느낌일 줄은 몰랐다.

그런데 그때 대형 환자가 도착했다. 물론 그때까지 준태는 스트레쳐카 위에서 기묘한 차림으로 진통에 시달리고 있는 산모가 대형 환자라는 사실을 몰랐다. 심각한 상태라는 의미의 대형 환자는 아니었다. 다만 그 산모를 보고 '수술복을 입고 있네?' 하는 생각을 하긴 했지만, 설마 예정일보다 이른 산통이 시작되었다는 산모가 같은 병원의 선생님일 줄이야 어찌 알았겠는가.

산모는 이미 양막이 파수된 상태라 진통실을 거치지 않고 바로 분만실로 옮겨졌다.

"보호자분은 함께 오지 않으셨습니까?"

간호사가 이동식 침대의 난간을 거의 쥐어뜯고 있는 산모에게 크게 물었다. 하지만 산모는 대답하려고 입을 열었다가도 발작적으로 찾아오는 진통에 입술을 다시 질끈 깨물어 버리고 말았다. 그러자 간호사는 더 이상 산모를 물고 늘어지지 않고 당장 문을 열고 보호자를 찾아 소리치려고 했다. 하필이면 그녀도 다른 병원에서 옮겨온 지 얼마 안 된 신입이었던 것이다.

"괜찮아! 알아!"

하지만 간호사가 문을 열기도 전에 어디선가 나타난 담당 여성 산부인과 교수가 소리쳤다.

"네?"

간호사가 의아하게 묻고 준태도 의아한 표정이 되었지만 교수는 그들에게 해답을 알려주지 않고 거의 죽어가는 산모에게 외쳤다.

"심 선생! 장 선생 어디 있는지 알아?"

그것은 정말 상대의 행방을 찾기 위한 물음이 아니라 효인의 의식 상태를 알기 위한 물음이었다. 그러자 효인은 입술을 질끈 깨물며 무어라 웅얼거렸다.

"뭐라고?"

교수는 재차 물었다. 그러자 효인은 거의 짜증을 내듯 버럭 소리쳤다. 진통에 거의 제정신이 아닌 모양이었다.

"수술실에 있겠…… 흐흑!"

설마 아이 아버지가 사고라도 당했나 싶어 준태는 눈이 휘둥그레졌다. 그러자 교수가 고개를 끄덕이고 더더욱 미궁으로 빠질 만한 말을 외쳤다.

"CS 장진환 선생한테 연락 넣어!"


"섹션."

3번 수술실. 이곳에서도 어김없이 한 생명을 살리기 위한 사투가 계속되고 있었다. 그런데 그때 수술실의 한쪽 벽에 붙은 인터폰이 울렸다. 하지만 수술을 집도하고 있는 진환은 신경도 쓰지 않았고, 다른 이들도 마찬가지였다. 그저 한 간호사만이 원래 자리를 이탈해 라텍스 장갑을 벗고 수화기를 들었다.

"메젠바움."

진환의 서늘한 목소리가 울린 찰나, 인터폰을 받아 든 간호사가 작게 '헉' 소리를 내었다. 뭔가 심상치 않은 소리라 진환도 흘긋 그녀를 보았다. 사실 무념무상의 상태에 든 척하긴 했지만 같은 시각 다른 수술실에 있을 그의 아내가 종종 신경 쓰인 탓이었다. 그런데 아니나 다를까, 간호사가 놀란 목소리로 말했다.

"장 선생님, 저……."

"뭐야?"

진환은 일단 손을 멈추지 않고 물었다.

"예정일보다 일찍 진통이 시작되셨다고……."

진통. 그 단어에 진환의 손이 우뚝 멈추었다. 다른 이들도 움찔했다. 다들 진환의 아내이자 상사인 효인이 만삭이라는 사실을 알고 있기 때문이었다. 진환은 온몸의 피가 싸악 식어내리는 듯한 기분이었다. 순간 손끝이 저릿해 왔을 정도였다.

"방금 전에 DR(Delivery Room, 분만실)에 들어가셨대요."

"최 선생, 나머지는……."

"예, 맡기시고 어서······."

진환이 제2집도의이자 올해로 치프 레지던트가 된 상준에게 나머지를 맡기려고 하자, 상준 역시 걱정스럽게 어서 가보라 이야기하려고 했다. 그 찰나였다.

"저, 근데."

수화기 너머에서 흘러나오는 이야기를 곰곰이 듣고 있던 간호사가 급히 말했다.

"심 선생님께서 전해달라고 하셨다는데······."

모두 시선이 그 간호사에게 쏠렸다. 간호사는 웃을 수도 없고 울 수도 없는, 꽤나 난감한 표정이었다.

"그렇다고 수술을 대충 끝내고 오면······ 그러니까, 힘을 안 주겠다고······ 하셨다는데요."

진환은 헛웃음을 지었다. 진통에 시달리는 상황에서도 그런 소리를 하다니, 정말 골수까지 의사라고 해야 할지 못 말린다고 해야 할지 알 수가 없었다.

"어서 가보세요."

다행히 수술이 거의 마무리되던 차였기에 집도의인 진환이 빠져도 크게 문제되지 않는 상황이었다. 아니, 그가 빠지면 안 될 상황이라 할지언정 아내가 같은 병원에서 산통에 시달리고 있는데 어떻게 평정심을 유지하겠는가. 아무리 진환이라고 해도 쉽지 않은 일이었다.

"그래."

진환은 빠르게 수술실을 빠져나갔다. 다른 때에는 상상할 수 없지만 굉장히 다급해 보이는 진환의 뒷모습을 보며 다들 그의 새로운 별명을 상기해 보았다. 애처가 장 선생.

그런데 수술실에서 진통을 시작한 효인도 그렇고 수술실에서 진통 소식을 들은 진환도 그렇고, 역시 수술실이 그들의 운명인 것 같았다.


진환은 난생처음 병원 복도를 거의 날 듯이 뛰어갔다. 급할수록 차분해지는 성격 탓에 거의 뛰는 법이 없었는데, 지금은 점차 걸음이 급해지다가 혼자 고통스러워하고 있을 효인을 상상하자 저도 모르게 달리고 있었다. 긴 다리로 성큼성큼 뛰어가다가 모퉁이를 돌아오던 간호사와 한 번 부딪칠 뻔하고, 무슨 큰일 났냐고 붙잡는 동료 의사의 질문에도 대답해 주는 둥 마는 둥 지나쳐 산부인과로 달려갔다.

달리는 도중 진환의 머릿속에는 오만 가지 생각이 스쳐 지나갔다. 아직 자세한 상황은 듣지 못했지만 조기출산을 유발하는 원인과 합병증, 그 가능성 등등 한군데로 정리되지 않는 생각들이 어지럽게 머릿속을 떠다녔다.

하지만 결국에는 효인밖에 떠오르지 않아 진환은 일단 나쁜 가능성에 대해서는 뒤로 미뤄두었다. 진통이 빨리 시작된 상황이 걱정스럽긴 했지만 지금은 무사히 아이를 낳는 게 가장 중요했다.

산부인과로 도착한 진환은 급하게 주변을 둘러보았다. 그리고 효인과 함께 검진을 오느라 몇 번 봤던 간호사가 눈에 띄어 얼른 다가가 아내의 행방을 물었다. 그러자 간호사는 당혹감 서린 진환의 얼굴을 신기한 듯 보더니 제2분만실로 그를 안내해 주었다.

분만실 앞으로 다가간 순간, 안에서 끊어질 듯한 하이톤의 비명이 들려왔다. 진환의 어깨가 본능적으로 흠칫 굳었다. 그러자 간호사는 거의 사색이 된 진환이 신기하다는 기색을 감추지 않았다. 그가 어떤 남자인지 간호사도 익히 알고 있기 때문이었다. 어떤 수술도 어려워하거나 두려워하는 법이 없다는 진환도 아내의 비명 소리에는 진정이 되지 않는 모양이었다.

겨우 분만실 안으로 들어가자, 분만실 안은 후끈한 땀 냄새와 약품 냄새가 휘몰아치고 있었다. 그 가운데 죽을 듯이 헐떡거리며 산통에 시달리는 효인을 보자 진환은 누군가가 심장을 사정없이 꽉 쥐어오는 것만 같았다.

"심 선생님, 장 선생님 오셨어요."

효인은 아프도록 질끈 감고 있는 눈을 힘겹게 떴다. 말간 연갈색 눈동자가 까맣게 보일 정도로 고통에 짙어져 있었다. 그리고 얼굴은 더없이 창백하게 보이는 데다가 땀이 정말 비 오듯이 흘렀다. 그럼에도 효인은 진환을 보니 안심이 되는 듯 떨리는 얼굴로 웃었다.

"괜찮아?"

자신이 진통을 겪고 있는 것처럼 고통스러워진 진환은 조심스럽게 효인의 손을 잡았다. 그러자 효인도 천천히 남편의 큰 손을 감싸더니 이내 강하게 움켜쥐었다.

"아마……. 아직은 견딜…… 만해."

손을 쥐는 강도가 보통이 아닌 것으로 보아 견디기 쉽지 않을 텐데도 효인은 안심하라는 듯이 웃었다. 진환은 애잔한 눈빛을 감추지 않고 효인을 보았다.

곧 진환은 산부인과 교수를 돌아보았다.

"PROM[9]입니까?"

무사히 눈 뜨고 있는 효인을 보고야 그나마 안심이 된 듯, 교수에게 질문하는 그의 목소리는 평소처럼 차분했다.

"맞아. 하지만 36주였으니까 괜찮을 거야. 그래도 이럴까 봐 어지간하면 일찍 쉬라고 했는데……."

진환은 긴장으로 딱딱해진 몸이 그나마 이완되는 것 같았다. 하지만 아주 잠깐 휴식을 끝낸 진통이 다시 시작되었기 때문에 숨 돌릴 틈이 없었다.

그 이후로도 폭풍이 휘몰아치는 듯한 시간이 계속되었다. 효인이 언제 끝날지 모르는 분만을 하는 동안 대한대학부속병원의 산부인과에는 두 번 보기 힘든 진풍경이 펼쳐졌다. 각 임상과의 인턴에서 레지던트, 전임의, 교수들까지 차례대로 방문해 어김없이 효인의 상태를 묻는데, 사람들은 의사 군단이 왔다 갔다 하는 모습을 신기하게 바라보았다.

철호는 대학 강의가 끝나자마자 헐레벌떡 달려와 효인의 상태를 묻고 한참 동안 분만실 앞에서 뱅글뱅글 돌아다녔다. 그러다가 호출이 들어왔을 때에야 발걸음을 억지로 떼어 돌아갔다. 아이가 나오자마자 연락을 달라는 신신당부와 함께.

진환 대신 수술을 마무리한 상준이 왔다 갔고, 막 퇴근하려던 지은도 피곤에 지친 몸을 이끌고 다녀갔고, 흉부외과의 사람들은 다 한 번씩 다녀간 것 같았다. 장례식을 가보면 고인이 살아생

---

9) Premature Rupture Of Membrane, 조기양막파열

전 어떤 사람이었는지 알 수 있다는데, 효인은 그녀가 어떤 사람인지를 초산 날에 증명하게 된 셈이었다.

진환에게는 온몸의 피가 바싹바싹 마르는 시간의 연속이었다. 효인이 비명을 한 번 내지를 때마다 전신의 근육이 팽팽하게 당겨져 당장에라도 끊어져 버릴 듯했고, 효인이 으스러져라 쥔 손에는 쥐가 날 지경이었다. 정말 다시는 겪고 싶지 않을 정도로 극도의 기력 소모가 계속된 시간이었다. 신경줄이 까맣게 타들어가고, 효인이 죽다시피 하는 모습에는 가슴이 다 울렁거렸다.

지금 진환은 거의 진환이 아니었다. 하지만 육체적 고통이 없는 자신마저 이럴진대 효인은 어떻겠는가 싶어 그는 한시도 그녀의 곁을 떠나지 않고 손을 잡아주었다. 하긴, 머리를 쥐어뜯지 않는 것만으로도 고마운 일이었다.

모두가 염려하고 기대하는 가운데 두 사람의 아이가 우렁차게 울며 세상 빛을 보았다. 아마 효인이 계속 일했기 때문인지 예정일보다 2주나 빨리 바깥문을 두드린 아이는 여자아이였다. 그리고 조기양막파열이 있었지만 아이는 다행스럽게도 결함 하나 없이 건강했다. 몸무게도 3.5kg. 지극히 정상체중의 정상아였다.

"안아보세요."

간호사는 아이를 조심스럽게 진환에게 안겨주었다. 큰 손으로 감싸고 조심히 품 안에 안자, 눈물이 치밀 것만 같이 따스한 온기가 느껴졌다. 하지만 뭔가 실감이 나지 않았다. 이렇게 아이를 안아 들고 있는데도 자신이 정말 아빠가 되었다는 사실이, 이 어린 생명이 효인과 자신 사이에서 태어났다는 사실이 믿기지 않았다. 계속 효인의 배 속에서 자라고 있었다는 건 알지만, 너무 갑자기 태어나서인지 꼭 하늘에서 뚝 떨어진 것만 같았다.

그때, 막 태어나 그야말로 핏덩이 같은 아이가 놀랍게도 제 아빠를 알아보는지 입술을 오물거렸다. 그 통통한 입술 모양새가 꼭 효인을 닮아 있었다. 그제야 진환에게 해일처럼 현실감이 닥쳐왔다.

이 아이가 자신의 딸이었다. 처음 효인의 배 속에 둥지를 틀었을 때부터 태어날 날만을 기다리게 하고, 수술 중인 엄마의 배를 둥둥 걷어차 곤혹스럽게도 하고, 새벽에 엄마의 배 속에서 딸기가 먹고 싶다고 울어대 제 아빠가 오밤중에 거리를 헤매게 하고, 무섭도록 먹보여서 효인이 배 속에 블랙홀을 품고 있다고 놀림받게도 한, 바로 그 아이였다.

순간, 진환의 얼굴에 봄볕이 스며들더니 만년설도 녹여 버릴 것 같은 미소가 번져 갔다.

"안녕."

가만히 흘러나오는 음성은 다양한 색으로 칠해져 있었다. 부드러운 붉은빛, 다정한 분홍빛, 따듯한 노란빛, 싱그러운 연초록빛, 청명한 하늘빛, 목소리에도 색이 있다면 지금 진환의 음성은 꼭 그런 색들로 넘쳤다.

그 모습을 바라보는 준태는 괜히 코끝이 시큰거렸다. 막 태어난 아이와 부모의 첫 조우는 언제 봐도 감동적이지만, 척 보기에도 한기가 느껴질 정도로 서늘한 남자가 더없이 다정한 표정과 목소리를 내보이자 묘한 감동이 밀려왔다.

그건 효인의 분만을 담당한 교수도 마찬가지였다. 효인과는 친하지만 그녀의 남편인 장 선생과는 영 친해질 수가 없었는데, 지금 이렇게 보니 왜 효인이 남편이라면 죽고 못 사는지 알 것 같았다. 지금 그가 보여주는 모습은 속 깊은 곳에서부터 다정하지 않은 사람이라면 보여줄 수 없는 모습이었다.

"나도 봐."

효인은 오랜 진통을 겪은 후라 떨리는 손으로 살짝 진환의 팔을 잡았다. 그러자 간호사가 진환을 도와 효인에게도 아이를 안겨주었다. 효인 역시 진환이 느꼈던 것과 같은 감동을 느끼는 듯 뭉클한 표정이 되었다.

"따듯해……."

효인은 눈물이 차오르는 눈으로 중얼거렸다. 진환은 효인의 눈에서 막 떨어지는 감격의 정수를 손가락으로 살짝 훑고 속삭였다.

"수고했어."

효인은 긴 사투로 인해 해쓱해진 얼굴 위로 눈물에 젖은 미소를 그렸다. 철부지 친구에서 연인으로, 그리고 평생 함께할 아내가 된 한 여자의 눈부신 미소였다.


"우왓, 움직인다."

"어떡해, 너무 귀여워."

"지금 웃는 거지? 그치? 여기 봐봐, 여기. 여기라니까."

대한대학부속병원 산부인과 신생아실의 기역 자로 나 있는 전면 유리창 앞에는 작은 소란이 일고 있었다. 가족들이나 친구들이 막 태어난 아이를 보며 웅성거리는 것은 드문 일이 아니었지만, 특이점이 하나 있다면 지금 창 앞에 거머리처럼 착 달라붙어 있는 사람들이 모두 하얀 의사 가운을 걸치고 있다는 것이었다.

그 때문에 신생아실 안에 있는 신생아실 간호사는 조금 난감한 표정이었고, 다른 아이의 부모들도 그 이색적인 풍경을 색다른 눈으로 바라보았다. 하지만 아직 학생 티가 나는 의사들은 한 신생아의 재롱에 빠져 헤벌쭉 얼굴을 늘어뜨리고 있을 따름이었다.

"어우, 귀여워 죽겠네. 피부 뽀얀 것 좀 봐."

다들 한 신생아에게 빠져 헤어 나오질 못했다. 그러자 그 신생아가 오동통한 다리를 옴지락거리는 게, 꼭 다들 자신을 보며 귀여움에 몸서리치고 있다는 사실을 아는 것처럼 보였다. 그 동작마저 묘하게 새치름한 것이 정말 천생 여자아이였다.

"어이, 거기!"

그때, 눈에 넣어도 아프지 않은 딸아이를 귀찮게 하고 있는 그들을 쫓아내기 위해 괴도 슈퍼우먼이 등장했다.

"앗."

의사 군단은 환자복을 입은 한 여자를 보고 흠칫 놀랐다. 그러자 그녀는 그들에게 다가오며 파리 내쫓듯 분홍색 팔찌가 채워진 손을 휘휘 휘둘렀다.

"이것들이 땡땡이치고 있다 이거지! 일이 부족해? 그럼 내가 친히……."

환자복을 입고 있은들 효인의 권위와 영향력은 의사 가운을 입고 있을 때와 조금도 변함이 없었으므로 인턴과 레지던트들은 잽싸게 도망치기 시작했다.

"당장 원위치로 복귀하겠습니다!"

신생아실 앞에서 소란을 피우고 있기에 그냥 겁만 준 것뿐인데 다들 꽁지 빠지게 도망가자 효인은 푸하하 웃어버리고 말았다. 순식간에 여기저기로 달려가는 인턴과 레지던트들을 보니 아주 귀여워서 볼을 콱 꼬집어주고 싶었다.

사람들은 링거를 끌고 나타난 한 산모에게 쩔쩔매는 의사들을 보며 어리둥절한 표정을 지었다.

손짓 한 번으로 소란을 잠재운 효인은 웃음기 가득한 표정으로 그들이 떠난 자리에 섰다. 그리고 유리창 너머를 바라보았다. 이제 태어난 지 삼 일이 된 그녀의 딸은 영웅처럼 나타나 자신을 귀찮게 하고 있던 사람들을 몰아낸 엄마의 존재를 느낀 듯 곰살 갑게 뒤척거렸다. 그러자 신생아실 간호사가 아이의 침대 곁으로 다가와 '보여 드릴까요?' 하는 표정을 지어 보였다. 하지만 효인은 괜찮다는 듯 손짓하고 마냥 따스한 눈으로 딸을 지켜보았다. 보는 것만으로도 포근한 우유 냄새가 날 것 같은 딸아이는 정말 몇 시간이고 바라봐도 질리지 않았다.

가을바람이 시원한 작년 9월에 한 남자의 아내가 된 효인은 그로부터 딱 3개월 만에 아이를 가졌다. 하지만 아이러니하게도 효인의 임신 사실을 가장 먼저 눈치챈 사람은 먼 아프리카 땅에 있는 연성이었다.

올해 초 어느 날이었다. 연성이 대뜸 전화해서는 이상한 꿈을 꿨다고, 아무래도 태몽인 것 같다며 효인에게 병원을 가보라 닦달했다. 그래서 무슨 꿈을 꾸셨냐고 물었더니, 자신이 아주 작고 깜찍한 고양이 한 마리를 데리고 노는데 어디선가 빨간 실뭉치가 데굴데굴 굴러오더란다. 웬 건가 싶어 보고 있으려니 갑자기 품 안의 고양이가 폴짝 뛰어내려 잡을 새도 없이 실 뭉치를 따라 달려가 버렸다고 했다.

놀라서 따라가려는 찰나에 번뜩 잠에서 깨었다는데, 심상치 않은 느낌이 필시 태몽일 거라고 어찌나 호언장담을 하던지, 자다 깬 효인은 졸음이 가득 물린 목소리로 알았다고 불성실하게 대답하고 다시 잠들었다. 옆에서 잘 자고 있는 진환을 보니 괜히 심술이 나서 진한 키스 한 방으로 잠을 다 깨워놓은 후에. 하여간 결혼을 했어도 변함없는 효인의 악동 기질 때문에 진환은 수시로 곤란한 상황에 놓이곤 했다.

아무튼 알파파가 나오던 도중에 받은 전화라 효인은 며칠간 그에 대해서는 까맣게 잊어버리고 있었다. 그러다가 어느 날 쓰러질 것처럼 배가 고파 거의 입안에 쑤셔 넣듯이 밥을 먹고 있을 때였다. 한 레지던트가 '누가 보면 걸신들린 줄 알겠어요. 인턴 때로 돌아가신 거예요? 아니면 임신이라도?'라는 말을 농담 삼아 툭 던졌다.

그 순간 효인은 숟가락을 입에 문 채 그 레지던트를 빤히 보았다. 그러자 레지던트는 자신의 말 어디가 이상했나 싶어 흠칫하는 눈치였다. 하지만 효인은 별다른 대답 없이 다시 고개를 돌렸다. 그리고 도둑이 포대 자루에 물건 쓸어 담는 양 입안에 남은 밥을 욱여넣고 바로 산부인과에 찾아갔다.

"저기…… 나 진찰 좀 해줘요."

그 말에 효인과 친한 산부인과 전임의는 어리둥절해했다. 하지만 곧 '혹시?' 하는 눈이 되어서는 그녀를 진찰대에 눕게 했다. 그리고 나온 결과는 임신 3개월이었다. 그 길로 효인은 초음파 사진을 들고 진환을 찾아 온 병원을 들쑤시고 다녔다. 마침내 진환을 발견했을 때, 그는 비슷한 나이대의 동료 의사들과 대화를 나누고 있었다. 그들은 효인에게도 익숙한 얼굴이었기에 그녀는 달려가 외쳤다.

"3개월이래!"

진환을 포함해 하나같이 남자 의사로만 구성된 그들은 의아하게 그녀를 돌아보았다.

"3개월이라니?"
"임신 말이야, 임신! 아! 숙부님께도 알려 드려야지!"

효인은 초음파 사진을 흔들며 외치더니 진환이 이해할 틈도 주지 않고 가버렸다. 그야말로 괴도처럼 순식간에 사라졌다. 뒤에 남은 진환은 지금 무슨 말을 들은 건가 싶어 잠시 고민에 빠졌다.
효인이 무슨 주술을 걸고 간 건지 이상하게 머리가 빠르게 회전되질 않았다. 그러자 옆에 선 의사들이 피식피식 웃으며 하나둘, 평소에는 건드릴 엄두도 못 내던 진환의 어깨를 툭툭 치더니 멀어져 갔다. 웃음기 만연한 한마디를 남겨두고.

"장 선생, 축하해. 어떤 아이가 나올지 벌써부터 무서워지는데?"

그 순간 진환은 두 번 생각할 것도 없이 당장 효인을 쫓아갔다. 그리고 저 멀리 앞서가는 효인을 발견한 순간, 병원의 한중간이라는 것도 잊고 그녀를 으스러져라 끌어안아 버리고 말았다.

겨울 햇빛이 화사한 어느 날의 일이었다.

"병실에 있지 않고 어딜 돌아다녀?"

그때 뒤에서 익숙한 목소리가 들려와 효인은 고개를 돌렸다. 환자로 입원해 있는 그녀와 달리 여전히 근무 중인 그녀의 남편이 의사 가운을 입은 채 다가오고 있었다. 효인은 짓궂게 웃고는 진환의 말을 그대로 되돌려 주었다.

"그러는 너야말로. 근무 시간에 일하지 않고 어딜 돌아다녀?"

사실 결혼을 했으니만큼 이제 슬슬 호칭도 바꾸어야겠지만, 워낙 친구로 살아온 기간이 길다 보니 아직도 '여보'라는 호칭이 입에 붙질 않았다. 당신, 자기, 그런 호칭도 마찬가지였다.

호칭에 관해서는 소탈한 연성이나 온화한 운재도 꽤 까다롭게 굴었지만, 꼭 안 맞는 옷을 입은 것 같아 아직도 너너 거리면서 살고 있었다. 하지만 진환은 그다지 신경 쓰지 않았다. 오히려 가끔 결심하고 여보라고 불러보면 심각하게 고민하는 얼굴로 네가 아닌 것 같다고 말했다.

"너 찾아다녔다."

"한동안 돈 벌어오는 구멍이 하나 줄 텐데 이렇게 농땡이 피워서야 쓰겠어?"

효인은 옆에 다가온 진환을 보며 장난스럽게 말했다. 그래도
진환은 피식 웃을 따름이었다. 그때, 두 사람을 물끄러미 지켜보
던 아주머니가 이제야 알겠다는 듯 말을 걸었다.

"어쩐지 새댁한테 의사 선생님들이 꼼짝 못 한다 했더니 의사
선생님 사모였나 보네."

'응?' 하고 아주머니를 돌아본 효인은 애매하게 웃었다.

"네, 뭐."

웬일로 효인이 자신 역시 의사라고 밝히지 않나 싶어 진환은
작은 목소리로 물었다.

"웬일로?"

효인은 덩달아 속삭였다.

"이럴 때 아니면 내가 언제 의사 선생님 사모가 되어보겠어?"

진환은 못 말린다는 듯한 눈길을 보냈다.

"그래도 너 가운 벗어. 이건 꼭 부부가 아니라 주치의랑 환자
같잖아?"

진환은 군말 없이 의사 가운을 벗어 팔에 걸쳤다. 그제야 효인
은 만족한 웃음을 지었다. 헐렁한 환자복을 입은 자신에 비해 진
환은 와이셔츠에 정장 바지를 입고 있긴 했지만, 그래도 의사 가
운을 벗으니 그나마 부부로 보였다.

"의사 선생님이랑 사모 아이는 어느 쪽이야?"

아까 아주머니가 친근하게 물어보았다. 그러자 효인은 유리창
을 짚으며 벌써 도롱도롱 잠에 빠져든 그들의 딸을 가리켰다.

"저쪽에 터프하게 잠들어 있는 여자아이예요."

아주머니는 확실히 터프하게 잠들어 있는 신생아를 보고 낮은 감탄을 흘렸다.

"참 곤지랍기도 하네. 눈도 못 뜨는 조그만 게 예쁘기도 예쁘고……."

"그렇죠?"

벌써부터 팔불출이 되려는지 효인은 딸아이 칭찬에 마냥 좋다는 듯 웃었다. 그리고 아주머니와 몇 마디를 더 나누다가 옆에 서 있는 진환이 조용해 돌아보았다. 진환은 효인과 아주머니가 수다를 떠는 내내 봐도 부족하다는 듯 딸아이를 지켜보고 있었다. 때때로 옴지락거리는 딸아이의 모습을 담은 눈은 더없이 깊고 따듯했다.

효인은 진환에게 좀 더 다가가 서서 그의 손을 잡았다. 손에서 손으로 온기와 뭉클한 감동이 전해졌다.

"우리 딸, 너무 예쁘다. 그치?"

"응. 너무 예뻐서 걱정돼."

효인은 피식 웃었다.

"딸한테 남편 뺏기는 거 아닌가 모르겠네. 다음에는 필히 아들을 낳아야겠어."

진환도 그저 웃었다.

펠로우 과정을 수료한 두 사람은 흉부외과의 조교수가 되었고, 철호는 임기를 끝내고 과장직[10]에서 물러나 흉부외과 교수 겸 인재개발 아카데미의 소장이 되었다. 상준은 펠로우 과정에, 건하는 보드시험에 합격하는 동시에 지방 병원으로 옮겨간 후였

---

10)  한국병원의 과장은 임기제도에 의거해 몇 년에 한 번씩 바뀐다.

다. 고향에서 전문의 생활을 하고 싶다는 것이었다. 그리고 한때 효인과 미묘한 신경전을 벌였던 윤정은 인턴 기간을 수료한 이듬해 뜻밖에도 흉부외과에 지원했다. 그런데 흉부외과의 레지던트가 된 윤정은 때때로 효인에게 심술을 부렸다. 진환에게 착 붙어서는 효인을 보고 의미심장한 미소를 지어 보이곤 했다. 그렇다고 미련이나 앙금이 남아 있는 것 같지는 않았다. 오히려 효인에게 보라는 듯이 대놓고 그러는데, 그 앙큼한 심술기에 효인은 그저 웃을 수밖에 없었다.

윤정의 친구인 혜경은 내과를 지원했다. 하지만 예상한 대로였기에 효인은 웃으며 그녀의 선택을 독려해 주었다.

연성과 철우, 운재 등 이미 안정적으로 자리 잡은 어른들은 해가 가도 여전했다. 그리고 이제 완벽하게 서른 줄에 접어든 지은은 여전히 응급실 연차 간호사로 경력을 쌓아가며 '심 선생님을 보냈으니 이젠 제 차례죠!' 하고 두 주먹을 불끈 쥐고 있었다.

세상이라는 한 인체의 구성원들은 이렇게 살아가고 있었다. 평범한 듯 평범하지 않은 일상 속에서 각자 짝을 맺고, 그들이 갈 길을 선택하며. 두 사람도 마찬가지였다. 계속해서 살아갈 것이다. 늘 그래왔듯, 이렇게.


그리고, 늘 '이렇게' 살아가는 그들의 이야기 하나.

"어머! 어머! 오랜만이다! 이게 얼마 만이야!"

"너야말로! 죽지 않고 살아 있었네?"

"세상에, 내일이면 마흔인 아줌마 피부 좀 봐. 얄미울 정도로 탱탱하네. 계집애, 네가 아직도 이십대인 줄 알아? 주책이야!"

"아주머니, 왜 갑자기 너스레를 떠시나? 다 같이 늙어가는 팔자에 무슨."

"솔직히 불어! 너 병원에서 보톡스 맞고 그러는 거지?"

오랜만에 만난 동창들과 재회의 기쁨을 나누고 있던 효인은 푸하하 웃어버렸다. 그러자 느지막하게 등장한 효인의 주변으로 몰려든 여자 동창들도 모두 어렸을 때처럼 웃었다. 말마따나 내일이면 마흔이지만 철부지 소녀 시절을 함께했던 친구들은 모두 동심의 세계로 돌아간 것 같았다.

"그나저나 네 잘난 남편님은 어디 가고 혼자 들어와?"

한 동창이 묻자, 효인은 진득하게 웃으며 '아아' 하는 소리를 흘렸다.

"바람났어."

예상치도 못했던 말에 동창들은 순간 쩍 하고 굳어버렸다.

"뭐! 설마! 그 장진환이? 바람이 났다고?"

"말도 안 돼!"

"대체 무슨 일이 있었던 거야?"

경악한 여자들은 거의 아우성을 쳐 댔다. 하지만 양계장에 온 것처럼 시끌벅적한 분위기 속에서도 효인은 빙글빙글 웃고 있을 뿐이었다. 그러자 여자들은 하나둘 입을 다물며 그녀에게 '설마?' 하는 눈빛을 보냈다.

"너 또 장난치는 거지! 하여간 계집애, 변하질 않는다니까!"

이제 여자들은 다른 의미로 아우성을 쳤다. 그러자 효인은 예나 지금이나 변치 않는 털털한 웃음을 지어 보였다.

"장난 아닌데? 장진환 씨 진짜 바람났어. 아, 마침 저기 오네.

조강지처 버리고 얻은 세컨드랑."

순간 여자들의 시선이 동창회장의 입구 쪽으로 무섭도록 빠르게 돌아갔다. 만약 효인의 말이 사실이라면 이 자리에서 그를 씹어 먹어버릴 것 같은 눈빛들이었다.

입구에 양복을 입은 진환이 들어오고 있었다. 그런데 품에 귀여운 원피스를 입은 여자아이를 안고 있었다. 풍성한 치맛자락 아래로 흰 스타킹과 핑크색 구두를 신었고, 효인의 유전자가 느껴지는 암갈색 머리카락은 어깨를 덮으며 내려와 있었다.

"확실히…… 저 정도면 심효인이 밀릴 만도 하네."

"쯧쯧, 세상에는 예쁜 것들이 너무 많단 말이야. 이거 어디 무서워서 남편들 밖에 내놓겠어."

이제는 다른 동창들마저 효인의 장난질에 동조하기 시작했다.

"그렇지? 이길 수가 없다니까. 그래서 그냥 운명에 순응하고 살기로 했어. 둘이 좋아 죽는다는데 어쩌겠어."

효인의 넉살에 여자들은 소리 높여 웃어버렸다. 그러자 동창회장에 있는 남자들은 뭐냐는 듯 그녀들을 돌아보았고, 딸을 안고 아내 곁으로 다가온 진환도 의아한 표정을 지었다. 그러다가 잠깐씩 들린 말과 사람들의 표정을 보고 상황 파악을 끝냈는지 효인을 흘겨보았다.

"너 또."

효인은 어깨를 으쓱거리더니, 낯선 장소와 낯선 사람들 가운데 제 아빠에게만 진드기처럼 착 붙어 있는 딸의 허리를 잡았다.

"도하야, 이제 그만 내려와야지."

부드러운 목소리로 얼렀건만, 도하는 반항하기 시작했다.

"싫어!"

도하는 도리질까지 치며 진환의 품속으로 더 파고들었다. 그러자 진환은 딸의 애교를 받아주듯 그녀의 등을 토닥거렸다. 하지만 효인은 강경했다.

"계속 이렇게 있을 거야?"

"응!"

"아빠가 무거워해."

"아냐, 도하 안 무거워!"

"아빠 팔 빠진다. 어어, 봐. 아빠 팔 빠져!"

효인은 호들갑을 떨고, 진환은 이 풍경이 익숙한 듯 무덤덤했다.

"엄마 저리 가!"

도하는 홱 고개를 돌리며 앙칼지게 외쳤다. 그러자 효인은 정말 가보려는 듯 몸을 돌렸다.

"그럼 엄마 진짜 간다?"

효인이 가려고 몸을 돌리자마자 도하는 눈에 심술궂은 기운을 싹 지우고 순진한 눈망울을 빛냈다.

"엄마 가지 마. 도하랑 있어."

도하는 엄마가 가는 건 또 싫은지 순식간에 태도를 바꾸었다. 동창들은 그런 아이가 귀여워 죽겠다는 듯이 웃었다. 그러자 효인은 다시 도하에게 다가가 딸의 보드라운 코를 아프지 않게 꼬집고는 말했다.

"하여간 애가 이렇다니까. 우리 집은 완전히 장도하 하렘이야."

"이잉."

도하는 칭얼거리며 효인에게 안겨들었다. 그제야 상황이 일단락되었다고 생각했는지 동창들이 하나둘 말하기 시작했다.

"도하, 정말 너랑 닮았다. 어디 내놔도 모녀라는 거 알겠어."

효인은 도하를 고쳐 안으며 말했다.

"근데 속은 진짜 장진환 2세야. 겉으로는 안 그래 보이는데 식성에 버릇에 가끔 말하는 것까지 제 아빠랑 똑같다니까. 얼마 전에는 드라마 보면서 울고 있었더니 휴지를 건네주면서 뭐라고 하는 줄 알아? 엄마, 울지 마. 저건 만든 이야기일 뿐이야, 이러는 거 있지?"

효인이 그때를 상기하듯 찡그린 얼굴로 말하자 동창들은 거의 웃느라 제정신이 아니었다. 종종 아이들의 언변에 혀를 내두를 때가 있긴 하지만 도하도 보통이 아닌 것 같았다. 하지만 그 와중에 유일하게 웃지 않는 두 사람이 있었으니, 도하는 어른들이 왜 웃는지 몰라 그저 천진한 표정이었고, 진환은 자신도 그런 말을 한 적이 있었나 하고 되짚어보고 있었다.

"그나저나 서서 이럴 게 아니라 우선 들어가자."

한 동창이 말하자 다들 안으로 들어가기 시작했다. 효인이 품에서 내려놓은 도하도 카펫을 밟으며 위풍당당하게 걸어 들어갔다. 진환과 효인은 나란히 아이의 뒤를 따라가며 마냥 따스한 눈빛을 보냈다.


끝없이 이어지는 담소를 나누며 저녁을 먹고 난 후였다. 디저트를 먹고 있을 때 같은 테이블에 앉아 있는 한 동창이 막 생각났다는 듯 말했다.

"아, 참. 나 그거 봤어. 너희 부부 나온 다큐멘터리."

제 무릎 위에 앉은 도하가 케이크를 먹는 걸 도와주던 효인은 '응?' 하고 고개를 들었다.

"제목이 뭐였더라? '심장을 치료하는 심장 부부'였나? 너희 둘 성을 합쳐서 심장이라는 게 이럴 때 유용할 줄 몰랐다, 야."

"그러게 말이야."

효인은 선선히 웃었다. 사실 다큐멘터리 제작진에게 그녀나 진환이 따로 알려준 건 아닌데, 그쪽 작가가 알아서 '성을 합치니까 심장이네요. 제목으로 쓰기 딱 좋겠어요.'라고 말했다.

다른 동창이 거들었다.

"맞아. 나도 봤어. 장기이식센터 심장이식팀에 근무하는 심장 부부라고……. 심장이식이라니, 하는 사람도 받는 사람도 대체 저걸 어떻게 하나 싶더라. 그 아주머니 있잖아, 두 번째 나왔던. 그 아주머니 이야기는 진짜 슬프더라. 우리 가족 전부 거의 대성통곡을 하면서 울었다니까?"

효인은 조금 웃고, 덕지덕지 생크림을 묻혀가며 케이크를 먹는 도하의 입가를 닦아주며 말했다.

"사실 TV에 나가고 싶은 생각은 없었는데, 팀장님께서, 우리는 어렸을 때부터 친구였던 것도 그렇고 사람들이 관심을 가질 만한 스토리가 있으니까 한번 해 보라고 하셔서. 생각해 보니까 사람들이 우리 이야기에 관심을 가져야 심장 기증에 대한 관심도 올라갈 것 같더라고."

"그러게. 심장 기증이 그렇게 부족하다며."

"응. 적합한 심장이 나타나길 기다리지 못하고 돌아가시는 분들 보면 너무 안타깝…… 장도하! 먹던 걸 뱉으면 어떡해!"

도하가 뭔가 마음에 들지 않는 듯 볼을 우물거리다가 음식물을 뱉어버리자, 효인은 말하다 말고 얼른 손을 뻗어 짓물러진 음식을 받아냈다. 생크림 케이크 위에 얹어져 있던 장식용 귤이었다. 그나마 입에 담자마자 뱉어냈는지 거의 원형을 유지하고 있긴 했지만 타액에 질척질척해져 있었다.

"응, 미얀."

도하는 케이크를 먹느라 빵빵해진 볼로 우물거리며 대답하고 다시 먹는 데 열중하기 시작했다.

"으이구, 이 까다로운 것."

효인은 도하의 볼을 꾹 꼬집고는 딸이 손바닥 위에 뱉어낸 귤을 스스럼없이 자신의 입에 털어 넣었다. 그리고 옆에 있는 냅킨으로 슥슥 손바닥을 닦았다. 그 와중에도 도하는 제 부모님이 수술실에서 고군분투하는 것처럼 케이크와 고군분투하고 있었다.

"하여간 심효인 너 정말 엉큼하다니까."

효인은 무슨 말이냐는 듯 동창을 돌아보았다. 흰 테이블보가 씌워진 원형의 탁자에는 여자들만이 앉아 있었다. 남편과 남자 동창생들은 다른 테이블에 앉아 있었고, 유부녀인 여자들은 대부분 아이를 데리고 있었다. 남편이 아이를 데리고 있는 동창도 있었지만, 도하는 먹느라 효인의 무릎 위에 앉아 있는 중이었다.

"예전에도 한 말이지만 장진환이랑은 곧 죽어도 친구라며? 그런데 대뜸 청첩장이 날아와서는……. 난 내가 신랑 이름 잘못 본 줄 알았어."

"난 장진환이 한국에 돌아온 줄도 몰랐어."

동창들의 쓴소리에 효인은 피식 웃음소리를 흘렸다.

"사람이 살다 보니 다 생각한 대로 되는 게 아니더라."

"하긴, 생각해 보면 너희 둘이 다른 사람하고 결혼하는 건 그림이 안 그려져. 뭐랄까, 청첩장 받았을 때 황당하긴 했지만 역시 이렇게 됐구나 하는 기분?"

그때 마침 도하가 케이크를 다 먹었다며 포크를 내려놓았다. 그러자 효인은 크림이 묻은 도하의 손을 물티슈로 닦고, 입가까지 꼼꼼하게 닦아주었다.

"자, 도하 이제 아빠한테 가봐."

효인은 도하를 바닥에 내려놓고는 통실한 엉덩이를 두어 번 도닥거렸다. 그러다가 장난기가 동한 듯, 딸과 늘 하는 장난을 시작했다.

"도하 엉덩이는?"

눈치챘는지, 도하는 눈을 빛냈다. 그리고 오동통한 양손으로 자신의 엉덩이를 탁탁 두드리고는 노래 부르듯 말했다.

"예쁜 엉덩이~"

"아빠 엉덩이는?"

"오리 궁둥이~"

그렇게 말한 도하는 그것이 신호인 듯 저쪽 테이블에 앉아 있는 아빠를 향해 다다다 달려갔다. 그러자 테이블에 앉아 있는 여자들은 발작적으로 터져 나오는 웃음을 숨기지 못했다.

도하가 달려가 아빠의 다리를 끌어안고 무어라 말하자, 진환은 딸을 안아 들었다. 그러자 도하는 신이 난 양 뭐라 뭐라 종알

거렸고, 진환은 잠시 의아한 표정을 짓는가 싶더니 곧 효인에게 날카로운 시선을 보냈다. 도하에게서 엄마와 무엇을 했는지 들은 모양이었다. 효인은 살살 손을 흔들며 히죽 웃고는 다시 자신의 테이블 쪽으로 시선을 돌렸다.

그때 그 모습을 지켜보고 있던 한 동창이 슬그머니 물었다.

"너희, 둘째를 낳을 생각은 없는 거야? 하긴, 이제는 좀 늦었지만."

그러자 왜인지 효인의 얼굴에 씁쓸함이 피어났다.

"사실 도하 낳고 다음 해에 바로 임신하긴 했는데 자연유산이 됐어. 그 후로는 일이 바쁘고, 어쩌다 보니 도하는 그냥 외동이 됐네."

그때 효인은 심적으로 많이 힘들었다. 누구에게나 그렇겠지만 무언가를 잃는다는 건 효인에게 있어 더없이 두려운 일이었기 때문에 잠시 일까지 쉴까 고민했을 정도였다. 하지만 효인은 일선에서 벗어나지 않았다. 며칠 휴가를 받긴 했지만 집에 혼자 있다가는 우울증에라도 걸릴 것 같기 때문이었다. 게다가 어머니를 잃었을 때처럼 곁에 진환이 있어주었고, 또 그들의 분신인 어린 생명이 있었다.

진환은 밤마다 수없이 효인을 다독이며 꼭 끌어안고 잠에 들었다. 그럴 때마다 효인은 또 생각했다. 이 남자를 내게 준 신에게 감사하다고.

"휴, 고생했구나. 사실 비밀도 아니지만 나도 첫애는 자연유산 됐거든. 그때 그러면서 남편과도 이혼할 뻔했는데…… 그게 그렇더라. 살 부대끼면서 살다 보니 다음 애가 생기고, 곧 죽을 것 같

앉아도 다 이렇게 사는구나 싶어졌지."

"그래서 심기일전하고 셋째까지 줄줄이 낳은 거야?"

효인이 장난스럽게 말하자 다시 테이블에는 웃음꽃이 피어났다. 그렇게 한참 유부녀들이 할 법한 대화를 시간 가는 줄 모르고 나누었을 때, 단상 위에 스크린이 내려오더니 회장의 조명이 조금 어둑해졌다. 그래도 대화를 나누거나 뭔가를 보는 데 방해될 정도는 아니었기에 스크린 쪽으로 주의를 돌리는 사람도 있었고 계속 대화를 나누는 이들도 있었다. 효인은 친구들에게 양해를 구하고 자리에서 일어나 진환과 도하가 앉아 있는 테이블로 다가갔다.

"뭐 하는 거래?"

효인은 진환의 옆자리에 앉으며 물었다.

"글쎄, 사진 같은 걸 띄우려는 것 같은데."

"아, 맞네."

스크린에 오늘 동창회의 타이틀이 지나가고 화면 가득 사진 하나가 떠올랐다. 졸업하는 해 여름에 찍은 반 전체의 사진이었다. 효인은 고개를 쭉 빼고 사진을 샅샅이 훑어보았다.

"저때 네가 어디에 섰었지?"

"맨 뒤쪽 줄 여섯 번째."

"역시 시력 좋아. 난 맨 앞줄에 있네. 와, 헤어스타일 엄청 촌스러워."

부부가 킥킥거리며 대화하는 동안 사진은 다음 장으로 넘어갔다. 어느 정도 간격을 두고 계속 지나가는 사진은 졸업앨범에 있는 것도 있었고, 동창들에게 긴급 공수한 개인적인 것들도 있었다.

　몇 장이 더 지나고 드디어 체육복을 입고 있는 어린 효인의 모습이 나타났다. 갑자기 찍은 것인 듯, 사진 속의 효인은 그녀 특유의 '응?' 하는 표정을 지어 보이고 있었고, 옆에는 진환이 땀을 닦고 있었다.

　"엄마! 내가 저기 있어!"

　도하가 갑자기 사진을 손가락질하며 외쳤다. 확실히 도하가 그렇게 말할 정도로 도하와 사진 속의 어린 효인은 닮아 있었다. 물론 사진 속의 효인이 도하보다 훨씬 크긴 했지만, 어린아이 상식에서 그건 그다지 중요하지 않은 모양이었다.

　"저건 도하가 아니라 엄마야."

　진환이 딸에게 살짝 속삭였다. 그러자 도하는 아빠를 돌아보고 어리둥절한 표정을 지었다.

　"도하가 아냐? 근데 엄마가 작아."

　효인은 피식 웃으며 딸의 볼을 톡톡 두드렸다.

　"그럼 엄마는 뭐 태어날 때부터 이랬을까 봐? 엄마도 어렸을 때는 도하처럼 작았다, 뭐."

　"네 키가 결코 작은 키는 아니었을 텐데."

　진환이 불쑥 치고 들어오자 효인은 '으이구' 소리를 내며 남편의 어깨를 툭 때렸다.

　"그런 이야기가 아니잖아."

　진환은 피식 웃었고, 세 가족은 한동안 가만히 지나가는 사진들을 하나하나 눈에 담았다. 그러다 문득 도하가 샐쭉 웃으며 말했다.

"엄마 예쁘다. 아빠, 그치?"

도하는 아빠를 돌아보고 눈을 빛내며 동의를 구했다. 부부는 누가 먼저랄 것도 없이 웃어버렸다. 그런 딸이 귀여워 죽겠다는 듯.


여러분들도 살아가고 계십니까? 그들은 계속해서 이렇게 살아가고 있습니다. 친구에서 연인이 되어, 때때로 힘든 일이 있어도, 슬픈 일이 있어도, 속상한 일이 있어도, 서로의 유리심장을 보듬으며 언제까지나 이렇게 행복하게 오래오래…….

외전 1
그들의 청춘, 그 한 조각

여름—

매미가 목청껏 울어대고, 아스팔트 도로에는 아지랑이가 이글거리는 뜨거운 계절이 돌아왔다. 작년 여름이 엊그제인 것 같은데 벌써 여름이라니, 시간이 참 쏜살같긴 한 모양이었다. 하지만 그건 어쨌거나.

'덥구나……'

그나마 서늘한 마룻바닥에 대자로 누워 있는 효인은 멍하니 창밖을 바라보았다. 활짝 열어놓은 창문 너머로 새파란 하늘이 보였다.

'이 녀석은 화장실을 만들어서 싸고 오나, 왜 이리 안 와.'

아주 잠깐 화장실을 간다며 나간 방 주인의 행방이 궁금해졌지만 너무 더워서 효인은 아무래도 좋아졌다. 처음 마룻바닥에 누웠을 때는 그나마 시원했지만 체온이 옮아서 이젠 바닥도 뜨뜻한 게 뭔가 타개책이 필요했다. 절실히.

'휴, 에어컨 좀 틀면 안 되나.'

효인은 방구석에 서 있는 신식 에어컨을 빤히 쳐다보았다. 에어컨은 저기서 저토록 비장감에 넘치는 백색의 자태를 뽐내고 있는데, 그야말로 그림의 떡이었다. 남연성 여사께서 과도한 에어컨 사용은 몸에 좋지 않다며 어느 정도 더위는 근성으로 이겨내라는 엄명을 내리셨기 때문이다.

이 여름방학에까지 진환과 앉아 찜통 같은 방에서 숙제를 하고 있으려니 억울한 감이 있어서, 결국 진환이 잠시 자리를 비우자마자 방바닥에 대자로 늘어져 버렸다.

'근데 이 녀석 정말 안 오네.'

막 그런 생각을 하고 있을 때쯤이었다. 제 말 하는 줄 아는 호랑이가 방 안으로 들어오는 발소리가 들려왔다.

"야, 장진환, 너 뭐 하느라 이제 와? 난 네가 하도 안 와서 화장실을 만들어서 싸고 오는 줄…… 응? 어이, 너 어딜 보는 거야?"

한참 주절거리던 효인은 갑자기 진환이 묘한 곳을 쳐다보고 있다는 걸 깨닫고 물었다. 진환의 시선은 효인의 아래쪽에 머물러 있었는데, 어째서인지 그 물끄러미 바라보는 눈빛이 꼭…… 꼭…….

"불판 가져와."

……정육점 냉장고에 놓인 돼지고기 한 근을 보는 것 같았다. 하지만 효인은 무슨 말인지 선뜻 이해하지 못하고 되물었다.

"어엉? 갑자기 무슨 소리야?"

자리에 앉은 진환은 접이식 테이블 위에 척, 책을 펼쳤다.

"삼겹살을 구워 먹으면 딱일 것 같아서."

불판 위에서 고기가 지글지글 익는 장면을 상상만 해도 더워서 축 사망하시겠는데 이 삼복더위에 웬 삼겹살 타령?

순간 효인은 설마 하며 스윽 자신의 하체를 내려다보았다. 더워서 훌렁 까뒤집어 놓은 티셔츠 아래로 납작한 배가 보였다. 워낙 신진대사가 좋은 나이라 뱃살 따위 없었다. 좀 더 컸을 때였다면 진환이 괜히 놀리려고 하는 말이라는 걸 알았을 테지만, 어린 효인은 발끈했다.

"이씨! 너!"

효인은 벌떡 일어났다. 하지만 진환은 테이블 반대편에 있는 효인을 힐끗, 시선으로만 보더니 다시 책으로 눈을 돌렸다.

"머리 완전히 산발이다."

효인은 이를 악물며 '이익!' 하는 소리를 내었다.

"넌! 그러는 넌!"

더위도 잊고 자리에서 일어선 효인은 진환을 척 손끝으로 가리켰다. 그리고 비장하게 받아쳐 주려고 했지만!

"넌…… 넌…….”

진환은 어디 한번 해 보라는 듯 물끄러미 효인을 올려다보고 있을 뿐이었다. 그것도 무뚝뚝 괴물 장진환 주제에 약간 삐딱한 도전적인 시선으로. 진환의 얼굴에 큼지막하게 쓰여 있는 '어디 한번 해볼 테면 해보시지?'라는 글자가 똑똑히 보였다.

그도 그럴 게, 성급히 외치고 나서야 깨달은 거지만, 상식적으로 남자인 진환보다 여자인 효인이 체지방률이 높을 수밖에 없었다. 게다가 의무적인 운동이 아니면 그다지 의욕적이지 않은 효인에 비해 진환은 몸을 움직이길 좋아하는 편이었다. 친구들과 농구나 축구도 자주 하고, 교내 대회이긴 했지만 육상 대회에서 우승한 적도 있고, 같이 자전거를 타면 늘 운전하는 건 진환 쪽이었다. 더불어 진환은 천성적으로 살찌는 체질이 아니니, 효인의 생각에 이건 애초에 자신이 불리할 수밖에 없는 게임이었다.

할 말을 못 찾고 있는 사이 시간은 자꾸만 흐르고, 목구멍을 타고 굵은 침이 꿀꺽 넘어갔다. 결국 효인은 충동적으로 입을 열고 말았다.

"씨이! 가슴도 내가 더 커!"

침묵.

또 침묵.

계속 침묵.

뭔가 굉장히 말을 잘못한 것 같긴 하지만 차마 수습할 생각을 하지 못하고 있는데, 갑자기 침묵을 가르고 소리가 들려왔다.

"풋."

풋? 풋!

"지, 지금 비웃은 거?"

효인은 분노에 목소리까지 떨려올 지경이었다.

"아니, 뭐……."

진환은 말하다가 생각해 보니 점점 더 웃긴지 이젠 큭큭거리는 소리까지 내며 웃었다.

"그래, 알았으니까 이제 그만 놀고 하자."

동갑 주제에 또 오빠 같은 말투였다. 그리고 진환은 이제 효인이 뭐라고 하든 상대해 줄 생각이 없는지 진지한 얼굴로 책을 읽기 시작했다. 확신하건대, 이미 그는 효인에게 불판 어쩌고 한 것을 완전히 잊어버리고 책 내용에 몰두하고 있을 게 분명했다.

'두고 봐, 너……! 이 심효인을 건드린 걸 후회하게 해주마!'

효인은 정수리마저 태연해 보이는 진환을 내려다보며 이글거리는 복수심에 불타올랐다.

하지만 복수의 기회는 좀처럼 찾아오지 않았다. 영원히 정체되어 있을 것만 같은 무더운 여름도 점차 흘러가고, 방학 내내 진환의 얼굴을 보고 살았지만 알다시피 그는 그다지 실수가 잦은 타입이 아니었다. 실수를 저지르고 미안해할 거라면 애초에 실수를 저지르지 않으면 된다는 사고방식의 소유자니까. 어찌 보면 훌륭한 사고방식이긴 하지만, 정말 모든 게 파릇해야 할 청춘의 나이에 골수부터 팍삭 늙어버린 애늙은이라고 해야 할지. 연성의 말에 의하면 부모 없이 세상의 모진 풍파와 부딪치며 커온 것도 아니고, 자랑스럽게 말할 만한 건 아니지만 환경상 버릇없는 도련님이 될 가능성이 다분했는데도 이런 애늙은이가 된 게 신기하다나.

아무튼 진환에게선 틈을 찾는 일부터가 호락호락하지 않았다. 그러는 사이 은근히 단세포인 효인은 점차 복수심이 옅어져 갔고 진환에게 화냈던 일조차 잊어가고 있었다.

그러던 어느 날이었다.

그날도 오장육부가 흐물흐물하게 녹아내릴 것처럼 무더웠다.

당시 집에 에어컨이 없었던 효인은 반좀비 상태가 되어 진환의 집으로 난입했다. 이 정도라면 연성도 잠깐은 문명의 이기를 허락하겠지 싶어서.

"으, 으으으으⋯⋯."

하지만 준대궐 같은 집에 들어선 효인은 감당할 수 없는 절망을 느꼈다.

더웠다! 피부에 와 닿을 서늘한 공기를 고대하며 문을 열었건만!

'뭐냐고! 이 만두 찜통 같은 더위는! 심효인 만두 되겠네!'

정말 좌절하고픈 시추에이션이 아닐 수 없다고나 할까.

"효인이 왔니?"

패잔병 같은 절망에 사로잡혀 거실로 비척비척 가자, 진환의 집에서 일하는 가정부 아주머니가 효인을 반겼다. 효인은 더위에 지쳐 퀭한 눈으로 인사하고 물었다.

"아주머니는 안 더우세요?"

"설마. 나도 덥지."

말로는 그렇게 하지만 언제나 온화한 얼굴이 트레이드마크인 가정부 아주머니는 전혀 더워 보이지 않았다. 특징은 다르지만 은근히 진환 과(科)랄까. 역시 얼음괴물 소굴에 살면 더위쯤이야 간단하게 이길 수 있는 포스를 지니게 되는 건가 싶었다.

"헤엑, 근데 에어컨 안 트세요?"

가정부 아주머니는 다시 빙긋이 웃었다.

"아무도 없는데 틀긴 좀 그렇잖니."

"어? 진환이도 없어요?"

"아, 진환이는 있어. 방에서 자고 있을 거야."

효인은 어느새 더위를 잊고 뒷머리를 긁적거렸다.

"진환이가 이 시간까지요? 별일이네요."

"어제 TV 본다고 늦게 잔 것 같은데 그래서 그런가 봐."

하긴, 그런 면이라도 없으면 진환은 인간이 아님이 분명했다.

"음, 그럼 아직 자나 확인해 보고 올게요."

"그러렴."

효인은 진환의 방이 있는 2층으로 올라갔다. 그리고 딱 닫혀 있는 방문을 열려는 순간, 문고리에서 느껴지는 희미한 한기와 문틈 사이에서 흘러나오는 서늘한 공기에 멈칫하고 말았다. 동시에 그 기분 좋은 서늘함을 참을 수 없어서 방문에 찰싹! 몸을 붙여 버렸다.

'아아, 시원하다……'

평생 이대로 문에 눌어붙어 있고 싶은 기분이 드는 가운데, 효인은 겨우 핫 하고 정신을 차렸다.

'이게 아니지! 이 너머에서 한기가 느껴진다는 말은! 좀처럼 허락되지 않는 그 문명의 이기가 이 안에서 가동되고 있다는 말이렷다!'

효인은 벌컥! 문을 열어젖혔다. 동시에 확 하고 느껴지는 냉기에 행복한 비명이라도 나올 것 같은데, 몇 초쯤 흐르자 진환이 방 안에 없다는 사실이 인식되었다.

"어라? 이 녀석이 어디……"

하지만 가만히 보고 있으려니, 침대의 이불이 불룩하게 솟아올라 있는 게 보였다. 그래서 다가가려는 순간, 효인의 머릿속에 섬광이 스쳤다. 얼마 전 이 방바닥에 누워 '불판 가져와.'란 말을 들었던 게 떠오르면서, 드디어 복수할 기회가 왔음을 직감했다.

……라고는 해도 사실 이제 복수심이야 거의 흐릿해졌으니 효인의 고질병인 동시에 불치병인 장난기가 동했다는 편이 맞았다.

효인은 당장 몸을 돌려 1층으로 뛰어 내려갔다. 그리고 부엌으로 들어가 냉장고에서 무언가 부스럭부스럭 정신없이 꺼냈다. 그런 후 공수한 물건을 가득 들고 거실로 나오자, 한낮의 휴식을 즐기고 있던 가정부 아주머니가 효인을 의아하게 바라보았다.

"그걸로 뭐 하려고?"

"후후후, 그 이름도 찬란한 복수혈전이라고나 할까요?"

음흉함이 뚝뚝 묻어나는 효인의 얼굴을 본 가정부 아주머니는 얼핏 난색 어린 얼굴로 웃었다.

"적당히 하렴."

"네엡!"

기운차게 대답한 효인은 날 듯이 다시 2층으로 뛰어 올라갔다. 그리고 책상 위에 놓인 연필꽂이에서 매직을 꺼내 들고 살그머니 침대로 다가갔다.

'후후후후후후. 내 두고 보라 했지? 여자가 한을 품으면 오뉴월에도 서리가 내린다는데 어찌 여자의 한이 쉽게 잊히겠나? 그것을 간과한 그대를 원망하게나.'

효인은 뭐가 그리 신나는지 혼자 속으로 열심히 중얼거리며 슬그머니 이불을 젖혔다. 가정부 아주머니의 말대로, 진환은 자고 있었다. 그것도 무지하게 귀여운 얼굴로.

'윽! 뭐야! 이 얼굴은!'

자는 얼굴이 묘하게 천진하다는 건 이미 알고 있었지만, 오늘따라 이건…… 좀…… 심하달까.

'그러고 보면 말이지……'

효인은 대뜸 다른 생각에 사로잡혔다.

'다른 남자애들과는 다르게 피부도 여드름 하나 없이 깨끗하고, 모공도 안 보이고, 순정만화 주인공도 아닌 주제에 속눈썹은 왜 또 이렇게 기니. 턱도 말끔하네. 흠, 귀밑에 점이 있었네.'

효인은 진환을 거의 해부하는 것처럼 곰곰이 뜯어보았다. 어쩐지 또 진환이 새롭게 보이는 느낌이었다. 사실 아무리 친하다고 해도 이렇게까지 자세하게 얼굴을 뜯어볼 기회는 거의 없으니까.

그런데 뭐랄까…… 묘하게…… 가슴이 설레는 기분이었다.

여태까지 진환을 보고 이런 기분이 든 적은 없었다. 진환과 있으면 안심이 되고, 편안했다. 너무 편안해서 서로 아무 말 없이 앉아 있다 보면 졸릴 정도였다. 남자친구를 사귀어본 건 딱 한 번뿐이지만, 적어도 연애 감정은 그런 게 아닌 것 같았다. 연애라면 무릇 짜릿짜릿하고 감정의 극과 극을 내달리는 업앤다운이 있어야 하지 않을까? 게다가 진환이 남자친구인 그림은 좀 상상하기 힘들었다. 이렇게 여자친구를 못살게 구는 남자친구가 어디 있겠는가 싶었다.

효인은 버릇처럼 뒷머리를 긁적거렸다.

"우씨, 그래도 누가 이렇게 챠밍 큐트 기타 등등한 얼굴로 자고 있으래. 괜히 죄책감 들게."

저도 모르게 입 밖으로 소리 내어 퉁퉁거린 순간이었다. 예민한 녀석이 잠결에도 목소리를 들었는지 낮은 소리를 내며 몸을 뒤척였다.

효인은 진환이 다시 새근거리는 소리를 낼 때까지 숨도 제대로 내쉬지 못했다. 그러다가 최대한 조심스럽게 다시 잠들었는지 확인해 보았다. 진환은 반응하지 않았다.

'그래, 착하지. 잠시만 더 그렇게 자고 있어라.'

효인은 이불을 좀 더 밀어내고 진환의 티셔츠를 들어 올렸다.

"……"

잠시 티셔츠를 걷어 올린 자세로 동작 그만.

'크흑! 젠장! 없어! 없다고!'

광고. 잃어버린 뱃살을 찾습니다. 아시는 분은 심효인 16세에게로 연락…… 은 아니고, 열여섯 살 주제에 복근까지 보일락 말락 했다. 이 녀석이 괜히 제게 삼겹살 타령을 했던 건 아니구나 싶어 참담했지만, 어쨌든 효인은 거사를 앞두고 매직의 뚜껑을 빼냈다. 그러자 뽕— 하는 작은 소리가 났다.

효인은 매직을 진환의 배에 가져다 대고, 쌀알에 반야심경을 새기듯이 손끝에 온 신경을 모아 숙엄한 태도로 작업에 임했다.

잠귀가 밝은 진환이 언제 깨어날지 몰라서 지나치게 매직을 누르지 않고, 또 지나치게 간지럽지도 않게 했다. 그때 효인의 모습은 흡사 대수술에 임하는 의사나 나노 단위의 세밀한 세공을 새기는 장인의 모습을 떠올리게 했다. 배 위에 그림을 그려 나가는 솜씨가 어찌나 절묘한지, '그' 진환이 전혀 모르고 잘만 자고 있을 정도였다.

'후후후후. 희대의 역작이 완성되었군.'

작업을 끝낸 효인은 의기양양하게 몸을 들었다.

'어디 한번 배 껍질이 벗겨지도록 문질러 봐라. 근데 이거 내가 봐도 지우기 아까울 정도로 잘 그렸는걸. 특히 이 등심 부위의 모양이 절묘한데?'

그런 후 효인은 진환의 티셔츠를 원 상태로 돌려놓았다. 그리고 진환의 추리닝 바지로 손을 뻗으려는 찰나, 여태 전혀 느끼지 못했던 부끄러움이 살짝 밀려들었다. 털털하고 내숭 없는 효인이라지만 이래 봬도 첫 키스 경험도 없는 순수 무공해 소녀였다. 그러니 아무리 친구라도 '남자'의 바지를 들추려니 왠지 자신이 굉장히 변태 같기도 하고 쑥스럽기도 하고⋯⋯.

'고작 이 따위 부끄러움 앞에서 야망을 접을 셈이야!? 심효인! 심효인이란 이름이 운다!'

뭔 관계인지는 모르겠지만.

'간다!'

효인은 진환의 바지 끝을 살짝 들어 올리고 얼음 통을 그대로 거꾸로 쏟아부어 버렸다. 그리고 당장 뛰어나가려고 폼을 잡는데! 1초, 2초, 3초⋯⋯.

'반응이 없다?'

설마 싶어진 효인은 위험한 줄 알면서도 두근두근하는 심정으로 한 걸음, 두 걸음, 반응이 없는 진환에게 향했다. 그리고 정말 여전히 자고 있는 건가 싶어 얼굴을 슬쩍 들이미는 순간—

"⋯⋯!"

눈을 떴다!

관 속에 누워 있는 흡혈귀가 긴장감이 최고로 고조된 순간에 번쩍 눈을 뜨는 것처럼. 효인은 너무 놀라 비명조차 나오지 않았다. 그리고 진환이 벌떡 몸을 일으킨 순간, 효인이 그의 위로 얼굴을 내밀고 있었기 때문에 큰 소리가 나도록 이마를 부딪치고 말았다.

"악!"

"윽!"

진환과 효인은 각자 이마를 감싸 쥐고 침대 위로 고꾸라졌다. 효인은 바들바들 떨며 톱밥에 얼굴을 묻는 햄스터처럼 침대에 얼굴을 박았고, 진환은 한쪽 팔로 무게를 지탱하고 이마를 감싸 쥐었다.

"이, 이마가 무슨……. 머릿속에 뭐가 든 거야……."

상상을 뛰어넘는 고통에 진환은 신음했다.

"너, 너야말로……. 눈앞에 별을 넘어 안드로메다 성운까지 보인다……."

그나마 둘 중 먼저 정신을 차린 건, 정신력을 떠나서 정신을 차릴 수밖에 없는 이유가 있는 진환이었다. 진환은 비틀거리며 침대에서 일어나더니 바지를 탈탈 털어냈다. 그러자 얼음 조각들이 우박처럼 우두두두! 떨어져 내려 바닥을 두드렸다.

'도, 도망 가야 해!'

효인은 거의 진심으로 생존 본능에 사로잡혀 이마를 감싸 쥔 채 엉금엉금 방문으로 기어가기 시작했다.

"심효인……."

진환이 성큼 다가오더니 뒤에서 효인의 목덜미를 쥐고 뭔가를 티셔츠 안으로 집어 넣었다.

"꺄악!"

척추를 미끄러져 내려가는 오싹한 냉기에 효인은 벌떡 일어났다. 그리고 옷 안에 있는 얼음 조각을 빼내기 위해 팔을 이리저리 휘젓는데, 다시 등 뒤에서 분노에 타오르는 목소리가 들려왔다.

"아직 안 끝났어. 자다가 얼음 벼락을 맞는 기분에는 비교할 수 없겠지만 그 반의반은 되돌려 줘야지."

진환이 등 뒤에서 허리를 감싸 안아왔다.

"아악! 야! 치사하게! 이거 놔!"

정신없이 파닥거렸지만 등 뒤에 태산처럼 버티고 선 진환은 꿈쩍도 하지 않았다. 그 순간 효인은 난데없는 것을 깨달았다.

'어라? 진환이 힘이 이렇게 셌었나……?'

그때 진환이 가당찮다는 듯이 말했다.

"치사? 자고 있는 사람 바지 안에다가 얼음을 부은 누구보단 덜 치사할걸."

효인은 꿀꺽, 침을 삼켰다.

이거, 배에다 대문짝만 한 그림을 그려놓은 걸 알면 정말 가만있지 않을 것 같았다.

"하, 하지! 꺄악! 하지 마! 이 재수 똥 썬 칼라 파워!"

"멋대로 부르시지."

목청껏 열심히도 소리쳤지만 하나둘 옷 안으로 들어오는 얼음 조각은 멈추지 않았다. 게다가 허리를 감고 있는 팔의 힘이 어찌나 센지 제 아무리 버둥거려도 풀릴 기미가 없었다.

"하지 마아……!"

그런데 하도 소리를 지르다 보니 어느 순간 전혀 다른 목소리가, 허스키한 하이톤에 왠지 당장에라도 울 듯한 목소리가 튀어나왔다. 신기하게도 꼭 어른 여자 같은 목소리였다. 그러자 진환의 움직임이 뚝 멈추었다.

기묘한 침묵이 흘렀다.

자세는 그대로인데 갑자기 찾아든 어색한 침묵에 효인이 '뭐지?' 싶어진 찰나, 방 밖에서 목소리가 들려왔다.

"애들아? 대체 뭘 하는 거니?"

소란이 1층에 전해진 모양이었다. 당연히 그랬겠지만.

그제야 진환은 효인을 풀어주고, 아주머니가 방문을 열고 안을 들여다보고는 깜짝 놀란 얼굴이 되었다.

"어머! 효인이 너! 이러려고 얼음을 가져간 거였어?"

효인은 머쓱하게 웃었다.

"죄송해요. 그냥 장난 좀 친다는 게……."

"하여간 못 말려."

그래도 다행히 아주머니는 그리 화난 눈치가 아니었다.

"제가 치울게요."

효인은 왠지 모르게 뒤가 켕기는 기분이라 걸레를 가져온다는 명목으로 도망치듯 진환의 방을 빠져나왔다. 한편, 방 안에 남은 진환은 한 손으로 뒷목을 감싼 채 뭔가 생각하는 얼굴이었다. 뭔가 심각해 보이기도 하고, 해답을 잘 모르겠는 문제를 보는 것처럼 아리송한 느낌이기도 했다.

그런데 문득 침대 옆 테이블 위에 놓인, 자신이 가져다 놓지 않은 매직을 발견했다. 순간 진환의 미간이 희미하게 일그러졌다. 불길한 기류가 머리 위로 드리워졌다. 진환은 짙은 의심과 함께 자신의 몸을 확인해 보았다. 다행히 얼굴이나 드러난 피부는 멀쩡했다. 그렇다면 남은 곳은……

그런 생각을 하며 슬쩍 티셔츠를 들춰본 순간이었다.

"심효인─!"

진환이 그림을 봤다는 걸 눈치챘는지 바로 우당탕탕 계단을 뛰어내려 달아나는 소리가 뒤따라왔다. 진환은 방을 박차고 나가며 소리쳤다.

"너 이리 와!"

이랬던 그들이 가을 공기 청명한 날에 부부가 되는 건, 아주 먼 훗날의 이야기.

외전 2
어느 날 새벽

아빠가 바빠 보였다.

아빠가 이렇게 다급하게 왔다 갔다 하는 모습은 별로 본 적 없는 것 같았다. 그런데 지금 아빠는 이미 밖에 나갈 준비를 끝낸 것처럼 코트를 입은 채 온 집 안을 오가면서 이런저런 물건들을 챙기고 있었다. 아직 아침은 되지 않은 것 같은데 말이다.

나는 잠옷 차림으로 소파에 앉아 창밖을 쳐다보았다. 아직 어두웠다. 그리고 새벽에 일어났을 때 나는, 특유의 코가 마른 것 같은 싸한 느낌이 느껴졌다.

"아빠, 어디 가?"

"도하도 갈 거야. 이리 와. 옷 입자."

아빠는 날 안아 들고 내 방으로 들어갔다. 그리고 옷장에서 옷을 꺼내서 입혀주었다. 난 이제 어린애가 아니니까 스스로 입고 싶었지만 어쩐지 아빠가 굉장히 급해 보여서 가만히 있었다. 그러자 아빠는 스웨터 위에 패딩 재킷을 입혀주고 목도리까지 꼭 둘러주었다.

"자, 나가자."

그러고는 같이 밖으로 나가 옆방인 준우 방으로 들어갔다. 은은한 조명이 커져 있는 방에 준우는 아직 자는지 이불 속에 푹 파묻혀 있었다. 아빠가 다가가 작게 뭐라고 말하자, 준우는 칭얼거렸다. 난 조금 놀랐는데, 준우는 순해서 가끔은 있는지 없는지도 모를 정도라 누구한테 이렇게 짜증을 내는 법이 없기 때문이었다. 특히 아빠한테는. 난 순간 저 침대에 있는 게 준우가 아닌가 생각했다.

그런데 아빠가 준우를 안아서 일으켰다. 준우는 숨을 헐떡거리면서 다시 칭얼거렸다. 아빠는 준우를 달래가면서 옷을 입혔다. 그리고 준우를 안아 들고 나와 내 손을 잡고 끌었다.

"가자."

키가 큰 아빠에게 안긴 준우가 너무 높이 있어서 잘 보이진 않았지만 얼굴이 새빨간 것 같았다.

우리는 집을 나서서 밖으로 나갔다. 밖은 검은 물을 부어놓은 것처럼 깜깜해서 무서웠다. 게다가 너무 추웠다. 그래서 아빠 손을 꼭 잡자, 아빠는 내 손을 좀 더 세게 잡아주었다. 그제야 안심이 된 나는 지하주차장으로 내려가서 아빠가 차 문을 열어준 뒷좌석에 올라탔다. 그러자 아빠는 카시트에 준우를 앉히고 말했다.

"도하가 준우 좀 잘 보고 있어."

아빠는 차 문을 닫고 운전석에 탔다. 나는 두꺼운 옷 속에 파묻혀서 숨을 힘겹게 몰아쉬고 있는 준우를 보다가 아빠를 보고 물었다.

"준우 아파?"

차를 빼느라 뒤쪽을 보고 있던 아빠는 날 보고 웃었다.

"지금 병원에 가니까 금방 괜찮아질 거야."

준우가 아픈 모양이었다. 그것도 꽤 많이.

차는 지하주차장을 빠져 나와 길로 들어섰다. 나는 고개를 빠끔히 들고 창밖을 보았다. 이 시간에 밖에 나온 적은 처음인 것 같았다. 길에는 차들이 꽤 많았다. 다들 잠을 자지 않고 어딜 그렇게 가는 걸까 궁금했다. 이 많은 차들이 다 병원에 가고 있지는 않을 것 같은데.

아빠가 라디오를 틀었다. 그러자 목소리가 좋은 아저씨가 라디오에서 뭐라고 말했다. 그 아저씨 목소리에 겹쳐져서 아빠가 전화 통화하는 소리가 들려왔다.

"지금 가고 있어요. 아뇨, 오늘은 따로 봐줄 사람이 없어서 같이……."

아빠는 차에 달린 거울로 날 보더니 좀 더 라디오 볼륨을 올렸다.

"아뇨, 연락하지…… 아직 OR에 있을 텐데…… 상태가 꽤 나쁜……."

음악 소리 사이로 간간이 말이 들리긴 했지만 정확하지는 않았다.

한동안 달려간 차는 커다란 건물들이 모여 있는 병원으로 들어갔다. 아빠는 주차장에 차를 세운 뒤, 아까처럼 준우는 안아 들고 내 손을 잡고 응급실로 들어갔다. 지나가는 간호사 언니가 아빠를 아는 것처럼 인사했다. 아빠는 그 간호사 언니한테 물었다.

"남 선생은? 전화해 뒀는데."

"곧 오실…… 아, 저기 오시네요."

그때 어떤 젊은 남자 의사 선생님이 다가왔다.

"장 선생님."

"열이 상당히 높아."

아빠는 아마 '남 선생'으로 보이는 의사 선생님을 보자마자 말했다.

"보죠."

"도하야, 이리 와."

영화에나 나올 것 같은 이상한 기계를 끌고 가는 간호사 언니를 보느라 다른 쪽을 쳐다보고 있자 아빠가 날 불렀다. 남 선생님이 준우에게 이것저것 하는 동안 아빠는 날 옆 침대에 앉혔다. 난 아빠에게 물었다.

"엄마는 어디 있어?"

"엄마는 곧 오실 거야."

"엄마 일해?"

우리 엄마, 아빠는 병원에서 일을 했다. 여기 남 선생님처럼 둘 다 의사 선생님이기 때문이었다. 아빠가 집에 없는 날도 있었고, 두 사람 다 그런 날도 있었지만, 오늘은 엄마가 없는 날이었다.

"응. 도하 책 읽고 있을래?"

아빠는 옆에 놓아둔 가방에서 책을 꺼내주었다. 내가 받아 들자, 아빠는 바로 준우에게로 갔다. 나는 평소에 내가 좋아하는 책을 내려다보다가 다시 아빠를 보았다. 남 선생님은 아빠와 대화하면서, 준우에게 보기만 해도 무서워지는 주사를 놓고 있었는데, 아빠는 그 옆에서 심각한 얼굴을 하고 있었다.

"아빠, 집에 언제 가?"

내가 묻자, 아빠는 날 보고 웃으며 말했다.

"준우가 나아지면 갈 거야."

하지만 난 어쩐지 아빠가 진짜로 웃고 있지 않다는 생각이 들었다.

그때 옆으로 간호사 언니들이 바퀴가 달린 침대를 밀고 지나갔다. 침대가 바퀴가 바닥을 긁으면서 내는 드르륵 소리가 내 몸까지 울려오는 것 같았다.

"집에 가고 싶어."

나는 꾹 입을 다물었다.

"병원 싫어."

난 울기 시작했다.

"도하야."

좀 놀란 아빠가 날 달래보려고 했지만 난 더 서럽게 울기 시작했다. 결국 아빠는 날 안아 들고는 남 선생님에게 눈짓하고 응급실 밖으로 나갔다.

"도하야, 왜 그래?"

"병원 싫어."

난 그 말만 반복하면서 울었다. 병원은 너무 크고, 모르는 사람들도 많고, 이상한 냄새가 나고, 나와 엄마, 아빠가 같이 있을 수 없게 하는 곳이었다.

나는 엄마, 아빠가 대화할 때 항상 등장하는 '병원'이 싫었다. 언젠가 처음으로 병원이 아픈 사람들이 가는 곳이라는 사실을 알고는, 나는 항상 '병원에 간다'고 말하던 엄마, 아빠가 아픈 거라는 생각에 너무 무서웠다. 겨우 엄마, 아빠는 그냥 병원에서 일할 뿐이라는 걸 알았지만, 엄마, 아빠가 병원에 가면 나는 오랫동안 두 사람을 볼 수 없었기 때문에 병원은 여전히 싫은 곳이었다.

"병원이 왜 싫어?"

아빠는 당혹스러운 것 같았다. 하지만 나는 도리질만 칠 뿐 이유는 이야기하지 않았다. 사실 그때는 너무 어려서 내가 느끼는 걸 어떻게 표현해야 하는지도 몰랐다. 그냥 그때 내가 느낀 감정은 그냥 총체적으로 '병원이 싫다.', 그게 전부였다. 그래서 병원에 있고 싶지 않았다.

내가 하도 안에 있지 않으려고 해서 아빠는 추운데 밖으로 나가서 날 안고 한 바퀴를 빙 돌아야 했다. 거의 날 코트 속에 파묻고 한참을 걸어서 다시 응급실 쪽으로 오는데, 아빠 핸드폰이 울렸다. 아빠는 날 안은 채로 핸드폰을 받았다.

"밖에 있어. 도하가 안에 있고 싶지 않아 해서. 그냥. 나중에 말해줄게. 응, 와."

아빠는 전화를 끊고 날 들여다보았다.

"도하야. 엄마 오셨는데, 엄마 보러 갈까?"

울음이 진정된 나는 고개를 끄덕였다. 병원은 싫지만 엄마는 보고 싶었다. 그래서 우리는 다시 응급실로 돌아갔다. 그때 마침 저쪽에서 엄마가 하얀 가운 안에 초록색 잠옷 같은 이상한 옷을 입고 걸어왔다.

"엄마!"

난 언제 울었냐는 듯이 기분이 좋아져서 손을 흔들었다. 엄마는 다가와 내 볼을 쓰다듬으면서 물었다.

"도하 괜찮아?"

난 엄마에게 안기고 싶었지만 엄마에게 안기기에는 내가 너무 커버렸다는 사실을 인정했다. 이래 봬도 여덟 살이니까.

"수술은?"

아빠가 엄마에게 물었다.

"무사히 끝났어. 준우는?"

아빠는 가면서 뭐라고 말했고, 엄마는 조용히 들었다. 두 사람이 대화하고 있어서 난 말하지 않았지만, 엄마를 보자마자 준우가 아닌 수술 이야기부터 한 아빠가 좀 미웠다. 준우가 저렇게 아픈데, 아빠는 다른 사람이 더 중요한 걸까?

엄마, 아빠가 전부 있어서 안심이 된 데다 새벽에 뜻하지 않게 깼던 만큼 나는 금세 졸려지기 시작했다. 그래서 아빠에게 안긴 채로 살짝 잠들었다.

말소리에 다시 얼핏 잠에서 깨자, 어느새 난 침대에 누워서 이불을 덮고 있었다. 엄마, 아빠는 내 옆에 있는 준우 침대에 양옆으로 앉아 있었다. 팔에 투명한 줄이 연결된 준우는 자고 있는 것 같았다.

엄마는 준우를 보면서 침대에 팔꿈치를 괴고 손을 입가에 모아 쥐고 있었다.

"내가 수술하는 동안 애가 이 정도로 아팠다고 생각하면 너무 가슴이 아파."

"다행히 내가 있는 날이었잖아."

"만약 우리 둘 다 없는 날 이런 일이 생겼다면……."

눈앞이 가물가물해서 엄마, 아빠의 말이 들렸다, 들리지 않았다 했다. 그런데 좀 더 정신이 맑아졌을 때, 어느새 남 선생님이 옆에 와 있고 엄마, 아빠도 일어서 있었다.

"내가 옆에 있을게. 넌 아침에 수술 스케줄 있잖아."

엄마가 아빠를 보고 말했다.

"괜찮겠어?"

아빠가 석연치 않은 얼굴로 묻자, 엄마는 고개를 끄덕였다.

"난 어차피 병원에서 잘 준비 다 되어 있으니까."

그러더니 엄마가 내게 다가와 머리를 쓰다듬었다.

"도하야, 아빠랑 집에 갈래?"

난 고개를 저었다.

"엄마랑 있을 거야."

준우가 걱정되기도 했고 말이다.

"아침에 영이 아주머니한테 이쪽으로 데리러 오라고 부탁하면 되니까 두고 가."

영이 아주머니는 엄마, 아빠가 없을 때 우리를 봐주는 아주머니였다.

엄마가 그러자 아빠는 별말 없이 내 머리를 한 번 쓰다듬었다.

엄마는 우리를 두고 응급실 입구 앞까지 아빠를 배웅했다. 우리가 있는 자리에서 대각선으로 응급실 입구가 보였기 때문에 엄마, 아빠는 거기서 잠깐 대화를 나누었다. 그러다가 아빠가 엄마의 볼을 한 번 쓰다듬었다. 엄마는 그 손을 잡았다. 그게 다였지만, 난 엄마, 아빠가 서로 사랑한다는 사실을 알았다.

아빠는 날 보고 손을 한 번 흔들었다. 나도 손을 흔들었다. 갑자기 아빠랑 집에 가고 싶어졌다. 하지만 엄마랑 있고 싶기도 해서 고민하는 사이에 아빠는 밖으로 사라지고, 엄마가 이쪽으로 돌아오는 길목에 남 선생님이 엄마한테 와서 말했다.

"지금 IM[11]에 자리가 없어서 다른 병동으로 가야 할 것 같아요."

"걱정하지 마. 내가 알아서 할 테니까. 남 선생은 가서 일 봐."

엄마는 남 선생님의 팔을 한 번 쥐었다가 놓았다.

"도하 안녕."

남 선생님은 내게 웃어 보이고 다른 쪽으로 갔다. 아까부터 느꼈는데, 어쩐지 난 한 번도 본 적 없는 사람들이 내 이름을 알고 있는 것 같았다.

엄마는 바로 내게 돌아오지 않고 간호사들이 있는 쪽으로 가서 이쪽을 가리키면서 뭐라고 말했다. 그동안 난 침대에 앉아서 응급실 풍경을 지켜보았다. 환자가 아닌 사람들은 모두 바빠 보이는데도 불구하고 이상하게 조용했다.

곧 간호사 언니 둘이 와서 준우가 누워 있는 침대를 옮기기 시작했다. 나와 엄마는 그 뒤를 따라갔다. 나 혼자서는 찾아갈 수

---

11) Internal Medicine, 내과

도 없을 것 같은 미로 같은 길을 한참이나 걸어 어떤 방으로 들어갔다. 보통 집에 있는 침대 방 같았는데, 대신 침대는 병원 침대였다.

엄마는 준우를 확인하고 침대 밑에서 더 낮은 침대를 꺼냈다. 그리고 가운을 벗고 침대에 나와 같이 누웠다. 누워 있는 자리가 낮아서 그런지 창밖에서 들어오는 은은한 주황색 조명 빛이 천장을 가득 메운 모습이 어쩐지 몽환적으로 보였다.

"도하야, 병원이 싫어?"

엄마는 나와 마주 보고 누워서 물었다.

"응."

"왜?"

나는 대답하지 않았다.

"혼내는 거 아냐. 그냥 물어보는 거야."

"몰라. 너무 크고…… 뭐가 많아."

엄마, 아빠를 보지 못하게 한다는 이유로 병원을 싫어하는 건 어딘지 억지라는 걸 본능적으로 느꼈던 것 같았다. 그래서 에둘러 말했다.

"그거뿐이야?"

"응."

난 고집스럽게 대답했다. 그러자 엄마는 고개를 끄덕이고 말했다.

"알아. 엄마도 병원이 싫거든."

난 놀라서 엄마를 보았다.

"싫어?"

집보다 병원에 오래 있는 엄마가? 난 선뜻 이해되지 않았다. 하지만 엄마는 고개를 끄덕였다.

"사실 어른들 중에서도 병원 좋아하는 사람은 별로 없을걸. 병원이 있다는 건 아픈 사람들이 있다는 의미니까. 엄마는 병원이 없는 세상이 왔으면 좋겠어. 아니, 필요하지 않은 세상이라고 해야 맞겠다."

"그런 세상이 와?"

"글쎄, 과학이 아주 발전하면? 그때는 유전자를 조작해서 병도 다 없애 버리고 하지 않을까?"

"그게 좋은 거야?"

엄마랑 이렇게 단둘이 누워서 이야기하는 게 너무 좋았다. 마지막으로 이런 적이 너무 오래된 것 같았다. 아마 내가 네 살 때쯤?

"엄마도 잘 모르겠어. 생명윤리 같은 이야기를 하면 알아들으려나……. 뭐, 어쨌든 그땐 유전자조작센터 같은 게 병원을 대신할지도 모르겠지만, 그날까지는 병원이 필요하니까. 엄마도 그래서 병원에 다니는 것뿐이야."

"필요하면 해야 돼? 너무 너무 너무 싫어도?"

엄마는 곤란해 보이는 웃음을 지었다.

"그 정도까지는 아니기를 바라지만……. 도하도 뭔가 스스로 해내고 나면 뿌듯한 기분이 들잖아? 뭔가를 할 수 있다는 기분은 그만큼 소중한 거거든. 병원은 싫지만, 뭔가를 할 수 있다는 건 좋아."

잘은 알 수 없었지만, 조금은 알 것 같았다.

"아무튼 지금 엄마가 너무 졸리네. 잘까?"

난 고개를 끄덕였다. 그러자 엄마는 날 끌어안고 눈을 감았다. 얼마 지나지 않아 엄마는 깊이 잠든 것 같았다. 하지만 아까 자서 정신이 맑은 나는 꼬물거리며 이불에서 빠져나와 조심히 한쪽에 서 있는 의자를 끌고 왔다. 아직 내 힘이 약해서 의자가 살짝 바닥에 긁히는 소리가 났지만 엄마는 깨어나지 않았다. 난 의자를 밟고 올라가 준우를 확인해 보았다. 준우는 이제 얼굴도 원래 색이었고 편안해 보였다. 색색 조용하고 규칙적인 숨소리를 냈다.

난 의자에서 내려와 엄마를 보았다. 엄마는 미간을 찌푸리고 뒤척이며 돌아누웠다. 토닥토닥 머리를 두드려 주자, 엄마는 다시 잠들었다. 보통 때 엄마는 잠귀가 밝아서 내가 옆에 지나가기만 해도 깨어나는데, 이래도 일어나지 않는 걸 보면 어른들이 말하는 피로한 상태인 것 같았다.

나는 다시 잠이 올 것 같지 않아서, 문을 조금만 밀어 열고 밖으로 나갔다. 복도에는 아무도 없었다. 여기 들어올 때 보니까 간호사들이 있던 책상 같은 곳도 비어 있었다. 이런 시간에 혼자 깨어 있는 일이 거의 없었기 때문에 어쩐지 모험을 하는 것 같은 기분이었다. 그래서 복도 끝까지 가보았다. 그런데 마지막 방문이 조금 열려 있고 그 틈새로 스탠드 하나만 켜진 침대 옆에 앉아 있는 아주머니가 보였다.

아주머니는 '피로'해 보였다. 엄마보다 한 백 배쯤은.

머리도 흐트러져 있었고, 침대에 누워 자고 있는 오빠를 쳐다보는 눈이 너무 깊고 어두워서 난 어린 마음에도 뭔가 심연을 들여다본 기분이었다. 나중에야 그때 아주머니 눈에서 본 게 여러 겹 지층이 쌓여 언뜻 보기에는 단단한 표면처럼 보이는, 아주 두껍고 차분한 절망 같은 게 아니었나 싶었다. 이것도 나중에야 생각한 거지만, 아주머니는 어두운 가운데 스탠드 옆에 앉아 있는 모습이 꼭 어둠 속에 희미한 빛으로 비극적인 인물을 비추는 카라바조의 그림 같은 느낌이었다.

그때 아주머니가 날 보았다. 처음에는 뭔가 믿기지 않는 눈이더니, 조금 후에야 내가 진짜 아이라고 깨달은 것 같았다. 병원에 나타나는 환영 같은 게 아니라.

아주머니는 내 쪽으로 와서 물었다.

"얘, 너 혼자야?"

난 고개를 저었다.

"아뇨. 엄마 있어요."

"엄마는 어디 계셔?"

난 내가 온 방향을 가리켰다. 아주머니는 그쪽을 한 번 보고 내게 말했다.

"이 시간에 혼자 돌아다니면 안 돼. 가자, 방에 데려다줄게."

아주머니는 내게 손을 내밀었다. 난 손을 잡고 돌아서기 전에 아주머니가 곁에 앉아 있던 침대를 보았다.

"아파요?"

난 아주머니를 올려다보았다.

"내 동생도 아파요."

"그렇구나……. 아주머니 아들도 많이 아파."

아주머니는 준우가 병원에 오래 있는 아이들만큼 아프다고 생각한 것 같았다. 그래서 그 형제인 내가 병원에 있다고.

괜히 죽을병 가진 애로 만든 것 같아서 준우한테 좀 미안했다. 이후로도 준우는 아주 건강하게 자랐는데 말이다.

"어디가 아파요?"

아주머니는 웃었다.

"전부."

그런 말을 하면서 태연한 게 좀 이상했지만, 울부짖거나 아예 부서져 버리는 절망만이 아니라 이렇게 아무 반응도 할 수 없을 만큼 지쳐 버린 절망도 있다는 걸 그때 난 몰랐다. 하지만 어린 마음에도 슬프다는 말도 못 할 만큼 슬픈 사람을 본능적으로 느 꼈던 것 같다.

"하지만 병원에 왔으니까 괜찮아질 거예요. 준우도 괜찮아졌 거든요."

병원을 싫어하긴 하지만 엄마 말대로 아픈 사람들이 나아진다 는 건 인정하니까.

그러자 아주머니는 희미하게 웃었다. 그리고 자신을 위로해 주 려는 어린아이가 기특했는지 마침 자판기 앞을 지나가고 있을 때 라 물었다.

"뭐 마시고 싶니?"

안 그래도 목이 말랐던 터라 난 고개를 끄덕였다.

"콜라 마셔도 돼요? 이 썩는다고 엄마가 많이 안 주거든요. 그 래서 마시고 나면 꼭 이 잘 닦는데."

아주머니는 웃었다. 내가 꽤 당돌한 아이라고 생각한 것 같 다.

아주머니는 주머니에서 동전을 꺼내 콜라를 샀다. 그리고 옆에 있는 복도 의자에 앉아서 콜라를 따서 나에게 건네주고는 물었다.

"몇 살이야?"

"여덟 살이요."

난 콜라를 한 모금 마시고 대답했다. 역시 나중에 생각했지만, 아주머니는 아프다고 울지 않는 아이랑 대화하는 게 좋아서 내게 콜라를 사준 것 같았다.

"아줌마 아들은 열네 살이야."

아주머니는 말하고 뭔가를 깨달은 것처럼 생각에 빠진 얼굴이었다.

"왜 그러세요?"

"아니, 벌써 열네 살이구나 싶어서. 너보다 어릴 때부터 병원에 있어서 벌써 열네 살이 됐다는 게 믿기지 않네."

아주머니는 어두운 복도 너머를 보고 중얼거렸다.

"그러게. 이 모든 게 다 의미가 있을지……."

난 무슨 말인지 이해하지 못했지만, 한 가지는 알았다.

"우리 엄마, 아빠가 고쳐 줄 거예요."

아주머니는 선뜻 이해되지 않는 얼굴이었다.

"너희 부모님이?"

"어, 너 도하 아냐?"

그때 어딘가 다녀왔는지 우리 앞을 지나가던 간호사 언니가 물었다. 역시 모르는 사람이었기 때문에 난 어리둥절했다. 하지만 간호사 언니는 날 잘 아는 것처럼 물었다.

"왜 여기 이러고 있어?"

"아는 아이예요?"

아주머니가 간호사 언니에게 물었다.

"아, 저희 선생님 딸인데⋯⋯. 엄마는 어디 계셔?"

"엄마는 주무세요."

난 말했다.

"자게 두세요. 수술해서 피곤하거든요."

어쨌든 엄마가 잘 자야 '필요한 일'을 할 수 있을 테니까.

그런데 왜인지 간호사 언니와 아주머니는 시선을 교환했다.

"조숙한 아이네요."

아주머니가 조금 웃으며 말했다. 그때였다. 복도 건너에서 문이 열리는 소리가 나고, 다급한 발소리가 다가왔다. 그리고 엄마가 나타났다.

"도하야!"

엄마는 깜짝 놀랐다.

"너 어딜⋯⋯."

엄마는 말하다가 내 옆에 앉아 있는 아주머니를 보았다.

"심 선생님."

아주머니도 엄마를 보고 엉거주춤 일어났다. 여기는 흉부외과 병동이라서 아주머니도 엄마를 아는 것 같았다.

"아, 애를 돌봐주셔서 감사해요. 이 녀석이 저 자는 사이에 빠져나갔네요."

엄마가 말하자, 아주머니는 날 보고 말했다.

"그래서 엄마, 아빠가 고쳐 줄 거라고 했구나."

엄마는 이해하지 못하는 기색이었지만, 아주머니는 내게 웃으며 말했다.

"안녕."

"안녕히 가세요."

난 꾸벅 인사했다. 아주머니가 엄마한테 묵례하고 가자, 역시 묵례하고 난 엄마는 날 황당하다는 듯이 보았다.

"너 콜라를 얻어 마셨어?"

난 내가 들고 있는 콜라를 보다가 아주머니한테 뛰어갔다.

"아니면 제가 고쳐 줄게요."

"네가?"

아주머니는 날 의외라는 듯 보았다. 내가 고개를 끄덕이자, 아주머니는 날 빤히 보더니 처음으로 정말 웃는 것 같은 웃음을 지었다.

"고마워."

아주머니가 가고, 엄마는 내게 조금 짓궂은 미소를 지으며 물었다.

"네가 어떻게 고쳐 줄 건데?"

병원이 싫다고 했던 내가 갑자기 의사가 되려는 것처럼 말하자 엄마는 그런 반응을 보인 것 같았다.

"의사가 될 거야."

"병원이 싫다며? 저분 아들을 고쳐 주고 싶어졌어?"

어린아이들은 원래 작은 인상이나 말에도 쉽게 경도되니까 엄마는 내가 아픈 아들을 가진 아주머니를 만나고 생각을 바꿨다고 여기는 것 같았다. 따지고 보면 사실이긴 했지만, 단순히 아주머니 아들을 고쳐 주고 싶다기보다—

"나도 빨리 병원이 없어지게 노력하려고."

아주머니가 아까 같은 얼굴을 하고 앉아 있는 병원이란 공간이 더 싫으면 싫어졌지, 좋아지진 않았다. 하지만 병원이 없는 세상이, 엄마 말대로 아픈 사람들이 없는 세상이 왔으면 좋겠다고 생각했다. 그리고 생각해 보니 병원이 없어지면 엄마, 아빠와도 오래 같이 있을 수 있으니까 이만한 해결 방법이 없는 것 같았다.

"뭐?"

엄마는 황당한 것 같았다. 그러다가 뒷머리를 긁적이며 중얼거렸다.

"이게 괜찮은 건지 모르겠네. 에펠탑을 싫어해서 안 보려고 평생 에펠탑 안에 있는 레스토랑에서 밥을 먹었다는 모파상도 아니고……."

엄마는 의미 모를 말을 하더니, 내 앞에 무릎을 접고 앉았다.

"하지만 저 아주머니를 도와주고 싶어진 거지?"

난 가만히 생각해 보았다. 어두운 병실에 희미한 빛에 의지해서 앉아 있던 아주머니를 떠올렸다. 차분함으로 가장하고는 있지만 나보다도 더 길을 잃은 아이 같던, 울 것 같은 눈동자. 그때 난 어쩐지 아주머니의 손을 잡아주고 싶다고 생각했다. 아마 그것도 아주머니를 도와주고 싶다는 감정이었을 것이다.

그래서 난 엄마를 보고 고개를 끄덕였다.

"응."

엄마는 활짝 웃었다.

"그래, 그거면 충분해."

그런 조금은 우스운 이유에서, 나는 처음으로 의사가 될 결심을 했다. 그 어느 날 새벽.

〈The End〉

1] 김선 외, 앞의 책, p.42

2] 에피소드 참조 후 재구성. 민병철, 앞의 책, p.25

3] 정의석, 앞의 책, p.138

4] "합병증 사망 무서운 폰탄수술, 치료제 기대 크다", 메디칼 타임즈, http://www.medicaltimes.com/Users/News/NewsView.html?ID=1115505, 검색일 2019년 1월 17일

5] [종목 이슈] 메지온 박동현 회장 "임상 환자 모집 마쳐... 내년 3월 내 결과 발표", 중앙일보, https://news.joins.com/article/22853196, 검색일 2019년 1월 17일

6] [BioS] 단심실환자, 폰탄수술, 그리고 '유데나필'의 가능성, 이투데이, http://www.etoday.co.kr/news/section/newsview.php?idxno=1364640, 검색일 2019년 1월 17일

7] 정의석, 앞의 책, p.116

작가 후기

　흔히들 이상적인 의사의 상으로 두 가지를 꼽습니다. 언제나 친절하고 인술을 펼치는 의사, 그리고 완벽한 수술 실력을 지닌 의사. 이 두 가지를 모두 지닌 의사야말로 모두가 바라는 완벽한 의사의 모습이겠지만, 둘 중 하나라도 항상 유지하기는 힘들겠죠.

　'유리심장'의 두 주인공은 그런 모티브로 시작되었습니다. 수술 실력은 평범해도 인술을 펼치는 의사와 조금은 차갑지만 훌륭한 수술 실력을 지니고 있는 의사. 전자는 여주인공 효인이었고, 후자는 남주인공 진환이었습니다. 그리고 요철(凹凸) 같은 두 사람이 하나가 됨으로써 모두가 바라는 완벽한 의사의 상이 될 수 있기를 바라며 글을 써 내려갔습니다. 그들의 성을 합치면 '심장'이라는 중요한 한 단어가 되듯이.

　캐릭터는 그런 모티브로 시작을 했지만, '유리심장'을 구상하게 된 계기는 우연히 보게 된 어떤 정보 덕분이었습니다. 그것은 외과, 특히 흉부외과는 생명과 직결되는 만큼 위험성이 현저히 높은 반면 가장 돈이 되지 않아—그 이유가 전부는 아니지만— 모두가 기피해서 '의료계의 3D 업종'으로 전락해 버렸다는 이야기였습니다. 아무래도 여성이 서기 힘든 자리에 당당히 서 있는 여주인공을 좋아하다 보니 바로 머릿속에 설정의 파노라마가 펼쳐졌습니다.

인력 인프라가 무너진 흉부외과의 천연기념물 같은 여성 전임의. 그 힘든 자리까지 독하게 오르기 위해서는 뭔가 계기가 있어야 할 테니까, 그 계기는 심장질환으로 오래 투병하다 돌아가신 어머니로……. 두 주인공을 더 끈끈하게 만들 장치가 필요하니 남주인공이 의사가 되기로 결심하는 계기도 거기에서, 등등. 역시 상상의 나래를 펼치며 이것저것 설정하는 일은 참 즐겁습니다.

두 사람의 로맨스뿐만 아니라 각자 다른 환자들의 이야기, 휴머니즘, 병원을 배경으로 얽히는 인간관계, 사랑의 연적이라기보다 이리저리 부딪치며 성장해 가는 캐릭터란 의미에서 등장시킨 인턴 윤정, 그들이 안고가야 할 문제, 결과물이 어떤지는 잘 모르겠지만 최대한 담백하면서도 가슴에 와 닿도록 쓰고 싶었습니다.

어느덧 녹아내릴 것처럼 더운 여름입니다. 사실 여름을 별로 좋아하지 않습니다. 겨울은 분위기라도 있지, 뭐랄까, 여름은 끈적끈적하고 모든 분들이 그러시듯 불쾌한 습기 때문에 살갗만 마주쳐도 살인이 날 것 같다고 해야 할까요. 하지만 오늘은 효인과 진환이 함께했던 여름을 상상하며 잠시나마 여운에 빠져 볼까 합니다.

개인적으로 제가 참 좋아하는 오래 알던 사이에서 연인이 되는 이야기, 즐겁게 보셨을지 궁금합니다. 무더운 여름의 한중간에서 드립니다.

2007년 탈탈탈 돌아가는 선풍기 옆에서
조례진 드림

## 개정판 후기

　'유리심장'이 나온 지 벌써 12년이 되었습니다. 사실 나이의 앞자리 숫자가 바뀐 저만 봐도 세월의 흐름을 느끼지만, 원래 글에서 핸드폰 문자도 제대로 쓸 줄 모르는 주인공들을 보며 정말 세월의 흐름을 실감할 수 있었습니다.

　개정판에서는 예전에 영어로 표기했던 의학 용어들을 최대한 한글로 바꾸고, 불필요한 전문용어나 한자 표기를 지양했습니다. 글 흐름에 방해되는 과한 설명이나 에피소드, 첨언을 배제하고 최대한 글의 통일성을 위해 노력한 것이 개정판에서 가장 큰 변화가 아닐까 싶습니다. 그리고 예전에는 뒤에 목록으로 첨부했던 참고 도서들에 대한 각주 및 미주 작업을 하고, 시간이 지남에 따라 괴리감이 느껴지는 부분들을—위에서 언급한 대로 핸드폰 문자를 제대로 쓸 줄 모른다거나 실내 흡연, 개정된 의학 용어, 지나간 치료 방법 등— 수정했습니다.

　더불어, 이북으로 먼저 공개됐던 주인공들의 과거를 보여주는 외전과, 이 개정판을 통해 처음으로 그들의 더 먼 미래를 보여주는 외전이 첨가되었습니다. 12년이 지난 시점에서 외전을 쓰고 있자니 정말 나이를 먹은 효인이와 진환이를 다시 만나는 것 같은 느낌이었습니다. 어쩐지 둘은 앞으로도 저와 함께 나이가 들어갈 것만 같습니다.

무엇보다 늘 저와 함께해 주시는 독자님들, 항상 감사드립니다.

2019년

조례진 드림

# 참고 자료

◆ 참고 서적

김선 외, 「의사가 말하는 의사」, 부키(2004)

김종오, 이대근, 「의대 가고 싶지?」, 하서출판사(2004)

강구정, 「나는 외과의사다」, 사이언스북스(2003)

강신익 외, 「의학 오디세이」, 역사비평사(2007)

권혜림 외, 「간호사가 말하는 간호사」, 부키(2004)

닉 에드워즈, 「의사 이야기(의사가 직접 쓴 생생한 의료 현장 기록)」, 이성현, 리얼북(2008)

민병철, 「나는 대한민국 외과의사다」, 주변인의길(2006)

박현, 「박현 병원이야기」, 사람들(1997)

스펜서 내들러, 「고통과의 화해」, 이충웅, 이제이북스(2004)

에릭 J.카셀, 「고통받는 환자와 인간에게서 멀어진 의사를 위하여」,

강신익, 들녘(2002)

아툴 가완디, 「나는 고백한다, 현대 의학을」, 김미화, 소소(2003)

윤미영, 「생명의 설계도를 다시 그리는, 의사」, 서강BOOKS(2006)

정남식, 「심장기능부전」, 아카데미아(2005)

정의석, 「심장이 뛴다는 말(적막하고 소란한 밤의 병원 이야기)」, 스윙밴드(2015)

장병철, 「심장수술」, 아카데미아(2005)

최병일, 「심폐소생술, 죽는 사람도 살린다」, 물푸레(2003)

크리스 데이비슨, 「심장동맥심장병」, 아카데미아(2005)

토마스 네빌 보너, 「여의사의 역사」, 유은실, 한울(1996)

◆ 참고 사이트

-메르스환자 살린 '에크모', 다른 환자는 살려도 '삭감?', 청년의사, http://www.docdocdoc.co.kr/news/articleView.html?newscd=2015080200005

-"합병증 사망 무서운 폰탄수술, 치료제 기대 크다", 메디칼 타임즈, http://www.medicaltimes.com/Users/News/NewsView.html?ID=1115505

-[종목 이슈] 메지온 박동현 회장 "임상 환자 모집 마쳐... 내년 3월 내 결과 발표", 중앙일보, https://news.joins.com/article/22853196

-[BioS] 단심실환자, 폰탄수술, 그리고 '유데나필'의 가능성, 이투데이, http://www.etoday.co.kr/news/section/newsview.php?idxno=1364640

◆ 참고 사전

두산백과, https://www.doopedia.co.kr

우리말샘, https://opendict.korean.go.kr

국립국어원 표준국어대사전, https://www.korean.go.kr

위키피디아, https://www.wikipedia.org